漢字的起源與演變論叢

李孝定　著

再版序言

　　這本小冊子竟然再版了，真非筆者始料所及。文字學在學術研究的領域裡，本來就不算熱門，本書所收幾篇論文，在文字學裡，又都是較冷僻和生澀的課題，有些更是前人甚少涉及的範圍，照常情言，應非一般讀者興趣所在，不料竟在四年之內，銷售了 2000 冊以上，對筆者而言，自然是一種鼓勵。現在聯經公司準備將本書再版，編輯部囑筆者寫一篇再版序言，我想藉此機會，將筆者若干年來對文字學研究、寫作的心路歷程，對讀者諸君作一個交待，應非毫無意義。

　　許慎在〔說文解字〕序裡，曾說：「今敘篆文，合以古籀」，足證許君已知重視文字的演變；但因所見僅限殘存的〔史籀篇〕，和部份幾經傳寫的古文經，材料不多，所屬時代又較晚，許君甚難據以作全面綜合的討論，所以〔說文〕一書的絕大部分，僅是根據所見文字資料，作靜態分析；降及乾嘉盛世，這情形仍沒太大的改變，晚清的〔說文〕學家，援據金文研究的成果，再加甲骨文出土後，研究者眾，蔚為顯學，文字學的領域擴大了，也使得文字演變的研究，真真成為可能。但因方面太廣，資料的全面掌握不易，一般的研究工作，仍多就時代劃分，較少作全面性綜合討論。筆者習文字學近四十年，在撰寫了若干甲骨、金文和小篆的專書和論文之後，感覺到在今天談文字學，實不應仍以踵武前賢為滿足，頗思綜合前賢靜態研究的成果，窮源竟委，融會貫通，期能對全部文字發生和演變過程，作出有系統的動態描述。因之，在二十年

前，選取了「漢字的起源和演變」這一主題，作研究重點，環繞著它，作若干探索。多少年來，念茲在茲，但因志大才疏，纔寫成這幾篇小文，對原來的期望言，相去實仍甚遠。

　　在再版中，增收了三篇小文，其一是「小屯陶文考釋」，這是民國二十三、四年間撰成的，收在中研院史語所出版的田野考古報告〔殷虛器物甲編·陶器〕裡，作為附錄。當年撰成時，還沒想到可據以探索漢字的起源，因之在本書初版時，沒將它收入。小屯陶文和甲骨文的形體結構，幾於全同，正是從陶器上的刻劃符號演變成後世文字的佳證。從陶器上的刻劃符號，探索漢字的起源，此一概念，是筆者首先提出的，「小屯陶文考釋」，是筆者對此項資料研究的第一篇文章，現在把它列為附錄一，對讀者諸君言，應有參考的價值。其二是「符號與文字」一文，是針對大陸學術界幾位傑出的學者，對陶文的論點所持存疑態度的答覆。其三是「同形異字說平議」，是筆者用文字演變的觀點，對此一文字現象，所作的解釋。這兩篇文章撰成較晚，雖未敢自是，但一得之愚，或可供博雅君子的採擇，還請讀者諸君教正。

李孝定

序於台北寓廬民國七十九年九月廿日

序言

　　這本小冊子所收集的，是筆者在近十多年來，環繞着「漢字的起源與演變」這一主題，所寫的幾篇論文，它們分別發表在新加坡和臺灣的不同刊物裏，其中部分抽印本，已經只剩一兩冊了，爲了便於保存，並讓關心此一問題的讀者省去搜求的麻煩，經商得聯經出版公司的同意，予以彙集刊行，謹在此表示誠摯的謝意。

　　我國文字，源遠流長，幾千年來，一直在使用，現行的楷書，較之三千多年前的甲骨文，除了字形的外表和書法，有了不少變化外，至於形體的基本結構，歷經不同時代的金文、小篆、和隸書，却都毫無二致，這大大裨益了我國文化的發展和保存，也使得專門以研究文字基本結構爲對象的中國文字學的成立，成爲可能；這種現象，在並世現存的各種文字裏，是獨一無二的。談到漢字的起源，因爲歷世緜邈，文獻不足徵，以前的載籍裏所記載的，不外畫卦、結繩、河圖、洛書，或者史皇作圖、倉頡造字等類傳說，這些說法，是經不起認眞稽考的。去今三千五百年左右的甲骨文，它們已是發展得極爲成熟完美的文字，所有研究甲骨文的學者，都公認決非一蹴可幾的。任何文化的發展，在萌芽期，一定都很緩慢，到後來纔會越來越快速，這也是人類學者們所公認的。甲骨文字旣然已經極度完美，在它之前，我國文字，必然經歷了漫長的發展期；卽使倉頡造字的說法是可信的，

那麼，根據傳說的歷史，黃帝去商代，不過一千多年，漢字的發展和成熟，似乎不可能在如此短的期間裏便可完成。但我們要尋根究柢，探求漢字起源的信史，又苦於文獻不足，地下資料，更屬闕如，無從着手。筆者從事甲骨文研究很多年，也因此引起探求漢字起源信史的興趣，旣感難以着手，便想到何不就甲骨文的全部資料，作點分析和綜合的工作，也許可對「漢字的起源與演變」這一主題，得到些較具體的認識；一九六八年寫成「從六書的觀點看甲骨文字」一文，用六書的觀點，先將每一個別的甲骨文字加以分析，然後將全部甲骨文字，按六書標準，分爲六類，從這種處理，得到了對六書的先後次序的合理認識；然後以此與類似的兩種研究——朱駿聲的「六書爻列」、鄭樵的「六書略」作比較，朱氏以六書分析〔說文〕中的全部小篆，鄭氏以六書分析宋代的楷書，從這三種以同樣方法，分析三種不同時代的文字資料的比較裏，得到了甲骨文在我國文字發展過程中所處的相對位置，換言之，也對文字的起源——甲骨文字以前的發展期，和演變——甲骨文字以後的形體演變，得到了粗具輪廓的了解。此文寫成不久，得讀大陸出版的一本田野考古報告，書名〔西安半坡〕，記載在西安郊區半坡所發掘的一處仰韶文化遺址，其中有些陶片上有許多刻劃的符號，原書編者曾說：「與我們文字有密切的關係，也很可能是我國古代文字原始形態之一」，筆者卻更肯定它們就是我國文字的雛形；根據此一觀點，進一步加以探討，蒐集了當時所能見到的另幾批陶文，寫成「從幾種史前和有史早期陶文的觀察蠡測中國文字的起源」一文，這是筆者針對此一問題所撰的第一篇文章；稍後，又將上述兩文加以剪裁、合併和補充，改寫成「中國文字的原始與演變」一文，我對這一主題的撰述，至此算是達成初步的結論。後來，隨著田野考古工作的進展，陸陸續續發現了更多的史前陶文，經過蒐集和整理，續撰成「再論史前陶文和漢字起源問題」一文，發現我前此所達成的

初步結論，經過多出幾倍的資料檢討，不僅仍可成立，似乎更得到了有力的支持。但材料究屬有限，有關漢字起源的推測，也只好到此為止了。

談到漢字演變問題，其困難所在，恰好和探討漢字起源問題相反。上面說過，談起源問題的困難，是文獻不足，資料闕如；而漢字經過幾千年的發展和演變，要想對此問題，作全盤的檢討，實苦於頭緒過於紛繁，材料過於龐雜，詳細敍述，既無可能，執簡馭繁，亦極不易，筆者在「中國文字的原始與演變」一文中，只能就時代先後和演變過程中居於主流地位的變化趨勢，作簡要的敍述；後來，筆者對〔金文編〕附錄所收圖畫文字作考釋，於文字演變過程，獲得進一步的了解，續撰成「從金文中的圖畫文字看漢字文字化過程」一文，算是對此一紛繁、龐雜的現象，歸納出若干條例，今後我國文字的演變，大致也不會超出這個範圍；至於若干年前甚囂塵上的漢字羅馬化主張，不僅有背幾千年來演變的趨勢，也無視漢語的特質，似可不必在此加以討論了，有關漢字演變的討論，既然只能作執簡馭繁的處理，上述兩文裏，雖曾隨文舉例，但究嫌過簡，不能表現紛繁龐雜的演變現象，因此筆者又選取了一篇「釋曡與沫」，作為附錄，希望能得到舉一反三的效果。

經過十多年的努力，對於文字學上的兩大問題，作了系統性的探討，但筆者孤陋寡聞，紕繆難免，希望方家大雅，不吝指正。

李孝定

序於臺北中央研究院歷史語言研究所
民國七十三年四月十二日

目錄

從六書的觀點看甲骨文字

一、前言

　　四年多前應中國上古史編輯委員會主持人李濟之先生之命，要筆者撰寫一篇文章，題目是「中國文字的原始和衍變」，但始終沒敢着筆，原因是這題目太大了，牽涉的材料過於繁複，如非將全盤材料和歷來研究文字學的各種理論，融會貫通，並能創通條例，是無法寫出一篇勉強像樣的文章來的。但歷年來筆者擔任中國文字學和古文字學一類課程，此一問題，時時縈廻腦際，有些概念，似乎漸漸凝聚，有了些頭緒，但提起筆來，對那些概念，往往又感無法捕捉。月前承新社主席李廷輝先生之邀，要筆者作一次學術演講，固辭不獲，因想何不從那大範圍的題目裏，抽取一些比較具體的概念，加以探索，一來可以向李先生交差，再則也可算爲那篇難產的文章「中國文字的原始和衍變」奠一始基，然後慢慢發展補充，也許可以終底於成，這是寫本文的動機。至於何以選取此一題目，除了上述的動機外，也還有些其他的理由，自甲骨文字被學術界發現，迄今垂七十年，從事研究的人，或爲個別文字的考釋，或據以證驗古代歷史和社會制度，著書立說，蔚爲盛事，但似乎還很少人利用六書說的理論，對此項新發現的古文字作通盤整理，那麼從此一角度着手，作點分析和綜合的工作，總該有些意義；因爲六書說的建立，是以小篆和少

量籀文，及六國古文爲背景，甲骨文的時代早了一千年，數量也比西漢時殘存的古籀文多出了好幾倍，我們用較晚出的文字學理論，去整理較早的資料，必將有些新的發見，至少也可以收先後印證之功。筆者希望能因此對支配中國文字學研究垂二千年的六書說理論，得到一點新的認識，假如更進一步能因此對甲骨文字在中國文字發生和衍變的過程中所處的相對位置，獲得較爲明確的認定，那更是馨香以求的了。這是撰寫本文的目的，雖不能至，心嚮往之。

二、從六書說到三書六技說

　　爲了要用六書的觀點分析甲骨文字，並希望能對六書說得到一點新的認識，無可避免的要用一些篇幅，對有關此說的許多理論，先作一番評介，以爲下文討論的張本。六書一名，始見於〔周禮〕「保氏」：「掌諫王惡，而養國子以道，乃教之六藝：一曰五禮，二曰六樂，三曰五射，四曰五馭，五曰六書，六曰九數。」我們證以先秦文獻中有關許多人說解文字的記載，像〔左傳〕裏所記載的「止戈爲武」，「反正爲乏」，「皿蟲爲蠱」，〔韓非子〕「五蠹」的「倉頡之初作書也，自環者謂之私，背私謂之公」之類，可知春秋戰國時人們已開始了文字學的討論，而且已有了一套理論——六書，應是可信的。但這所謂六書，還祇是一個籠統概括的命名，直到西漢末年以後，才有了分別和較詳細的敍述，許慎著〔說文〕，更對每一書加了一條定義，六書的理論，纔算完全建立，自茲以後，降及近代，研究六書的著述，眞可以汗馬牛充棟宇，此一理論，也眞正的支配了中國文字學的研究凡一千八百有餘年。筆者無意也無法在此短短的篇幅裏，對有關六書說各種紛紜繁複的解釋，作詳盡的敍述，好在坊間每一本中國文字學的成書裏，對此問題都有簡要的介紹，現在僅就較

有代表性的幾種說法，加以引述，雖然這是筆者主觀的選擇，但我希望從這種敍述裏，明瞭各種不同說法所代表的眞正意義，來作爲下文討論的基礎，或者還不失爲執簡馭繁的可行之法，不然單就六書說的介紹，便可以寫成厚厚的一本書，顯然不是撰寫本文的目的，也非本文所能勝任的。上面說過直到西漢末年以後，才有對六書分別的命名，最早的應是劉歆的〔七略〕，班固采錄於〔漢書〕「藝文志」：「古者八歲入小學，故周官保氏掌養國子，教之六書，謂象形、象事、象意、象聲、轉注、假借，造字之本也。」其次是鄭眾的〔周禮〕「保氏」注：「六書：象形、會意、轉注、處事、假借、諧聲也。」再後是許愼〔說文〕「序」：「周禮八歲入小學，保氏敎國子，先以六書：一曰指事，指事者，視而可識，察而見意，上下是也。二曰象形，象形者，畫成其物，隨體詰詘，日月是也。三曰形聲，形聲者，以事爲名，取譬相成，江河是也。四曰會意，會意者，比類合誼，以見指撝，武信是也。五曰轉注，轉注者，建類一首，同意相受，考老是也。六曰假借，假借者，本無其字，依聲託事，令長是也。」除了班固「藝文志」，據考知是采錄劉歆〔七略〕外，鄭許兩家都是劉歆的再傳或再再傳弟子，所以可認爲劉歆的一家之學㊀。三家學說的是非同異，引起後學者許多論爭，見仁見智，很難作一定論。在下文裏我們將提到一些，並隨宜加以概括的評述，卻無法縷指；這三家的學說，是初治文字學的人耳熟能詳的，筆者卻不憚煩的予以引述，祇是因爲他們是眞正六書說理論的奠基者，尤其是許愼所作的定義，對後世治此學的人，有深鉅的影響。這三家學說的異同，值得注意的有兩點，一是名稱，二是次第。後世的學者們大抵認爲名稱宜宗許氏，而次第則以班志爲優，前鄭的說法較少受到重視。不過這祇是一般的意見，我們祇須參閱下表，便可知仍有許多家的說法是如何的紛歧，而且也是永無定論

㊀ 見唐蘭著〔中國文字學〕一五頁一行。

的聚訟。

各家六書名稱次第異同表㊀

人名	書名	一	二	三	四	五	六
班固	漢書藝文志	象形	象事	象意	象聲	轉注	假借
鄭眾	周禮解詁	象形	會意	轉注	處事	假借	諧聲
許慎	說文解字序	指事	象形	形聲	會意	轉注	假借
顧野王	玉篇	象形	指事	形聲	轉注	會意	假借
陳彭年	廣韻	象形	會意	諧聲	指事	假借	轉注
鄭樵	通志六書略	象形	指事	會意	諧聲	轉注	假借
張有	復古篇	象形	指事	會意	諧聲	假借	轉注
趙古則	六書本義	象形	指事	會意	諧聲	假借	轉注
吳元滿	六書正義	象形	指事	會意	諧聲	假借	轉注
戴侗	六書故	指事	象形	會意	轉注	諧聲	假借
楊桓	六書溯源	象形	會意	指事	轉注	諧聲	假借
王應電	同文備考	象形	會意	指事	諧聲	轉注	假借

　　以上各家對六書的名稱，班固鄭眾較爲不同，其餘各家除形聲多稱諧聲外大抵與許慎〔說文〕所稱相同。至於次第，祇張、趙、吳三家相同，其餘則幾乎是言人人殊。我們假如要探討他們對六書名稱和次第的安排，何以有此歧異？它們究竟代表着甚麼意義？不妨試加分析。現在先談名稱：其中全體一致的是象形、假借、轉注三書，其他三書中，班氏於事、意、聲統稱之曰象，鄭許於意稱會，鄭氏於事稱處，於聲稱諧，許氏於聲增之形而爲形聲，其餘各家大抵不出這範圍。唐蘭先生說：「劉歆或班固是首先對六書加以解釋的(即使還另有所本)。照他們的說法，六書是造字之本，也就是造字的六種方法。象形、象意、象聲三種，本已包括了一個字的形、音、義三方面，不過他們把圖畫實物的文

㊀　本表採自馮振〔說文解字講記〕，〔無錫國學專科學校叢書〕之十六，其中張有以下各家的原著，此時此地不易得到，因之不能對他們的理論作較詳盡的介紹，但卽此已可見一班了。

字，和少數記號文字分開，所以多出了一種象事。至於轉注和假借，實在只是運用文字來表達無窮盡的語言，跟產生新文字的方法，他們混合在一起，就和〔詩〕有六始，把風雅頌跟比興賦混在一起是一樣的。」㊀唐先生雖祇是評述劉班的六書命名，實則各家的說法都脫不了這個窠臼，他的說法也可以幫助我們對各家六書命名的了解，質言之，六書是六種構造文字的方法，也可以當作各家所主張的文字構成論看。至於唐先生的說法，顯然是受了後世六書經緯說和四體二用說的影響，這一派的看法，認爲形事意聲前四書才是構造文字的方法，而轉注假借則是運用文字的方法，這種說法，將留待下文談到六書分組問題時再予討論。我們對六書既作此了解，從而可知它們眞正的涵義，祇是說明每一個文字的構成理論，祇要知道它們的重點在形、在事、在意、抑或是在聲，上面那個字是象也好，是會也好，是處或指也好，是諧或形也好，說穿了實在無關宏旨。至於轉注和假借，實在祇是說明某某兩字的關係，和用字的方法，不能與其餘四書同等看待，經緯體用之說是較合理的，唐先生據以發展成爲三書六技之說，比起籠統的談六書，實在是一種進步的意見。其次再談次第：據上表所列，已有許多紛歧，此外還有許多不同的意見，也無暇一一列舉，但這許多不同的安排，究竟代表着甚麼意義？朱宗萊說：「余以六書次第，當從制字先後爲準。」㊁他這話是正確的，然則有關六書次第的意見，實是代表各家對文字發生先後的一種認識，不然，六書次第的討論，便將毫無意義。關於文字發生的孰先孰後，實是一個重大問題，而且當文字孳乳浸多之後，往往輾轉相生，互爲因果，其中糾纏綜錯的關係，不對每個文字各別的譜系加以考察，很難理出頭緒，而這又是極繁難瑣屑的工作，筆

㊀　見唐著〔中國文字學〕第六八頁。
㊁　見朱著〔文字學形義篇〕「六書釋例」。又清代張行孚「六書次第說」也有：「按六書次第，當以制字先後爲敍」之說，見〔說文解字詁林〕前編中「六書總論」一一八頁，爲朱說所本，前人當早有此說，未遑詳考。

者不想在此作枝節的討論，那將如治絲益棼，這問題且留待下文
第五節粗舉大端，加以探討。在六書說的討論裏，與名稱和次第
有同等重要性的，還有一種有關每一書體彼此間同異的討論，其
間紛歧的情形，決不下於名稱和次第的研討，自然也不能細說，
大致上可別為綜合與分析兩大派，前者着眼於同，是六書的分組
問題；後者則包括所謂「兼書」「正變」之類的諸種學說，是着眼
於異。談到六書綜合分組問題，唐蘭先生有一段話：「〔說文〕
序又說：『倉頡之初作書，蓋依類象形，故謂之文，其後形聲相
益，卽謂之字，字者言孳乳而寖多也』。他顯然把『依類象形』，
跟『形聲相益』來畫一個界限，一曰指事，二曰象形，都是『
文』，三曰形聲，四曰會意，都是『字』；再加轉注和假借兩樣
方法，把六書分成三類，後來徐鍇所謂『六書三耦』，我們可以
說就是許叔重的原意。」⑤許序原文雖沒有明言六書分組，唐先
生如此詮釋，與許君六書次第相合，應該是正確的，這可說是最
早的六書綜合分組的概念。徐鍇演繹此意：「大凡六書之中，象形
指事相類，象形實而指事虛；形聲會意相類，形聲實而會意虛；
轉注則形事之別，然立字之始，類於形聲，而訓釋之義，與假借
為對；假借則一字數用，轉注則一義數文；凡六書為三耦也。」
⑥他不但分六書為三耦，每耦之中又各分虛實，後世治六書說的
人，祖述此說的頗為不少。鄭樵也有類似的說法，他在〔通志〕
「六書略」裏開宗明義的說：「象形指事文也，會意諧聲轉注字也，
假借文字俱也；象形指事一也，象形別出為指事；諧聲轉注一也，
諧聲別出為轉注；二母為會意，一子一母為諧聲。」⑦這一段
文字在基本觀念上，和徐鍇的六書三耦說，是大致相類的，所不
同的，鄭氏並會意諧聲轉注為一組，完全接受了許君文與字分野
的意見，這還是有所祖述，重要的是他對假借所持的特別看法，

　⑤　見唐著〔中國文字學〕第六九頁。
　⑥　見〔說文繫傳通釋〕卷第一「上」字條下。
　⑦　見鄭著〔通志〕「略」第七卷「六書略」第一，「六書序」。

據上引可知他看出假借是有文有字的 ， 卻與二者有別， 另爲一
組，他覺得六書裏假借最難講，他說：「六書之難明，爲假借之難明
也，六書無傳，惟籍〔說文〕，然許氏惟得象形諧聲以成書，牽於
會意，復爲假借所擾，故所得者亦不能守焉。」⑧然究其實他所
說假借卻最多可議。另有一派着眼於六書基本功能上的同異，而
加以分組的，首倡此說的似乎是明代的楊愼⑨，孔廣居「論六書
次第」：「明楊氏愼謂四象爲經，注借爲緯，誠不易之論也。」㊀戴
震顯然接受了楊氏的觀點而加以發揮，他說：「大致造字之始，無
所憑依，宇宙間事與形兩大端而已，指其事之實曰指事，一二上
下是也，象其形之大體曰象形，日月水火是也；文字既立，則聲
寄於字，而字有可調之聲，意寄於字，而字有可通之意，是又文
字的兩大端也，因而博衍之，取乎聲諧曰諧聲；聲不諧而會合其
意曰會意；四者書之體止此矣。由是而之於用，數字共一用者，如
初、哉、首、基之皆爲始，卬、吾、台、予之皆爲我，其義轉相
爲注曰轉注 ； 一字具數用者；依於義以引申；依於聲而旁寄，
假此以施於彼曰假借，所以用文字者 ， 斯其兩大端也 。 六者之
次第出於自然，立法歸於易簡。」㊁這就是後世所稱的四體二用
說，有反對的，有贊成的，前者持班固「造字之本也」一語爲根
據，班氏語意稍涉含混，用以爲駁戴說的論據是不夠的，平心而
論，除了戴氏所說以同訓爲轉注，以引申爲假借之一種，確有可
商外，其立論大旨，實較一般的六書說爲進步，唐蘭先生的三書
六技之說，實是師戴氏之意，加以發展修正而成，容稍後再加引
述。此外又有正貳，和君臣佐使之說，江聲說：「蓋六書之中，

⑧ 見鄭著〔通志〕「略」第十卷「六書略」第四「假借第六」。
⑨ 楊愼的〔升庵文集〕，此間找不到，有〔升庵經說〕一種，草此文前，曾約
  略翻過，也沒發見談六書的文字， 因此祇能據後人著述轉引， 至於楊氏之
  說，是否另有所本，因參考書缺乏，未遑詳考。
㊀ 見〔說文解字詁林〕前編中「六書總論」一○七頁，孔氏「論六書次第」一
  文。
㊁ 見〔戴東原集〕卷三「與江愼修先生論小學書」。

象形會意諧聲三者是其正，指事轉注假借三者是其貳，指事統
于形，轉注統于意，假借統于聲。」⊜這大抵是三耦說的修正。
王鳴盛說：「指事君也，象形臣也，形聲會意轉注佐也，假借使
也。」⊜這是前引鄭樵「六書序」意見的修正，與經緯體用之說，
也有其相類之處，雖然分得較細，卻不免牽強，遠不及體用說的
精闢。江王兩說，對後學影響不大，可以存而不論。以上是有關
六書分組的幾種主要學說，現在我們再看另一派——分析派的意
見。所謂分析派，自然和綜合派一樣都是筆者杜撰的名詞，這一派
的學者意見也非常紛歧，但是有一共同之點，便是他們有感於用
基本的六書說去分析每一文字，往往遭遇到類屬不清的困難，便
想作更精密的分析，將六書中的每一書分得更細密，希望使每一
個文或字，都有它確定隸屬的書體，不再混淆不清。這理想是好
的，無如文字的發生和衍變，非出於一時、成於一人，更非先懸
六書之條，然後造字，其現象過於綜錯複雜，六書說不過是後人
研究這複雜的現象，歸納所得的六種較有概括性的條例，自然有
少數文字不能得到適當的歸類，因之這一派學者的努力，往往如
治絲益棼，而徒勞少功。這一派較早的知名學者，應推鄭樵，他
在「六書序」裏說：「六書也者，象形為本，形不可象，則屬諸事，
事不可指，則屬諸意，意不可會，則屬諸聲，聲則無不諧矣。五
不足而後假借生焉。」⊜他對文字發生過程所作的這種解釋，對
唐先生的三書說，尤其對筆者在本文第五節所持的看法，都有啟
示作用，這點容待第五節中再行討論。鄭氏這一段文字還祇是六
書通論，沒有提到分析的意見，不過他在「六書圖」裏，將象形分
為正生、側生、兼生三大類，正生又分為象天物、山川、井邑、

　⊜　見〔說文解字詁林〕前編中「六書總論」一一○頁，江氏「六書說」。

　⊜　見〔說文解字詁林〕前編中「六書總論」一一五頁，王氏「六書分君臣佐使
　　　說」。王氏另有「六書原本八卦出非一時」、「六書倉頡已備其名至周始定」
　　　二文，見同上及一一六頁，以與本節所論較遠，且其說亦涉迂曲，未加贅引。

　⊜　見鄭著〔通志〕「略」第七卷「六書略」第一「六書序」。

草木、人物、鳥獸、蟲魚、鬼物、器用、服飾之形十小類；側生
分象貌、數、位、氣、聲、屬六小類；兼生分形兼聲、形兼意二
小類；凡象形之類十八。諧聲分正生歸本、變生二大類，正生歸
本統屬了九八％弱的形聲字，不再分小類；而將二％強的特殊形
聲字歸之變生，下分子母同聲、母主聲、主聲不主義、子母互為
聲、三體諧聲、聲兼意六小類，凡形聲之類七。指事分正生歸
本、兼生二大類，兼生之下又分事兼聲、事兼形、事兼意三小
類；凡指事之類四。會意分正生歸本、續生──三體會意二大
類，凡會意之類二。轉注分建類主義轉注、建類主聲轉注、互體
別聲轉注、互體別義轉注四小類，凡轉注之類四。假借分託生，
反生二大類，託生又分同音借義、借同音不借義、協音借義、借
協音不借義、因義借音、因借而借、語辭之借、五音之借、三詩
之借、十日之借、十二辰之借、方言之借十二小類；反生則為雙
音並義不為假借，凡假借之類十三。經此細分，六書變為四十八
類㊺。這種細分的辦法，本在力求精密，但仔細考究起來，不但
定名過於瑣屑，歸類頗多困難，而且仍多例外，實是徒勞少功，
遠不如他的「六書序」能對於文字發生問題，解釋得那麼洞中肯
綮。但這是較早的採取分析法以研究六書說的一位學者，此後
採取相同觀點的，頗不乏人，朱駿聲「說文六書爻列」對六書的
分類是：指事分指事、象形兼指事、會意兼指事、形聲兼指事，
凡四類。象形分象形、形聲兼象形、會意兼象形、會意形聲兼象
形，凡四類。會意分會意、形聲兼會意，凡二類。形聲分形聲、
兼指事、兼象形、兼象形會意、兼會意，凡五類。轉注、假借則
未再分類。總計十七類㊻。王筠於六書分為正例、變例兩大類，
所論枝蔓，不能盡錄，僅就其所著〔說文釋例〕目錄中與此有關
者，摘錄如下，以見一斑：「指事：正例一，變例八。象形：正

　　㊺　見鄭著〔通志〕「略」第一卷「六書圖」。
　　㊻　見朱著〔說文通訓定聲〕卷首「六書爻列」。

例一，而其類五，變例十。形聲：亦聲，此形聲、會意二者之變
例；省聲，此形聲之變例，兼有會意之變例。會意：正例三，變
例十二。轉注。假借。」計四十四類，他的分類法瑣屑枝蔓，很
多不足爲訓。這是從分析的觀點研究六書的幾家較有代表性的學
說。近人唐蘭先生治文字學，從〔說文〕入手，進而從事古文字
學之研究，有極大的創獲，他對六書說作了很重要的修正，可
謂前無古人，他說：「由原始文字演化成近代文字的過程裏，細
密的分析起來，有三個時期：由繪畫到象形文字的完成，是原始
期。由象意文字的興起到完成，是上古期。由形聲文字的興起到
完成，是近古期。」㊧他如此簡要地說明了文字發生的過程，進
而對文字作了合理的分類，這是他的三書說的張本，在他原文以
下的章節裏，對三種文字有較詳盡的敍述㊨，請讀者參閱。他又
說：「我在〔古文字學導論〕裏建立了一個新的系統，三書說：
一、象形文字，二、象意文字，三、形聲文字。象形象意是上古
期的圖畫文字，形聲文字是近古期的聲符文字，這三類可以包括
盡一切中國文字。……象形文字一定是獨體字，一定是名字，一
定在本名以外不含別的意義。……象意文字是圖畫文字的主要部
分。在上古時期，還沒有發生任何形聲字之前，完全用圖畫文字
時，除了少數象形文字，就完全是象意文字了。象意文字有時
是單體的，有時是複體的。單體的象意文字有些近似象形文字，
不過象意字注重的是一個圖形裏的特點，……此外可以不管，
這是象形字和單體象意字的分別。複體象意文字有些近似形聲文
字，不過象意字的特點是圖畫，只要認得它原是圖畫文字，從
字面就可以想出意義來，就是象意文字。象形和象意同是上古期
的圖畫文字，……『物相雜謂之文。』所以我們又把它們叫做
『文』。……形聲字的特點是有了聲符，比較容易區別，不過有

㊧　見唐著〔古文字學導論〕上冊三〇頁。
㊨　見唐著〔古文字學導論〕上冊三〇—五〇頁。

些聲化的象意字，雖然也倂在形聲字的範圍裏，就它原是圖畫文字的一點，我們依舊把它列入象意字。……眞正的形聲字都是近古期的新文字，是用聲符的辦法大批產生的，〔說文〕說：『形聲相益，卽謂之字，字者言孶乳而浸多也。』所以我們就把形聲叫做『字』。象形、象意、形聲，叫做三書，足以範圍一切中國文字，不歸於形，必歸於意，不歸於意，必歸於聲。形意聲是文字的三方面，我們用三書來分類，就不容許再有混淆不清的地方。假使單從名稱上看，我們的三書有些近於劉歆、班固，不過沒有要象事，因爲這只是象形的一小部分。也沒有用象聲，而採用許愼的形聲，因爲純粹的象聲文字，事實上是沒有的。……在實際上，我們的象形，不是一般的所謂象形，我們的象意，更不是一般的所謂會意。以前的所謂六書，不能範圍一切文字，因之，要有兼兩書兼三書的字，名爲六書，至少要分十多類，分法也各人不同。現在，三書可以包括一切中國文字，只要把每一類的界限、特徵弄清楚了，不論誰去分析，都可以有同樣的結果。」㊄這顯然是受了鄭樵「六書序」的啟示，加以修正後的新意見，但他沒有走鄭樵「六書圖」裏分析的舊路，卻採用了三耦說綜合歸納的觀點，舊瓶新酒的創造出一套嶄新的文字學分類的理論，這當然得歸功於他對古文字學所具深厚的知識，和他獨到的見解，從舊有對六書所作的許多種研究裏，一下進入三書說的新境界，眞如撥雲霧而見靑天，可說是中國文字學史上值得大書特書的盛事。讀者們當然會發見到在上引的文字裏，不見了習見的指事、轉注、假借三書，唐先生曾說：「學者們常以爲指事在象形前，是在上古突然產生的純文字，我在上面已說過文字是由圖畫逐漸變成的，上古文字，只是從形符發展成意符，決不

　㊄　詳見唐著〔中國文字學〕七五－七九頁。又〔古文字學導論〕下冊六五－
　　　六六頁裏，有對六書說的批判，和三書說的界說，請讀者參閱，不贅引。

會先有意符，尤其不會先有形意俱備的文字，而後來反分做純形符或純意符，所以指事這個名目，只是前人因一部分文字無法解釋而立的。其實這種文字，大都是象形或象意文字，在文字史上，根本就沒有發生過指事文字。」⊜至於轉注和假借，唐先生卻將它們歸入了六技之列，他說：「……『分化』，『引申』，『假借』，是文字史上三條大路，分化是屬於形體的，引申是屬於意義的，假借是屬於聲音的，不過也有借形體的。……有這三種方法，使我們上古的圖畫文字，曾經過一個很長的時期。……由舊的圖畫文字轉變到新的形聲文字，經過的途徑有三種：一是『孳乳』，許叔重說：『其後形聲相益，卽謂之字，字者，言孳乳而浸多也』，孳乳是造成形聲文字的主要方式，大部分形聲字是這麼產生的……二是『轉注』，這是六書裏原有的，許慎說：『建類一首，同意相受，考老是也。』……在語言裏一語數義，到文字裏別之以形，內含的意義太多了，各各添上形符來作區別，這是孳乳字。反之，數語一義，寫成文字時統之以形，同意語太多了，找一個最通用的語言作形符來統一它們，所謂『建類』一首，就是轉注字。……三是『緟益』，〔說文〕：『緟，增益也。』所以我們稱爲緟益，就是說這總是不需要的複重跟增益。因爲文字既不是一手創造的，當然不會有一定的條例，在幾千百年綿長的時期的演化裏，主要的趨勢，固然只是孳乳和轉注，但是，例外的、特殊的、不合理的緟益，也不在少數，最後甚且要喧賓奪主，我們如其從歷史眼光去看，這是很重要的。………分化、引申、假借、孳乳、轉注、緟益，我把它叫做『六技』，是說明古今文字構成的過程的。分化、引申、假借是一類，自有文字，就離不開這三種方法。由圖畫文字變爲形聲文字後，又增加了孳乳、轉注和緟益三類。文字的構造，因而顯得愈錯綜，也愈

⊜　見唐蘭著〔古文字學導論〕上冊三一——三二頁。

複雜了。」㊂ 所謂「六技」，自然是指構成文字的六種技術，而且唐先生也明白的指出，分化、引申、假借是一類，是指由圖畫文字發展到象徵文字的過程裏，增加文字的方法；而後三者則又是一類，是指有了形聲字以後，增加文字的方法；他用三書類別文字，而用六技類別構成文字的方法，但其實象形、象意、象聲，三者本身原就是構成文字的三種方法，我們看不出它們和所謂「六技」，在「構成文字的方法」這一意義上，有何基本上的差別？而且我們更進一層看，用分化和引申兩種方法所增加的文字，仍然是象意字；假借則原就是六書中的假借；用孳乳、轉注和繁益三種方法所增加的文字，仍然是形聲字，而且從其廣義而言，象形字變成象意字，和假借字加注形符變成原始形聲字，或是用形符加注聲符而成的大部分形聲字，這些構成文字的方法，又何嘗不可以稱之曰孳乳？假如我們祇是說，三書是文字的三大類，而六技則是這三類文字孳乳寖多的過程裏，所採用的幾種不同的方法，原無不可，但一定要將「三書」、「六技」，涇渭分明地加以劃分，似乎沒有很大的必要，而且也不易作到，因爲它們在基本意義上，和名詞的語意上，仍涉含混。我們可以理解三書六技說，實際上是從四體二用說修正發展而成，也較後者爲進步，但這種安排並非全無瑕疵可尋的，此點，筆者將在下文第五節中提出一些修正的意見。此上不過擇要將六書說的發展，作粗枝大葉的評述，以爲下文討論的張本，並沒有、也不能將所有有關六書說的論著，詳加評介，這原非本文寫作的目的。

三、甲骨文字的六書分類

本節的主要內容，是將所有形音義可以確知的甲骨文字，用六書的觀點，加以分析和歸類。在前人的研究工作裏，已不乏先

㊂　詳見唐著〔中國文字學〕九三－一〇二頁。

例，像鄭樵的「六書略」，朱駿聲的「六書爻列」，都是類似的
工作，不過他們研究的對象不同，鄭是宋代所通行的文字，朱則
是〔說文〕裏所收的小篆，而本文所討論的則是甲骨文字。從事
這類的工作，雖然力求客觀，但主觀的成分仍是無法完全避免，
鄭朱兩氏的分類裏，已有許多可疑之處，以筆者學識的譾陋，何
敢望鄭朱的項背，錯誤是必不能免的，但寫作本文的目的，是想
對整個現象，作全盤的了解，希望從分析和綜合的過程裏，得到
些統計數字，然後據以作出些推測和解釋，原不敢奢望能得到十
分確定的結論，那麼雖然一兩字的考證或歸類錯誤，也會影響到
統計的正確性，但祇是據以對整個現象作推測和解釋，仍是有其
價值的。本文據以統計歸類的甲骨文字，以拙編〔甲骨文字集釋〕
一書裏所收的為主，但以那些形、音、義均可確知的為限，因為
那是構成文字的三要件，其中有一個未知數，便不能確定那個字
的類屬，因之，〔集釋〕裏所收的〔說文〕所無字，大半只能加以
隸定，形是確定了，而音義不可確知，便都不予計列。但有一部
分〔說文〕所無字，如牂、牝、牡、牷之類，我們確知牂是從羊從
士，士亦聲，它的意義是代表雄性的羊，雖然在〔說文〕和後世
字書裏已不復存在，但在當時確是活生生的文字，自然不能因為
他們不見於〔說文〕而予廢棄。本文的統計，既然已經摒除了一部
份形音義不可確知的文字，自然不是全部甲骨文字，更不是全部
商代文字⊜，這點是應先予認清的。甲骨文裏有了不少假借字，
雖然形體只有一個，但本義和借義截然不同，自然應當兩個不同
的文字看待，因之在本文的統計裏，假借字通以兩字計列，又有
些字不只一個借字，如風多數借鳳字，但亦借蘆；禍多數借咼字，
但亦借猲；像這種情形，連本字在一起，便都以三字計列。又如

⊜ 甲骨文字是卜辭記錄，先天的受了目的的限制，凡與需要占卜的事項無關的
文字，自然沒有機會在甲骨文字裏出現，至於當時民間日常所使用的文字，
可能書於竹木，無法保存至今，所以當時的全部文字，必然會較甲骨文為稍
多的。

「又」或借爲「有」，或借爲「祐」，或借爲「姷」，便以四字計列了。甲骨文字在文字發生和衍變的過程裏，還在衍變得比較急劇的階段，不像小篆那樣已經趨於大致定型㊂，因之有本爲象形，而或體爲會意的，如索字作[象形]，是象形，或體作[字]，象兩手糾合繩索之形，是會意；有會意形聲並行的，如烖災二字的意義同是火災，而烖字作[字]，從火，才聲，是形聲，災字作[字]，從宀從火，象房屋下面有火，是會意。雖然一個字也許有好幾個或體，仍然只是一字，但作六書分類統計時不得不着重該字構成的方法，而分別在其所屬的書體裏先後出現，如索字在象形裏出現一次，在會意裏又出現一次，這只代表在分類統計上的兩個單位，而不是在甲骨文裏的兩個不同文字，根據以上的了解，可知本文的統計，只是甲骨文字六書分類的統計，不是甲骨文字的統計，也不代表其他的意義。現在讓我們將列入統計的甲骨文字，參照鄭朱兩氏的方法，表列如下：

象形

元	天	帝	示	王	玉	珏	气	士	中	屯	屮	㊀
小	少	介	采	牛	口	單	止	行	齒	足	龠	册
㊁	舌	干	函	辛	姜	鬲	孔	又	彗	ナ	聿	殳
毀	甫	專	卜	用	葡	爻	㊂	目	眔	眉	敏	自
羽	隹	雞	萑	羊	美	鳥	鳳	朋	舄	幺	絲	重
冎	骨	肉	刀	角	㊃	竹	箕	工	乃	可	于	壺
鼗	豆	豐	虎	皿	盧	去	主	井	皀	卷	爵	食
合	火	缶	矢	高	京	㠱	皋	畐	面	來	麥	夂
夒	舞	弟	㊄	木	條	朱	槃	枼	東	無	叕	桑

㊂　文字是一些個別的有機體，直到現在，一直在生息變化，嚴格的講，定型一說，壓根兒沒有成立的可能，這裏所謂大致定型，祇不過是一種比較的說法而已。

函 穗 黼 屎 須 猺 猴 泉 門 ㊁ 埽 升 未

毋 秫 帚 虎 首 豕 犬 州 戶 弘 土 學 巳

囧 禾 罕 尸 面 而 兔 川 不 弓 凡 斗 辰

晶 录 罕 卒 頁 長 麟 淵 龍 亡 甾 俎 丑

日 鼎 青 衣 ㊇ 磐 鹿 水 燕 我 眉 且 子

肰 青 身 旡 石 鷹 水 魚 戌 黽 且 辛

束 宮 先 兔 岳 ㊈ 壺 霝 氏 戈 蜀 龜 力 戊

貝 齊 向 依 兔 岳 壺 霝 氏 戈 蜀 龜 力 丁

橐 栗 耑 企 兒 鬼 臮 矢 雨 氏 虫 疇 黃 寧 ㊃

垂 卤 米 人 舟 卜 豸 大 亼 乂 絲 田 白 戌

索 朿 黍 ㊆ 尸 文 糸 火 永 耳 糸 堇 車 申 酉

以上象形二七六字，佔總數二二‧五三％強。

指事

一 上 下 三 ㊀ 必 ㊁ 叉 卜 ㊂ 芈 肘 刃
㊃ 曰 彭 血 丹 ㊄ 朱 ㊅ ㊆ ㊇ ㊈ 亦 ㊉
㊋ 弦 ㊌ 二 亟 ㊍ 四 ㊎

以上指事二〇字，佔總數一‧六三％強。

會意

祭 祝 璞 芻 蘊 折 薅 莫 ㊀ 八 分 公 牭
慘 牢 喙 吹 名 启 戍 周 商 各 吠 叩
前 矍 登 癹 步 正 走 征 逆 徙 遘 逐 廿
得 冊 延 嚳 甓 ㊁ 朏 屰 向 古 十 戒
卌 馭 訊 詩 競 對 品 僕 畀 弄 弅

曼　婁　敖　離　幽　韌　臺　內　柵　生　眔　香　瘳　何　眾　⑧　麤　竅　派　聖　女　戍　編　籌　疑

宎　肄　宼　雀　幼　剹　鼓　飢　杲　睍　黎　突　保　丘　歙　肆　怒　夷　衍　至　抖　戩　絕　③　季

鬥　事　敗　隻　毋　制　喜　養　枚　出　晉　秭　宗　⑦　北　吹　豩　狀　夾　溫　乳　挾　戎　③　荔　孕

妝　史　攸　眻　蕭　刪　旨　甕　⑤　之　⑥　秦　敝　比　尋　豕　獲　赤　渆　②　拕　肇　孫　男　獸

為　取　妝　相　鳴　初　卤　即　韋　森　買　凤　宿　幀　從　先　岳　尨　炎　立　谷　摯　民　医　圣　陟　奠

執　友　歜　眹　棄　冊　直　乘　才　邑　多　宋　臬　幷　見　豫　臭　焱　②　漁　承　氏　系　畕　曹

羹　敊　叕　臱　集　利　甘　阱　嗇　林　賴　明　寶　鸝　艮　就　畏　冤　③　雷　授　民　医　圣　降　④

農　艮　啟　③　歺　哉　典　覃　休　困　族　楸　麗　化　艮　辟　麤　災　奚　涉　珥　妝　區　堛　陵　酋

晨　反　尋　占　雔　死　典　盡　休　困　族　兒　妣　老　卯　埶　焚　罪　沬　膱　晏　戔　它　官　酒

要　秉　啟　牧　霍　占　④　益　辇　析　囚　旅　兒　妣　老　卯　埶　焚　罪　沬　膱　晏　戔　它　官　酒

興　及　殳　改　義　爭　彀　虓　尤　采　國　旋　名　疲　咎　監　印　駁　隶　奏　淫　聞　好　武　蟲　興　羞

異　焚　臧　敗　罷　受　解　虢　疾　俘　聖　卿　⑨　炆　圄　休　聲　母　笔　蚰　斫　育

兵　尹　臣　芦　徹　爰　耤　登　躲　臬　束　昔　春　广　伐　壬　令　豚　燕　執　汙　聽　妻　或　彝　処　弄

---

⑤　此與第二卷吹字重出，〔說文〕已有此誤。

以上會意三九六字，佔總數三二‧三三％弱。

形聲

旁　社　福　祐　祀　祐　斯　禦　禪　每　崔　萌
弗　茇　蒿　春　薉　葬　⊖　牡　䄾　犁　犧　擾
噱　召　問　唯　唐　吝　喝　喪　趄　歷　歸　歲
徒　過　進　遷　迨　遘　逢　通　趄　避　退　追
達　途　循　役　徍　徬　復　御　逷　行　穌　嗣
⊜　囂　句　千　言　舉　弇　虜　踉　簕　戲　效
牧　攷　攻　雉　敘　教　學　嗇　萬　餗　魯　智
習　娶　罕　雞　雛　鷯　雍　堆　瞋　胖　茷　曶
社　粃　粵　鳳　虎　虎　䡇　腹　觀　雚　簋　煬
聲　寧　復　粵　⊕　楚　盂　盦　剛　荊　倉　櫛
亳　厚　柄　致　某　昕　虢　柳　盧　青　宋　邦
相　槃　啻　柄　昱　宅　旂　宣　柏　樹　購　稷
⊗　時　粳　家　家　伊　室　庌　貯　貯　犁　宕
稼　季　帛　帛　兜　視　醴　倞　盟　宄　傳　奎
寮　睪　舨　狐　兔　⊚　驪　歃　宰　任　廣　龐
考　般　狄　狷　狂　狂　狄　駁　佩　俋　奠　麂
磏　狳　狺　羆　粮　䄒　豕　貓　邵　邵　犰　獄
塵　閔　熹　淮　潢　樂　滮　烝　烈　醜　沮　洛
煡　油　淮　潢　雪　湳　湾　霝　狐　馳　浥　沚
汝　濘　潢　雪　杯　湄　霖　姬　慶　狸　汰　洒
氾　粼　杇　杯　姓　霜　姜　誠　演　⊖　將　捘
濤　扥　契　嬪　娀　婢　奴　妨　瀧　婦　妊　妹
扔　姝　姝　媟　媟　孿　孿　龗　娶　嫩　娠　妭
姪　　　　　　　　　　娥　媜　匜
如

　㊂ 紹 紊 綠 紷 纛 艱 坒 畯 彊 ㊁ 鑊 鍰
斧 新 陽 隓 陴 成 聑 薜 悟 ㊃
以上形聲三三四字，佔總數二七·二七％弱。

假借

禮假豐爲禮。祿假彔爲祿。祥假羊爲祥。福假畐爲福。祐假又爲祐。祡假此爲祡。祖假且爲祖。祠假司爲祠。禘假帝爲禘。禍假咼爲禍，又假猧爲禍。祟假祟爲祟。㊀命令字重文。歲假戌爲歲。征假正爲征。遣假𦥑爲遣。迤假𤔔爲迤。屠假途爲屠。復假復爲復。徃坒字重文。得假尋爲得。後假毓爲後。㊁千假人爲千。評假乎爲評。音言字重文。父假斧爲父。殺假𣪠爲殺。貞假鼎爲貞。用假甬爲用。㊂㝱眔爲涕之本字，假爲與暨字。百假白爲百。翌假羽爲翌。副假畐爲副。剔假㪍爲剔。㊃ 卤本象器物之形，假爲語辭之廼。卣本象器物之形，卽卣字，假爲語辭。可柯之本字，假爲肯可之可。于竽之本字，假爲語辭之于。嘉假㘩爲嘉。去本象器物之形，𠫓之本字，假爲來去字。饙假喜爲饙。饉假堇爲饉。來本象來麥之形，假爲徃來字。㊄東橐之本字，假爲四方之名。師假𠂤爲師。南假㝵爲南。貢假工爲貢。賞假商爲賞。鄙假啚爲鄙。酆假豐爲酆。鄭假奠爲鄭。邢假井爲邢。郤假余爲郤。鄉饗之本字，假爲鄉縣字。㊅旾假𡆥爲旾。晦假每爲晦。昕假㫃爲昕。有假又爲有。夕假月爲夕。秋假龜爲秋，又假條爲秋。稻假糧爲稻。宜假組爲宜。白本象擘指形，假爲黑白字。㊆伯假白爲伯，仲假中爲仲。儐假賓爲儐。作假乍爲作。侵假㞢爲侵。使假事爲使。北背之本字，假爲方名。方方字本義不詳，假爲方國字。兄本義未詳，假爲兄弟字。觀假雚爲觀。㊇卿假饗爲卿。旬假勹爲旬。㊈驟假𩦡爲驟。獻假鬳爲獻。燔假釆爲燔。亦腋之本字，假爲語辭。悔假每爲悔。㊉雪假彗爲雪。非本義未詳，假爲是非字。ⓧ西甾之本字，假爲方名。揚假易爲揚。婦假帚爲婦。母假女爲母。妣假匕爲妣。姤假又爲姤。毋假毋爲毋。弗本義爲矯弗，假爲否定辭。我本爲器物之象形，假爲第一人稱，

壘假亡爲無。　㈢　終假冬爲終。綏假妥爲綏。風假鳳爲風。又假蘆爲
風。在假才爲在。　㈢　錫假易爲錫。五茳之本字，假爲數名。六假入
爲六。七切之本字，假爲數名。九肘之本字，假爲數名。禽假罕爲禽。萬
蠆之本字，假爲數名。　甲　乙　丙　丁　戊　己　庚　辛　壬
癸　子　干支二十二支字，其中部分本義可知，部分未詳，但用爲干支字，
都是假借。挽假冤爲挽。丑　寅　卯　辰　巳　午　未　申　酉
說明見上「子」字下。醴假豊爲醴。戌　亥說明見上㈡。

以上假借一二九字，佔總數一〇‧五三％強。

　　轉注：甲骨文中未發現任何兩字可以解釋爲轉注字的例子。

　　未詳：文字的創造，非出於一人，成於一時，原無一定的條
例，所謂六書，不過是後人研究文字發生衍變的綜錯複雜過程，
歸納所得的六種條例，它可以類別大多數的文字，但也有部分文
字，用六書去解釋，無從得到明晰的類屬，此所以有上述分析派
的所謂兼書、正變一類學說的產生，更有一部分文字，根本無法
適用六書的解釋，這大都因爲文字衍變時發生譌變所致，這種現
象，愈到晚期，在數量上本應愈多，但因晚期大量增加的文字，
幾乎全是形聲字，一個形符，加注一個聲符，簡單明瞭，較少譌
變的可能，　因之在〔說文〕及後世字書裏，　無法用六書解釋的
字，在數量上定有增加，但在百分率上，當較甲骨文裏這類字所
佔的爲小，此點未經分析統計，不敢斷言。現將甲骨文裏這類文
字列舉於下：

○	㊀	曾	公	余	告	呈	吉	哭	㊁	商	㊃	覒
鳶	鷹	再	宧	予	㊃	巫	丂	丂	乎	丏	今	會
入	央	良	㊄	杏	帀	賓	㊅	昏	昌	屮	宧	同
㊆	弔	妟	彤	方	允	兄	次	㊇	后	司	易	易
㊈	驛	丽	莽	㊁	多	非	㊀	誠	義	亡	乍	匃
㊂	虞	率	恆	㊁	陸	亞	甲	乙	尤	丙	己	壬
癸	寅	卯	以	午	亥	㊃						

以上未詳七○字，佔總數五・七一％強。

　　以上甲骨文字六書分類統計表，總計一二二五字。現在另舉
兩種晚出文字的六書分類統計數字，以資比較。一種是朱駿聲的
「六書爻列」，他所根據的是〔說文〕，總字數九四七五字，比
〔說文〕正文九三五三字多出一二二字，應該是包括了新修、新
附、佚文之類的結果；一是鄭樵的「六書略」，鄭氏是南宋人，
那時〔廣韻〕早已成書，但「六書略」所收的總字數爲二四二三
五字，比之〔廣韻〕的二六一九四字，少了一九五九字，鄭氏作
統計時，未說明所據何書，僅提到他自己所著的〔象類書〕和〔
六書證僞〕，而且在諧聲字的統計裏，明言是根據〔六書證僞〕，
但二書今俱無傳，他所根據的，可能是孫恼所增今已亡佚的〔唐
韻〕，但已無從查考了。現將甲骨文字、「六書爻列」、「六書
略」三種分類統計數字及百分比，表列如下：

		象形	指事	會　意	假　借	形　聲	轉注	未詳	總計
甲骨文字	字　數	276	20	396	129	334	0	70	1225
	百分比	22.53強	1.63強	32.33弱	10.53強	27.27弱	0	5.71強	100
六書爻列	字　數	364	125	1167	115	7697	7	0	9475
	百分比	3.84強	1.32弱	12.31強	1.21強	81.24弱	0.07強	0	100
六書略	字　數	608	107	740	598	21810	372	0	24235
	百分比	2.50強	0.44強	3.05強	2.47弱	90.00弱	1.53強	0	100

上列三種文字所屬的時代，第一種比第二種，約早一二○○年；
第二種比第三種，約早一○○○年。其間有幾點值得注意的現

象：一是甲骨文裏沒有發現轉注字⊗，而假借字所佔百分比頗
高。一是形聲字隨時代的進展，而有顯著的、大量的增加，因此
各種書體的百分比，有了顯著的消長。另一是從甲骨文的六書分
析，我們發見到所有一二九個假借字中，除了唯一但可疑的假途
爲屠；和另一原有象形本字，而後來反借用一個形聲字爲借字，
如且或作沮；和另一原有借字是象形，但晚期卻另行採用了一個
形聲字爲借字，如初期假咼爲禍，晚期則假猾爲禍的少數例外，
其餘一二六個假借字的本字，都是象形、指事或會意字，絕沒有
一個形聲字。這些現象，留待第五節裏再討論。至於「六書爻列」
和「六書略」裏面，都未列「未詳」一欄，是因爲以前治文字學
的人，對許愼所標擧的六書義例，和〔說文解字〕裏的說解，都
一體服膺，少致疑議，因之有許多許君所作牽強附會的解釋，也
予接受，自然不會有「未詳」的字，可毋深論。「六書爻列」所
列轉注僅七字，他給轉注所作的定義是：「轉注者，體不改造，
引意相受，令長是也。今擧革、朋、來、韋、能、州、西七字，
以爲轉注之式。」⊗然則他所認爲的轉注，當然不止七字，而究
其實，朱氏所謂轉注，乃相當於唐氏六技中之引申，與轉注無
涉，他的統計數字，自然也不十分正確了。

四、文字的聲化趨勢和衍變過程中所產生的 混亂現象

　　中國文字發展到注音的 形聲文字，已經達到完全成熟的階
段，它能因應一切文化發展的需要，可以取之不盡，用之不竭。

⊗　鄭樵在「六書略」裏，列唯佳爲互體別聲轉注，甲骨文裏已發見佳唯二字同
　用爲語辭，但這祇是表音文字由濫觴到完成過程中的自然現象，佳用爲語辭
　是假借，有了形聲造字的辦法後，在假借字上加形符，是爲原始形聲字，等
　於給語辭造了本字，二者只是本字借字的關係，並非轉注的關係，鄭氏的説
　法，是不可信的。

⊗　見〔説文通訓定聲〕卷首「六書爻列」轉注敘。

甲骨文字中已經有了相當數量的形聲字，其中有許多是新造的，而另一部份則是由原有的象形、指事、會意和假借字改造而成的，這種現象在後世文字發展還沒達到大致定型的階段裏，也隨時可見，我們姑且將這種現象叫做文字的聲化，而將那些由象形、指事、會意、假借改造而成的——尤其是由假借加注形符而成的——形聲字，叫做原始形聲字，那些原來沒有，純粹由一形一聲相配合而成的後起形聲字，叫做純粹形聲字。這種現象是很自然的，我們祇要試想一下，有一概念於此，要創造一個文字將它表達出來，用象形、指事、會意的造字方法，往往無法完成，不得已時，只好借用一個與此概念語音相同或相近的已有文字，來加以代替，這便是假借；不過這種辦法是不很方便的，而且在這個借字的使用，還沒有約定俗成被大家所接受時，一定發生混淆不清的弊病，但假如我們用形聲構字的辦法，祇要選取一個與此概念事類相近的字為形符，屬於人事的，用「人」字作偏旁，屬於宮室的用「宀」，屬於艸木鳥獸的便用「艸」「木」「鳥」「犭」，再找一個與此概念語音相同或相近的字作另一偏旁，前者是形符，後者是聲符，兩相配合，便可以表達無窮盡的概念，因之後起的文字，幾乎全是形聲字，連原有的象形、指事、會意或假借字，一部分也因為形體的衍變或譌變，而致意義不够明確，或原米的形體太繁複，不便書寫，也改成了形聲字。文字聲化的趨勢，在甲骨文裏已相當顯著，聲化的過程之中，也產生了不少混亂的現象，這些現象錯綜紛繁，非一言可盡，大致說來，原始形聲字和純粹形聲字，各有其性質不同的問題。關於前者：不外是以原字為形符，而另加聲符，這和後起的純粹形聲字，都可以適用許慎所下的定義：「以事為名，取譬相成。」㊂和原字

㊂　段玉裁〔說文解字注〕於「說文敍」「以事為名，取譬相成」下注云：「事者兼指事之事、象形之物言，物亦事也，名卽古日名今日字之名；譬者諭也，諭者告也，以事為名，謂半義也，取譬相成，謂半聲也，江河之字，以水為名，譬其聲如工可，因取工可成其名。」是很貼切的解釋。

退居聲符的地位，而另加形符，要解釋這種現象，便得將許慎的
定義，改爲「以譬爲名，取事相成」，纔覺貼切。不論加形符或
加聲符，原都是簡單明瞭的，不應發生混亂，但原字形體的衍變
或譌變，或因形體譌變，引起後人誤解，而另易偏旁，這些都無
一定的形式，也無規律可循，必須對每一個別文字的歷史，加以
研究，才能明白，這是原始形聲字發生混亂現象的主因。關於後
者：一形一聲相配合，原不應有何問題，但文字孳乳浸多之後，
往往循環相因，有些會意字以形聲字爲義，也有些形聲字以會意
字爲意或爲聲，因此有些學者認爲：「會意形聲，皆屬合體，參
稽其形，有形聲字而從會意字者，有會意字而從形聲字者，互有
所受，勢均力敵，疑若不能強分先後。」⊗卽其一例，這是因其
錯綜的關係，而不敢肯定其發生先後的；至於兼書正變等分析派
的意見，則是想對此錯綜現象，加以解釋和分類的；這是文字衍
變過程中後期所發生的錯綜紛歧現象，與上述因形體譌變所引起
的混亂，大異其趣，非本節討論的範圍，本節只想就文字聲化過
程及其混亂現象——原始形聲字的混亂現象，加以探討。聲化的
過程比較單純，還容易說明，混亂現象，則錯綜而少規律，難以
盡述，下面將就各種書體的聲化現象，各舉若干例字，加以說
明，所舉的例字，間亦涉及篆文，以作補充，希望能從這些敍
述，達致發凡起例的作用。從象形文變爲形聲字的如：鳳字本作
𪅂，𪅂，本爲鳳的象形字，古人相信鳳是神鳥，所以與鳥類象形
字的鳥作𠃞、隹作𠁥的頗不相同，差異在於誇張鳳的羽毛豐美，
和頭上的毛冠，到後期變成形聲字作𪀝，便成爲從象形的鳳、凡
聲，象形的鳳雖美，但難於書寫，到篆文便乾脆變爲從鳥、凡聲
了。又如雞字初作𪄲，象雞的峨冠勁羽，後來變成𪇰，便成爲從
鳥形、奚聲，到篆文乾脆變成從隹、奚聲了。又如盧訓飯器，初
作𠥏，上象腹，下象足，後來變成𠧴、𠧖，便成爲從𠥏，虍聲，

⊗　見朱宗萊〔文字學〕「形義篇‧六書釋例」。

篆文作盧，中從田，非田字，仍是甲骨文象器腹形的遺留，下從
皿，皿是器名通稱，在此爲累增的偏旁，虍聲，便成爲兩形一聲
的形聲字了。又如凡作𦥑或ㅂ，卽槃之古文，象承槃形，後來變
成𦥑，從口，乃笲之本字，　在此用其器物通義，　與從皿同，般
聲，到篆文凡槃分爲兩字，「凡」專有最括之詞一義，爲假借字；
槃或作盤，則爲形聲的器名專字了。他如在甲骨文裏所見到的是
象形字，到金文或小篆才爲形聲字的，其例更多，這是因爲傳世
的甲骨文，只不過是盤庚遷殷至殷亡的二七二年之間的東西，在
文字衍變過程上說，這祇是一段短暫的時間，原不應有太大的變
化的，這類字如𡆥，今作匄，原象盛矢之具，與函同義，〔說文〕
則單訓爲「具」，而其本義便變爲形聲的箙了。又如企作𣥐，象
人側立之形，所以下面特別畫出「止」形，加以強調，而〔說文〕
作𣥐，便成爲從人、止聲了。又如澗作𣲚，象兩山之間的溪澗，
篆文變成從水、間聲；柵作𤲭，象編木作柵形，篆文變成從木、
冊聲；條作𣓁，象枝條荏弱之形，篆文變成從木、攸聲；豭字初
作𢑑，比豕字作𢑑，在腹下多了一畫，象牡豕的生殖器，篆文變
成從豕、段聲，卻另外保留了一個象形的𢑑，篆作𢑑，顯然是𢑑
形的衍變，但在〔說文〕裏，卻將𢑑豭分爲兩字了。指事字變爲形
聲字的例子，在甲骨文裏沒有發見，因爲指事字的數量原就很少，
但在甲骨文中僅有的二十個指事字裏，降及篆文變爲形聲字的，
也可以找出兩個例子，如亦作𡗕，從𡗕，象人正立形，而以左右
兩點指明「亦」之所在，後來變爲腋，便成爲從肉、夜聲的形聲
字，夜字是從夕、亦聲，是本字之亦，在腋字裏變成了純聲符，
而獨體的「亦」字，便專當假借字用了。又如彭字作𣌢，從壴，
卽鼓之象形本字，右旁的小點指鼓聲彭彭，篆文卻變成從壴、彡
聲的形聲字了。會意字變爲形聲字的例子特多，可以分成兩類加
以說明：一類卽以原字中之一偏旁爲聲，因爲凡會合兩個或兩個
以上的偏旁，以組成一個代表某一新概念的文字，那麼原來的偏

旁之中，常有一個的讀音和這新概念的語音相同或相近，這原是
從語言變成文字的一個基本法則，此即後世形聲兼意、會意兼
聲、右文說各種理論的立論基礎，為訓詁學的一大原則，唐蘭先
生在他的〔古文字學導論〕裏，稱這種現象為象意聲化字，他
說：「在象意文字極盛的時候，漸漸發生了有一定讀音的傾向。
我曾研究過這種規律，大概可歸納為兩類：㈠從名詞變作動詞的
部分，每一個字有主動的和受動的兩方面，以主動的為形，受動
的為聲，例如訊、鞏、𥅆、巩等字，以卂為形。昇、鼻、舟、
𠦪、舉、弅等字，以廾為形。叟、叜、敠、敘、敘等字，以又為
形。毀、般、𣪠、殷、效、救、改等字，以殳或攴為形。𦥑，以
臼為形。𡿺，以𡿺為形，𣥖，以止為形。問、啟、呼等字，以口
為形。凡是形的部份，全是主動的，而代表語聲的半個字，全是
受動的。㈡在主語上加以詮釋或補充而成的文字，每一個字裏有
主語和附加的兩方面，則以主語為聲。例如：晛、𥇡二字裏的日
和月，是用以補足見和𥇡兩字的；術、復、律等字裏的行或彳
形，指出在路上的意義；瀧、漁等字裏的水形，指明在水裏；
字、富等字裏的宀形，指明在屋裏；𣅂、晉等字裏的凵形，指明
在器裏；所以日、月、行、彳、水、宀、口等形，全是形，而其
餘的部分是聲。」㊟除了有極少數的例字是否會意字，如毀為簋
之本字，從皂，古作𠣪，象簋形，本來就够了，加𠬞，象手拿着
七去扱簋，只是輔助作用的一個累增的偏旁，並不是「殳」字，
更不是要從「殳」纔能「會」出簋的意思來；又如問原只是從
口、門聲的形聲字，問答原不一定要在門裏門外，這是見仁見智
的不同，唐先生所說大旨是很正確的。不過他說「在象意文字極
盛的時候，漸漸發生了了有一定讀音的傾向」，這說法卻頗有可
商，因為字的讀音是根據語音，是先文字而存在的，這和會意字
的某一偏旁的讀音，與此會意字的讀音相同或相近的兩點事實，

㊟ 見唐著〔古文字學導論〕上冊四五—四六頁。

對此會意字而言，都是先天存在的因素，似乎不大可能要到後來
纔「漸漸發生了有一定讀音的傾向」，然則嚴格的講，這類會意
字變成形聲字，只是解釋的不同，不能算是眞正的聲化，至少與
在原字上加聲符、或乾脆用一形一聲另造一個與原字同義同聲但
不同形而產生的形聲或體，在基本上是有其差異的。不過，這些
原是會意字的，到後來都被解釋爲聲兼意的形聲字了，而且另有
一部分會意字，完全沒有這種某一偏旁代表着音讀的現象，那
麼，從其廣義言，說這類會意兼聲——會意兼聲和形聲兼意，所
指實在是同一事實——的字，是屬於聲化一類，也未爲不可。唐
先生所舉的例字，是據古文加以隸定，不懂古文字學的人，也許
不易了解；但爲了節省篇幅，不能一一加以說明，這點要請讀者
見諒。另一類會意字的聲化，與前述象形、指事字的聲化，完全
相同，不過數量要少些，如訊作 𢑔 ，或作 𥏪 ，象一個反綁着手跪
着的人，旁邊有口在問他，是會意，篆文作訊，從言、卂聲，是
形聲；僕作 𹈥 ，畫一人捧着簸箕揚棄垃圾，是會意，而篆文是形
聲；征字初作 𠃴 ，從口代表城邑，從止代表人，是會意，後來變
成 𩫖 ，從𠂤爲形符，𠂤在甲骨金文裏，多假借爲師字，篆文則以
彳爲形符，𠃴即原來的 𠃴 字，卻退居聲符的地位了；阱作 𨸏 ，象
設阱陷鹿，是會意，篆文是形聲；饔作 𩞋 ，象兩手捧着滿盛着食
物的簋，是會意，「𤔔」可能代表讀音，則是會意兼聲，篆文則
完全是形聲；賴作 𱰙 ，象橐橐裏滿盛着貝，是會意，篆文則爲從
貝、剌聲了。上舉的例字，有些是甲骨時代已經聲化的，有些是
到篆文纔變作形聲字，不過是聲化有先後而已。另有一點值得提
出的，是有些字在聲化過程中，形體有了譌變，如訊的偏旁本象
反綁着兩手的人，後來省去綁手的「幺」，變成第一形，很像是
從女從口，有些人便誤認做「如」了，所從的 𠬬 ，和卂的古文
𠁁 ，事類相近，形體也有些相似，可能一度譌變爲從卂，而卂字
在篆隸的形體裏，又和卂相似，於是篆文便變爲從言、卂聲了；

僕本從一個人形，頭上戴𢆶，和童、妾等字相同，可能是一種象意的階級標識，後來譌變成 ，遂變成純粹的聲符了；阱的篆文是一個完全另造的形聲字；征字在甲文和篆文裏，採用了不同的形符；饔字古從皀，篆從食，食字本也從皀，可算同字，這算保留了一半形符，卻另加了一個聲符；賴字象橐橐形的 ，頗象束字，但從束意義不够明確，後人遂認爲是從貝、剌聲了；只這麼幾個字，便有如許紛歧混亂的現象，不加深究，不易明瞭，我們可以說，因形體的衍變或譌變，使後人不易了解，或是過於繁複不易書寫， 都是促成聲化的原因， 人們原都有力求簡易的傾向的。至於假借字的聲化現象，則更爲複雜，而且假借字的本身，已是表音文字的開始，從假借字變成形聲字，多半是就原字加注形符而成，嚴格的講， 假借字本就是代表聲音的， 它變成形聲字，實在不能算聲化，而該說「形化」，但形化一詞有語病，好像是說變成了象形字，不能用；若說是「注形」，倒還恰當，但這個詞兒又嫌有點標新立異，不管怎樣，它們一部分終於變成了眞眞的形聲字，不必再假借了，所以我們仍將這類現象，解釋成聲化，這是形聲字的濫觴，筆者認爲它們不但較後起的純粹形聲字爲早， 也較除此以外的其他原始形聲字爲早， 是最早的形聲字，形聲造字的辦法，原是受了假借字的啟示，纔被發明的。下面將舉出些例字，加以說明。甲文福作𥛸，假畐爲之，但已有很多從示、畐聲的𥛸、𥙇；祐作𠂇或𠂇，假又爲之，但已有不少從示、又聲——又卽右之本字——的𥙊；語辭之唯，甲文作𢀒，假佳爲之，但已有從口、佳聲的唯；雪字初假彗爲之，字作𢂷，後加形符「雨」，變成從雨、彗聲的𩆜 ；婦字初假帚爲之， 字作𢁥，後加形符女作𡢁；啓字初假启爲之，字作𢼄，後加形符日作晵；歲字作𢧵，假戉爲之，但已兩見從步 、 戉聲的歲， 作𣥜、𣥠；象這些都是本爲假借，後來加注形符，卽以原來的借字作聲符，是最正規的原始形聲字。又如當第二天講的昱，甲骨文假羽

字爲之，作 𦣞 ，後來也加上形符「日」，作 𣆪 ，便成了形聲字，但甲骨文裏忽然同時出現了許多 𣅊 字，和 𣆪 同樣當作「第二天」的意思用，而這個字在〔說文〕裏作「翊」，訓「飛貌」，那麼似乎它當作「昱」字的意思用是假借，但其實不然，因爲周金文盂鼎「𥃝若昱乙酉」之昱作 𣅊 ，金文裏往往保留了較甲文爲古的形體，那麼甲文的翊，顯然是從金文 𣅊 字省掉形符「日」而成，我們如此認定，似乎忽視了〔說文〕的解釋，但〔說文〕以「飛貌」訓翊，實在缺乏根據，除了〔說文〕之外，在較早的文獻裏，從沒發見翊有訓飛的例子，只有較晚的〔廣雅〕，翊訓「飛也」，顯然是根據〔說文〕，在其他文獻裏，翊又訓佐、訓敬，是「異」的假借，訓「明日」，是 𣆪 的假借，然則翊這個字，實在找不出它的本義，金文的 𣅊 ，可以解釋爲從日，羽立都是聲，實在是聲化過程中，所產生的一形二聲的變態形聲字，翊是 𣅊 字省掉了形符「日」，剩下了兩個聲符，在六書中無所歸屬，變成一個不倫不類的字，〔說文〕訓「飛貌」，是望文生義，至於〔說文〕訓「明日」的昱，則是 𣅊 字省掉其中一個聲符「羽」，保留另一個聲符「立」，它和甲骨文的 𣆪 ，都可算當「明日」講的本字，是正規的形聲字；至於爲甚麼會產生像「𣅊」那種變態形聲字，這主要是爲了古今音殊之故，以今音言，假羽爲昱，實在相去甚遠，可能商代、甚或更早的時候，人們已覺得羽聲昱聲懸遠，因之給它加上個切合當時音讀的「立」，作一個補充聲符，於是成了一形二聲的字，至於甲骨文仍有當明日講的純假借的「羽」字，只不過沿用了一個自古已然、約定俗成的假借字而已。風雨的風，是甲骨文常見的字，最初都假借鳳的象形字（見前），後來加凡聲，變成形聲，到此爲止，還很正常而易於明瞭，但甲骨文也有借「𧍨」爲風的，這字卽〔周禮〕「大宗伯」的𧍨字，這也還易理解，因爲假借原無正字，只要選用一個音同或音近的字便行，與此類似的例子還很多，如同時假借「龜」字或「𤟦」字作秋字用，後來纔採

用了較習見的龜字，又形譌爲龜，而創造了形聲字的龜；又如同時假借「隹」字或「叀」字當作語辭之唯用，後來纔採用較常用的隹字，加形符「口」變成形聲字的「唯」；便是相同的例證。甲文又有「𪆍」字，是从雀、兄聲的形聲字，也是當風字用，這便相當混亂費解了。但稍加推究，也可明瞭，原來常見的風字，既是假借從鳳的象形文，再加凡聲，鳳和雀都是鳥類，那麼譌鳳爲雀，也在情理之內，自然第一個寫這𪆍字的人，忽略了借鳳爲風，是借其音，於是另加兄聲，他所以不用「凡」爲聲符，而改用「兄」，可能是爲了時地的變遷，而讀音有了改變之故，這種用不同的形符聲符，造成了兩個不同的形聲字，這兩個字是義同、而形聲都相近，實在仍是同字，我們只能當它們是一個字的或體，假如它們的用法，只是義同，而不是同字，那便成了轉注字，或體和轉注，其間原只有幾微之差的。上文曾提到甲骨文裏，沒有任何兩個字，可以被解釋爲轉注，其實這種𪅂、𪆍同字的現象，已經和轉注字很相似，轉注字就是受了這種現象的啟示而產生的。假鳳爲風，可能沿用了很久，到了戰國時代，楚帛書中又有了從日、凡聲的𪚯字，以前的𪅂、鳳當風字用是假借，𪆍是一個形體譌變了的或體，作風字用仍是假借，因爲假如它是風的形聲本字，那它以雀爲形符便無理可說了，𪚯纔是眞正的爲了「風雨」一義所造的形聲專字，因爲日和風，同是與氣象有關，造風字而以日爲形符，是可以理解的，凡聲是舊有的聲符，這個新形聲字原來很好，但不知到了篆文，忽然鑽出個不倫不類的「風」字來，這大概是後人──可能便是李斯之流「取史籀大篆，或頗省改」的結果──認爲從日仍不很貼切，又因古今音殊的關係，忽略了「凡」是聲符，他們看到了並行的假借字「鳳」，於是師心自用的將其偏旁「日」或「鳥」，易而爲「虫」，以爲聲符，「虫」今讀「許偉」切，但在古文裏，它和蟲是沒有分別的，因此以它爲風的聲符，是可以理解的，不然這個「風」字，

便很難解釋了，我們且看〔說文〕風下的說解：「風，八風也，
……風動蟲生，故蟲八日而化，從虫，凡聲。𩖚，古文風。」許
君是文字學家，當然知道「凡」是聲符，於風字從虫，不得其
解，於是採取了東漢流行的陰陽讖緯之說，像〔淮南子〕和〔春
秋考異郵〕裏，都有甚麼「二九十八，八主風，風精為蟲，八日
而化」一類說法，〔說文〕裏類此者很多，都是因為文字衍變，
發生了譌變混亂現象，不得其解，而強加附會的。假如照筆者的
理解，風字實在是一個「凡」「虫」皆聲的不倫不類的形聲字，
是聲化過程中所產生的混亂現象，與此性質相同的，還有〔說文〕
裏的「𣴎」字，許君以為「有無」之無的本字，其實有無之無，
秦漢及以前，都假借「亡」字，以後纔借「無」字，「亡」的本
義不可知，「無」是「舞」的本字，合而成「𣴎」，許君解云：
「亡也，從亡，無聲。兀，奇字無，通於元者，王育說：『天屈
西北為无。』」認為是形聲字，但形符的「亡」，許君訓逃，在
古文裏是找不到根據的，其實這「𣴎」字，也和「風」字同樣是
聲化過程中，所發生的混亂現象之下的產物，一部〔說文〕裏，
這類的例子，應該還有不少，我們也無法細說了。

五、根據甲骨文字六書分類研究，對六書說　本身的分組和次第的一種看法

　　在上文第三節的討論裏，筆者提出了幾點值得注意的現象：
㈠在所有一二九個假借字裏，除了極少數一兩個可疑、或可以另
作解釋的例外，所借用的字，都是象形、指事或會意字，絕沒有
一個形聲字。㈡在甲骨文裏，沒有發現任何兩個字，可以被解釋
為轉注字的例子，但假借字所佔的百分比，比起後世的來，是相
對的高。㈢在後世文字裏，形聲字大量增加，因之顯著的影響到各
種書體百分比的消長。現在讓我們先就這幾點作一詮釋。關於第

一點，所謂可疑的例外，是于省吾先生所說的「假途爲屠」的例子，
他說：「契文金字，卽今途字，其用法有二，一爲道途之途；…… 一
途作動字用，義爲屠戮、伐滅，應讀爲屠，途與屠聲韻並同，……
前、六、二六、五：『勿乎䢙金？子姃來。乎䢙金？子姃來。』……
前、六、二五、二：『王金眾人？』續三、三七、一：『王勿往
金眾人？』金謂屠戮也。……契文之金，從止，余聲，以爲道途
之途者，本字也，以爲屠殺之屠者，借字也。」㊂于先生此說，
自能言之成理，但有一點可疑之處，〔說文〕無途字，新附字纔
有塗字，訓泥，〔玉篇〕纔將塗字訓爲道路，在〔說文〕以前的
文獻裏，雖有用道途一義的例子，但所見都是後世的傳抄本，其
本字究竟是作途？作塗？抑或是作金？甚或還有其他的寫法，我
們無由懸揣，根據〔說文〕和〔玉篇〕的紀錄，可見道塗一義，
是一個相當晚出的字；〔說文〕屠訓刳，從尸、者聲。似乎將尸
字當作屍字解，〔說文〕裏雖有屍字，但漢人通常仍用死字爲屍
字，至於用尸字當屍字解，更屬後起，所以屠字也當屬晚出，而
且是一個造得不甚貼切的形聲字，于先生認爲契文之金，是道塗
本字，用爲屠戮是借字，是沒有很強的根據的，只不過途字現
在當道途字用已久，于先生只不過接受了一個約定俗成的解釋而
已。道途是供人行走的，固從可以從「止」，而屠戮是一種人
類的行爲，甲骨文裏常常用「止」字代表人或人的行動（例多，
不勝枚舉）那麼爲了屠戮一義，造一個從止，余聲的形聲字，不
見得比從尸爲不合理，尸字原也是許多「人」的象形字中之一，
在古文偏旁裏，凡義類相近的字，原是可以相通的，那麼從尸、
從止，又有什麼大不相同？加之，其他的假借字，其本字沒有一
個是形聲的，于先生的說法便有可商了。此外還有一個假沮爲祖
的例子㊃，祖字甲骨文通作且，象祖宗的神主，是一個象形本

㊂　詳見于著〔殷契駢枝〕三編二三頁上。
㊃　〔鐵雲藏龜拾遺〕第一頁一四片：「甲戌☐沮丁二牛？」沮丁卽祖丁。

字，後世當作語詞的「而且」用，是假借字，現此例用沮當且
字，也是假借，好像是以形聲字爲假借字，其實這是後人所稱的
「有本字的假借」，只是古人寫了別字，不是眞眞的假借。還有
晚期甲骨文的禍字作「猾」，字作𤟭，從犬、咼聲，咼卽今咼
字，也就是骨之本字，猾是形聲字，這好像是以形聲字爲假借
字，早期的甲骨文都是借「咼」爲禍，字作𩰬，是以象形字的
「咼」借爲禍字，而「猾」應是先民爲災禍一義所造的最早形聲本
字，獸類可以爲禍於人，故卽就原來的假借字「咼」，另加「犭」
爲形符，變成了形聲，後來因爲宗教思想和鬼神觀念的普及，纔
改爲從示、咼聲的禍，假如這個解釋是對的，那我們在第三節假
借字的統計裏，便應減列一字，整個的百分比也應稍加修正了。
總之，以猾爲禍，也不應該解釋爲以形聲爲假借，除此以外，其
餘的一二六個假借字，其本字便絕沒有一個是形聲字的了。假借
字本是在形聲字沒有發明之前，從表形、表意的文字，過渡到表
音文字，靑黃不接的階段裏，所採取的變通辦法，它本身已是純
粹表音文字，形聲造字的辦法，是受了假借字啟示，纔被發明出
來的，它在六書的位置，必在形聲之前，應是毫無疑義的。關於
第二點，轉注字可以說是古今音殊字，和方言音殊字，是形聲造
字法大量應用以後，纔有可能產生的，甲骨文裏雖已有不少形聲
字，但它所佔的百分比，只比象形略高，而低於會意，以如此完
美而方便的一種造字方法，而其所造的字，反較會意字爲少，
如非認爲甲骨文時代仍在形聲造字的初期，則這種現象便很難解
釋。我們再進一步分析所有三三四個形聲字，女部的字有三十二
個，佔一○％弱，這些字都是女姓，是私名；水部的字三○個，
約佔九％，這些字大都是水名，也是私名；有關艸木的字共二○
個，約佔六％，也大都是私名；有關鳥獸的字共四五個，約佔一
四％弱，這些字大都是有關動物的性別區別字、顏色區別字、年
歲區別字，和種屬的私名；有關人的肢體、行爲和其他與生活有

關的字，如人、口、走、止、足、辵、彳、又、攴、宀、火諸部
的字，共七一個，約佔二一％強；與鬼神有關的是示部的九個
字，約佔三％弱；以上寥寥幾類，已佔總數六二％弱，其他的不
必列舉了。這些都是因生活內容的豐富，感到特別需要，而無法
用象形、指事、會意、甚至假借等方法造出來的字，有了形聲造
字的方法，自然先儘這些急需的先造，無法顧及音讀上少許的差
別，而為它另造新字，譬如以前，或甲地讀老，後來，或者在乙
地已改讀丂聲，那時只好仍寫「老」字，音讀則讀老讀考，聽其
自然，這是在形聲初期，有許多迫切需要的字，還沒有來得及造
出來的時候的一種很自然的現象，這也就是在甲骨文裏還沒有發
現轉注字的唯一理由。儘管如前節所言，甲骨文裏已有像𣪠𮗵
那一類或體產生，但那究竟是或體，充其量也只能說是轉注字的
先河，而不是真正的轉注字㊂。還有一種比上述或體更接近轉注
字的例子：在甲骨文裏，發語辭的唯，大都借用隹字，後來改成
形聲字，便成了唯、維、惟三個字，照理維是維繫，惟是思惟，
唯纔是語辭本字，但〔書經〕裏用「惟」為語辭，〔詩經〕裏用

㊂　關於轉注的解釋，各家的說法最為紛歧，其實許慎的定義非常好，他說：「
　　建類一首，同意相受。」類應該解釋為聲類，首是部首，意是字義，包括了
　　形聲義三方面的關係，雖然也有異部轉注的例子，但所謂異部，也限於義類
　　相近的，如口之與言，止之與足，手之與又之類，近人馮振在〔說文解字講
　　記〕裏有一段話：「嘗即考老之例而推之，走之與趨，革之與鞹，隸之與
　　𥞤，口之與圀，民之與泯，片之與版，香之與馨，𠨡之與㝵，丘之與虗，欠
　　之與欽，屵之與崖，厂之與厓，豕之與豬，火之與燬，火之與煙，永之與
　　羕，皆轉注也。然考可稱為老之轉注字，而老不可稱為考之轉注字，以老字
　　先造，考字則因老聲之轉而後製也。故轉注之字有必具之條件三：一、先造
　　之字有象形、（如革、圀、丘、豕、火等是）指事、（如口、欠等是。）會
　　意、（如老、走、隸、片、香等是）之不同，而轉注之字必為形聲，且必以
　　原字為部首，此屬諸形者也。二、注轉之字與原字，義必全同，此屬諸義者
　　也。三、注轉之字與原字，聲必相轉，此屬諸聲者也。必此三事具足，夫而
　　後可以稱為轉注。……此由母生子法也。又有由兄及弟法者，亦必形聲義切
　　切相關，如顙與頂皆屬頁部，此屬諸形者也；顙頂同義，此屬諸義者也；
　　顙頂一聲之轉，此屬諸聲者也。」可見轉注字的本身都是形聲字，說轉注是
　　它與另一字的關係，實際上是古今音殊字或方言音殊字。

「維」為語辭，這可說有本字的假借，姑置勿論。甲骨文裏除了借隹為發語辭外，另有一個常見的發語辭的借字是「叀」，它的辭性與「隹」完全相同，改成形聲字，便成了「惠」◉，從心，叀聲，〔左傳〕襄二十六年：「寺人惠牆伊戾。」服注：「惠伊皆發聲。」〔書〕「洛誥」：「予不惟若茲多誥。」「君奭」作：「予不惠若茲多誥。」句例全同，不惠即不惟，也就是不唯，這與甲骨文裏用隹、叀同為語辭，如出一轍，那麼唯、惠這個形聲字，從它們同被借用為發語辭這一點上講，可以說是轉注字，但甲骨文裏隹字雖已有了形聲字之唯，叀字卻沒有形聲字之惠，隹、叀兩字在同被用為發語辭一點上，似乎已很像轉注字的關係，但究竟只是假借義相同，而不是本義相同，仍然不是轉注字。又甲骨文裏有「老」「考」兩字，但「考」字作𦒜，並非以「老」字作為偏旁，不能證明它們有轉注的關係，此字是否應該釋「考」，還不能完全肯定。甲骨文裏有一二九個假借字，佔總數一〇・五三％，比起「六書爻列」裏一一五個假借字，佔一・二一％來，在百分比上，高出了八・八倍，比起「六書略」中假借字所佔二・四七％來◉，也高出了四・二倍。這現象很容易理解，這是因為當時還在形聲字初期，在這以前所大量使用着的假借字，仍然在流通之故。甲骨文裏假借字之多，和沒有轉注字，正是同一事實的兩種表象，這就是當時仍在形聲字初期，部分的假借字，

◉　叀今讀職緣切，訓為小謹，惠讀胡桂切，〔說文〕惠在叀部解云：「仁也，從心叀。𢡷，古文惠從芔。」似乎惠不是「從心、叀聲」的形聲字。但我們看甲骨文假叀、隹同為發語辭，已可證隹叀音近，〔左傳〕〔尚書〕又同假「惠」為發語辭，又可證惠必與叀同音，也就是說惠必從叀得聲，〔說文〕惠古文作𢡷，解云從芔，實際上是𢡷與芔同聲，𢽤即叀之古文，足證叀當讀芔聲，今音職緣切，應是後起的音讀。

◉　「六書略」裏所列假借有五九八字，有許多不是真的假借字，如他將許多破音讀的字都當成所謂協音借義的假借，假借只借音，決不借義，借義是引申。照理有了形聲字以後，假借字只應減少，不應增加，「六書爻列」的一一五個假借字，是比較合理的。

已經加注形符，變成了形聲字，就連本來無須改變的象形、指
事、會意字，也都漸漸聲化而爲形聲字了。唯獨代表古今音殊、
方言音殊字的轉注字，則仍沒有產生，這一事實，使我們對於六
書次第的認定，有了強有力的根據，這將在本節的後半段作一交
待。關於第三點，是形聲字隨時代的進展，而大量增加的問題，
形聲字是最成熟的文字，形聲造字法是最進步的方法，它的大量
增加是必然的，我們從第三節三種統計的比較表裏，很顯明的看
到了各種書體所佔百分比的消長，完全是因爲形聲字大量增加之
故，除了形聲之外，各種書體的字，在數量上雖也有些增加（假
借字除外），但都微不足道，而且在百分比上都大大的降低了，
唯一例外是轉注字，從○％增加到一·五三％㊷，這是因爲轉注
字本身根本就是形聲字，它是爲了適應因時地變遷，所產生的音
讀差異的需要而創造的。在現行的形聲字裏，有很多諧聲偏旁，
與今音已經有很大差別，照理是應該另行造出許多轉注字──也
就是改換一個合乎今讀的聲符──來的，但由於約定俗成之故，
人們也懶得另造新字，仍然將就使用，不然，轉注字是可以無限
量增加的。對這三種現象，旣已一一加以詮釋，讓我們回過頭
來，對有關六書的幾種重要說法，稍加檢討，在前文裏已經隨文
質疑的，便不再贅述了。關於綜合分組問題，首先我們看徐鍇的
三耦說，他完全着眼於「文」與「字」的區別，而忽略了文與
文、字與字之間的差異，仍然嫌太籠統；鄭樵只稍加修正，將轉
注併入會意諧聲一組，而以假借爲文字之俱，雖似略有進步，未
免仍涉含糊；經緯說和體用說，在六書分類學上是一種大進步，
他們將形、事、意、聲特別提出來，併爲一類，因爲它們是獨立
的，任何一個字，可以說明它是屬於其中的某一體，而轉注、假
借則不然，我們決不能說「某字是轉注」，而必須說「某某兩字

㊷　「六書爻列」只列了七個轉注字，是解釋的錯誤。

是轉注」，或「某字是某字的轉注」，假借也一樣，不能說「某字是假借」，一定要說「某字借爲其字」，或「某讀爲某」，它們和形事意聲那一組，是有其基本上的差異的。但所有綜合派的分類法，都完全忽略了六書的次第，至少沒有明白的交待，也就是說，這種分類法，不能適當的說明文字衍變的過程；唐先生的三書六技說更進一境，糾正前人的錯誤，也補救了諸說的缺憾，但又產生了些新問題，前文已略貢鄙見，不再詞費。關於分析派，筆者已送了他們八個字：「治絲益紛，徒勞少功。」不想再作評議。關於六書次第問題，鄭樵「六書序」說的最好：「六書者，象形爲本，形不可象，則屬諸事，事不可指，則屬諸意，意不可會，則屬諸聲，聲則無不諧矣。五不足而後假借生焉。」這裏他沒有明言轉注，他曾說：「諧聲轉注一也，諧聲別出爲轉注。」（「六書序」）顯然是將轉注併入了形聲，根據我們對甲骨文假借字的研究，假如將他這一段話改爲：「六書者，象形爲本，形不可象，則屬諸事，事不可指，則屬諸意，三不足然後假借生焉；假借者，以聲爲本，注之形而爲形聲，聲則無不諧矣。」便更爲合理了。唐先生的三書說，是包括了六書分組和次第的最好安排，所惜將假借轉注抽出，又加入另外幾個名詞變成六技，使人又增加了新的迷亂，現在，筆者想根據個人的了解，提出修正意見如下：文字起源於圖畫，這是大家所公認的，圖畫俱備了形和意，一旦與語言相結合，賦予圖畫以語言的音，於是俱備了形、音、義等構成文字的三要件，便成爲了原始的象形文字，唐先生以此三要件爲基礎，將文字的發生分爲三個階段，也就是將文字分爲三組，是無懈可擊的安排，唐先生對象形字所作的界說（見前），也是確不可易的，但象形字只能表達具體而確定的事物，稍涉抽象的概念，便無法表達，於是先民便以已有的象形字爲基礎，加上些抽象的記號，而創造了少量的記號文字，便是所謂指事字，

但這種造字的方法，有很大的局限性，不足以適應文化發展的需求，聰明的人們便想到會合兩個或以上的象形字，或者變動某一象形字的一部分形體，或者誇大其中某一部分，藉以表達比較複雜的概念，或不固定的動作，這便是會意字，唐先生將上述指事和會意兩書，合併起來，採取了班固所用「象意」一名，也是進步的命名。但是上述三種造字的方法，所能表達的事物、動作和概念，仍屬有限，而人類生活不斷進步，文化日益發展，文字的需求也愈多，在無可奈何的情況之下，祇好借用一個音讀與所須表達的概念的語音相同或相近的已有文字，來加以表達，這便是假借，也就是筆者所說的「三不足而後假借生焉」，但假借的使用，有其先天的不便，尤其是借字剛開始使用，還沒有達到約定俗成的時候，不易使人了解，而且我們的語言，是單音節語，同音的很多，假如多用假借，必致混淆不清，於是人們想到可以在假借字上，加注一個與假借義事類相近的形符，以表示那個字的屬性，於是產生了原始形聲字，這是文字發展上的一個大進步，也突破了一個大難關，於是所有的概念，都可以很容易的表達，左右逢源，取用不盡了。至於轉注字，不過是形聲造字法大量應用以後，所造出來的古今音殊字，和方言音殊字，它本身只能說是形聲字，所謂轉注，是說它和另一個字的關係而已。根據以上的了解，象形是屬於表形文字的階段；指事已屬表意文字，它本身是從表形過渡到表意階段的中間產物；會意自然是表意文字的主體；假借則已進入了表音階段，而且只有它纔是純粹的表音文字，形聲字是受了它的啟示纔產生的；但形聲字一旦產生，立即令所有造字的方法，失去光彩，它不但成為表音文字的主流，也成為所有文字的主流，後世新增的文字，幾乎全是形聲字的天下了；轉注也是表音文字，因為它本身原就是形聲字，不過是為了適應特殊目的，所造成的一小撮形聲字而已。茲將上述六書分組

及次第的安排，表列如下㊵：

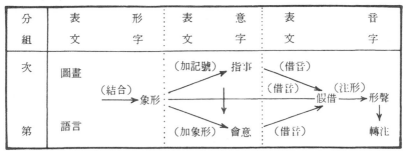

分組	表　　形文　　字		表　　意文　　字		表　　音文　　字	
次 第	圖畫 （結合） →象形 語言	（加記號）指事 ↓ （加象形）會意	（借音） （借音）→假借（注形）→形聲 （借音）　　　　　　轉注			

六、根據甲骨文六書分類研究，對甲骨文字在 中國文字發生過程中所處相對位置的推測

　　這節文字原是可以不寫的，甲骨文字存在的時代，是形聲文字的發軔期，在前節裏已予說明，這裏所要推測的，既是它在中國文字發生過程中的相對位置，那麼便必須對它以前文字發生的歷史，具有正確的知識，纔能辦到，而這方面的知識，偏偏是「書闕有間，文獻不足徵」，因之寫這種盲人捫象式的推測，是很難討好的。但文字的起源，卻是大問題，大家都知道無法弄清楚，又不得不談，現在也引述一兩家的意見，以聊備一格，也使本文的發展，能具有一個較完整的結構。首先謹引先師董作賓先生的意見，董先生舉麼些文字作對比，以推測甲骨文的源遠流長。麼些文是指現在居住雲南省麗江縣一帶，自稱「拿喜」的麼

────────────────────

㊵（一）從象形文加上另一個象形文而成的，是原始會意字，由假借加注形符而成的，是原始形聲字；但後世的文字，孳乳浸多，展轉相生，它們的結構，已不如此單純，有象形加會意、會意加會意、象形加形聲等結構方式的會意字，也有在形符上加注音符的純粹形聲字，和以會意或形聲字為形符或聲符的後起形聲字，綜錯複雜，便非本表所能表示了。（二）本表不用唐先生三書說的原名，是因為將假借與形轉注歸入一組，而假借字蹟是表音文字，卻不是形聲字，因之只得以「表音文字」概括這三書，為求命名的統一，前面兩期，便也以「表形」、「表音」為名，而其立意，則與三書說完全相同。（三）本表直線帶箭頭的，表示次第；虛線表示分組。

些民族所行用的一種文字，據一般考證，它可能創於唐代，一說是創於宋理宗寶祐以前，至少去今七百多年，可能到九百年開外，它包括象形和標音兩種文字，據董先生所引〔麼些象形文字字典〕編者李霖燦先生的話：「麼些象形文字，既是文字，又是圖畫，正在由圖畫變向文字的過程中，因之在形字經典中，有不少的圖畫存在。」因之董先生說：「麼些文字已有近千年的歷史還滯留在圖畫階段，未能演進成爲符號，成爲文字，足證應用甲骨文的商代，距離創造繪畫文字，當已有悠久的年歲了。」又說：「無疑的，麼些文創造在鐵器時代的晚期，而甲骨文應用是在銅器時代的中期，它的創作究在何時？據最近的考察，是應該在新石器時代，這種推測由於和麼些文字的比較，更足以得到佐證。」⑬麼些族雖然在文化上比較落後，但人類的智慧，應沒有大的差異，而且麼些文字的發展，並非完全獨立的，麼些文的歷史，不到一千年，但象形和標音文字，已同時存在，這與一般文字發展過程的久暫不同，顯然是受了其他文字的影響。而文化的發展，是有累積性的，易言之，愈是時代靠後，它的發展也愈快，麼些文最早創於一千年前，比起甲骨文流行的時代，已經晚了兩千四百年左右，照理它的發展應是較快的，然而經過了將近一千年的演進，它仍滯留在很原始的圖畫階段，沒有演進成符號，反觀甲骨文，卻已進展到那麼成熟完美的符號文字，它發展演進所經過時間的縣邈，可不言而喻，董先生所作的推測，是絲毫沒有誇張的。唐蘭先生在這方面的意見，比較具體，他說：「文字的發源是很古的。在西歐的文化史裏，我們知道舊石器時代的原始人類，已有許多很精巧的壁畫或線刻，象牛豬馬鹿和巨象之類，由這種圖形的進化，就變成蘇馬連(Sumeria)和埃及的原始文字。……安特生在〔甘肅考古記〕裏把一些骨板上所刻的記

---

⑬　見董先生著「從麼些文看甲骨文」，原文寫成於一九五一年八月八日，原載〔大陸雜誌〕，本文自衛聚賢翻印李霖燦〔麼些象形文字字典〕附錄轉引。

號，疑為文字，其實他所收集的辛店期陶甕上，卻確有文字，雜置在圖案中間，不過他以為是花紋罷了。……辛店期較商周為近於原始——據安特生的假定，大概去今四千五百年左右——殷周系的文字，圖形已極簡單，四足省作兩足，肥筆概用雙鉤，或省為瘦筆，正畫的物像，改為側寫，以適應整篇文辭的書寫，此類徵象，已可證明是發達的文字。而尤其重要的，則是象形象意文字日就衰歇，而形聲文字興起。這種變動，至遲起於殷初，或許更可推上幾百年。在這種變動以前，是象形象意文字時期。更前則象形發展到象意文字的時期。所以我們在文字學的立場上，假定中國的象形文字，至少已有一萬年以上的歷史，象形象意文字的完備，至遲也在五六千年以前，而形聲字的發軔，至遲在三千五百年前，這種假定，決不是誇飾。」㊅唐先生對文字原始的說法，雖然缺乏具體的證據，但觀點是非常正確的。此外在山東城子崖所發現的黑陶上，和民國十七年（一九二八年）以後的幾年裏，中央研究院史語所在殷虛發掘所得的一批陶器上，都有少數文字，它們和甲骨文時代相先後，文字也是一系的，無補於文字原始的推測，聽說中國大陸最近發見一批陶片，上面也有一批近似文字的符號，而且似乎與甲骨文不同，但得自傳聞，未經目驗，自然無由懸揣，既無更多的證據，本節的討論，只得適可而止了。

七、後記

　　本文倉促寫成，加之參考書缺乏，可能遺漏了很重要的資料，敬請博雅君子賜予教正。為了節省篇幅，儘量少舉例證，又如六書分類表，原該用甲骨文原文寫出的，為了讀者的方便，也改為隸定。但一經隸定，其六書類屬，便無法從字形上加以認定

　　㊅　見唐著〔古文字學導論〕上冊二六一二八頁，此書寫成於一九三五年。

了。讀者先生如有興趣，請參閱拙編〔甲骨文字集釋〕所收字形和解釋，加以對照。

原載南洋大學學報第二期1968年

從幾種史前和有史早期陶文的觀察蠡測中國文字的起源

一、前言

我們常說甲骨文是現在所能看到的最早的中國文字，這句話大致是正確的，但嚴格的講，卻仍須加以修正。因為近幾十年來，田野考古工作的發展，為我們提供了許多新資料，使我們的古代史常常需要改寫；在甲骨文被發現之後，又陸續的發現了許多史前和有史早期的陶器，除了例常有的花紋之外，往往還刻有許多記號，這些記號，謹慎的研究工作者稱之曰「字符」，據筆者看，它們是文字的可能性是非常之高的，因之，本文直截了當的稱之曰陶文，這種看法是否正確，且留待下文再加討論。這些史前陶文，分別代表着仰韶和龍山文化，有史期的兩種，則是商周陶器。最早的一批，據估計應較甲骨文早了兩千一百多年。不過，除了最晚的城子崖上下文化層陶文，偶有有意義的類似單句的連綴之外；其餘的，即使是文字，也多數只是單字，和甲骨文那麼完美成熟的程度，是無法比擬的。因之，從現在所能看到的資料來說，我們應該說：「甲骨文是現在所能看到的最早而且最成熟的中國文字」，纔是比較正確的說法。

二、幾種史前和有史早期陶文簡介

　　本節所將簡略加以介紹的幾種陶文，其絕對年代，未經最精確的科學方法的鑑定，雖還不能確指；但參照他種考古工作研究的成果，其相對年代是可以推知的。按照時代的先後，最早的是西安半坡發掘所得的一批，其次是城子崖下文化層的陶文，再其次是河南偃師二里頭發掘所得的一批，又次是小屯殷墟陶文，最後是城子崖上文化層的陶文。這些都是經過有計劃的科學發掘所得的、第一手的可靠資料，其發掘經過、文化層累積的情形、同出器物、探方、坑位等，均有詳細而可信的紀錄，而且都已經過專家整理研究，寫成報告。我們利用這批資料，其本身的可信程度，是毋須置疑的。

甲、西安半坡陶文

　　西安半坡是陝西渭水流域重要仰韶文化遺址之一，科學院考古研究所於一九六三年出版一種〔西安半坡〕考古報告，是近年史前遺址發掘報告中最重要的一種，在原書一九六頁第五章「精神文化面貌」第四節「陶器上刻的符號」裏，有如下的記述：

　　　　在原始氏族公社階段，還沒有出現眞正的文字，但半坡公
　　　　社的人們，已經在使用各種不同的簡要符號，用以標記他
　　　　們對一定的客觀事物的意義。這些符號，都是刻劃在飾有
　　　　寬帶紋或大的垂三角形文飾的直口鉢外口緣部分。共發現
　　　　113 個標本，絕大多數在居住區的文化堆積層中出土的，
　　　　多是碎片，完整的器形只有兩件用作甕棺葬具的圜底鉢。
　　　　這些符號，筆劃簡單，形狀規則，共有二十二種㊀，豎、

──────────────
　㊀　筆者按：如對同形而正反不同的算作兩種，則實有二十五種；正反作一種
　　　計，則只有二十一種。

橫、斜、叉皆有。最簡單也是最多的一種，是豎刻的一直
道，共65個。兩豎畫並列的有 4 個，刻劃的粗細、間距都
不均勻。兩畫互相垂直而作「T」形的有 2 個。垂鉤形的
有 3 個。倒鉤形的有 6 個。樹叉形的有 2 個。左右雙鉤的
有 2 個。「十」字形的有 3 個。斜叉形的有 4 個。「Z」形的
共10個。……這些符號，有的是陶器未燒以前就刻好的，有
的則是在陶器燒成後或者使用過一個時期所刻劃的。……
這些符號絕大部分都刻在飾有寬帶紋的鉢的口緣上，可能
是因為鉢是日常生活和埋葬中大量使用的一種器物，而這
個部位又比較顯目。 我們推測， 這些符號可能是代表器
物所有者或器物製造者的專門記號，這個所有者，可能是
氏族、家庭或個人，這一假設的證據是：我們發現多種類
同的符號，出在同一窖穴或同一地區。……這種符號，在
其他一些仰韶文化遺址中也有發現，其作風與作法完全相
同。……這證明刻劃符號是仰韶文化中相當普遍的一種特
徵，它們可能代表相同的意義。總之，這些符號是人們有
意識刻劃的，代表一定的意義。雖然我們不能十分肯定它
們的含義，但可以設想，那時沒有記事的文字，人們在表
現他們樸素的意識時，是能夠在思維所反映的客觀實際與
日常需要的境界內，用各種方式來表達的。這些符號，就
是當時人們對某種事物在意識形態上的反映，從我國歷史
文化具體的發展過程來說，與我們文字有密切關係，也很
可能是我國古代文字原始形態之一，它影射出我們文字未
發明以前，我們祖先那種「結繩紀事」「契木爲文」等傳
說，有着真實的歷史背景的。
　該書所列刻符，有如下諸種不同形式：

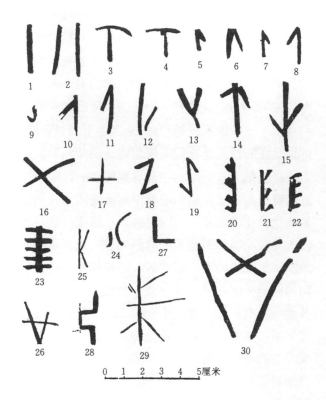

0　1　2　3　4　5厘米

　其原圖片見本書圖版壹、貳、叁㊀。

　　有關半坡遺址的時代問題，原報告書有如下的記載：

　　　關於仰韶文化的絕對年代問題。……根據現有的資料，和
　　前人對這一問題的推測，並參照晚期新石器時代的特點，
　　與我國奴隸佔有制社會時期的關係，可以作一初步的估
　　計，「仰韶文化」的上限，也許會較早的發生在公元前三
　　○○○年以前，如果它所經歷的時間在五○○年以上，它
　　的下限應是在公元前二五○○年或稍晚。當然這只是概略

　　　㊀　見〔西安半坡〕圖版壹陸玖、壹柒零、壹柒壹。

的推測，確鑿的年限，還要待像「放射性炭素（ C_{14} ）測定」一類的自然科學方法來確定㊂。

關於此點，美國芝加哥大學歷史系何炳棣教授有更進一步的推論：

> 最初建議仰韶文化的大概年代的是瑞典地質學家安特生（G. Anderson）氏，安氏卽河南澠池仰韶村遺址的發現者。他對仰韶、甘肅仰韶、甘肅臨洮馬家窰、齊家等古文化發生的先後次序，根本斷定錯誤，而且他的出發點就有先入為主的成見──中國新石器文化較西南亞為晚，其淵源亦必出自西南亞。他對仰韶年代的推測前後不符，他最後的看法，認為仰韶文化上限大約在紀元年二千五百年，今日已不為一般學人所接受，但亦非完全失去影響。西安半坡是已發現的仰韶遺址中最重要保存最好的，其報告撰者對仰韶的絕對年代的意見是：（孝定按：見前引，從略。）這種推測，無疑義多少還是受了「前人對這一問題的推測」的影響，事實上仍然是部分的受了安特生的影響。一九六四至六五年，美國耶魯大學人類及生物兩系與臺灣大學考古人類及地質兩系合作，在臺灣發掘了兩種史前文化的遺址：「圓山文化」和「臺灣龍山文化」遺址。張光直先生是耶魯主要參加者之一。前者的文化相貌，有類似中國大陸龍山文化之處，但亦夾雜東南亞的因素。後者無疑義屬於大陸龍山文化系統。多次放射性炭素 14 的試驗，說明臺灣龍山文化開始於紀元前二五〇〇年左右。這個絕對年代是目前所有有關中國史前考古年代之中最直接最可信的一個。龍山文化以華北平原為大本營，逐漸傳至長江流域、東南沿海，而後再傳入臺灣。臺灣龍山文化既於2500 B.C. 已經開始，照理，大陸上龍山文化的上限應該不會

㊂ 見〔西安半坡〕二三一頁。

比 3000 B.C. 晚得很多。仰韶文化不但更早於龍山，而且已經發掘的文化層一般皆遠較龍山文化層爲厚。這似乎說明仰韶文化的誕生、發展、傳布和衰落是經過很長的一段時期。早期文化的發展和蛻變一般皆較晚期文化爲緩慢。很可能仰韶文化於紀元前第五個千年之內已經誕生；最保守的看法，仰韶文化的誕生也不會比臺灣龍山文化開始僅早一千年⑭。

何教授在致筆者的私函中也討論同一問題：

文字與其他文化因素無法隔絕單獨討論，臺灣龍山文化起源於二五〇〇年，大陸上河南及山東龍山文化之開始，當在 3000 B.C.左右，而仰韶至龍山之間，近年大陸考古結果，證明有如廟底溝Ⅱ（第二期）等甚長之過渡時期，則仰韶文化之始，至遲亦在 4000 B.C. 左右（此點最近曾與張光直先生通信討論）。弟於〔黃土與中國農業的起源〕書中，提出最保守的看法，仰韶之始亦應早於 3500 B.C.。故半坡陶文可上溯至距今六千年。絕對年代對考古及歷史家均不可少，惜目前只能根據臺灣龍山文化的絕對年代作推測。設若吾儕推測不太錯誤，則我國文字最原始形態之出現，並不遲於西南亞，可能尚稍早。

以上兩說，雖同屬推論，何教授的意見，顯然較有根據，因爲臺灣大學與耶魯大學合作對臺灣龍山文化遺址出土器物所作的 C_{14} 測定，便是有力的證明，此點是西安半坡的執筆者所未及知的。

乙、山東城子崖陶文

〔城子崖〕一書編印於民國二十三年（公元一九三四年），是國立中央研究院歷史語言研究所於民國十九及二十年（公元一

⑭　見何炳棣〔黃土與中國農業的起源〕一二五──一二七頁。香港中文大學一九六九年四月初版。

九三〇及一九三一）在山東歷城縣龍山鎮城子崖所作黑陶文化遺
址先後兩次發掘的總報告，後來所謂「龍山文化」卽以此爲代
表。策劃人傅斯年先生對此次發掘的動機，有如下的說明：

　　……憑藉現有的文籍及器物知識，我們不能自禁的假定海
　　邊及其鄰近地域有一種固有文化，正是組成周秦時代中國
　　文化之一大分子，於是想沿渤海黃海省分，當在考古學上
　　有重要的地位，於是有平陵臨淄的調查，於是有城子崖的
　　發掘。這個發掘之動機，第一是想在彩陶區域以外作一試
　　驗。第二是想着古代中國文化之海濱性。第三是想探探比
　　殷墟──有絕對年代知識之遺跡──更早的東方遺址㉕。

關於此次發掘工作的意義，實際工作的主持人也是這本報告的總
編輯李濟先生說：

　　由這遺址的發掘，我們不但替中國文化原始問題的討論，
　　找了一個新的端緒，田野考古工作也因此得了一個可循的
　　軌道。……有了城子崖的發現，我們不但替殷墟一部份文
　　化的來源找到一個老家，對於中國黎明期文化的認識，我
　　們也得了一個新階段。城子崖文化的內容有幾點是應該特
　　別注意的：（一）遺址內無疑的包含兩層文化，在地層上
　　及實物內容上均有顯然的區別。（二）上層文化已到用文
　　字時期，似爲春秋戰國時譚城遺址。（三）上層文化最著
　　的進步爲用靑銅，有正式的文字；陶器以輪製爲主體。其
　　餘的物質均似直接下層，略有演變。（四）下層文化爲完
　　全石器文化，陶器以手製爲主體，但已有輪製者。所出之
　　黑陶與粉黃陶。技術特精，形製尤富於創造。（五）城子
　　崖文化與殷墟文化得一最親切之聯絡。……因此，我們至
　　少可以說，那殷商文化最重要的一個成分，原始在山東境
　　內。這是一個很重要的線索，這關係認清楚以後，我們

────────────
　㉕　見〔城子崖〕卷首第八頁傅序。

　　　　在殷墟殷商文化層下又找出了一層較老的文化層，完全像
　　城子崖的黑陶文化，實際上證明殷商文化就建築在城子崖
　　式的黑陶文化上。在殷墟附近的後岡我們也找到同樣的證
　　據。故城子崖下層之黑陶文化實代表中國上古文化史的一
　　個重要的階段。它的分布區域，就我們所知道的，東部已
　　達海岸，西及洹水及淇水流域，繼續的搜求，或可證明更
　　廣的範圍㊅。

這段話極扼要的說明了龍山文化在中國古代文化史上的相對位置
和它分布的地域，本節所要檢討的便是城子崖上下兩文化層所發
現的陶文。對於下文化層所見陶文，李先生也簡單的提及過：

　　　　城子崖的卜骨雖無文字，然那時的陶片已有帶記號的；可
　　見下層的城子崖文化，已經完全的脫離了那「草昧」的時
　　代了。凡此一切，都給予我們一個強有力的暗示，就是，
　　構成中國最早歷史期文化的一個最緊要的成分，顯然是在
　　東方發展的㊉。

城子崖遺址的下文化層出土的陶器，屬於龍山期的黑陶文化，是
史前期；上文化層出土的陶器，屬於兩周時代的灰陶文化；兩期
的陶器上都有陶文發現，見本書圖版肆㊧。據原報告說：

　　　　在所收集的二萬餘塊陶片裏，共有八十八片上刻有記號，
　　按它們的形狀分別可得十八類。至於各類數目的多寡，總
　　列於表八：

記　號　種　類	1	2	3	4	5	6	7	8	9	10	11	12	13	14	15	16	17	18	其他	共
陶　片　數　目	25	2	5	1	13	4	3	1	1	1	2	2	1	1	1	2	4	1	18	88

㊅　見〔城子崖〕卷首一一一一五頁李序。
㊉　見〔城子崖〕卷首第一五頁。
㊧　見〔城子崖〕圖版拾陸。

……統計此八十八片之中，先刻在坯上而後纔燒的，凡九件，其餘七十九件是燒成以後再刻的。在這八十八件中，祇有十二、I_a 與 I_b 是前期的，其餘都是後期的，可見在陶片上刻劃記號的習慣，在後期始發達。在河南的安陽、山東的臨淄與古平陵城等處，亦收得同樣記號之陶豆碎片⑨。

董作賓先生曾以此批陶文與甲骨文相比較，證明它們是全同的，他說：

> 陶器上，尤其是器蓋和豆的邊緣上，刻劃文字或數碼作記識的習慣，是殷商時代已經有的。城子崖上文化層，由兩次的發掘也得到些有文字刻劃的陶片，還有一塊刻劃着成行的文字。刻在陶器邊緣的有兩個字，一個是子字，一個是犬字。子字與甲骨文的子字相近，犬字也類於甲骨文和金文的。城子崖之陶文，與甲骨文早期爲近，又犬字象形，尤似甲骨文字，可知城子崖上層文化，與殷文化是一個系統，至少是很接近的㊀。

董先生所論，只提到城子崖的上文化層（後期），其實屬於前期的三片有字陶片，其中 I_a、I_b 兩片作「｜」，與甲骨金文「十」字同，但根據另數種陶文看，應作「一」字解，與後期陶文及甲骨金文全同（甲骨金文一、二、三、四諸字，也多有直寫作 ｜ ｜｜ ｜｜｜ ｜｜｜｜ 的）；第十二片作「⌀」，不知何義？假如加以比附，則與甲骨文「羽」字或體作「⦗⦘」（拾、三、四）、或「⌀」（乙一九〇八）者頗爲相近似，但是單文孤證，不可確指。不過卽此兩片僅有的屬於史前期的陶文，也可證其與甲骨文屬於同一系統。有關這批陶器的相對年代，董先生也有論列，他說：

> 自城子崖發現黑陶後，在小屯也往往看見似乎着色的大黑

⑨　見〔城子崖〕五三─五四頁。

㊀　見〔城子崖〕七〇─七二頁。

陶器，這大概已屬黑陶晚期之孑遺，而在小屯卻又爲早年
之物。後岡在小屯之東三里許，於二十年春季同樣發現了
黑色薄陶（原註：見〔安陽發掘報告〕第四期），更因了與小屯相
類的文化層相互關係，證明了黑陶文化是早於殷墟。二十
年的秋天，第二次發掘後岡，又找到了同於仰韶期的帶彩
陶片，這是很大的發現，得到了小屯、後岡、仰韶三個文
化期的先後程序。他們的關係是：

　　上層　小屯文化，灰陶，其他遺物，同於殷墟。

　　中層　後岡文化，黑陶，其他遺物，同於城子崖。

　　下層　仰韶文化，彩陶，其他遺物，同於仰韶村。

這就是說仰韶早於後岡，後岡早於小屯，城子崖的黑陶文
化，是與後岡的黑陶文化相同的。……城子崖文化原有兩
期，早期爲黑陶文化，晚期似爲譚文化……他的早期，則
當在仰韶文化之後，所以要定黑陶文化的時期，不能不先
知道仰韶文化的時代，仰韶文化的時代，也是一個懸而未
決的問題。李濟先生在他的「小屯與仰韶」論文中，引安
特生的計算，他說：「仰韶文化期。約在紀元前三千年。」
……阿爾納在「河南石器時代之着色陶器」一文中說：「
……關於各遺址的標年問題，似乎大多數學者都同意以這
種文化約在公元前二千五百年以前。大約在公元前三千年
與二千五百年之間，近乎公元前三千年，河南的這種陶
器，也應該在這個時間。」李濟先生的斷定則如下：「不
過這次殷虛的工作，可以確切證明，仰韶文化，不得晚過
歷史上的殷商，並且要早過若干世紀。」（原註：〔安陽發掘
報告〕第二期三十四頁，「小屯與仰韶」）徐中舒先生「再論小屯與
仰韶」說：「在本文中，僅得依據中國史上虞夏民族分布
的區域，斷定仰韶爲虞夏民族的遺跡。」作者現在就李徐
兩先生之說而折衷之，把仰韶時代，姑且定在公元前二千

年以前，那麼仰韶文化以後的黑陶文化，就可以自公元前
二千年開始了㊀。

這裏所引諸說，都是幾十年前所作的假定，現在有了耶魯大學對
臺灣龍山文化遺物所作的 C_{14} 的鑒定，自然當以何炳棣先生所作
的推測爲遠較可信了。

丙、河南偃師二里頭陶文

據一九六五年〔考古〕第五期所載「河南偃師二里頭遺址發
掘簡報」稱：

> 遺址是一九五七年冬季發現的，一九五九年夏天，徐旭
> 生先生等作過調查，並指出這裏有可能是商湯的都城西亳
> （原註：徐旭生一九五九年夏「豫西調查夏墟的初步報告」，〔考古〕一九
> 五九年十一期），因而始引起學術界的注意重視……考古所
> 洛陽隊從一九六○年至一九六四年春季共作了八次正式發
> 掘，揭露的面積八千多平方米㊁。

據原報告記述，出土遺物十分豐富，完整和復原的陶器，共有三
六○多件，小件器物共有七千多件㊂，報告書對陶器種類、質
料、花紋、形制，都有詳盡的記述；惟獨對於同樣值得注意的所
謂「刻劃記號」，似乎並未付予應有的注意，只簡單的記載如下：

> 刻劃記號共發現有二十四種，皆屬晚期，其中絕大多數皆
> 刻在大口尊的內口沿上，形狀有：｜、‖、‖、囧、M、
> ↑、丰、×、w、ⴊ、ᄂ、朩、川、朿、∨、閂、夂、
> ルⵋ、囝、ᒑ、多、卄、𠂤等，這些記號的用意，我們
> 現在還不知道，或許是一種原始的文字，值得我們進一步
> 加以探討㊃。

㊀　見〔城子崖〕九五—九六頁。
㊁　見〔考古〕一九六五年第五期二一五頁。
㊂　見〔考古〕一九六五年第五期二一八頁。
㊃　見〔考古〕一九六五年第五期第二二二頁。

很遺憾的是對於這些耐人尋味的刻文，原報告只是草率的加以摹寫，而未附有影本或拓片；而且每一個記號出現的次數，也沒有紀錄，這使我們想對這些記號作進一步的探討時，更感到難以作較確定的解釋。原報告說這遺址的原調查人以為可能是成湯的都城西亳，報告的執筆人作了如下的結語：

> 二里頭遺址範圍廣大，遺存十分豐富，從出土有大量的刀、鐮、鏟等農業生產工具來看，當以農業經濟為主。……與河南的龍山文化相比，也有明顯的進步。……同時，手工業生產相應的也有了發展和分工，如鑄銅、製骨、紡織、編織、和製陶手工業等。……二里頭類型遺址的相對年代，上限晚於河南龍山文化，下限早於鄭州二里崗期的商文化。……我們認為二里頭類型應該是在繼承中原的河南龍山文化的基礎上，吸取了山東龍山文化的一些因素而發展成的。……根據文獻的記載，偃師是商湯的都城西亳。……總結以上的諸點：（一）遺址的範圍廣大，在遺址的中部有宮殿。（二）遺址的位置與文獻上的記載是相符合的。（三）遺址的文化性質與該段歷史是相符合的。因此，我們認為，二里頭的遺址是商湯都城西亳的可能性是很大的⑤。

由於遺址出土物中有大量的農業生產工具和酒器，尤其是開始出現了青銅器，該報告對於遺址相對年代之推斷，大致是可信的。

丁、小屯殷虛陶文

這是國立中央研究院歷史語言研究所從民國十七年到廿五年（公元一九二八──三六）在河南安陽縣小屯村殷虛發掘所得的一批陶器，經整理研究後，由李濟先生寫成報告，於民國四十五年（公元一九五六年）出版了上輯，題名〔中國考古報告集之

⑤　見〔考古〕一九六五年第五期二二一──二二四頁。

二・小屯殷虛器物甲編・陶器〕，這批陶片近廿五萬塊，能復原
的陶器也在一千五百件以上，它們的時代包括殷商期和先殷期，
李先生對於這批陶器的重要性，有如下的說明：

　　沒有文字的歷史，是一個現代的觀念。……民國十七年，
　　中央研究院歷史語言研究所第一次組織田野考古工作時，
　　華北一帶雖已發現了若干史前文化遺址，但是這些沒有文
　　字的早期中國文化，與中國有文字的紀錄歷史，是一種甚
　　麼樣的關係，卻煞費猜想。殷虛田野工作開始後，由發掘
　　所得的有文字的材料，把上古史的傳說性質點活了，把「
　　殷本紀」的大部分紀錄考信了。與有文字的材料並著的、
　　沒有文字的實物出土後，把華北一帶新發現的史前遺存聯
　　系起來了。發生前一作用的材料，以有文字的甲骨爲主
　　體；同時也有若干有文字的其他實物，雖是比較的少見，
　　卻是同等的重要。發生後一作用的殷虛材料，雖包括一切
　　出土的實物，但實以陶器爲最主要㊀。

這確是最適切扼要的說明。但就撰寫本文的目的而言，筆者卻毋
寧更強調這批陶器上的陶文，是所有已發現的史前期及有史早期
的陶文中，最豐富的一批，和與之同時或稍晚的甲骨文，很顯然
是屬於完全同一個系統；由於這批陶文和甲骨文的比較研究，使
我們對較晚發現而時代在前的幾種史前陶文，找到了它們和現時
行用文字之間的應有的聯繫。也使得我們在上溯文字的起源這項
工作上，變得有了可能，而且漸露曙光。這批陶文曾由筆者於二
十五年前作成考釋㊁，全部陶文見本書圖版伍、陸、柒㊂。筆者
無意對這批陶文的個別考釋，多所辭費，現在謹引述李濟先生對
這批陶文所作的說明：

　㊀　見〔殷虛器物甲編・陶器〕上輯「李序」第二頁。
　㊁　見「殷虛器物甲編・陶器〕上輯一二九——一四七頁附錄「陶文考釋」。
　㊂　見同上書，圖版陸壹、陸貳、陸叁。

文字與符號，完全從客觀的條件說，是不容易分辨的一件
事；很多彩陶的文飾，所常用的花紋與圖案，也許是有意
義的，旣有意義，也許就是一種符號。但要證實這個推論，
現在尙沒有充分的材料。到了殷虛時代，已經有了文字；
同時在若干銅器上，也有類似文字而似乎不常作文字用的
一種符號出現；這種符號可以說是介乎文飾與文字間的一
種發展。早期的文字也只是某種符號及其附帶之意義，與
某種聲音發生了固定的關係。殷虛陶器上所刻劃的類似文
字的符號或文字，最像那時銅器上的欵識。在所收集的八
十二件帶有這種符號或文字的陶器中，七十件上只有一個
字或一個符號。那一個以上的有好幾件，都是隨便亂劃，
並無連綴的意義。……所留存的這類符號或文字，大部分
都在唇上或外表近口的地方；少數刻在腹部或內表，也有
在足內的。這些近乎符號的文字，雖說是差不多全部都可
以在甲骨刻辭上找出它們的親屬出來；不過把它們單獨的
用着，那所含的意義是否與那有上下文的完全相同，自然
還是一個問題。從考古學上看去，另有一點應注意的，為
這些符號文字的來源；有些是刻在坯上，入窰以前就作好
了，這顯然是陶人的工作。也有是燒好以後的陶器，又加
上這一類的刻劃或墨寫；兩個字以上的可以說都屬於第二
類。第二類似乎與陶人無關，大概是用的人一時高興留下
來的。……關於這些符號文字在文字學上的意義詳見附錄，
下邊的討論，暫以考古的材料為限：（一）數碼符號：標
本共十五件，可以釋為「一」的一件，可以釋為「三」的
一件，可以釋為「四」的一件，可以釋為「五」的四件，
兩個「五」字並排的一件，可以釋為「七」的七件。十
五件的符號都刻在坯上，顯然是陶人留下作記號的。……
（二）位置符號：標明「左」、「右」、「中」位置的符

號共有八例，每例只有一個字。……這八個刻辭在陶器上
的例，大半都在盖上，尤可爲這三字表示位置的一個佐
證。……（三）象形符號：共九例，這裏所謂的象形，都
是對於外物所得的印象，把它們畫下來的意思；並無文字
學家所講六書裏「象形」其他可能的意義。所象的外物有
兩種：一種包括自然界的物象，如魚龜犬等；又一種包括
神話動物如龍等。……所刻劃的符號似與陶人無關，就那
痕跡看，顯然是燒成後再加的。但有一器是例外，爲陶人
在入窰以前就劃在坏上的一個符號，這些符號已大半文字
化了。（四）人名及其他：有些字沒疑問是人名，如「戉
母」的「戉」字，「婦妌」的「妌」等，似猴子的「夒」
爲先公名；……此外數例，亦可作人名或地名。……（五）
雜例：有若干例，字雖可識，但把它們放在陶器上的準確
意思，較前四組更難斷定，彙集爲雜例，共十六單位。
（六）待問諸例：共列意義難確定之陶文共十九例。李孝
定先生考釋這些刻辭的結論云：「就其字體言，除一二特
殊者……與卜辭小異外，其餘諸文，則與卜辭全同，其爲
殷代之器，的然可證。……」⑤

以上是這批陶文一般情形的概述。這批有字陶片，計八十二片，
如以單字論，可識者五十字，不可識的刻符計十五，詳見下文各
期陶文比較表。如就其意義分類，計可分：（一）數字：原拓片
1—15。（二）方位：原拓片16—23，又61。（三）人名：原拓
片35—38。（四）方國：原拓片39—47。人名方國往往相混，因
僅單字，無由確指。（五）圖畫文飾：原拓片24—32。（六）干
支：原拓片33—34。（七）雜例：原拓片48—60、81、82。（八）
未詳：原拓片62—80⑥。

---

⑤　見〔殷虛器物甲編・陶器〕上輯一二三——一二八頁「符號與文字」章。

三、有關上引四種陶文的幾項問題

前節引述幾種科學發掘報告，對幾種史前期和有史早期陶文的一般情況，作了相當詳盡的描述；本節將綜合上述情形，提出幾項有關的重要問題，加以探討：

甲、年代問題

前引諸種陶文中，以西安半坡出土的一批爲最早，城子崖上文化層（後期）出土的爲最晚，它們絕對年代雖還不能確知，但相對年代或者近似的上下限是可以相當確定的加以推測的：

A．西安半坡：根據前節甲款所述，這批陶文的上限約在4000B.C.，下限最晚當爲 3000B.C.，較合理的推測其下限當爲3500B.C.。

B．城子崖下文化層（早期）：根據前節乙款所述，這批陶文是所謂龍山文化的代表，其上限應爲 3000B.C.，下限應爲1750B.C.（？），這批有字陶文僅三片，凡兩字，實際上可識的只有一個「一」字，很難據以作較爲確定的推論，但大致上應與二里頭陶文的時代相當或稍早。

C．河南偃師二里頭：根據前節丙款所述，這批陶器年代的上限晚於河南龍山文化，早於鄭州二里崗期的商文化，約相當於2000B.C. 至 1750B.C.（？）。假如原報告推測爲湯的首都西亳是可信的話，則其絕對年代應爲 1751B.C. 以後的若干年。

D．小屯殷墟：根據前節丁款所述，這批陶器包含先殷期及殷商期，但因地下文化層被擾亂，很難判定其先後；不過據筆者

㊀ 此八項分類，係就筆者前撰「陶文考釋」所作結論節引，爲節省篇幅，不能詳引原文，敬請讀者參閱注㊀所稱「陶文考釋」。

對這批陶文的觀察，覺得它們和甲骨文，幾乎到了全同的程度，它們屬於殷商期的可能性應大於先殷期，那麼它們年代的上下限大約相當於 1751B. C. —1112B. C. 。

　　E．城子崖上文化層（後期）：根據前節乙款所引董作賓先生的考訂，它們應屬兩周期的譚文化，就其字形與甲骨金文所作的比較，以屬於西周早期的可能性為最大，那麼它們年代的上下限應是 1111B. C. —771B. C. 。

乙、陶片數量和有字陶片的比例

　　上引數種陶器出土數量都很多，而有字陶片則甚少，此點對於筆者在下文中作推測時有很重要的影響。茲分舉其數字如次：

　　A．西安半坡：據原報告所列出土陶器完整和可復原的近一千件，陶片計五十萬塊以上，而有字陶片，據原報告說共有標本一一三件，其比例僅為○·○二二六％弱。

　　B．城子崖上下兩文化層：本地區所出陶器本應就上下兩文化層分別統計，原報告書中雖列有六區出土砂質、泥質、似瓷質三種陶片地下各半公尺分層內的百分數比例表及比例圖㊀，但說明標本數目是隨意選擇，所能看出的是選樣的百分比，而不是統計數字，尤其看不出上下兩層所出陶片的分別統計，因此本節只能就上下兩層總數，作一粗略比例，雖不很精確，但其結果也和其他幾批所得相去不遠。據原報告第八頁說第一次發掘所得陶片計二○、九一八片，第二次未見統計；又原報告三十六頁說所研究的陶片，除長度不及二公分者不計外，共有二三、○○○片以上；又同書四十一頁說經過研究之陶片總數二三、五九一片；五十三頁說刻有記號之陶片共八十八片，其中下文化層計三片，上文化層計八十五片，如照上下文化層分別統計，下文化層有字陶片的百分比應較小，因陶片總數無法分別上下層，只得合計，

㊀　見〔城子崖〕四○—四一頁。

其比例爲〇·三七三％弱。

C．河南偃師二里頭：據原報告說出土小件器物共有七千多件（見註⊜），又說刻劃記號共發現有二十四種（見註⊜），這裏值得注意的是：所說陶器單位以件計，而非以片計的陶片；又刻劃記號是就其不同形式所作統計，至於同一記號出現了若干次？則未見說明；因此很難作與其他各種陶器文字相同性質的統計。爲了作一比較，每一記號姑以出現一次計，則其百分比爲〇·三四三％弱⊜。

D．小屯殷虛：據前節丁款所引述，此期出土陶器近廿五萬片，有字陶片計八十二片，其百分比爲〇·〇三二八％強。

據上列四種百分比看來，其中西安半坡和小屯兩批的統計數字比較正確，其百分比也很近似。城子崖一批因上下文化層的分別統計不明，是混合計算的；二里頭一批因計算單位不同，且刻有陶文的陶片數字出於估計；都是比較不正確的，其百分比顯然比前二者高出了十至十五倍，但後二者的百分比，非常巧的也很接近。這種統計比較，雖屬很粗疏，但有一點是可以確定的：那便是有字陶片所佔百分比都極低。這一現象可作如下的解釋：陶器是先民日常生活中經常使用的器物，不是書寫文字的素材，也不像殷商的甲骨，爲了特定的目的，有大量刻寫文字的必要，因之，除了陶工和器物的使用者，爲了分辨該器物在同組器物中的序數或位置，或者其他目的，有些更是極偶然的於興之所至隨意刻劃一些文字外，原無大量使用文字的必要。任何一期出土陶器，有字陶片的百分比均極低，原是很容易理解的。

　　　⊜　各期陶文同一文字出現之次數，除記數字較多外，其餘都很少，且此批陶器之單位以件計而非以片計，在計算百分比時，分母部分之數字已打了一個很大的折扣，故作爲分子之陶文出現次數，每字以出現一次計，已是估計過高了。總之這項比例數值，因資料不全，只能作參考，不能算正確的科學根據。

丙、陶器上刻劃文字習慣的推測

任何一種古代文物，其形制、花紋、款識、銘刻或者使用習慣，往往和在時代上與它相先後的類似文物，有着沿襲遞嬗的關係，這是考古學者們賴以考定文物所屬時代的有力憑藉。陶器既然在出土的史前及有史早期的文物中，佔着很大的百分比，對它們各方面的研究，將是考古學家所最重視的。本款僅就陶器上使用文字的習慣及意義這一範圍，加以探討：

A．刻劃位置：〔西安半坡〕一九六及一九八頁：

這些符號都是刻劃在飾有寬帶紋或大的垂三角形紋飾的直口鉢的外口緣部分。……可能是因為鉢是日常生活和埋葬中大量使用的一種器物，而這個部位又比較顯目。

〔城子崖〕五十三頁：

豆上的記號多刻在盤托旁或盤心，甕上的記號則在口外緣上， 盆上的記號則在緣之內部 ， 總之都是惹人注目的地方。

〔二里頭〕二二二頁：

刻劃記號共發現有二十四種，皆屬晚期，其中絕大多數皆刻在大口尊的內口沿上。

〔小屯陶器〕一二四——一二八頁所列表九十三至表九十八，對刻劃文字的位置有詳細的記載，不具引，請讀者覆按，大致說來，刻在近口處者十七見，在唇頭者十六見，在肩部者十見，在純緣者九見，頂部及近頂者八見 ， 這都是觸目的部位 。 其他諸例，則各僅一至三四見不等，都在比較不顯眼的部位。另外值得一提的是，上舉小屯陶文，絕大部分都是單字，少數是兩字或三字，但有兩片，一片是八字，一片是四字，它們的文義都不明，二者的位置是底部和內表盤心，都是極不引人注目的部位，這種位置刻字的，在八十二例中各僅一見，很可能都是隨意刻劃的。從上

舉各期陶文刻劃位置看來，它們一致的都在最觸目的部位，和較它晚出的青銅器上銘文的位置是相同的，這證明了青銅器上的銘辭是沿襲了陶器上刻劃文字的習慣，不過更加以發揚，產生了新的意義而已。

B．先刻後刻：〔西安半坡〕一九八頁：

> 這些符號，有的是陶器未燒以前就刻好的，有的則是在陶器燒成後或者使用過一個時期所刻劃的，這兩種情況可以從符號的痕跡和特點上分辨出來。屬於前者的，刻的比較規則，深度寬度均勻劃一。屬於後者的，刻劃不够規則，深度不一，刻文的邊緣有細的破碎痕跡。

但沒說明先刻後刻的比例數字。〔城子崖〕五十四頁：

> 統此八十八片之中，先刻在坯上而後纔燒的凡九件，其餘七十九件是燒成以後再刻的。凡這些先刻而後燒的，頗有陶人所作之可能。至於先燒而後刻者，作者以爲是物主所刻。

至於二里頭所出刻字陶片，先刻後刻的情形如何，因原報告書沒有提及，情況不明。〔小屯陶器〕一二四──一二八頁表九十三至表九十八中，注明「坯上刻」者十片，注明「後刻」者三片，注明「墨筆寫」者一件，注明「硃筆寫」者一件，其餘沒有注明，但就圖片看來，似以後刻者爲多。先刻的當以陶人所刻的可能較大；後刻的則大半是器物的所有人就使用器物的目的所作的標識，或者是後加的紋飾，或者竟是漫無意義的隨意刻劃。

C．刻劃文字器物的分類：各期陶器中刻有文字者，雖然種類頗多，但大體上集中於數種器物。上引四種報告書中，對於此點的記載，詳略不一，略如下述：〔西安半坡〕說：

> 這些符號都是刻在直口鉢的外口緣部分。(見前刻劃位置條引)

就原報告一〇五──一〇七頁鉢類形制說明及所附圖八八鉢類縱斷面圖(見本書圖版玖)看來，所謂直口鉢，和〔小屯陶器〕一二四──

一二八頁表九十三至九十八中所稱「平底器」（見本書圖版捌所列代表序數117A、B、C、D、E、F諸器）非常相似，可能是大口尊的一種型式。〔城子崖〕五十三頁：

> 統計此八十八片刻號陶片，其中豆類佔七十七片，即八十七％，甕（或曰罐）佔八片，約十％，其餘佔三％。這八十八片實不足代表城子崖所能有的記號，將來再發掘，當有新樣出土。所刻的器物，當然也不限於這三四種。不過就現在我們所有的材料說，記號是刻在常用的器物上，並且是較易刻的泥質陶器；至於含石英類之砂質陶器上，現在尚未見到有刻號的。

又原報告六十四頁對罐和甕兩種形制的描述，和原圖版貳拾柒（見本書圖版拾）及叁拾壹：四（見本書圖版拾壹：四）的形狀看來，和〔半坡〕的所謂直口鉢，及〔小屯陶器〕的所謂平底器的形制極為相似。〔半坡〕一〇六頁對鉢形的描述，雖未注明口徑，但說明以大型為多；〔城子崖〕六十四頁所述罐之口徑為一六・五公分（見本書圖版拾壹：四）。又所述甕之腹徑為三四・五公分；〔小屯陶器〕四十八頁所述平底器（序數一一七）口徑最大為四十三公分，最小為二〇・六公分；這三種器物的大小也很接近，筆者頗疑各報告所謂直口鉢、罐、甕、平底器，實是同一型式的器物稍有嬗變後的不同命名。〔小屯陶器〕一二四—一二八頁表九十三至表九十八中所列刻有文字的陶器種類雖頗多，但最多見的如下：屬於平底器（代表序數一一七）的陶片計一五片，佔全部刻字陶片的一八・三％弱。屬於豆（代表序數二〇五）的陶片計一二片，佔一四・六％強。屬於圓形器蓋（代表序數925F，見本書圖版拾武）的陶片計七片，佔八・五％強。屬於平底雙紐器（代表序數一九一，見本書圖版拾叁所列191A—R諸器）的陶片計六片，佔七・三％強。平底器疑即〔半坡〕的直口鉢或〔城子崖〕的罐和甕，已如上述。至於平底雙紐器（序數一九一），和圓形器蓋（序數九二五F），

疑是同一器物的器身和器蓋，因小屯所出刻有文字的陶片，除最
大多數集中在平底器和豆兩種器物外，次多的便集中在平底雙紐
器和圓形器蓋兩種器物上，假如能從實物口徑大小，證實筆者此
一假定，那便又開了青銅器中器蓋都有銘文的先河。（從所刻文字
上看，〔小屯陶器〕有字陶片編號第六三、六四、六五，都屬於序數九二五或九二五
F型，刻文爲凸；編號六六，屬於序數一九一式，刻文爲广，很可能是凸形的殘泐，
假如這推測不錯，那便要算是器蓋同文了。）從上述的分析看，刻有文字的
陶器，大多數是集中在大口尊和豆兩種上，尊是酒器、豆是食肉
器，都是日用、祭祀和殉葬的常見器物，對於下文所將討論的陶
文中常見的文字，也可以得到有力的印證了。

丁、幾種陶器上所刻文字的意義及其與甲骨文字的比較

　　上述幾種陶器上所見文字，除小屯陶文數量較多計六十五字
外，其他數種自二字以至二十五字不等。小屯陶文和甲骨文有極
近的血緣關係，到了幾乎全同的程度，可識的字較多；其他數
種，可識的字較少，但可識的字與甲骨文也極爲近似。今就陶文
原文、釋文或釋義、出現次數、與之相當的甲骨文數項，表列於
下，以資比勘（見六五至六八頁）：

從上表中可以看出，紀數字是各期陶文所共有的，而且出現次數
的百分比也很高⑫，這決不是偶然的巧合；紀數字的寫法，和甲
骨文完全一致，它們是紀數字，應毫無疑義。據上文統計，它們
絕大部分集中刻劃在大口尊和豆兩類器物上，尊是酒器，豆是食
肉器，都是日用、祭祀和殉葬常用的器物，這些紀數字，很可能
是代表該器在相關的一組器物中的序數。其次是位置字如「左」、
「右」、「中」，雖非各期都有，但二里頭也有一個疑似的「右」
字，這極可能是代表該器在使用時陳列的位置。此外還有一個

㊂　其中城子崖下文化層所出有字陶片僅三片，但「一」字便出現了兩次。二里
　　頭陶片數和陶文出現次數均無統計。

	原文或釋義	出現次數								
西半坡	文	一	二	X	十	八				
	出現次數	65	4	五 4	七 3	八 1				
安坡 姜寨下文化層	文	一								
	出現次數	一								
城子下文化層	文	2								
二里頭	文	一	二	三	冊	X	卅	儿		
	出現次數	一	二	三	四	五				
小屯	文	一	三	X,五,X,七	十					
	出現次數	一	三	四	五	六	七	17		
邙虛	文	一	X	十						
	出現次數	一	五	七	12					
城子上文化層	文	一	二	三	冊	X	介	十		
	出現次數	23		五	武		八			
甲骨文	文	一	三	武	冊					
		一	三	三						

	文義 原文或譯義	出現次數 譯次數
西安半坡		
城陽下文化千度層		
二里頭		
小屯		
也感		
城上千文化層度層		
甲骨文		

遺址	項目	內容
西安半坡	原文	T ᒥ ᒉ ⌊ J Y Z ʃ 彡 ⺕ ⺕ 丰 K L ∀ ㄣ 米 ⋎
	譯文或譯義	? ? ? ? ? ? ? ? ? ? ? ? ? ? ? ? ? ?
	出現次數	2 3 3 1 1 1 4 6 1 1 1 1 1 1 1 1 1 1
城子崖下文化層	原文	
	譯文或譯義	
	出現次數	
二里頭	原文	⊠ ⊡ M W ▽ ㄩ 个 朿 V 冂 ✕ ㄑ 勿 巾
	譯文或譯義	死? 祖? ? ? ? ? ? ? ? ? ? ? ? ?
	出現次數	? ? ? ? ? ? ? ? ? ? ? ? ? ?
小屯殷虛	原文	祀 庚 見 石 旨 (古文字形)
	譯文或譯義	祀 庚 見 石 旨
	出現次數	1 1 1 1 1
城子崖上文化層	原文	T
	譯文或譯義	?
	出現次數	2
甲骨文		祀 庚 見 石 旨 (古文字形)　　⊡ ⊠ (古文字形)

	原文或譯義 / 譯文現出次數	
西半坡		
城下文子遺層		
二里頭		
小屯		
屯處		
城上文子遺層	∥ 口 屮 8 屮 工 冈
	? 1 ? ? ? ? 1	
	1 2 1 2 4 1	
甲骨文		

「屮」字，見於半坡及小屯兩期；「↑」形見於半坡、二里頭、小屯、和城子崖上文化層，不知是否「屮」字的倒寫？「丁」形見於半坡和城子崖上文化層兩期；它們有的是字可識而意義不明，有的是不可識，但在不同時代的陶文中都有出現，且其形體全同，必有其相同的意義。除了上述陶文和小屯陶文的另外幾十個可識的文字以外，其餘各期陶片上刻劃的類似文字，便大半不可索解；偶有少數，似可解釋，也在疑似之間；筆者雖然認為它們是文字的可能性極大，但也不敢強作解人。這些文字，大半應是代表陶人或器物所有者的私名，譬如小屯陶文中的人名或方國之名便屬此類，這些私名，時過境遷，往往便歸淘汰；或者是代表某些特定的涵義；文字原也和生物一樣，有新生也有死亡，甲骨金文中有許多不可識的文字，在後世文字中從未再出現過，正以此故，那麼更早一兩千年的陶文，擁有許多不可識的文字，原是極易理解的；何況有那麼多紀數字，可以證明它們和甲骨文字是屬於完全相同的系統，那麼它們是中國早期較原始的文字，應是毫無疑義的了。

戊、字數問題

　　上述各種陶文，可識和不可識的合併計算，半坡二十五字，城子崖下文化層二字，二里頭二十五字㊿，小屯六十五字，城子崖上文化層十八字，數量極少，其原因筆者在前文「陶片數量與有字陶片的比例」一節中已試作解釋。青銅器的形制、花紋和銘刻的習慣，有許多是沿襲陶器的，殷代晚期的青銅器，其銘辭字數極少，與其同時或較早的陶器相似；但到了西周，銅器上已開始有了幾百字的長篇銘文出現，這種風氣的轉變，也是可以解釋的。殷代開始發展了青銅鑄造技術，但有資格使用的顯然只限於少數貴族階級；到了西周，工藝技術雖有進步，但在青銅器使用

㊿　二里頭陶文中有「卄」應釋為七十合文，作兩字計。

的普遍性這一點上，仍然沒有甚麼改變。為了技術和原料的限制，終兩周之世，青銅器始終沒有成為人們日常使用器物的可能；它的身份積漸變成了所謂「宗廟重器」，加之周制彌文，於是長篇的歌功頌德的銘辭便出現了，這原是人們賦予它的新的使命，也和甲骨文一樣，有其特定的目的。這些特質，是日用器物的陶器所不能、也毋須具備的。因之它們銘刻的習慣，纔有顯著的改變。至於早期青銅器銘文字數之少，則應是發展初期直接沿襲陶器銘刻習慣的結果。陶器既是所有老百姓日常使用的器物，自然沒有大量刻劃文字的必要。即使是甲骨金文，它們都分別有了四千個以上的單字，但受了特定目的的限制，有某些日常生活中使用的文字，仍然沒有機會出現，筆者曾說甲骨文必非全部的殷商文字，這推測應能成立。陶器上刻劃文字的需要，又遠遜於甲骨金文，陶文字數之少是必然的，即以小屯陶文為例，與之同時的甲骨文，可識和不可識併計約有四千四百字，而小屯陶文卻祇六十五字，祇有甲骨文的一·四五％弱。以此類推，最早的半坡陶文是二十五字，當時實有文字應在一千七百字左右。這種說法雖然純屬機械式的臆測，但有合理的解釋和相關的事實為根據，並非全憑空想。自然，這裏面還有一些因素都應加以考慮，諸如各期文化遺址發現的數量，已發現陶片的多少，它們在各文化期中的代表性，刻劃文字習慣的改變等，在在都對這種推測有着密切的影響，是不可以作膠柱鼓瑟式的解釋的，不然，城子崖下文化層只發現兩個陶文，上文化層也只有十八個，豈非該兩期的文字，反較仰韶期的文字為少？稍具理解的人是不會如此認定的。

四、根據上列幾項綜合觀察蠡測中國文字的起源

在中國文字學的研究上，文字的起源是大問題，想解答此一

問題，只憑文獻上的材料是不夠的；而地下的原始資料，又實在
貧乏，因之此一問題的討論始終停留在完全推測的階段。本文雖
然引叙了幾種史前期和有史早期的陶文，以之與甲骨文相對比，
作了些分析和比勘的工作，使得這種推測，稍稍有了些事實的根
據；但有關的資料仍然太少，論證終嫌薄弱，對此一問題，仍只
能作稍近事實的推測，無從獲致確切不移的結論。根據上文的叙
述和分析，我們對中國文字的起源，似可作如下的推測：

甲、年代：已知的中國文字，應推半坡陶文爲最早，其年代
可上溯至 4000B. C. ，最晚亦應爲 3500B. C. 。

乙、字數：這方面的推測，比較最缺乏根據，不過小屯陶文
較之甲骨文，其時代稍早或大致相仿，但所出現字數的比例卻大
相懸遠。我們據以推測半坡時代應已有近於兩千的文字，應不算
是誇誕；不過尚有許多因素都還是未知數，這項推測自然只能聊
備一說。

丙、中國文字的創造是單元抑多元？根據上文三節丁欵所表
列，幾種陶文的紀數字完全相同，卽此一點，似已足夠證明中國
文字的起源，在系統上是單元的。

丁、陶文的六書分析：上列幾種陶文，除了小屯陶文較多可
識外，其餘幾期中，只有紀數字是可識的；此外雖有少數似乎可
識，但仍在疑似之間，要想對它們作六書分析，實屬有些冒險；
但爲了推測文字發生的過程，又不得不借重這種分析。根據現有
文字學的研究，中國文字的發生，以表形文字爲最早，表意文字
次之，表音文字又次之，我們試就此論點，將各期陶文中完全不
可識的字撇開不談，僅就已識或似可識而尚在疑似之間的字作一
粗略的六書分析，紀數文字中一、二、三、四作一、二、三、
三，多數學者都認爲是指事字，唐蘭先生則認爲應解釋爲象形
字。五、六、七、八、九、百、千、萬等紀數字，則所有的古文
字學者都認爲是假借字，假借字是純表音的文字。這些紀數文

字，每期幾乎都有出現，那麼中國文字在公元前三千五百年左右
已經有了假借字，這點實非筆者始料所及。唐蘭先生曾說：

　　　　所以我們在文字學的立場上，假定中國的象形文字，至少
　　　　已有一萬年以上的歷史，象形、象意文字的完備，至遲也
　　　　在五六千年以前，而形聲字的發軔，至遲在三千五百年
　　　　前，這種假定，決不是誇飾⑤。

他的假定，因半坡陶文中假借字的發現，可說得到了有力的旁
證。在拙著「從六書的觀點看甲骨文字」一文裏，也曾證明假
借字是從表形表意文字進步到形聲字之間的橋樑，它本身是純表
音文字，形聲字是受了假借字的啟示纔產生的，現在史前期的陶
文裏已有假借字，卻還沒發見形聲字，又可為鄙說得一佐證了。
此外，半坡和小屯陶文都有「ㄓ」字，應釋「屮」，是象形。二
里頭有「囝」字，疑是「死」，便應算會意，又有「囡」字，疑
是「俎」，應算象形。象形、會意，都是較早產生的文字，早期
陶文中有此原很合理，值得注意的是早期陶文中卻絕無形聲字的
發現，這也是合乎文字發生過程的合理現象。直到小屯陶文中有
「孞」字，不管左旁所從是「ㄐ」或「卜」，總是從女、ㄐ聲或
卜聲的形聲字。它和甲骨文時代大致相仿，甲骨文中已有大量形
聲字，然則小屯陶文中已有形聲字，更是毫不足怪的。小屯陶文
中還有許多象形、會意文字，自屬意中事，為節省篇幅計，不再
一一分析。從上面的檢討看來，各期陶文的六書分析，也和筆者
以六書的觀點分析甲骨文字所得結論，如出一轍，更可證它們和
甲骨文是完全同一系統的文字了。

五、後記

　　近些年來，中國大陸上作了許多田野考古工作，發掘所得，

──────────
　⑤　見唐著〔古文字學導論〕二六─二八頁。

都已撰成簡報或正式報告。這些報告中的大部分，筆者都未曾寓目，認眞的說來，筆者是不適於撰寫像本文這一類的題目的；但畢竟還是寫了，以致在結論中充滿了盲人捫象式的推測，實難辭率爾操觚之譏。不過筆者原意只想提出一些問題，試作解釋；自始便沒敢奢望達致確切不移的結論。假如因此文之作，能够拋磚引玉，導致並世學人對此一問題作更深入的探討，相信終有一日會獲得比較可信的結論的。

原載南洋大學學報第三期，1969年

從中國文字的結構和演變過程泛論漢字的整理

一、中國文字的結構和演變

中國文字學的研究，有靜態和動態兩面，靜態研究的主要對象，便是文字的結構。在這方面，中國文字學所作的工作很多，成績也很輝煌，膾炙人口的六書說，便是這方面研究工作的結晶。談到結構，中國文字是別具一格的，和歐西多種拼音文字相較，它們採取了完全不同的發展方向，但令人驚奇的是它們發生的過程，卻非常相類。大家公認埃及的象形文字、美索布達米亞的楔形文字，和中國文字，是世界上三種最古老的文字，據歐西學者對前二種文字的研究，發現它們的發生過程，有所謂 Pictographs ideographs, phonographs 和 phonetic compounds，分別相當於我們的象形、指事及會意、假借和形聲，惟獨轉注一書，在前二種文字裏沒有相類似的例子，但也和我們早期文字的甲骨文中沒有發現轉注字的情形相類（儘管原因未必相同），因此我們可以說它們的發生過程是完全相類的，但因爲使用這幾種早期文字的民族，在語言的本質上有顯著的差異，因之它們以後的發展，採取了完全不同的方向，前二者發展爲純衍音的許多種歐西的拼音文字，而中國文字發展到形聲文字，便已經完全成熟，制字的方法，不再有變化，也可以說中國文字，較之拼音文字，在發生的過程上，少走了一步，因之，以前有許多不懂中國

語文的外國學者，認為中國文字比較原始，也比較落後，殊不知
文字是紀錄語言的符號，文字的本質，先天的決定於語言的特
色，歐西的語言是複音節語，它們衍為純衍音的拼音文字是很自
然的，而中國語言是孤立的單音節語，假如也採拼音的辦法，在
學習上，也許會比較方便，但許多同音異義的字，將無由加以區
分，豈不是完全不能達到文字的目的，因之，中國文字發展到形
聲文字，產生了形音義三方面緊密而和諧的結合，加上了義符，
同音異義的字，便可以很容易而明顯的加以區別，何況表音的音
符，也多半兼有表義的作用，因而字義更顯明確不移。形音義三
種要件，在中國文字中結合和變化的情形，也是條理分明，脈絡
貫通，加上前乎形聲字的純表形的象形字，純表意的指事和會意
字，和純表音的假借字，任何一種語意，皆可加以表達，而不虞
匱乏，中國文字在紀錄中國語言的意義上，已達到了無上完美和
成熟的階段，它之所以不發展為拼音文字，是決定於語言的特
質，它不可能也不需要如此變。現行的中國文字，形聲字居九〇
％以上，所以中國文字仍和大多數其它文字相近，主要仍是衍音
的，不過它具備了表形表意的條件。在文字性能上說，較之純衍
音的拼音文字，是有過之而無不及的，譬如一個完全不懂中國
語言的外國人，他只要記住約莫幾百個字根的音義（真正的字根
究竟應該有多少，這是一個很專門而且頗富爭論性的問題，目前
還不能確定，以〔說文〕為例，它的五百四十個部首，應是許慎
所認為的字根，但其中很多可以合併的，自然地還有可能分析出
另一些新的字，但字根總數大致不會超過五百四十之數，宋儒鄭
樵在他所著〔象類書〕裏，立三百三十母為形之主，八百七十子
為聲之主，合千二百文而成無窮之字，他的三百三十母，便是將
〔說文〕的五百四十部歸併而得，但他在另一部著作〔六書證偽〕
裏，卻又只有二百七十六部，二書已佚，不知異同如何，但同一
人而先後主張不同，足證這問題甚富爭論性，要加以確定，必須

作一番深入而縝密的研究，這是整理中國文字的一個重要步驟，但非本文所能討論。）便可以了解大多數中國文字的音義，反之，操不同語言的人，去學習代表另一種語言的拼音文字，雖然幾十個字母較易記認，也容易拼寫，但對這種文字字義的掌握，卻遠較困難，這是因爲中國文字，具備形音義三種要件，只要弄清楚了它的條例，便可觸類旁通，這種優越的性能，是拼音文字難以具備的。

其次，我們要談的是中國文字學動態研究的一面，其主要對象，是文字的演變過程，這包括中國文字從古迄今一切孳乳變化的現象，和全部過程而言，所涉及的範圍，是非常廣泛，而其現象又非常錯綜複雜，決非短短一篇文章所能講得清楚。筆者從事於中國文字學的學習，頗歷歲年，對此一問題，雖也有一知半解，但想加以徹底討論，仍感到有關知識的極度貧乏，但好在前賢對此已經多有論列，本文所提到的，大半是述而不作，而且也只能限於粗枝大葉的討論，只是想以此一粗淺的了解作基礎，進而對中國文字的整理，提供一點一得之愚，以供關心此一問題的諸君子作參考，原沒敢奢望對這個廣泛錯綜的問題，作徹底的討論和詳盡的敍述。

文字恰如一個具有生命的有機體，每一個獨立的文或字，都有它個別的演變史，上自高曾祖考，下至子孫雲仍，條理貫通，脈絡分明，生息蕃衍，永不停息；推而至於一個字族，或是全部文字，亦莫不皆然，其演變情形，雖極錯綜繁複之能事，但大體上不外下列數途：

甲、由不定型趨向於大致定型

上古文字的形體，非常不規律，同是一字，張三李四，各人寫法不同，偏旁的位置，左右上下無定；筆畫多少不拘，甚至偏旁的數目也不拘；事類相近的文字，當它們被當作偏旁使用時，

往往相通；正寫反寫相同（左右兩字除外），橫書側書無別（這類現象，在甲骨文裏已有加以區分的，如山丘兩字是橫寫，側寫成了　和　，這是文字演變孳乳到了晚期的正常現象，但在早期的甲骨文時代，卻該認爲是例外，這也證明了每一個別文字或字族，都有其不同的演變過程），這種情形，時代越古越顯著，直到小篆出現，纔算大致定型。

乙、整齊劃一的趨勢

象形會意文字，常與一幅圖畫相類，後來形聲字大量增加，多數是一形一聲，其結構則大半是左右對稱，或上下對稱，因之原是整體的象形字或會意字，也往往分成兩體，以期與居多數的形聲字相配合；原是橫寫的，也多變爲側寫，這些改變，都由於求得行款的整齊，至於筆畫多少，古文也極不一致（古文比較難於分辨筆畫，但有繁體簡體之別），有的極繁，有的極簡，爲了求得字體的勻稱，於是有了簡化和繁化的趨勢，這兩種趨勢，看似相反，筆畫極多或極少的，總是少數，而以十畫左右的居多，便是此種趨勢的結果。 不過在全部文字演變過程中， 簡化的居多。一般說來，金文較甲骨文爲簡，小篆又較金文爲簡，隸楷又其次焉，就每一個別文字比較，容或不然，但整個趨勢確是漸就簡化，這原是人類對工具使用的自然要求，不足爲異，不過這種簡化現象，是溫和的、漸進的，也經過了長時期的自然選擇的結果，這就是所謂「約定俗成」；而非突然的，大量的刪繁就簡。

丙、譌變

以上所述的演變，大體上還有規律可尋，另有一種個別字體的譌變，則是每一個字的情形不同，但也有一個規律，那便是由於形近而譌，如古文中的「交」譌爲「矢」，「矢」「寅」互譌，「凡」譌爲「舟」，「人」譌爲「刀」之類。譌變現象以由大小

篆演變隸楷時爲尤甚。所以隸楷的演變，有不少是逾越了文字演
變的常軌，破壞了文字原有的結構，卽使說是譌變，也已非「形
近而譌」所能解釋，而是苟趨約易的結果，假如我們說，隸楷實
在祇是大小篆的簡俗體字，也是大致不差的。

二、在文字學史上幾次整理文字的紀錄

　　文字非出於一時，成於一人，直至今日，仍然不斷有新字產
生，大家創造，大家使用，發生錯字、別字、俗字、簡字，是很
自然的現象，在遠古文字沒有定型時，這種現象普遍存在，自不
消說，到小篆出現以後，文字已趨於大致定型，這種現象，仍不
能免，但文字爲一種大眾傳播的工具，過多的錯別俗簡，總是很
不方便，於是每隔若干年代，當這種現象越來越多的時候，人們
總會發出整理和正定文字的呼籲，在過去文獻上對這種正定文字
的工作，也常有記載，不過有些語焉不詳，我們假如撿拾片段，
加以貫串，也可看出些端倪。關於文字的發生，中國有一種最古
老的傳說，便是倉頡造字，古代文獻中有關倉頡的記載甚多，而
最爲持平中肯的，莫過於〔荀子〕「解蔽篇」所說：「好書者眾
矣，而倉頡獨傳者，壹也。」上面說「好書者眾」，這明明否定
了倉頡造字的傳說，下面說「壹也」，我們實在應該理解爲整理
統一的工作，古時文字不定型，錯別俗簡的現象過甚，有倉頡其
人，加以正定，而得到多數人的接受，於是以訛傳訛，便說成倉
頡造字，這應是合理的解釋，倉頡生卒之年，雖不可考，但據各
種文獻所載，是在殷商以前，則斷無可疑，歷世縣邈，降及殷商，
文字異體滋多，變化滋劇，這是有目共覩的。到了周代的金文，
與甲骨文雖一系相承，但異體仍層出不窮，於是有了〔史籀篇〕
的出現，〔說文〕序說：「及宣王大史籀著大篆十五篇，與古文
或異。」此所謂大篆，卽〔說文〕之籀文，古文卽〔說文〕之古

文，許慎認為是倉頡古文，而實在只是東周末葉秦以外六國所行用的文字。〔漢書〕「藝文志」說：「〔史籀篇〕者，周時史官教學童書也。」這應是當時政府根據許多流行異體，加以正定後所編行的一種兒童識字讀本。到了戰國時代，這是中國史上有名的混亂時代，文字自不例外，〔說文〕序說：「其後諸侯力政，不統於王，惡禮樂之害己，而皆去其典籍，分為七國，田疇異畝，車塗異軌，律令異法，衣冠異制，言語異聲，文字異形，秦始皇帝初兼天下，丞相斯乃奏同之，罷其不與秦合者，斯作〔倉頡篇〕，中車府令趙高作〔爰歷篇〕，大史令胡毋敬作〔博學篇〕，皆取史籀大篆，或頗省改，所謂小篆者也。」從這段文字，可以明白看出，戰國時代文字是何等混亂，李斯等加以整理統一，而成小篆，序中有幾句話，最值注意：「李斯乃奏同之，罷其不與秦合者。」這是整理的一個標準，秦承宗周之舊，行用籀文，可算文字正統，六國古文與籀文或異，李斯等乃罷其不與秦合者。「皆取史籀大篆，或頗省改。」是另一個標準，「或頗省改」最重要，或者「不盡」之意，頗者「不甚」之意，省者省其繁重，也就是簡化，改者改其怪異，也就是正定；其實這所謂「或頗省改」，也只是接受了一批約定俗成了的或頗省改的寫法，非李斯等所能臆造，更非秦始皇帝一紙命令所能推行的。但小篆的命運，很快便趨於沒落，原來雖是取史籀大篆或頗省改了的小篆，仍是不能「赴急應速，愛日省力」。〔說文〕序緊接着說：「是時秦燒滅經書，滌除舊典，大發吏卒，興戍役，官獄職務繁，均有隸書，初以趨約易，而古文由此絕矣。」〔說文〕提到隸書，但對隸書的淵源，不像小篆那麼交待得一清二楚，只說它的功用是「以趨約易」，段玉裁注〔說文〕：「按小篆既省改古文大篆，隸書又為小篆之省。」這說法是不大可信的，相傳隸書為程邈所造，程邈與李斯同時，便是相先後也不太遠，隸書也是由始皇頒行，實際上小篆和隸書，是同時並行的，所謂程邈「造」隸書，也和倉頡

「造」字之說一樣不合理，任何一種文字，決不可能由一人所
造，隸書也是有其淵源所自的，既不可能由程邈一人，窮其繫獄
十年之力，閉門造車式的造出一套文字，自然不可能是省改同
時並行的小篆而成，它的產生，也是由於長久孕育，約定俗成
的結果。說得更明白一點，小篆是由當時正統派的史籀大篆或
頗省改而成；而隸書則是出自春秋戰國以來民間所用通俗體的文
字，由程邈將其簡俗別異的形體，加以整理，擇其已爲大眾所
接受了的加以收集，但也費了他數年之力，纔能整理正定，奏請
頒行；二者的形成，同出一源，不過一取正體，一取簡俗，小篆
省改古籀大篆者少，所保留文字構成的規律也較多；隸書苟趨約
易，省改古籀大篆者多，因之對文字構成規律破壞也最甚；但二
者並行的結果，隸書因有民間多年來流俗通行的歷史背景，立佔
上風，自秦至漢，除了少數銘之金石的廟謨典誥之類的文字，
是采用篆文外，其他民間通行，甚至士林傳習的，都是隸書，漢
時的今文經便是一例。秦時學童尚試以包括篆隸的八體書，至漢
已大非昔比。許愼在〔說文〕序裏曾慨乎言之：「今雖有尉律不
課，小學不修，莫達其說久矣。孝宣皇帝時召通〔倉頡〕讀者，
張敞從受之，瓊州刺史杜業，沛人爰禮，講學大夫秦近，亦能言
之。孝平皇帝時，徵禮等百餘人，令說文字未央廷中，以禮爲小
學元士，黃門侍郎楊雄，采以作訓纂篇。」漢初閭里書師們所編定
的〔三倉〕，到宣帝時，連號稱好古文字的張敞，都已不能正讀，
小學大家杜業，爰禮輩能讀〔倉頡〕，已可大書特書。一般人之
不識篆文，自可概見。孝平帝舉行一次文字學大會，會議結果，
由楊雄采作〔訓纂〕，許愼之著〔說文解字〕，大半亦以此爲依據，
照當時多數人不懂篆文的情形，假如沒有許愼撰寫〔說文〕，將文
字結構詳加分析，並爲六書說建立起系統的理論，而一任破壞文
字結構、罔顧六書理論、簡俗破體的隸書，以譌傳譌的流傳，坐
視俗儒鄙夫說字解經的謬悠之說，廣爲傳布，而不加以闢正，那

後人對中國文字學的研究，將不知要多費多少周章，而現代對古
文字學的研究工作，缺少了這道橋樑，將也難以達致有如今日的
業績，〔說文〕一書之有功於中國文字學，眞是難以衡量的。〔
說文〕序又說到當時人只知有隸書，不知有古文，以及根據隸書
說解文字的情形：「而世人大共非訾，以爲好奇者也，故詭更正
文，鄉壁虛造不可知之書，變亂常行，以燿於世，諸生競逐說字
解經誼，稱秦之隸書爲倉頡時書，云『父子相傳，何得改易？』
乃猥曰：『馬頭人爲長，人持十爲斗，蟲者屈中也。』廷尉說律，
至以字斷法，『苛人受錢，苛之字止句也。』若此者甚眾；皆不合
孔氏古文，謬於〔史籀〕。」當時還有許多讖緯家說經解字，尤多
荒誕不經，這和後世不懂六書而強說文字，如王安石〔字說〕之
流，有異曲同工之妙。隸書經秦至西漢，兩百來年間，自然又有
許多簡俗錯別的異體產生，東漢初年的馬援，便曾指出這種現象，
〔後漢書〕「馬援傳」李賢注引〔東觀記〕曰：「援上書：『臣
所假伏波將軍印，書伏字犬外嚮，城皐令印皐字爲白下羊，丞印
四下羊，尉印白下人，人下羊，卽一縣長吏，印文不同，恐天下
不正者多，符印所以爲信也，所宜齊同，薦曉古文字者，事下大
司空，正郡國印章。』奏可。」官印上的文字，尚且如此，則民
間流行的可知，但當時漢室中興，百廢待舉，似乎還無暇整理全
部文字，馬援所要求的，也只限於正郡國印章而已。東漢末年，
曾有一次正定文字的運動，〔後漢書〕「蔡邕傳」：「邕以經籍
去聖久遠，文學多謬，俗儒穿鑿，疑誤後學，熹平四年，乃與五
官中郎將堂谿典……等奏求正定六經文字，靈帝許之。邕乃自書
冊於碑，使工鐫刻，立於太學門外，於是後儒晚學，咸取正焉。
乃碑始立，其觀視及摹寫者，車乘日千餘兩，塡塞街陌。」這便
是有名的熹平石經，是用隸書寫的，雖然主要是爲了表章經學，
但同時也達成了正定文字之功，要不是當時流行的簡俗字，與正
定文字相去過遠，則建碑後觀視摹寫的，何至如此轟動？稍後不

久，又有魏三體石經，每字之下，以古文篆文隸書三體並列，自
然是正定文字之意，重於經術。晉與有楷書，較之隸書，又多譌
變，呂忱著〔字林〕，爲〔說文〕以後，第二種文字學專書，其
書今雖亡佚，但據〔魏書〕「江式傳」說：「文得正隸，不差篆
意。」正書卽楷書，可見〔字林〕是以隸楷爲主，但能不差篆
意，是一本十足講求文字學的書，應該也是爲了針砭當時隸楷的
簡俗體而作的。唐人因六朝文字混亂，又有一種整齊劃一的運
動，這便是字樣之學，一時學者著書立說，如唐玄宗〔開元文字
音義〕，顏師古〔匡謬正俗〕、〔字樣〕，顏元孫〔干祿字書〕，
張參〔五經文字〕，唐玄度〔九經字樣〕之類，不暇備舉，大抵
說文隸體相參，正字譌字並列，〔開元文字音義〕自序說：「古
文字唯說文字林最有品式，因備所遺缺，首定隸書，次存篆字，
凡三百二十部。」五代時林罕曾推崇此書說：「隸體自此始定。」
實在這些書所正定的，便是流行至今的楷書。自宋以後，〔說文〕
的研究漸漸興起，元明兩代雖一度中落，但下逮清代，小學的研
究，成爲學術的主流，〔說文〕之學，邁越前古，在中國文字學
的研究上說，似乎已登峯造極，但研究的對象是小篆，對當時流
行的楷書而言，實在祇能算是古文字學的範圍，除了學術上的成
就外，對於正定楷書，很少發生實用的影響，倒是自唐開成石經
以下，又有孟蜀廣政石經、北宋嘉祐石經、南宋紹興石經、清代
乾隆石經之類，對於正定楷書，頗費苦心，也頗收實效。根據以
上的敍述，可見中國文字經自然演變的結果，常常產生簡俗錯別
的異體，這問題也常常困擾着歷代的有心人士，因之在個人努力
或政府主持之下，一次又一次的進行了文字的整理，將當時流行
的紛歧錯亂的文字，加以正定；但歷次的正定文字，都只是就當
時流行的異體之中，整理統一，或頗省改，然後就約定俗成的形
體，加以接受、加以認定而已，並不曾由當時的政府或個人，另
行制定一種他們認爲更合適的新體加以頒行，這是不爭的事實。

但也曾有一次例外，便是唐武后稱帝後，曾制定了十九個新字，
加以頒行，當時確也風行一時，但武后覆亡，這批字也旋被自然
淘汰，除了後世字書偶或收錄，已不復有人再加使用了。因為文
字雖屬人為，但經大家使用，便有一種自然選擇的力量，或淘
汰，或通行，決非個人或政府的力量所可左右，這一點也是談整
理文字的人所不可不知的。

三、關於整理中國文字的一個構想

　　談到中國文字的整理，又是一個千頭萬緒的重大問題，歷來
討論此一問題的，也是見仁見智，很難獲得一致的結論，筆者不
學，何敢侈談中國文字的整理，不過作為一個中國文字學的學習
者，儘管意見不成熟，也有將它提供出來的責任，也是野人獻芹
之意而已。上節曾略述中國文字歷次整理的史實，現在要談的，
是筆者對此一問題的構想，比之以前的整理方式，也許要稍稍深
入一些。談到整理，很自然的容易使人聯想到改革，有人也許要
問，與其費盡氣力去整理，何不乾脆加以改革？以筆者粗淺的看
法，中國文字是適應中國語言特質的完美工具，有其脈絡貫通，
條理分明的結構和演變方式，因之也具備了非常優越的性能，是
無所用其改革的。以前，中國文字羅馬化的主張，一度甚囂塵
上，但實在是一種未加縝密思考，和缺乏深入研究的意見，現在
他已歸於沉寂。與其說改革，筆者毋寧採用遠較溫和的「改進」
這一名詞，不過改進也得以全盤整理的結果作基礎，不然便是空
中樓閣式的空談，無補實際。筆者所作的構想，實也涉及了改進
的問題，不過因為學力所限，研究思考的工作不夠，實在不敢妄
談改進，因之本段所談的，仍只能以整理的方法為主，假如能因
此導致一些改進的端倪，那真是馨香以求的了。筆者所構想的，
可按如下的步驟，進行文字的全盤整理：

甲、分期研究

中國文字既然經過了好些階段的演變，那我們何妨以時代作標準，將中國文字的演變，劃分成幾系來加以研究，這雖有些削足適履的意味，但爲了研究的方便，不得不爾。我們的分期如下：

A、殷系文字，以甲骨文爲主，包括早期金文。

B、兩周系文字，以金文爲主，包括晚周的六國文字。

C、秦系文字，以小篆爲主，包括兩漢部分以小篆形式表現的金石刻辭。

D、隸楷系文字，這一系文字，也應從秦開始，篆文是秦系文字的正統，但從一開始，非正統的隸書，在流行的普遍性上，便佔了上風，自秦至東漢末，可以說全是隸書的天下，但已有楷化的趨勢。晉興有楷書，以至於現代仍流行不改，在學術上，楷書也稱今隸，實在因爲二者差距甚微，合併整理，比較合理，這麼一來，這一系所包含的時代也最長，便不能專用某一朝代來定名了。

以上是據主要時代及資料所作的區分，至於像〔說文〕序所稱秦書八體中，除大小篆和隸書以外的另五體，如刻符、蟲書、摹印、署書、殳書，那實祇是書法上的差異，從文字學的觀點，它們並不是與當時文字結構不同的書體，這都可以和陶器、璽印、封泥、貨布、權量、瓦當、碑刻等類文字，各按其時代，予以歸類。時代劃分後，便是收集資料，這又是頗複雜而專門的問題，不能細述，大致說來，不外將同時代有關文字的地下資料、拓片、影本、字書、對各類有關文字的研究專著、其他有關文獻等，一一收集，然後按一定的分類方法（在沒有經過徹底整理，建立起新的分類方法以前，似乎仍以采用〔說文〕分類法較爲方便，也較爲合理。）分別排比，綜合分析，便自然可以得到每

一個文字最爲合理的解釋了。筆者曾先後兩次共花了近十年的時間，對殷商系的文字，作了一次通盤的整理，寫成〔甲骨文字集釋〕一書，雖不敢敝帚自珍的說對甲骨文的解釋，已獲得了定論，但至少在方法上已相當周密，可以提供其他研究者以許多方便，是可以自信的。兩周系金文的研究，自宋以來，已有九百來年的歷史，也有了很好的成就，但一次綜合整理的工作，還付闕如，對古文字學研究而言，這項工作是刻不容緩的。秦系文字的研究，在遜清一代，已經有極高的成就，近人丁福保君曾會集生徒，先後花了三十年以上的時間予以綜合，成爲〔說文解字詁林〕一書，爲文字學界盛事，所惜只是羅列各家學說，而沒有歸納批判的意見，這一項艱鉅的工作，還有待來者。隸楷文字的整理，在前節中已粗舉大端，但綜合分析的工作，還付闕如。以上這幾項工作，如由個人獨力進行，那眞是俟河之清，人壽幾何？如能集若干志同道合的人，分頭並進，期以十年廿年的努力，其成果必極可觀的。

乙、文字分類方法的探討

　　前文曾說到中國文字是條理分明、脈絡貫通的，只要找出了它們條理脈絡之所在，便可以達成一種合理的分類方法。文字的三要件是形音義，前賢便選取其中一種爲分類的依據。以形爲主的，有〔說文〕、〔字林〕以下一系列文字學研究的專著；以音爲主的，有〔聲類〕、〔韻集〕、〔切韻〕、〔廣韻〕這一系列聲韻的專著；以義爲主的，有〔爾雅〕、〔廣雅〕以下這一系列訓詁學的專著。文字的音義，代表語言的語音語意，是先字形而存在的，語言無形而文字有形，文字之所以異於語言者在此，因之三者之中，字形又是最主要的一種。筆者構想中的文字新分類法，是以形爲主，找出若干眞眞的字根爲部首，分別部居，然後在下面的從屬字裏，就其音義遷移貫通之理，加以連繫。以形爲

主的文字學專著，其主要分類法，不外以小篆爲研究對象的〔說文〕一系，和以楷書爲研究對象的〔字彙〕、〔正字通〕一系。此外，也有人嘗試作其他的分類法，如華學涑的〔文字系〕、唐蘭的〔古文字學導論〕之類，則是新的文字分類法的研究，雖有精闢可貴的見解，但不爲一般人所熟知，暫不具論。〔說文〕一系的分類法，學術研究的意味，重於實用目的；而後者則偏重實用，旨在便於尋檢，故多割裂字形，破壞文字結構，尋檢雖便，而往往使學者昧於文字的條理脈絡，是其缺點。〔說文〕分五百四十部，自然是許君心目中的字根，但其中有部分是後起的形聲字，所以頗有可以刪倂的。它們的先後排列，是據形繫聯；它們的分類標準，據〔說文〕序說，是「理羣類」、「達神恉」，理羣類是明天地、鬼神、山川、艸木、鳥獸、蟲魚、襍物、奇怪、王制、禮儀 ，和世間人事的條理 ； 達神恉是明文字形音義的結構，和其脈絡貫通之理；由此以達「分別部居，不相雜厠」的結果，是有理論系統爲根據，而非隨意安排，這正是我們該致力研究的重點。〔字林〕一書雖已亡佚，然據封演〔聞見記〕所載，也是五百四十部，想是一仍〔說文〕舊貫。顧野王〔玉篇〕分五四二部，較〔說文〕多出了兩部；王洙的〔類篇〕又較〔玉篇〕多了一部，爲五四三部；但二者部首雖與〔說文〕幾於全同，而其次序則較〔說文〕有了相當大的變動，這當然不是故意標新立異 ， 應該是代表二書作者對文字分類的新意見 ， 假如我們將這幾種部首次序的差異加以研究，定可得到對文字分類法的許多啟示。另一系是以楷書爲主的，據〔康熙字典〕凡例：「〔說文〕、〔玉篇〕，分部最爲精密，〔字彙〕、〔正字通〕悉從今體，改倂成書，總在便於檢閱，今仍依〔正字通〕次第分部，間有偏旁難似，而指事各殊者，如熒字向收日部，今載火部，龞字向收隸部，今載雨部，頴，穎，穎，穎四字，向收頁部，今分載火水禾木四部，庶檢閱既便，而義有指歸，不失古人製字之義。」這正

因為這一系列的字書分類，是以楷書為主，而楷書因形體演變
的結果，已大大破壞了文字的結構，而致六書之詣不明，它們的
分類，又為了遷就尋檢的方便，將楷體頗加割裂，更失六書神
詣，〔康熙字典〕的編者，雖有見及此，而思加以糾正，乃有這
條凡例後半段的說明，但礙於大例，這種缺點，仍是不能避免。
它們的部首共分二百十四部，也是頗有斟酌餘地的。假如我們以
文字學的研究為基礎，參合上述兩種分類法，加以修正，然後在
每部的從屬字中，就其字音字義的條理，分別加以繫連，其音義
變化引申之故，又分別在說解中註明，那麼在學習上，將產生許
多啟發性的作用，而大大增加學習的效率。初學者只要將部首（
字根）徹底了解（這自然要費較多時間去了解部首結構的理論），
將可收觸類旁通之效，而大大減少學習的困難，筆者對此愧無深
入的研究，所以只能說是一種初步的構想，而未能有具體的建
議。在上述的工作完成之後，每一個字形體演變的歷史，已可全
部明瞭，字與字之間形音義變化引申之故，也已徹底了解，然後
可以進一步談到改進。中國文字演變的趨勢是簡化，則所謂改
進，自然不外簡化一途，我們以全部整理後，所獲知識作基礎，
當可創通一些條例，以為簡化文字建立理論根據，然後據以制定
若干簡體字，加以推行，再加長時間自然選擇的結果，或可有較
多數通過「約定俗成」，而被採用流行。反之，如率爾從事，則
任何稍具文字學知識的人，都可以在一夕之間，僅憑冥思懸想，
再造出百十個簡體字，那將大大的破壞文字的結構，徒增文字使
用的混亂，而其結果也必將遭致被淘汰的命運，這是不可不慎
的。總之，約定俗成的簡體字，是順應文字演變趨勢的自然結
果，不必反對，也不能反對；閉戶造車、粗製濫造的簡體字，
徒增無謂的紛擾，卻不能減少學習的困難（這是許多教育心理學
者根據實驗所達成的結論，為了節省篇幅，不能贅引）。因之不
能提倡，也不該提倡，我們根據文字演變的歷史，發見有一點現

象，很值得注意，前節分期研究所分的幾個階段，前三階段，演變得比較急速而劇烈，而隸楷的階段，其新包含的時間，幾乎是前三階段的總和，而其演變的程度，除了開始由大小篆變爲隸楷的階段，較爲劇烈外，一到楷書形成，其演變的程度，便顯著的逐漸減緩而趨於溫和，這是由於古代文字不定型，可塑性大，因之變得較快；及至文字漸趨定型，該改該簡的，早已改了簡了。假如不加詳考，而苟趨約易的再改再簡，便將面目全非，而致過分破壞文字的完美結構，並失去和固有文字的連繫，這一點也是談文字改進的人，所該留意的。

原載新加坡星洲日報1969年元旦特刊

中國文字的原始與演變

一、前言

　　中國文字的起源，至今仍是一個曚昧難明的問題，以前的文獻中雖有不少與此有關的傳說，但大半鄰於想像，不能算是定論；要想對此一問題作較確定可信的敍述，眞苦於「書闕有間，文獻不足徵」，本文祗好根據近年來學者們對甲骨文的研究，作一種較近事實的探求；加之近幾十年來考古工作者在中國大陸先後發現了幾種史前和有史早期的陶文，正好爲此問題的討論，提供部分的佐證。本文祗想就此範圍加以論列，雖然仍未能求得令人完全滿意的答案，也就祗好不知蓋闕了。本文所將涉及的另一問題——中國文字的演變，其性質與前者大異其趣：前者是書闕有間，文獻不足徵；後者卻苦於資料過於龐雜，頭緒過於紛繁，前賢對此一問題的討論，又大都是一鱗半爪，較少有系統的論列，甚難加以撝拾整理，串綴成篇。因之本文仍擬以甲骨文研究成果爲主幹，列舉若干有關事實爲佐證，以期對此一問題，作一稍具系統的論列。本文之所以打算如此著筆，除了上述的理由之外，更重要的是因爲甲骨文正處於我國文字發展已臻成熟，而演變又是最劇烈的階段，假如能對它發生和演變的全部過程，加以把握，那麼，對整個問題的討論，正可探驪得珠。而且從中國文字制作的法則言，甲骨文正臻完備，後此雖有演變，大抵不外偏

旁結構的繁簡損益，無與於制字之本。本文卽以此爲敍述主體。
但本文爲〔中國上古史〕的一章，一般的體例，大抵下迄戰國。
兩周所行爲金文，就中國文字演變的過程言，其下爲小篆隸書，
小篆的出現，達成了中國文字的大致定型，隸書又是現行楷書的
濫觴，因之本文對金文、小篆、和隸書三種書體，亦稍稍涉及，
期使讀者對中國文字的演變，能獲得較爲完整的概念。筆者學識
讝陋，所見不廣，論述難免掛一漏萬，謬悠之說，所在多有，希
望博雅君子，不吝敎正，感甚幸甚。

二、有文字以前幾種有關文字發生的傳說

　　本節所將涉及的畫卦、結繩、刻契、河圖洛書、甲子、和史
皇作圖、倉頡作書等類傳說，以前文獻中多有記載，大抵互相因
襲，難以認眞稽考；究其內容，結繩、刻契，只是有文字以前幫
助記憶的工具；八卦則是一種術數的玩藝，充其量或許與先民的
宇宙觀有某種程度的關聯，實與文字的意義無涉；甲子所列二十
二干支字，除先民用以紀時外，其本義各有所屬，其他文字也不
能從此孳乳，顯非極原始的文字；〔河圖〕〔洛書〕爲文字之始，
更屬讖緯家的比附，可以存而不論；至於倉頡造字的傳說，大抵
由於文字原始，矇昧難明，便作此想當然耳的認定，雖似眾口一
辭，要皆由於因襲，文字非成於一時一人之手，此說自難成立。
上述諸種傳說，坊間各種文字學書籍，多有徵引，但均已否定以
前文獻的傳說，認爲與文字之原始無關，本節不求完備，只略引
一二，以見一斑。至於敍述次序，亦係隨意安排，並非代表眞正
時代的先後。

1.結繩

　　〔易〕「繫辭」云：

　　上古結繩而治，後世聖人易之以書契。

　　司馬貞補〔史記〕「三皇本紀」：

　　　造書契以代結繩之政。

　　〔莊子〕「胠篋」：

　　　昔者，容成氏、大庭氏、伯皇氏、中央氏、栗陸氏、驪畜
　　　氏、軒轅氏、赫胥氏、尊盧氏、祝融氏、伏戲氏、神農
　　　氏、當是時也，民結繩而用之。

　　〔老子〕：

　　　使民復結繩而用之。

　　許慎〔說文〕敍：

　　　古者庖犧氏之王天下也，仰則觀象於天，俯則觀法於地，
　　　觀鳥獸之文與地之宜，近取諸身，遠取諸物，於是始作〔
　　　易〕八卦，以垂憲象；及神農氏結繩爲治，而統其事；黃
　　　帝之史倉頡初造書契。

　　僞孔安國〔尚書〕序：

　　　古者伏犧氏之王天也，始畫八卦，造書契，以代結繩之
　　　政，由是文籍生焉。

　　〔周易繫辭正義〕引鄭玄說：

　　　事大、大結其繩；事小、小結其繩。

　　〔周易集解〕引〔九家易說〕：

　　　古者無文字，其有約誓之事，事大、大其繩，事小、小其
　　　繩，結之多少，隨物眾寡，各執以相考，亦足以相治也。

以上諸說，詳略雖有不同，但人云亦云，因襲的痕迹是很顯然
的。然究其實，祇不過是說有文字以前，人們爲了幫助記憶，有
過結繩而治的一個階段；並未說明結繩與文字有若何因果關係；
宋鄭樵「六書略」「起一成文圖」，說文字都由「一」字演出，
他這說法，可能受了〔說文〕始一終亥的影響，仍未以爲文字起
源與結繩有關；近人劉師培〔中國文學教科書〕論字形之起源，

又推演鄭說云：

　　字形雖起於伏羲畫卦，然漸備於神農之結繩。

此下劉氏卽推廣「起一成文」之說，認爲一切文字源於結繩，實係純然臆說。結繩與文字，雖同具幫助記憶的功能，也同屬一種標識；但結繩止於幫助記憶，而文字則完全代表語言符號，其性質是截然不同的。

2.畫卦

　　上節所引〔說文〕序和〔僞尚書〕序，都曾提到八卦，而且都似乎暗示畫卦與造字有密切關係，〔周禮〕「大卜」：

　　掌三易之法，……其經卦皆八，其別皆六十有四。

所謂八卦，卽乾卦☰，坤卦☷，震卦☳，艮卦☶，離卦☲，坎卦☵，兌卦☱，巽卦☴。〔易緯〕「乾·鑿度」對八卦與文字的關係，更言之鑿鑿：

　　☰古文天字，☷古文地字，☲古文火字，☵古文水字，☴
　　古文風字，☳古文雷字，☶古文山字，☱古文澤字。

後儒有信其說而加引申的，此不具引。其實其中除坎爲水字之說，因形體略同，差可比附外，其他稍加深究，皆覺羌無故實。近代文字學者，對此說均已加以闢斥，讀者自可覆按，無煩贅引。至於八卦所代表的物象，除上引天地水火八種自然界的事物外，猶甚廣泛㊀，幾於無施不宜，近人高亨說：

　　似乎古人觀察宇宙，辨析庶品，分萬物爲八類，作八卦以
　　爲符號，於是同德者通而一之，異情者類而別之，故〔易〕

㊀　〔周易〕「說卦」：「乾爲天，震爲雷，巽爲風，坎爲月，離爲日。」又云：「坤爲地，坎爲水，離爲火，艮爲山，兌爲澤。」又曰：「乾爲馬，坤爲牛，震爲龍，巽爲雞，坎爲豕，離爲雉，艮爲狗，兌爲羊。」又曰：「乾爲首，坤爲腹，震爲足，巽爲股，坎爲耳，離爲目，艮爲手，兌爲口。」又曰：「坤爲布爲釜，坎爲弓輪，離爲甲冑、爲戈兵，艮爲門闕。」臺灣藝文印書館版〔十三經注疏〕·〔易經〕一八五——一八八頁。

「繫辭」曰：「以通神明之德，以類萬物之情。」若然，
八卦者亦記事之符號也⊝。

這解釋尚屬合理，不過最初創製八卦的人的心目中，八卦可能只
是代表固定的八種自然界現象，說卦云云，完全是以意爲之的推
廣。至其用途，與卜筮可能有較大的關連，此點而今猶然，可爲
旁證。總之，它們絕非文字，亦與文字的起源無關，是可以斷言
的。

3.刻契

　　所謂刻契，即刻齒畫于「契」上，以記物之數量，〔管子〕
「輕重」甲：

> 子大夫有五穀菽粟者，勿敢左右，請以平買取之子，與之
> 定其券契之齒，釜鏂之數。

〔墨子〕「備城門」：

> 守城之法，必數城中之木，十人之所舉爲十挈，五人之所
> 舉爲五挈，凡輕重以挈爲人數。爲薪樵挈，壯者有挈，弱
> 者有挈，皆稱其任。凡挈輕重，所爲使人各得其任。

孫詒讓曰：挈與契同。十挈五挈，謂刻契之齒以記數也。

〔墨子〕「公孟」：

> 是數人之齒，而以爲富。

俞樾曰：

> 齒者契之齒也，古者刻竹木以記數，刻處如齒，故謂之
> 齒。

〔列子〕「說符」：

> 宋人有遊於道得人遺契者，歸藏之，密數其齒，曰：「吾
> 富可待矣。」

―――――――
⊝　見高亨著〔文字形義學概論〕二二頁。香港劭華文化服務社出版，一九六二
　　年三月。

〔易林〕「大畜之‧未濟」：

　符左契右，相與合齒。

這都說明先民曾有刻契紀數以助記憶之法。文獻中雖無刻契與文
字起源有關之記載，然文字中指事字之紀數字，如一═══三之
類，可能卽受刻契之啟示而產生。就此一觀點言，結繩紀數之
法，亦頗與此相類，謂其與文字的起源有關，並非完全嚮壁虛
造，但僅限於上舉少數紀數字，其餘多數文字之起源，便無法加
以比附了。

4.河圖洛書

〔易〕「繫辭」說：

　河出圖，洛出書，聖人則之。

〔尚書〕「顧命」：

　河圖在東序。

〔論語〕：

　鳳鳥不至，河不出圖，吾已矣夫。

〔禮記〕「禮運」：

　河馬出圖。

〔挺佐輔〕說：

　黃帝遊翠嬀之川，有大魚出，魚沒而圖見。

〔尚書〕「中侯」：

　伯禹觀於河，有長人，魚身，出，曰：「河精也。」授禹
　〔河圖〕，蹇入淵。

〔春秋說題辭〕：

　河圖龍發。

〔河圖〕「玉版」：

　蒼頡為帝，南巡狩，發陽虛之山，臨於元扈洛汭之水，靈
　龜負書，丹甲青文，以授之。

〔孝經緯〕「援神契」：

洛龜曜書，垂萌畫字。

在早期的〔易經〕〔尚書〕〔論語〕裏，還只是單純的提到〔河圖〕、〔洛書〕，直到後世讖緯家的手裏，纔將這些古代神話傳說，和倉頡牽扯上關係，其為比附是顯而易見的。此點姑置不論，值得注意的，是這種傳說中「圖」「書」並舉，對於文字的起源問題，倒似乎談言微中，此點將於本章第六節中略加論列。

5.甲子

〔鶡冠子〕「近迭篇」：「蒼頡作書，法從甲子。」這是文字起源的又一說，而且說得很肯定。所謂甲子，便是傳世的干支二十二字，西漢以前用以紀日，東漢建武以後，始用以紀年月日時，至後世更與陰陽五行之說相混，或更以十二支配十二生肖，則可能是受印度文化影響的結果，但這一切都顯然與文字起源無關。二十二干支字固然都是文字，但就文字學的分析，這二十二字都各有本義（儘管有些不可確知），絕大多數是象形字，可能是早產生的，但卻絕不可能從它們演生出一切文字，這種說法是不值一辯的。而且〔鶡冠子〕此書的眞偽便大有問題，此種說法，便更可存而不論了。

6.史皇作圖與倉頡作書

文字起源於圖畫，是近世語言文字學家公認的事實，我國古老的傳說中，便已具有此種了解。只不過造字的功績，歸之倉頡一人，為與事實不符而已。

〔呂氏春秋〕「勿躬篇」：「史皇作圖。」「君守篇」：「倉頡作書。」〔世本〕「作篇」：「史皇作圖，倉頡作書。」又曰：「史皇倉頡同價。」宋衷注曰：「史皇，黃帝臣也。圖謂畫物象也。」

上引〔河圖〕〔洛書〕之說，亦以「圖」與「書」並舉，與此如出一轍。這些記載未明言文字源於圖畫，但既予並舉，未必是全無意義的安排。至於倉頡造字的傳說，見諸記載的更不勝枚舉了。除上引外，如〔荀子〕「解蔽」：

　　好書者眾矣，而倉頡獨傳者，一也。

　　〔韓非子〕「五蠹」：

　　倉頡之初作書也，自環者謂之私，背私謂之公。

　　李斯〔倉頡篇〕：

　　倉頡作書，以教後詣。

　　〔淮南子〕「本經訓」：

　　昔者倉頡作書，而天雨粟、鬼夜哭。

後儒對倉頡所居時代，雖有不同的說法，但都無關宏旨，而說倉頡造字，則似眾口一辭，其中以荀子所言，最近實情，他明言「好書者眾」，表示文字非成於一人，又說「倉頡獨傳者一也」，則應該解釋為倉頡是整理統一文字的功臣。總之，這類傳說對於文字起源，提供了兩種可能的解釋：其一，圖、書並舉，實暗示文字起源於圖畫。其二，古時好書者眾，倉頡有整理統一之功，故能獨傳。假如我們作如是觀，則此種傳說應是有關文字起源問題最合理的解釋了。

三、真正文字的發生

　　許慎〔說文〕序：

　　黃帝之史倉頡，見鳥獸蹄迒之迹，知分理之可相別異也，
　　初造書契。

又其說象形字云：畫成其物，隨體詰詘。正恰當的說明了文字源於圖畫。但倉頡造字之說，既然無徵不信，真正文字發生的時代，在各種文獻裏，又找不到明確的憑據，我們想對於本問題加

以探討，便必須求之地下資料。唐蘭先生說：

> 從文字本身說，我們目前能得到大批材料的，只有商代的
> 文字，這裏包括了甲骨卜辭和銅器銘文，卜辭是盤庚以後
> 的作品，器銘卻只有少數可以確定爲商末。商代文字裏還
> 保存着很多的圖畫文字，……在卜辭裏已經有了大批形聲
> 文字，銅器文字也是如此。……形聲文字的產生總在圖畫
> 文字的後面。……那麼，我們所見到的商代文字，只是近
> 古期，離文字初發生時，已經很遙遠了㊀。

這是很確切的說法。甲骨文裏所保留的圖畫文字，遠不及金文來
得多，像容庚〔金文編〕附錄上所收圖形文字均是，它們的時代
最早只是商末，但在當時這種圖形文字已是古文字，其眞正發生
的時代，已渺不可考。蔣伯潛在所編〔文字學纂要〕裏，曾引語
言學家 Cabelentz 的意見，以爲能讀的才可以稱做文字，因之蔣
氏對這批銅器中的圖畫文字有如下的描述：

> 銅器上的圖繪，向來的學者，對於它有二派不同的主張：
> 王黼、薛尚功、劉心源一派，把它們都當作文字，而且
> 每個都替它找一個固定的後起的字做解釋。……吳大澂一
> 派，把它們都當作非文字，屏之於文字範圍之外，如吳氏
> 〔說文古籀補〕說：「古器中象形字，如犧形、兜形、雞
> 形、立戈形、子執刀形子荷貝形之類，概不采入。」這二
> 派未免各趨極端。平心而論，銅器圖繪中，有的還是圖
> 畫，有的已變爲文字，不可執一而論。從製法上看，這些
> 圖繪，大多數已有納入於一型的傾向，已用線條描畫，不
> 過它們所代表的是什麼語言，則在原始語言的研究未開端
> 的現在，還無從確定。所以概括的說，還只能認他們爲圖
> 畫和文字之間的東西㊁。

㊀　見唐蘭著〔中國文字學〕六三—六四頁，香港太平書局一九六三年三月版。
㊁　見蔣伯潛著〔文字學纂要〕三三—三五頁，臺灣正中書局一九六七年九月
　　十一版。

這些圖畫文字，實在有許多已可知道它們的音義，確爲古文字無
疑，但儘管如此，它們最早發生的確切年代，卻仍不可知；故無
補於本問題的討論。董作賓先生「論中國文字的起源」，認爲這
些圖畫文字爲商代的古文，他的結論說：

> 現在可以根據殷代的今文和古文，推求中國文字的起源
> 了。中國文字到了殷代，距離圖畫已遠了，造字的方法，
> 六書都有了，已完全演進到用線條寫出的符號了。殷代二
> 百七十三年之間，干支字二十二個，可以說沒有太大的變
> 化，從此以下到秦代的小篆，大約有一千年，干支字也可
> 以說沒有太大的變化。從殷代文字最晚的，向後推一千年
> 而無大變化，這是事實。據此以推，從殷代文字最早的，
> 向前推一千年，難道就會有大的不同嗎？就不會是符號而
> 是圖畫嗎？文化的進程，照例是先緩後急，後一個千年，
> 有春秋戰國社會的劇變，秦代統一文字時，變化猶不過如
> 此；前一個千年內，是殷商前期，夏代，唐、虞二代。唐
> 虞夏商，皆承平盛世，文字竟有若何大的變動，似乎是不
> 可能的。所以由殷向上推，三百年以前不會是圖畫文字，
> 五百年或一千年以內，也決不會是圖畫文字，這可以說是
> 一個合理的推論。關於殷代的古文——銅器銘刻，確是原
> 始的圖畫文字，我們就可以和埃及文麼些文比較一下。埃
> 及文至少使用了三千年，始終是圖畫。麼些文從創造到現
> 在，算它一千年，也始終是圖畫；都沒有變成符號。由此
> 推斷，我們殷代的古文——原始圖畫文字，究竟是何時創
> 造的？用過了多少年，以後纔演變爲甲骨文一樣的符號文
> 字？這年代的數字應該如何估計？埃及人用圖畫文字，三
> 千年不變，麼些族用圖畫文字，一千年不變，我們中國人
> 用圖畫文字，總不會創造了之後，馬上就改爲符號，算它
> 用過一千年就不能說多，再少，算它五百年。接上去殷虛

　　文字的年代，一千年是符號，五百年是圖畫，這估計只有
　　少不會多的。這樣算，殷虛的初年是西元前一三八四年，
　　加上一五〇〇年當爲西元前二八八四年，大約距今爲四千
　　八百多年⑤。
董先生這推測是合理的，而且也是保守的，雖然找不出絕對年代
的根據。所幸近數十年，考古學者們在中國大陸先後發現了幾批
史前和有史早期的陶文，根據對這批資料的研究，使我們對中國
文字起源的探討，漸露曙光，也間接的爲董先生的推測找到了
佐證。下面將對這批陶文加以陳述：

1.可能最早的中國文字——幾種史前和有史早期的陶文

甲、幾種陶文略述

　　近幾十年來田野考古工作的發展，爲我們提供了許多新資
料，使我們的古代史常常需要改寫；在甲骨文被發現之後，又
陸續的發現了許多史前和有史早期的陶器，除了例常有的花紋之
外，往往還刻有許多記號，這些記號，謹愼的研究工作者稱之曰
「字符」，據筆者看，它們是文字的可能性是非常之高的，因
之，本文直截了當的稱之曰陶文。這些史前陶文，分別代表着仰
韶和龍山文化，有史期的兩種，則是商周陶器。最早的一批，據
估計應較甲骨文早了兩千一百多年。不過除了最晚的城子崖上文
化層陶文，偶有有意義的類似單句的連綴之外；其餘的，即使是
文字，也多數只是單字，和甲骨文那麼完美成熟的程度，是無法

---

⑤　詳見〔大陸雜誌〕第五卷第一〇期「世界文化的前途」（二二）「中國文字
　　的起源」。本文轉引自〔大陸雜誌語文叢書〕第一輯第三冊〔語言文字篇〕
　　一五八—一六八頁，民國四十一年十一月二十四日講演稿。筆者按：下文所
　　述半坡陶文中，已有假借字，照理那時象形和會意字，應早已完成，然則金
　　文中的圖畫文字，其製作的時期，最遲也應在半坡時期以前很多年了。

比擬的。本節所將簡略加以介紹的幾種陶文，其絕對年代，未經最科學方法的鑑定，雖還不能確指；但參照他種考古工作研究成果，其相對年代是可以推知的。按照時代的先後，最早的是西安半坡發掘所得的一批，其次是城子崖下文化層的陶文，其次是河南偃師二里頭發掘所得的一批，又次是小屯殷虛陶文，最後是城子崖上文化層的陶文。這些都是經過有計劃的科學發掘所得的第一手的可靠資料，其發掘經過、文化層累積的情形，同出器物、探方、坑位等，均有詳細而可信的紀錄，而且都已經過專家整理研究，寫成報告。我們利用這批資料，其本身的可信程度，是毋須置疑的。

　　A．西安半坡陶文：西安半坡是陝西渭水流域重要仰韶文化遺址之一，〔西安半坡考古報告〕（偽科學院考古研究所於一九六三年出版），是近年史前遺址發掘報告中最重要的一種，在原書一九六頁第五章「精神文化面貌」第四節「陶器上刻的符號」裏，有如下的記述：

　　　　在原始氏族公社階段，還沒有出現真正的文字，但半坡公社的人們，已經在使用各種不同的簡要符號，用以標記他們對一定的客觀事物的意義。這些符號，都是刻劃在飾有寬帶紋或大的垂三角形文飾的直口鉢外口緣部分。共發現一一三個標本，絕大多數在居住區的文化堆積層中出土的，多是碎片，完整的器形只有兩件用作甕棺葬具的圜底鉢。這些符號，筆劃簡單，形狀規則，共有二十二種㊅，豎、橫、斜、叉皆有。最簡單也是最多的一種，是豎刻的一直道，共六十五個。兩豎畫並列的有四個，刻劃的粗細、間距都不均勻。兩畫互相垂直而作「丁」形的有二個。垂鈎形的有三個。倒鈎狀的有六個。樹叉形的有二

㊅　筆者按：如對同形而正反不同的算作兩種，則實有二十五種；正反作一種計，則只有二十一種。

個，左右雙鈎的有二個。「十」字形的有三個。斜叉形的
有四個。「乙」形的共十個。……這些符號有的是陶器未
燒以前就刻好的，有的則是在陶器燒成後或者使用過一個
時期所刻劃的。這些符號絕大部分都刻在飾有寬帶紋的鉢
的口緣上，可能是因為鉢是日常生活和埋葬中大量使用的
一種器物，而這個部位又比較顯著。我們推測這些符號可
能是代表器物所有者或器物製造者的專門記號，這個所有
者，可能是氏族、家庭或個人，這一假設的證據是：我們
發現多種類同的符號，出在同一窖穴，或同一地區。……
這種符號，在其他一些仰韶文化遺址中也有發現，其作風
與作法完全相同。……這證明刻劃符號是仰韶文化中相當
普遍的一種特徵，它們可能代表相同的意義。總之，這些
符號是人們有意識刻劃的，代表一定的意義。雖然我們
不能十分肯定它們的含義，但可以設想那時沒有記事的文
字，人們在表現他們樸素的意識時，是能夠在思維所反映
的客觀實際與日常需要的境界內，用各種方式來表達。這
些符號，就是當時人們對某種事物在意識形態上的反映，
從我國歷史文化具體的發展過程來說，與我們文字有密切
關係，也很可能是我國古代文字原始形態之一，它影射出
我們文字未發明以前，我們祖先那種「結繩紀事」「契木
為文」等傳說，有着真實的歷史背景的。

該書所列刻符，有如圖諸種不同形式（見本書四十六頁），其原
拓片見本書圖版壹、貳、叁⊕。

有關半坡遺址的時代問題，原報告書有如下的記載：

關於仰韶文化的絕對年代問題。……根據現有的資料，和
前人對這一問題的推測，並參照晚期新石器時代的特點，
與我國奴隸佔有制社會時期的關係，可以作一初步的估

⊕　見〔西安半坡〕圖版壹陸玖、壹柒零、壹柒壹。

　　計，「仰韶文化」的上限，也許會較早的發生在 3000B. C.
以前，如果它所經歷的時間在 500 年以上，它的下限應是
在 2500B. C. 或稍晚。 當然這只是概略的推測，確鑿的
年限，還要待像「放射性炭素（C_{14}）測定」一類的自然科
學方法來確定㈧ 。
關於此點，何炳棣教授有更進一步的推論：
　　最初建議仰韶文化的大概年代是瑞典地質學家安特生（G.
　　Anderson）氏，安氏卽河南澠池仰韶村遺址的發現者。他
　　對仰韶、甘肅仰韶、甘肅臨洮馬家窰、齊家等古文化發生
　　的先後次序，根本斷定錯誤，而且他的出發點就有先入爲
　　主的成見──中國新石器文化較西南亞爲晚，其淵源亦必
　　出自西南亞。他對仰韶年代的推測前後不符，他最後的看
　　法，認爲仰韶文化上限大約在 2500B. C. 今日已不爲一般
　　學人所接受，但亦非完全失去影響，西安半坡是已發現仰
　　韶遺址中最重要保存最好的，其報告撰者對仰韶的絕對年
　　代的意見（按見前引，從略）：這種推測，無疑義多少還
　　是受了「前人對這一問題的推測」的影響，事實上仍然是
　　部分的受了安特生的影響。一九六四─六五年美國耶魯大
　　學人類及生物兩系與臺灣大學考古人類及地質兩系合作，
　　在臺灣發掘了兩種史前文化的遺址：「圓山文化」和「臺
　　灣龍山文化」遺址。張光直先生是耶魯主要參加者之一。
　　前者的文化相貌 ， 有類似中國大陸龍山文化之處 ， 但亦
　　夾雜東南亞的因素。後者無疑義屬於大陸龍山文化系統。
　　多次放射性炭素 C_{14} 的試驗，證明臺灣龍山文化開始於
　　2500B. C. 左右。這個絕對年代是目前所有有關中國史前
　　考古年代之中最直接可信的一個。龍山文化以華北平原爲
　　大本營 ， 逐漸傳至長江流域、東南沿海 ， 而後再傳入臺

────────────
㈧　見〔西安半坡〕二三一頁。

灣。臺灣龍山文化既於 2500B. C. 已經開始，照理，大陸
上龍山文化的上限應該不會比 3000B. C. 晚得很多。仰韶
文化不但更早於龍山，而且已經發掘的文化層一般皆遠較
龍山文化層為厚。這似乎說明仰韶文化的誕生、發展、傳
布和衰落是經過很長的一段時期。早期文化的發展和蛻變
一般皆較晚期文化為緩慢。很可能仰韶文化於紀元前第五
個千年之內已經誕生；最保守的看法，仰韶文化的誕生也
不會比臺灣龍山文化開始僅早一千年⑨。

何教授在致筆者的私函中也討論同一問題：

　　文字與其他文化因素無法隔絕單獨討論，臺灣龍山文化起
　　源於 2500B. C.，大陸上河南及山東龍山文化之開始，當
　　在 3000B. C. 左右，而仰韶至龍山之間，近年大陸考古結
　　果，證明有如廟底溝Ⅱ（第二期）甚長之過渡時期，則仰
　　韶文化之始，至遲亦在 4000B. C. 左右（此點最近曾與張
　　光直先生通信討論），弟於〔黃土與中國農業的起源〕書
　　中，提出保守的看法，仰韶之始亦應早於 3500B. C. 。故
　　半坡陶文可上溯至距今六千年。絕對年代對考古及歷史家
　　均不可少，惜目前只能根據臺灣龍山文化的絕對年代作推
　　測。設若吾儕推測不太錯誤，則我國文字最原始形態之出
　　現，並不遲於西南亞，可能尚稍早。

以上兩說，雖同屬推論，何教授的意見，顯然較有根據，因爲臺
灣大學與耶魯大學合作對臺灣龍山文化遺址出土器物所作的 C_{14}
測定，便是有力的證明，此點是〔西安半坡〕的執筆者所未及知
的。

　　B．山東城子崖陶文：〔城子崖〕一書編印於民國二十三年
（一九三四），是國立中央研究院歷史語言研究所於民國十九年

────────────

　　⑨　見何炳棣〔黃土與中國農業的起源〕一二五——一二七頁。香港中文大學一九
　　　　六九年四月初版。

及二十年（一九三〇及一九三一）在山東歷城縣龍山鎮城子崖所作黑陶文化遺址先後兩次發掘的總報告，後來所謂「龍山文化」卽以此爲代表。策劃人傅斯年先生對此次發掘的動機，有如下之說明：

　　……憑藉現有的文籍及器物知識，我們不能自禁的假定海邊及其鄰近地域有一種固有文化，正是組成周秦時代中國文化之一大分子，於是想沿渤海黃海省分，當在考古學上有重要的地位，於是有平陵臨淄的調查，於是有城子崖的發掘。這個發掘之動機，第一是想在彩陶區域以外作一試驗。第二是想看看古代中國文化之海濱性。第三是想探探比殷墟──有絕對年代的遺跡──更早的東方遺址㊀。

關於此次發掘工作的意義，實際工作的主持人也是本報告的總編輯李濟先生說：

　　由這遺址的發掘，我們不但替中國文化原始問題的討論，找了一個新的端緒，田野考古工作也因此得了一個可循的軌道。……有了城子崖的發現，我們不但替殷墟一部分文化的來源找到了一個老家，對於中國黎明期文化的認識，我們也得了一個新階段。城子崖文化的內容有幾點是應該注意的：（一）遺址內無疑的包含兩層文化，在地層上及實物內容上均有顯然的區別。（二）上層文化已到用文字時期，似爲春秋戰國時譚城遺址。（三）上層文化最顯著的爲用靑銅，有正式的文字；陶器以輪製爲主體。其餘的物質均似直接下層，略有演變。（四）下層文化爲完全石器文化，陶器以手製爲主體，但已有輪製者。所出之黑陶與粉黃陶，技術特精，形製尤富於創造。（五）城子崖文化與殷墟文化得一最親切的聯絡。……因此，我們至少可以說，那殷商文化最重要的一個成份，原始在山東境內。

────────────

㊀　見〔城子崖〕卷首第八頁傅「序」。

這是一個很重要的線索，這關係認清以後，我們在殷墟殷
商文化層下又找出了一層較老的文化層，完全像城子崖的
黑陶文化，實際上證明殷商文化就建築在城子崖式的黑陶
文化上。在殷墟附近後岡我們也找到同樣的證據。故城子
崖下層文化實代表中國上古文化史的一個重要階段。它的
分布區域，就我們所知道的，東部已達海岸，西及洹水及
淇水流域，繼續的搜求，或可證明更廣的範圍㊀。

這段話極扼要的說明了龍山文化在中國古代文化史上的相對位置
和它分布的地域，本節所要檢討的便是城子崖上下兩文化層所發
現的陶文。對於下文化層所見的陶文，李先生也簡單的提及過：

城子崖的卜骨雖無文字，然那時的陶片已有帶記號的；可
見下層的城子崖文化，已經完全的脫離了那「草昧」的時
代了。凡此一切，都給予我們一個強有力的暗示，就是構
成中國最早歷史期文化的一個最緊要的成分，顯然是在東
方發展的㊁。

城子崖遺址的下文化層出土的陶器，屬於龍山期的黑陶文化，是
史前期；上文化層出土的陶器，屬於兩周時代的灰陶文化；兩期
的陶器上都有陶文發現，見本書圖版肆㊂。據原報告說：

在所收集的二萬餘塊陶片裏，共有八十八片上刻有記號，
按它們的形狀分別可得十八類。至於各類數目的多寡，總
列於下表：

記 號 種 類	1	2	3	4	5	6	7	8	9	10	11	12	13	14	15	16	17	18	其他	共
陶 片 數 目	25	2	5	1	13	4	3	1	1	1	2	2	1	1	1	2	4	1	18	88

㊀ 見〔城子崖〕卷首一一──一五頁李「序」。
㊁ 見〔城子崖〕卷首第一五頁。
㊂ 見〔城子崖〕圖版拾陸。

　　……統計此 八十八 片之中，　先刻在坯上而後纔燒的凡九
件，其餘七十九件是燒成以後再刻的。在這八十八件中，
祇有十二、1a 與 1b 是前期的，其餘都是後期的，可見在
陶片上刻劃記號的習慣，在後期始發達。在河南的安陽、
山東的臨淄 與古平陵城等處，　亦收得同樣記 號之陶豆碎
片⊕。

董作賓先生曾以此批陶文與甲骨文相比較，證明它們是全同的，
他說：

　　陶器上，尤其是器蓋和豆的邊緣上，刻劃文字或數碼作記
　　識的習慣，是殷商時代已經有的。城子崖上文化層，由兩
　　次發掘也得到些有文字的陶片，還有一塊刻劃着成行的文
　　字。刻在陶器邊緣的有兩個字，　一個是子字，　一個是犬
　　字。子字與甲骨文的子字相近，犬字也類於甲骨文和金文
　　的。城子崖之陶文，與甲骨文早期爲近，又犬字象形，尤
　　似甲骨文字，可知城子崖上層文化與殷文化是一個系統，
　　至少是很接近的⊜。

董先生所論，只提到城子崖的上文化層（後期），其實屬於前期
的三片有字陶片，其中 1a、1b 兩片作「｜」，與甲骨金文「十」
字同，但根據另數種陶文看，應作「一」字解，與後期陶文及甲
骨金文全同；甲骨金文一、二、三、四諸字，也多有直寫作｜ ‖
⫴ ⫼的。第十二片作「𝄞」，不知何義？ 假如加以比附，　則與
甲骨文「羽」字或體作「🦋」（拾、三、四）或「🐚」（乙、一九〇八）
者，頗相近似，但是單文孤證，不可確指。不過卽此兩片僅有的
屬於史前期的陶文，也可證其與甲骨文屬於同一系統。有關這批
陶器的相對年代，董先生也有論列，他說：

　　自城子崖發現黑陶後，在小屯也往往看見似乎着色的大黑

────────────────

⊕　見〔城子崖〕五三─五四頁。
⊜　見〔城子崖〕七〇─七二頁。

陶器，這大概已屬黑陶晚期之子遺，而在小屯卻又爲早年
之物。後岡在小屯之東三里許，于二十年春季同樣發現了
黑色薄陶（見〔安陽發掘報告〕第四期），更因了與小屯相類的
文化層相互關係，證明了黑陶文化是早於殷虛。二十年的
秋天，第二次發掘後岡，又找到了同於仰韶期的帶彩陶
片，這是很大的發現，得到了小屯、後岡、仰韶三個文化
期的先後程序。他們的關係是：

　　上層　小屯文化，灰陶，其他遺物，同於殷虛。

　　中層　後岡文化，黑陶，其他遺物，同於城子崖。

　　下層　仰韶文化，彩陶，其他遺物，同於仰韶村。

這就是說仰韶早於後岡，後岡早於小屯、城子崖的黑陶文
化，是與後岡的黑陶文化相同的。………城子崖文化原有
兩期，早期爲黑陶文化，晚期似爲譚文化……他的早期，
則當在仰韶文化之後，所以要定黑陶文化的時期，不能不
先知道仰韶文化的時代，也是一個懸而未決的問題。李
濟先生在他的「小屯與仰韶」論文中引安特生的計算，他
說：「仰韶文化期，約在紀元前三千年。」……阿爾納在
「河南石器時代之着色陶器」一文中說「……關於各遺址
的標年問題，似乎大多數學者都同意以這種文化約在公元
前二千五百年以前。大約在公元前三千年與二千五百年之
間，近乎公元前三千年，河南的這種陶器，也應該在這
個時間。」李濟先生的斷定則如下：「不過這次殷虛的工
作，可以確切證明仰韶文化，不得晚過歷史上的殷商，並
且要早過若干世紀。」（〔安陽發掘報告〕第二期「小屯與仰韶」）
徐中舒先生「再論小屯與仰韶」說：「在本文中，僅得依
據中國史上虞夏民族分布的區域，斷定仰韶爲虞夏民族的
遺跡。」作者現在就李徐兩先生之說而折衷之，把仰韶時
代，姑且定在公元前二千年以前，那麼仰韶文化以後的黑

　　陶文化，就可以自公元前二千年開始了㊅。

這裏所引諸說，都是幾十年前所作的假定，現在有了耶魯大學對臺灣龍山文化遺物所作的 C_{14} 的鑒定，自然當以何炳棣先生所作的推測較為可信了。

　　C. 河南偃師二里頭陶文：據一九六五年〔考古〕第五期所載「河南偃師二里頭遺址發掘簡報」稱：

　　　　遺址是一九五七年多季發現的，一九五九年夏天，徐旭生先生等作過調查，並指出這裏有可能是商湯的都城西亳（徐旭生「一九五九年夏豫西調查夏墟的初步報告」，〔考古〕一九五九年十一期），因而引起學術界的注意重視……㊆。

據原報告記述，出土遺物十分豐富，完整和復原的陶器，共有三六〇多件，小件器物共有七千多件㊇，報告書對陶器種類、質料、花紋、形制，都有詳盡的記述，惟獨對於同樣值得注意的所謂「刻劃記號」，似乎並未付予應有的注意，只簡單的記載如下：

　　　　刻劃記號共發現有二十四種，皆屬晚期，其中絕大多數皆刻在大口尊的內口沿上，形狀有：丨、丨丨、丨丨丨、回、Ｍ、↑、廾、×、〰、▽、凵、本、川、夻、Ｖ、門、夕、儿、乂、田、乀、ㄑ、勿、廾、等，這些記號的用意，我們現在還不知道，或許是一種原始的文字，值得我們進一步的探討㊈。

很遺憾的是對於這些耐人尋味的刻文，原報告只是草率的加以摹寫，而未附有影本或拓片；而且每一個記號出現的次數，也沒有紀錄，這使我們想對這些記號作進一步的探討時，更感到難以作較確定的解釋。原報告說這遺址的原調查人以為可能是成湯的都城西亳，報告的執筆人作如下的結語：

㊅　見〔城子崖〕九五—九六頁。
㊆　見〔考古〕一九六五年第五期二一五頁。
㊇　見〔考古〕一九六五年第五期二一八頁。
㊈　見〔考古〕一九六五年第五期二二二頁。

二里頭遺址的範圍廣大，遺存十分豐富，從出土有大量的
刀、鎌 、 鏟等農業生產工具來看 ， 當以農業經濟爲主。
……與河南的龍山文化相比，也有明顯的進步。……同時
手工業生產相應的也有了發展和分工，如鑄銅、製骨、紡
織、編織、和製陶手工業等。……二里頭類型遺址的相對
年代，上限晚於河南龍山文化，下限早於鄭州二里崗的商
文化。……我們認爲二里頭類型應該是在繼承中原的河南
龍山文化的基礎上，吸取了山東龍山文化的一些因素而發
展成的。……根據文獻的記載，偃師是商湯的都城西亳。
……總結以上的諸點：（一）遺址的範圍廣大，在遺址的
中部有宮殿。（二）遺址的位置與文獻上的記載是相符合
的。（三）遺址的文化性質與該段歷史是相符合的。因
此，我們認爲，二里頭的遺址是商湯都城西亳的可能性是
很大的☺。

由於遺址出土物中有大量的農業生產工具和酒器，尤其是開始出
現了青銅器、該報告對於遺址相對年代之推斷，大致是可信的。

　　D. 小屯殷虛陶文：這是中央研究院歷史語言研究所從民國
十七年到二十五年（一九二八一三六）在河南安陽縣小屯村殷虛
發掘所得的一批陶器，經整理研究後，由李濟先生寫成報告，於
民國四十五年（一九五六）出版了上輯，題名「中國考古報告集
小屯殷虛器物甲編陶器」，這批陶片近廿五萬塊，能復原的陶器
也在一千五百件以上，它們的時代包括殷商期和先殷期，李先生
對於這批陶器的重要性，有如下的說明：

沒有文字的歷史，是一個現代的觀念。……民國十七年，
中央研究院歷史語言研究所第一次組織田野考古工作時，
華北一帶雖已發現了若干史前文化遺址，但是這些沒有文
字的早期中國文化，與中國有文字的紀錄歷史，是一種甚

☺ 見〔考古〕一九六五年第五期二二二一二二四頁。

　　麼樣的關係，卻煞費猜想。殷虛田野工作開始後，由發掘
　　所得的有文字的材料，把上古史的傳說性質點活了，把「
　　殷本紀」的大部分紀錄考信了。與有文字的材料並著的、
　　沒有文字的實物出土後，把華北一帶新發現的史前遺存聯
　　系起來了。發生前一作用的材料，以有文字的甲骨為主
　　體；同時也有若干有文字的其他實物，雖是比較的少見，
　　卻是同等的重要。發生後一作用的殷虛材料，雖包括一切
　　出土的實物，但實以陶器為最主要㊀。

這確是最適切扼要的說明。但就撰寫本文的目的而言，筆者卻毋
寧更強調這批陶器上的陶文，是所有已發現的史前期及有史早期
的陶文中，最豐富的一批，和與之同時或稍晚的甲骨文，很顯然
是屬於完全同一個系統；由於這批陶文和甲骨文的比較研究，使
我們對較晚發現而時代在前的幾種史前陶文，找到了它們和現時
行用文字之間的應有的聯繫。也使得我們在上溯文字的起源這項
工作上，變得有了可能，而且漸露曙光。這批陶文曾由筆者於二
十六年前作成考釋㊁，全部陶文見本書圖版伍、陸、柒㊂。筆者
無意對這批陶文的個別考釋，多所辭費，現在謹引述李濟先生對
這批陶文所作的說明：

　　文字與符號，完全從客觀的條件說，是不容易分辨的一件
　　事；很多彩陶的文飾，所常用的花紋與圖案，也許是有意
　　義的，既有意義，也許就是一種符號。但要證實這個推
　　論，現在尚沒有充分的材料。到了殷虛時代，已經有了文
　　字；同時在若干銅器上，也有類似文字而似乎不常作文
　　字用的一種符號出現；這種符號可以說是介乎文飾與文字
　　間的一種發展。早期的文字也只是某種符號及其附帶之意

　㊀　見〔殷虛器物甲編陶器〕上輯「李序」第二頁。
　㊁　見〔殷虛器物甲編陶器〕上輯一二九——一四七頁附錄「陶文考釋」。
　㊂　見同上書圖版陸壹、陸貳、陸叁。

義，與某種聲音發生了固定的關係。殷虛陶器上所刻劃的類似文字的符號或文字，最像那時銅器上的欵識。在所收集的八十二件帶有這種符號或文字的陶器中，七十件上只有一個字或一個符號。那一個以上的有好幾件，都是隨便亂劃，並無連綴的意義。……所留存的這類符號或文字，大部分都在唇上或外表近口的地方；少數在腹部或內表，也有在足內的。這些近乎符號的文字，雖說是差不多全部都可以在甲骨刻辭上找出它們的親屬出來；不過把它們單獨的用着，那所含的意義是否與那有上下文的完全相同，自然還是一個問題。從考古學上看去，另有一點應注意的，爲這些符號文字的來源；有些是刻在坏上，入窰以前就作好了，這顯然是陶人的工作。也有是燒好以後的陶器，又加上這一類的刻劃或墨寫；兩個字以上的可以說都屬於第二類。第二類似乎與陶人無關，大概是用的人一時高興留下來的。……關於這些符號文字在文字學上的意義詳見附錄，下邊的討論，暫以考古的材料爲限：（一）數碼符號：標本共十五件，可以釋爲「一」的一件，可以釋爲「三」的一件，可以釋出「四」的一件，可以釋爲「五」的四件，兩個「五」字並排的一件，可以釋爲「七」的七件。十五件的符號都刻在坏上，顯然是陶人留下作記號的。……（二）位置符號：標明「左」、「右」、「中」位置的符號共有八例，每例只有一個字。……這八個刻辭在陶器上的例，大半都在蓋上，尤可爲這三字表示位置的一個佐證。……（三）象形符號：共九例，這裏所謂的象形，都是對於外物所得的印象，把它們畫下來的意思；並無文字學家所講六書裏「象形」其他可能的意義。所象的外物有兩種：一種包括自然界的物象，如魚龜犬等；又一種包括神話動物如龍等。……所刻劃的符號似與陶人無關，

　　就那痕跡看，顯然是燒成後再加的。但有一器是例外，爲
陶人在入窨前就劃在坯上的一個符號，這些符號已大半文
字化了。（四）人名及其他：有些字沒疑問是人名，如「戊
母」的「戊」字，「婦妸」的「妸」等，似猴的「夒」爲
先公名；……此外數例，亦可作人名或地名。……（五）
雜例：有若干例，字雖可識，但把它們放在陶器上的準
確意思，較前四組更難斷定，彙集爲雜例，共十六單位。
　　（六）待問諸例：共列意義難確定之陶文共十九例。李孝
定先生考釋這些刻辭的結論：「就其字體言，除一二特殊
者……與卜辭小異外，其餘諸文，則與卜辭全同，其爲殷
代之器，的然可證，……」⑤
以上是這批陶文一般情形的概述。這批有字陶片，如以單字論，
可識者五十字，不可識的刻符計十五，詳見下文各期陶文比較
表。如就其意義分類，計可分：（一）數字：原拓片 1 —15。
（二）方位：原拓片16—23又61。（三）人名：原拓片35—38。
（四）方國：原拓片39—47。人名方國往往相混，因僅單字，無
由確指。（五）圖畫文飾：原拓片24—32。（六）干支：原拓片
33—34。（七）雜例：原拓片 48—60、81、82。（八）未詳：
原拓片 62—80 ⑥。

乙、有關上引四種陶文的幾項問題

　　前節引述幾種科學發掘報告，對幾種史前期和有史早期陶文
的一般情況，作了相當詳盡的描述；本節將綜合上述情形，提出
幾項有關的重要問題，加以探討。
　　A．年代問題：前引諸種陶文中，以西安半坡出土的一批爲

──────────

　　⑤　見〔殷虛器物甲編陶器〕上輯一二三──一二八頁「符號與文字」章。
　　⑥　此八項分類，係就筆者前撰「陶文考釋」所作結論節引，爲節省篇幅，不能
　　　　詳引原文，敬請讀者參閱注⑤所稱「陶文考釋」。

最早，城子崖上文化層（後期）出土的為最晚，它們絕對年代雖
還不能確知，但相對年代或者近似的上下限是可以相當確定的加
以推測的：

　　a．西安半坡：根據前節 A 欵所述，這批陶文的上限約在
4000B. C.，下限最晚當為 3000B. C.，較合理的推測其下限當為
3500B. C.。

　　b．城子崖下文化層（早期）：根據前節 B 欵所述，這批陶文
是所謂龍山文化的代表，其上限應為 3000B. C.，下限應為 1750
B. C.（？），這批有字陶文僅三片，凡兩字，　實際上可識的只
有一個「一」字，很難據以作較為確定的推論，但大致上應與二
里頭陶文的時代相當或稍早。

　　c．河南偃師二里頭：根據前節 C 欵所述，這批陶器年代的
上限晚於河南龍山文化，早於鄭州二里崗期的商文化，約相當於
2000B. C. 至 1750B. C.（？）。假如原報告推測為湯的首都西亳
是可信的話，則其絕對年代應為 1751B. C. 以後的若干年。

　　d．小屯殷虛：根據前節 D 欵所述，這批陶器包含先殷期及
殷商期，但因地下文化層被擾亂，很難判定其先後；不過據筆者
對這批陶文的觀察，覺得它們和甲骨文，幾乎到了全同的程度，
它們屬於殷商期的可能性應大於先殷期，那麼它們年代的上下限
大約相當於 1751B. C. —1112B. C.。

　　e．城子崖上文化層（後期）：根據前節 B 欵所述董作賓先
生的考訂，它們屬於兩周期的譚文化，就其字形與甲骨金文所作
的比較，以屬於西周早期的可能性最大，那麼它們年代的上下限
應是 1111B. C. —771B. C.。

　　B．陶片數量和有字陶片的比例：上引數種陶器出土數量都
很多，而有字陶片則甚少，此點對於筆者在下文中作推測時有很
重要的影響。茲分舉其數字如次：

　　a．西安半坡：據原報告所列出土陶器完整和可復原的近一

○○○件，陶片計五十萬塊以上，而有字陶片，據原報告說共有標本一一三件，其比例僅為○·○二二六％弱。

　　b. 城子崖上下兩文化層：本地區所出陶器本應就上下兩文化層分別統計，原報告中雖有六區出土砂質、泥質、似磁質三種陶片地下各半公尺分層內的百分數比例表及比例圖㊂，但說明標本數目是隨意選擇，所能看出的是選樣的百分比，而不是統計數字，尤其看不出上下兩層所出陶片的分別統計，因此本節只能就上下兩層總數，作一粗略比例，雖不很精確，但其結果也和其他幾批所得相去不遠。據原報告第八頁說第一次發掘所得陶片計二○、九一八片，第二次未見統計；又原報告第三十六頁說所研究的陶片，除長度不及二公分者不計外，共有二三、○○○片以上；又同書四十一頁說經過研究之陶片總數二三、五九一片；五十三頁說刻有記號之陶片共八十八片，其中下文化層計三片，上文化層計八十五片，如照上下文化層分別統計，下文化層有字陶片的百分比應較小，因陶片總數無法分別上下層，只得合計，其比例為○·三七三％弱。

　　c. 河南偃師二里頭：據原報告說出土小件器物共有七千多件㊃，又說刻劃記號共發現二十四種㊄，這裏值得注意的是：所說陶器單位以件計，而非以片計的陶片；又刻劃記號是就其不同形式所作統計，至於同一記號出現了若干次？則未見說明；因此很難作與其他各種陶器文字相同性質的統計。為了作一比較，每一記號姑以出現一次計，則其百分比為○·三四三％弱㊅。

────────────────

㊂　見〔城子崖〕四○—四一頁。

㊃　見㊀。

㊄　見㊄。

㊅　各期陶文同一文字出現之次數，除記數字較多外，其餘都很少，且此批陶器之單位以件計而非以片計，在計算百分比時，分母部分之數字已打了一個很大的折扣，故作為分子之陶文出現次數，每字以出現一次計，已是估計過高了。總之這項比例數值，因資料不全，只能作參考，不能算正確的科學根據。

　　d．小屯殷墟：據前節Ｄ欵所引述，此期出土陶器近廿五萬片，有字陶片計八十二片，其百分比爲〇·〇三二八％強。

　　據上列四種百分比看來，其中西安半坡和小屯兩批的統計數字比較正確，其百分比也很近似。城子崖一批因上下文化層的分別統計不明，是混和計算的；二里頭一批因計算單位不同，且刻有陶文的陶片數字出於估計；都是比較不正確的，其百分比顯然比前二者高出了十至十五倍，但後二者的百分比，非常巧的也很接近。這種統計比較，雖屬很粗疏，但有一點是可以確定的：那便是有字陶片所佔的百分比都極低。這一現象可作如下的解釋：陶器是先民日常生活中經常使用的器物，不是寫文字的素材，也不像殷商的甲骨，爲了特定的目的，有大量刻寫文字的必要，因之，除了陶工和器物的使用者，爲了分辨該器物在同組器物中的序數或位置，或者其他的目的，有些更是極偶然的於興之所至隨意刻劃一些文字外，原無大量使用文字的必要。任何一期出土陶器，有字陶片的百分比均極低，原是很容易理解的。

　　Ｃ．陶器上刻劃文字習慣的推測：任何一種古代文物，其形制、花紋、款識、銘刻或者使用習慣，往往和在時代上與它相先後的類似文物，有着沿襲遞嬗的關係，這是考古學者們賴以考定文物所屬時代的有力憑藉。陶器既然在出土的史前及有史早期的文物中，佔着很大的百分比，對它們各方面的研究，將是考古學家所最重視的。本款僅就陶器上使用文字的習慣及意義這一範圍，加以探討：

　　a．刻劃位置：〔西安半坡〕一九六及一九八頁：
　　　　這些符號都是刻劃在飾有寬帶紋或大的垂三角形紋飾的直
　　　　口鉢的外口緣部分。……可能是因爲鉢是日常生活和埋葬
　　　　中大量使用的一種器物，而這個部位又比較顯目。
　　〔城子崖〕五三頁：
　　　　豆上的記號多刻在盤托旁或盤心，甕上的記號則在口外緣

上，盆上的記號則在緣之內部，總之都是惹人注目的地方。

〔二里頭〕二二二頁：

刻劃記號共發現有二十四種，皆屬晚期，其中絕大多數皆刻在大口尊的內口沿上。

〔小屯陶器〕一二四——一二八頁所列表九十三至九十八，對刻劃文字的位置有詳細的記載，不具引，請讀者覆按，大致說來，刻在近口處者十七見，在唇頭者十六見，在肩部者十見，在純緣者九見，頂部及近頂者八見，這都是觸目的部位。其他諸例，則各僅一至三四見不等，都在比較不顯眼的部位。從上舉各期陶文刻劃位置看來，它們一致的都在最觸目的部位，和較它晚出的青銅器上銘文的位置是相同的。這證明了青銅器上的銘辭是沿襲了陶器上刻劃文字的習慣，不過更加以發揚，賦予了新的意義而已。

　　b．先刻後刻：〔西安半坡〕一九八頁：

這些符號，有的是陶器未燒以前就刻好的，有的則是在陶器燒成後或者使用過一個時期所刻劃的，這兩種情況可以從符號的痕跡和特點上分辨出來。屬於前者的，刻的比較規則，深度寬度均勻劃一。屬於後者的，刻劃不夠規則，深度不一，刻文的邊緣有細的破碎痕跡。

但沒說明先刻後刻的比例數字。〔城子崖〕五四頁：

統此八十八片之中，先刻在坯上而後纔燒的凡九件，其餘七十九件是燒成以後再刻的。凡這些先刻而後燒的，頗有陶人所作之可能。至於先燒而後刻者，作者以為是物主所刻。

至於二里頭所出刻字陶片，先刻後刻的情形如何，因原報告書沒有提及，情況不明。〔小屯陶器〕一二四——一二八頁表九十三至表九十八中，注明「坯上刻」者十片，注明「後刻」者三片，注

明「墨筆寫」者一件，注明「硃筆寫」者一件，其餘沒有注明，但就圖片看來，似以後刻者爲多。先刻的當以陶人所刻的可能較大；後刻的則大半是器物的所有人就使用器物的目的所作的標識，或者是後加的紋飾，或者竟是漫無意義的隨意刻劃。

　　ｃ．刻劃文字器物的分類：各期陶器中刻有文字者，雖然種類頗多，但從上引四種報告書中對此點的記載加以分析和綜合，刻有文字的陶器，大多數是集中在大口尊和豆兩種上，尊是酒器、豆是食肉器，都是日用、祭祀和殉葬的常見器物，對於下文所將討論的陶文中常見的文字，也可以得到有力的印證了⊜。

　　Ｄ．幾種陶器上所刻文字的意義及其與甲骨文字的比較：上述幾種陶器上所見文字，除小屯陶文數量較多計六五字外，其他數種自二字以至二五字不等。小屯陶文和甲骨文有極近的血緣關係，到了幾乎全同的程度，可識的字較多；其他數種，可識的字較少，但可識的字與甲骨文也極爲近似。今就陶文原文、釋文或釋義、出現次數、與之相當的甲骨文數項，表列於下，以資比勘（比照表請見本書第六十五頁至第六十八頁）：

　　從上表中可以看出，紀數字是各期陶文所共有的，而且出現次數的百分比也很高⊜，這絕不是偶然的巧合；紀數字的寫法，和甲骨文完全一致，它們是紀數字，應毫無疑義。據上文統計，它們絕大部分集中刻劃在大口尊和豆兩類器物上，尊是酒器，豆是食肉器，都是日用、祭祀和殉葬常用的器物，這些紀數字，很可能是代表該器在相關的一組器物中的序數。其次是位置字如「左」、「右」、「中」，雖非各期都有，但二里頭也有一個疑似的「右」字，這極可能是代表該器在使用時陳列的位置。此外還有一個「屮」字，見於半坡及小屯兩期；「↑」形見於半坡、二

　⊜　詳見李孝定：〔從幾種史前和有史早期陶文的觀察蠡測中國文字的起源〕。本書第四三頁至第七三頁。

　⊜　其中城子崖下文化層所出有字陶片僅三片，但「一」字便出現了兩次。二里頭陶片數和陶文出現次數均無統計。

里頭、小屯、城子崖上文化層，不知是否「屮」字倒寫？「丁」形見於半坡和城子崖上文化層兩期；它們有的是字可識而意義不明，有的是不可識，但在不同時代的陶文中都有出現，且其形體全同，必有其相同的意義。除了上述陶文和小屯陶文的另外幾十個可識的文字以外，其餘各期陶片上刻劃的類似文字，便大半不可索解；偶有少數，似可解釋，也在疑似之間；筆者雖然認為它們是文字的可能性極大，但也不敢強作解人。這些文字，大半應是代表陶人或器物所有者的私名，譬如小屯陶文中的人名或方國之名便屬此類，這些私名，時過境遷，往往便歸淘汰；或者是代表某些特定的涵義；文字原也和生物一樣，有新生也有死亡，甲骨金文中有許多不可識的文字，在後世文字中，從未再出現過，正以此故，那麼更早一兩千年的陶文，擁有許多不可識的文字，原是極易理解的；何況有那麼多紀數字，可以證明它們和甲骨文字是屬於完全相同的系統，那麼它們是中國早期較原始的文字，應是毫無疑義的了。

　　E．字數問題：上述各種陶文，可識和不可識的合併計算，半坡二十五字，城子崖下文化層二字，二里頭二十五字⊜，小屯六十五字，城子崖上文化層十八字，數量極少，其原因筆者在前文陶片數量，與有字陶片的比例一節中已試作解釋。青銅器的形制、花紋和銘刻的習慣，有許多是沿襲陶器的，殷代晚期的青銅器，其銘辭字數極少，和與其同時或較早的陶器相似；但到了西周，銅器已開始有了幾百字的長篇銘文出現，這種風氣的轉變，也是可以解釋的。殷代開始發展了青銅鑄造技術，但有資格使用的顯然只限於少數貴族階級；到了西周，工藝技術雖有進步，但在青銅器使用的普遍性這一點上，仍然沒有甚麼改變。為了技術和原料的限制終兩周之世，青銅器始終沒有成為人們日常使用器物的可能；它的身份積漸變成了所謂「宗廟重器」，加之周制彌

　　⊜　二里頭陶文中有「卄」應釋為七十合文，作兩字計。

文，於是長篇的歌功頌德的銘辭便出現了，這原是人們賦予它的新的使命，也和甲骨文一樣，有其特定的目的。這些特質，是日用器物的陶器所不能、也毋須具備的。因之它們銘刻的習慣，纔有顯著的改變。至於早期青銅器銘文字數之少則應是發展初期直接沿襲陶器銘刻習慣的結果。陶器既是所有老百姓日常使用的器物，自然沒有大量刻劃文字的必要。卽使是甲骨金文，它們都分別有了四千或三千以上的單字，但受了特定目的的限制，有某些日常生活中使用的文字，仍然沒有出現，筆者曾說甲骨文必非全部的殷商文字，這推測應能成立。陶器上刻劃文字的需要，又遠遜於甲骨金文，陶文字數之少是必然的。卽以小屯陶文爲例，與之同時的甲骨文，可識和不可識併計約有四千四百字，而小屯陶文卻祇六十五字，祇有甲骨文的一‧四五％弱。以此類推，最早的半坡陶文是二十五字，當時實有文字應在一千七百字左右。這種說法雖然純屬機械式的臆測，但有合理的解釋和相關的事實爲根據，並非全憑空想。自然，這裏面還有一些因素都應加以考慮，諸如各期文化遺址發現的數量，已發現陶片的多少，它們在各文化期中的代表性，刻劃文字習慣的改變等，在在都對這種推測有着密切的影響，是不可以作膠柱鼓瑟式的解釋的，不然，城子崖下文化層只發現兩個陶文，上文化層也只有十八個，豈非該兩期的文字，反較仰韶期的文字爲少？稍具理解的人是不會如此認定的。

丙、根據上列幾項綜合觀察蠡測中國文字的起源

在中國文字學的研究上，文字的起源是大問題，想解答此一問題，只憑文獻上的材料是不够的；而地下的原始資料，又實在貧乏，因之此一問題的討論，始終停留在完全推測的階段。本文雖然引敍了幾種史前期和有史早期的陶文，以之與甲骨文相對比，作了些分析和比勘的工作，使得這種推測，稍稍有了些事實

的根據；但有關的資料仍然太少，論證終嫌薄弱，對此一問題，仍只能作稍近事實的推測，無從獲致確切不移的結論。根據上文的敍述和分析，我們對中國文字的起源，似可作如下的推測：

　　Ａ．年代：已知的中國文字，應推半坡陶文爲最早，其年代可上溯至 4000B.C.。

　　Ｂ．字數：這方面的推測，比較最缺乏根據，不過小屯陶文較之甲骨文，其時代稍早或大致相仿，但所出現字數的比例，卻大相懸遠。我們據以推測半坡時代應已有近兩千的文字，應不算是誇誕；不過尚有許多因素都還是未知數，這項推測自然只能聊備一說。

　　Ｃ．中國文字的創造是單元抑多元？根據上文三節Ｄ欵所表列，幾種陶文的紀數字完全相同，卽此一點，似已足够證明中國文字的起源，在系統上是單元的。

　　Ｄ．陶文的六書分析：上列幾種陶文，除了小屯陶文較多可識外，其餘幾期中，只有紀數字是可識的；此外雖有少數似乎可識，但仍在疑似之間，要想對它們作六書分析，實屬有些冒險；但爲了推測文字發生的過程，又不得不借重這種分析。根據現有文字學的研究，中國文字的發生，以表形文字爲最早，表意文字次之，表音文字又次之，我們試就此論點，將各期陶文中完全不可識的字撇開不談，僅就已識或似可識而尙在疑似之間的字作一粗略六書分析，紀數文字中一、二、三、四作一、二、三、三，多數學者都 認爲是指事字 ， 唐蘭先生則認爲應解釋 爲象形字。五、六、七、八、九、百、千、萬等紀數字，則多數的古文字學者都認爲是假借字，假借字是純表音的文字。這些紀數的文字，每期幾乎都有出現，那麼中國文字在公元前三千五百年左右已經有了假借字，這點實非筆者始料所及。唐蘭先生曾說：

　　　　所以我們在文字學的立場上，假定中國的象形文字，至少已有一萬年以上的歷史，象形、象意文字的完備，至遲也

在五六千年以前， 而形聲字的發軔， 至遲在三千五百年前，這種假定，決不是誇飾⊜。

他的假定，因半坡陶文中假借字的發現，可說得到了有力的旁證。在下文「甲骨文字的六書分析」一節裏，也證明了假借字是從表形表意文字進步到形聲字之間的橋樑，它本身是純表音文字，形聲字是受了假借字啟示纔產生的，史前期的陶文裏已有假借字，卻還沒發現形聲字，又可爲鄙說佐證。此外，半坡和小屯陶文都有「ψ」字，應釋「屮」，是象形。二里頭有「囱」字，疑是「死」字，便應算會意，又有「囧」字，疑是「且」應算象形。象形、會意，都是較早產生的文字，早期陶文中有此原很合理，值得注意的是早期陶文中卻絕無形聲字的發現，這也是合乎文字發生過程的合理現象。直到小屯陶文中有「𠂤」字，不管左旁所從是「丩」或「卜」，總是從女，丩聲或卜聲的形聲字。它和甲骨文時代大致相仿，甲骨文中已有大量形聲字，然則小屯陶文中已有形聲字，更是毫不足怪的。小屯陶文中還有許多象形、會意文字，自屬意中事，爲節省篇幅計，不再一一分析。從上面檢討看來，各期陶文六書的分析，也和下文甲骨文字的六書分析所得結論，如出一轍，更可證它們和甲骨文是完全同一系統的文字了。

2.發展已臻完備的中國文字 —— 甲骨文

甲、發現的經過

談到甲骨文字的發見，一般上都從一八九九年（清光緒二十五年己亥）遜清大學士王懿榮獲見甲骨片、並發見其上刻有文字的時候算起，其實這是很不確切的。在這以前，甲骨片早已陸續出土，不過它的學術價值，還未爲人所知而已。現在節引對甲骨之學曾有鉅大貢獻的董作賓先生的一段話，以對本子目作一交

⊜　見唐著〔古文字學導論〕二六—二八頁。

待：

殷虛這一名詞兩見於〔史記〕，一是「宋微子世家」：「箕子朝周，過故殷虛。」一是「項羽本紀」：「洹水南殷虛上。」周秦時代的殷虛，正是現在的河南省安陽縣小屯村。據發掘的經驗，小屯村是大量出土甲骨文字的地方，也是從盤庚遷殷以至帝辛，殷代都城中心王室宗廟宮室之所在。不過所謂殷虛，並不限於現在的小屯村，小屯村的附近數里以內，洹水兩岸，凡是有殷人遺蹟之處，應該都屬於殷虛。小屯東、北及西三方面，臨着洹水，這洹水發源於山西的上黨，經林縣而潛伏，到安陽西六十里的善應村又復湧出，從此蜿蜒東行，到了小屯，廻環呈 S 字形，小屯村就擺在這 S 字的頸下和胸前。洹水的名字，見於甲骨文，至少已有三千多年的歷史，這洹水一曲，三千多年來沒有大變動，僅僅在西岸曾冲刷去殷代宮室基址東面的一部分，現在的河身較寬而已。 從小屯村向北，直抵河濱，南北約有一千公尺，東西約有五百公尺，正是殷虛的中心地帶。談到殷虛的開發，也應該分為前後兩期。甲骨文字的發見，自然要從光緒己亥講起，但是在光緒己亥以前，還有兩個時期，也應講到。一個是偶然掘出又復埋入的時期。在隋唐時代，小屯村一帶是叢葬之區，隋唐的墓葬，大都是丁字形，正打進甲骨文字的穴窖中，於是甲骨得重見天日，但是不久復又塡入，這種情形在我們發掘工作中是常見的。一個是挖掘出土即遭毀滅的時期。作者在小屯村調查及後來發掘得自村人傳述者，知道光緒己亥以前，甲骨文字早已出土，曾載於〔甲骨年表〕，大意如此：「光緒二十五年以前，小屯村北的農田中，就常常有甲骨出現，村中有名李成者，檢拾之，以為藥材，售於藥店，分龜版龍骨兩種。破碎者，碾為細粉，名刀尖藥，每年春

會，赴四鄉售賣，爲治療創傷之用。李成卽專營此業者，
前後經數十年之久。龜版龍骨，大量售於藥店，每斤制錢
六文。上有字跡者多被刮去。」又聞村人言：「耕田者惡
甲骨瓦礫，常從田中檢出，置之隙地成堆。村北田中有枯
井，盡取塡之，但已忘其所在。」羅振玉氏〔洹洛訪古遊
記〕，也有類此敍述：「其極大胛骨，近代無此獸類，土
人因目之爲龍骨，藥物中固有龍骨，今世無龍，每以古骨
充之。且古骨研末，又愈刀創，故藥舖購之，一斤纔得數
錢。鄉人農暇，隨地發掘、所得甚夥，檢大者售之，購者
或不取刻文，則以鏟削之而售。其小塊及字多不易去者，
悉以塡枯井。」龜版售於藥店，因而轉售到北京，這就是
光緒己亥王懿榮氏從北京菜市口達仁堂購買龜版上有契刻
篆文的故事所由來。現在我們談殷虛的開發。我們可以把
前後兩期再分爲：一、私人挖售時期，是從光緒二十五年
起，到民國十七年春季的一段，爲前期。二、公家發掘時
期，是從民國十七年的秋季到民國二十六年的春季，中央
研究院殷虛發掘團工作的一段，爲後期。前期的廿八年
半，據調查曾有過九次的挖掘。民國十七年以前出土的甲
骨文字，總數當有八萬片以上，多經古董商人分售，爲王
懿榮、劉鶚、王襄、羅振玉、黃濬、徐枋、劉體智、美國
方法斂、英國考齡、明義士、金璋、日人林泰輔等私人所
得，後來有轉讓與公家機關的。後期殷虛的開發，雖然從
民國十七年到二十六年是十個年頭，但實際上只是十足的
九年，總計前後中央研究院殷虛發掘團工作十五次，主持
者爲李濟、董作賓、梁思永、郭寶鈞、石璋如等人。所得
甲骨片共二四九一八片⑤。

---

⑤　詳見董先生〔甲骨學六十年〕一四一四五頁。民國五十四年六月臺灣藝文印
　　書館版。

乙、年代和字數

甲骨文字是 殷代貞卜文字的紀錄， 發見於今 河南安陽小屯村，據考證其地即盤庚遷殷之殷，然則傳世甲骨文應是自盤庚遷殷以迄帝辛殷亡一段時期的遺物。其年代據董作賓先生〔中國年曆總譜〕所定爲 1384—1112B.C. ㊱，計二百七十三年之間的一部分歷史紀錄，除了武王伐紂之年，在學術上容或還是一個可以爭論的問題之外， 其他是比較可以確定的㊲。 至於甲骨文的字數，則實難作一正確的統計。據孫海波改編〔甲骨文編〕㊳內容提要：

> 此書充分利用了甲骨出土後已經著錄的資料，從中錄定了正編一、七二三字和附錄二、九四九字，共計四、六七二個單字。甲骨刻辭中所見的已釋和未能釋定的單字，大致上已稱齊備。

又同書編輯序言：

> 改訂本較之一九三四年的初編本，有着很大的不同，在材料上比較完備，在考訂上採納了許多新的研究成果。此書正編和附錄所收共計四、六七二字，而其中有些字還可以歸併；目前甲骨刻辭中所見到的全部單字的總數，約在四千五百字左右。其中雖然僅能辨認九百餘字，但比之從前所能辨認的五六百字，已增益了許多。

這裏值得注意的一句話是：「其中有些字還可以歸併。」因爲甲骨文字的考釋，各家往往見仁見智，有時一個字的異體，被分別釋爲幾個不同的字，經仔細考訂後，常須併爲一字，這麼一來，

㊱　見董先生〔中國年曆總譜〕上編一一六頁。一九六〇年香港大學出版。
㊲　本文重在討論文字，非講商史，關於武王伐紂之年，暫從董先生所定，餘說不具引。
㊳　僞中國科學院考古研究所編〔考古學專刊〕乙種第十四號。一九六五年九月第一版。中華書局印行。

字數的統計，便無由確定了。尤其古文字尚未定型（說見下），一個字的偏旁、筆畫，其數量往往隨意增損，而無害其爲同字，這在已經考訂確認的文字中還不成問題，但在不可識的文字中，如正編所收〔說文〕所無字，實際上只是根據偏旁加以隸定，形是確定了，音義則不可知，於是同一個字，往往因偏旁增損而被隸定爲不同的字，附錄所收，尤多如此。而且這種錯誤因其字音義不可知，而較少被發見糾正的機會，因之字數的統計，便更難正確了。又據李孝定編〔甲骨文字集釋〕㊷卷首一四一頁統計數字如下：

> 正文一、〇六二字，重文七五字，〔說文〕所無字五六七字，又存疑一三六字。

又同書卷首二五至二七頁「凡例」：

> 本書目錄所稱正文，概爲〔說文〕所有之字。重文者，制作之始，字少而文多，及後形聲相益，孳乳寖多，卜辭之中，此類實繁，如且爲祖，彔爲祿之類，卽以後一字爲前一字的重文，分隸二部，注明某字重文。契文多有偏旁可識而其字之意義不可確知者，卽就偏旁隸定，以爲〔說文〕所無字。

又卷首十六頁「序言」：

> 「存疑」一卷，諸家有釋而未能成爲定論者屬之。

據此說明，則正文和重文，是可以確切認定的文字；〔說文〕所無的字，是偏旁可識而音義不可確知的文字；存疑是雖經考釋而不能確切認定的文字。以上合計一、八四〇字，與上述改訂本〔甲骨文編〕的正編所收相當，數量上多出了一一七字。其中正文重文兩共一、一三七字，比較孫書所說「只能辨認九百餘字」，約莫多出近二百字。又李書另有「待考」一卷，不可識之字屬

㊷ 〔中央研究院歷史語言研究所專刊〕之五十。民國五十四年出版。本書編輯時，孫海波增訂本〔甲骨文編〕尚未問世，故未能參考。

之，相當於孫書之附錄，不過李書「待考」未統計字數，大致應
與孫書附錄相近。以上所舉兩種統計數字，不要說孫書附錄和李
書待考的字數，難以確定統計，有如上述；卽李書正文、重文、
〔說文〕所無字和「存疑」的統計，以及孫書正編的統計，嚴格的
說，也祇能視爲參考，不能算是定論，因兩書所采考訂之說，當
仍有不少可以斟酌改易的，但這些統計，總可算是商代甲骨文字
的一個很近似的數字了。

丙、成熟的程度──甲骨文的六書分析

　　自甲骨文字被學術界發現，迄今垂七十年，從事研究的人，
或爲個別文字的考釋；或據以證驗古代歷史和社會制度，著書立
說，蔚爲盛事，但似乎還很少人利用六書說的理論，對此項新發
現的古文字作通盤整理。六書說的建立，是以小篆和少量籀文、
及六國古文爲背景，甲骨文的時代早了一千年，數量也比西漢時
殘存的古籀文多出了好幾倍，我們用較晚出的文字學理論，去整
理較早的資料，必將有些新的發見，至少也可以收先後印證之
功。筆者更希望能因此對甲骨文字發展和成熟的程度，獲得適當
的了解。本節的主要內容，是將所有形音義可以確知的甲骨文
字，用六書的觀點，加以分析和歸類。在前人的研究工作裏，已
不乏先例，像鄭樵的「六書略」、朱駿聲的「六書爻列」，都是
類似的工作，不過他們研究的對象不同，鄭是宋代所通行的文
字，朱則是〔說文〕裏所收的小篆，而本文所討論的則是甲骨文
字。從事這類工作雖然力求客觀，但主觀的成分仍是無法避免，
鄭朱兩氏的分類裏，已有許多可議之處，以筆者學識的譾陋，何
敢望鄭朱之項背，錯誤是必不能免的，但寫作本文的目的，是想
對整個現象，作全盤的了解，希望從分析和綜合的過程裏，得到
些統計數字，然後據以作出些推測和解釋，原不敢奢望能得到十
分確定的結論，那麼雖然一兩字的考證或歸類的錯誤，也會影響

到統計的正確性，但祇是據以對整個現象作推測和解釋，仍是有
其價值的。本文據以統計歸類的甲骨文字，以拙編〔甲骨文字集
釋〕一書裏所收的爲主，但以那些形、音、義，均可確知的爲限，
因爲那是構成文字的三要件，其中有一個未知數，便不能確定那
個字的類屬，因之，〔集釋〕裏所收的〔說文〕所無字，大半只
能加以隸定，形是確定了，而音義不可確知，便都不予計列。但
有一部分〔說文〕所無字，如羝、牝、牡、牝之類，我們確知羝
是從羊從士，士亦聲，它的意義是代表雄性的羊，雖然在〔說文〕
和後世字書裏已不復存在，但在當時確是活生生的文字，自然不
能因爲它們不見於〔說文〕而予廢棄，本文的統計，既然已經摒
除了一部分形音義不可確知的文字，自然不是全部甲骨文字，更
不是全部商代文字㊲，這點是應先予認清的。甲骨文裏有了不少
假借字，雖然形體只有一個，但本義和借義截然不同，自然應當
兩個不同的文字看待，因之在本文的統計裏，假借字通以兩字計
列，又有些字不止一個借字，如風多數借鳳字，但亦借藟；禍多
數借咼字，但亦借猓；像這種情形，連本字在一起，便都以三字
計列。又如「又」或借爲「有」，或借爲「祐」，或借爲「侑」，
便以四字計列了。甲骨文字在文字發生和衍變的過程裏，還是在
衍變得比較急劇的階段，不像小篆那樣已經趨於大致定型㊳，因
之有本爲象形，而或體爲會意的，如索字作 𣠽，是象形，或體作
𢎺，象兩手紏合繩索之形，是會意，有會意形聲並行的，如栽灾
二字的意義同是火災，而栽字作 𤏂，從火，才聲，是形聲，灾字
作 𤇈，從宀從火，象房屋下面有火，是會意，雖然一個字也許有

㊲　甲骨文字是卜辭記錄，先天的受了目的的限制，凡與需要占卜的事項無關的
　　文字，自然沒有機會在甲骨文字裏出現，至於當時民間日常所使用的文字，
　　可能書於竹木，無法保存至今，所以當時的全部文字，必然會較甲骨文爲稍
　　多的。

㊳　文字是一些個別的有機體，直到現在，一直在生息變化；嚴格的講，定型一
　　說，壓根兒沒有成立的可能，這裏所謂大致定型，祇不過是一種比較的説法
　　而已。

好幾個或體，仍然只是一字，但作六書分類統計時不得不着重該
字構成的方法，而分別在其所屬的書體裏先後出現，如索字在象
形裏出現一次，在會意裏又出現一次，這只代表在分類統計上的
兩個單位，而不是在甲骨文裏的兩個不同文字，根據以上了解，
可知本文的統計，只是甲骨文六書分類的統計，並不代表其他的
意義。 現在讓我們將列入統計的甲骨文字 ， 參照鄭朱兩氏的方
法，列表如下：

象形

元　天　帝　示　王　玨　气　士　中　屯　屵　㊀
小　少　介　采　牛　單　止　行　齒　足　侖　册
㊁　舌　干　西　口　𢇛　孔　又　彗　ナ　聿　及
段　甫　專　卜　妾　爻　㊁　目　眔　眉　䏌　自
羽　佳　雞　崔　葡　鳥　鳳　朋　舃　幺　絲　重
弓　骨　肉　刀　美　竹　箕　工　乃　可　于　食
鼓　豆　豐　虎　盧　去　主　井　皂　㟒　麥　又
合　火　缶　矢　京　蒿　皀　富　㡿　來　叒　桑
燮　舞　弟　㊄　條　茻　槃　枼　東　無　毋　函
索　垂　𡞩　囿　㊅　日　𠦑　晶　月　囧　秫　穗
橐　米　栗　粟　宀　束　鼎　克　彔　禾　帚　黹
黍　人　屵　企　儿　宮　囗　网　罕　巾　屄　屍
㊆　舟　企　几　兒　七　衣　卒　裘　尸　首　須
尿　卩　鬼　山　象　先　㊇　頁　百　面　豕　猴
文　豸　㠯　矢　夭　厂　磬　長　勿　而　犬　泉
希　大　矢　雨　𡙸　馬　鹿　麟　麋　兔　州　門
火　仌　雨　氏　戈　牽　水　淵　澗　川　戶　㊂
永　乂　氏　　　　雲　燕　龍　㊁　不　弘
耳　　　　　　戈　戉　戉　我　匚　甾　弓

糸　絲　虫　蜀　龜　竈　眼　鼀　盉　亘　凡　土　墉
堇　田　疇　黃　力　㊂　鋞　且　俎　斤　斗　舉　升
車　自　盲　宁　丁　戊　庚　辛　子　丑　辰　巳　未
申　酉　戌　㊃

以上象形二七六字　佔總數二二·五三%強。

指事

一　上　下　三　㊀　必　㊁　叉　卜　㊂　芈　肘　刃
㊃　日　彭　血　丹　㊄　朱　㊅　㊆　㊇　㊈　亦　㊁
㊀　弦　㊂　二　亟　㊁　四　㊣

以上指事二〇字，佔總數一·六三%強。

會意

祭　祝　璞　夠　蘺　折　薅　莫　㊀　八　分　公　怵
慘　牢　喙　吹　名　君　咸　周　奇　逆　各　吠　叩
前　犂　登　發　步　此　正　征　禿　肉　徙　遣　逐
得　馭　延　衞　摯　品　對　品　丞　帚　古　十　廿
卅　冊　訊　與　競　晨　農　奴　執　史　弄　龹　戒
兵　葬　及　殷　秉　改　反　羹　友　攸　鬥　突　曼
尹　臧　敗　改　牧　霍　尋　徹　毆　明　事　肆　敚
臣　蘆　罷　受　爭　穀　占　夐　取　冓　敗　寇　離
歡　爰　罷　虎　死　卣　奠　相　刪　隻　雀　幽
爰　解　羴　爭　典　盟　鳴　卤　刪　幼　韌
精　號　虤　霍　盡　覃　利　即　既　剝　鼓　登
登　疾　尢　卜　益　罱　甘　韋　乘　制　飲　內
躲　樂　采　析　休　畕　阱　森　才　喜　杲　柵
臬　　　　　　　　　　養　索
　　　　　　　　　　　枚　出
　　　　　　　　　　　㊄
　　　　　　　　　　　之
　　　　　　　　　　　才

昊　眤　晉　㈥　邑　買　賴　園　困　囷　國　刺　束
香　黎　秭　秦　多　夙　明　冥　族　旅　旋　游　昔
麿　突　宗　靱　宋　宿　寶　安　楸　兒　各　雨　春
何　保　㈦　敝　桌　幎　罷　霉　麗　豥　疫　疾　广
眾　丘　北　比　幷　从　艮　印　化　麀　咎　俘　伐
㈥　歆　吹　尋　見　先　兢　朕　艮　老　監　墼　壬
麃　肆　猋　豩　彔　喦　畏　逸　辟　卯　印　邲　令
夏　燹　狀　獲　臭　尨　冤　光　龐　蓻　駁　㈨　豚
吳　夷　夾　赤　焱　燮　炎　夫　灾　焚　羮　炊　燕
派　衍　溫　湔　㈠　竝　立　巛　癸　奏　秦　圍　執
聖　至　乳　㈡　漁　雷　谷　扶　聑　涇　涇　休　汙
女　扗　撢　抏　承　授　摯　妥　姝　聞　聲　聲　聽
戍　戰　戎　肇　氏　弗　民　医　區　好　母　母　妻
編　絕　㈢　孫　系　弜　臣　降　㊈　武　嫠　夋　或
鑄　㈢　劦　男　畱　堯　聖　奠　陵　蠱　蚰　斫　彝
疑　季　孕　獸　昏　隋　陟　㈣　官　輿　圅　育　処
　　　　　　　　　　　　　　　　　　羞　　　　羴
　　　　　　　　　　　　　　　　　　酒

以上會意三九六字，佔總數三二‧三三％弱。

形聲

萌　萑　每　禪　禦　靳　祓　祏　祀　祐　福　社　旁
㮣　犧　犂　牝　牭　牡　㈠　葬　巖　春　蒿　菠　茀
歲　歸　歷　趎　趨　喪　喁　吾　唐　唯　問　召　嚨
追　退　避　遲　還　通　逢　遘　迓　還　進　過　徒
嗣　穌　跛　聰　衛　御　復　徬　徉　循　途　達
效　戚　截　餗　蕎　虜　齊　韠　言　千　句　屬　㈠
智　魯　省　眵　暗　暜　㈢　學　教　敘　攻　敫　牧

羌 焎 櫛 邦 稷 宕 奎 龐 麀 獄 洛 讠 酒 揆 妹 妃 匜 鐽㊂

舊 篿 倉 㝵 購 篝 傳 廣 麃 犰 沮 洍 汏 㧸 娠 姘 匝 鐉

蒐 篁 倉 㝵 㝵 寂 傳 廣 麈 犯 沮 澌 汦 排 妊 媜㊃

蘿 荊 青 樹 貯 盟 窻 任 醜 馳 狟 ㊁ 沖 涵 聾 妃 媚 戕 疆㊄

觀 剛 盧 柏 㝵 龗 宰 俑 邵 駋 狐 慶 演 濛 蘢 ㊁ 婦 娥 娘 㛑 娤 悟

堆 膚 盛 柳 員 星 定 悢 儋 狼 威 淖 瀧 雩 姑 娥 妟 妳 媁 垚 辥

雇 膚 盛 柳 宣 㥯 驪 狄 鱻 栽 洹 濩 霊 姬 娀 妨 娿 婆 蠡 成

雝 翰 盂 虓 㗊 斿 宅 伊 視 ㊈ 戾 狂 稟 潩 㶑 霖 姓 姜 姬 姞 鼂 陴

雛 鶲 粵 㚒 致 某 昱 家 兌 㺞 㺜 洧 湄 潢 㝵 客 娚 媟 綠 衿 蠡 陽

婜 孔 寧 厚 槃 時 季 㝵 帛 報 狃 犴 熹 淮 濩 雪 扣 抔 婢 奴 娀 妭 紹 新

習 牡 䳇 亳 相 ㊅ 稀 考 硑 麋 燋 汝 氾 濤 扔 姪 如 ㊂ 斧

以上形聲三三四字，佔總數二七·二七％弱。

假借

　　禮假豊為禮，祿假彔為祿，祥假羊為祥，福假畐為福，祐假又為祐，紫假此為紫，祖假且為祖，祠假司為祠，禘假帝為禘，禍假咼為禍，又假猾為禍，祟假祭為祟㊀。　命令字重文，歲假戌為歲，征假正為征，遣假𧛙為遣，迤假覿為迤，屠假途為屠，復假复為復，往坒字重文，得假㝵為得，後假纞為後㊁。　千假人為千，評假乎為評，音

言字重文，父假斧爲父，殺假𣪠爲殺，貞假鼎爲貞，用假甬爲用㈢。
眔眾爲涕之本字，假爲與暨字，百假白爲百，翌假羽爲翌，副假畐爲副
剔假敫爲剔㈣。　　卤本象器物之形，假爲語辭之酉，卣本象器物之形，
卽卣字，假爲語辭，可柯之本字，假爲肯可之可，于竽之本字，假爲語辭
之于，嘉假𡧃爲嘉，去本象器物之形，笠之本字，饎假喜爲饎，饉假
堇爲饉，來本象來麥之形，假爲往來字㈤。　　東橐之本字，假爲四方之名
師假𠂤爲師，南假𡴏爲南，貢假工爲貢，賞假商爲賞，鄙假啚爲鄙，
酆假豐爲酆，鄭假奠爲鄭，邢假井爲邢，鄶假余爲鄶，鄉饗之本字，
假爲鄉縣字㈥。　　啓假戍爲啓，晦假每爲晦，昕假亏爲昕，有假又爲
有，夕假月爲夕，秋假龜爲秋，又假條爲秋，稻假釋爲稻，宜假俎爲
宜，白本象擘指形，假爲黑白字㈦。伯假白爲伯，仲假中爲仲，儐假
賓爲儐，作假乍爲作，侵假㞢爲侵，使假事爲使，北背之本字，假爲
方名，方方字本義不詳，假爲方國字，兄本義未詳，假爲兄弟字，觀假
雚爲觀㈧。　卿假饗爲卿，旬假勹爲旬㈨。驛假睪爲驛，獻假鬳爲獻，
燔假釆爲燔，亦腋之本字，假爲語辭，悔假每爲悔㈩。　雪假彗爲雪，
非本義未詳，假爲是非字⑪。　西甾之本字，假爲方名　，揚假昜爲揚，
婦假帚爲婦，母假女爲母，姎假匕爲姎，姷假又爲姷，毋假母爲毋，
弗本義爲矯弗，假爲否定辭，我本爲器物之象形，假爲第一人稱，𢀡假亡
爲𢀡⑫。　　終假冬爲終，綏假妥爲綏，風假鳳爲風，又假蠱爲風，在
假才爲在⑬。　　錫假易爲錫，五𠄡之本字，假爲數名，六假入爲六，
七切之本字，假爲數名，九肘之本字，假爲數名，禽假罕爲禽，萬蠆之
本字，假爲數名，甲　乙　丙　丁　戊　己　庚　辛　壬
癸　子干支二十二字，其中部分本義可知，部分未詳，但用爲干支字都是
假借，挽假冥爲挽，丑　寅　卯　辰　巳　午　未　申　酉
說明見上「子」字下，醴假豐爲醴，戌　亥說明見上⑭。

以上假借一二九字，佔總數一〇・五三%強。

轉注：甲骨文中未發見任何兩字可以解釋爲轉注的例子。

未詳：文字的創造，非出於一人，成於一時，原無一定的條

例，所謂六書，不過是後人研究文字發生衍變的錯綜複雜過程，歸納所得的六種條例，它可以類別大多數的文字，但也有部分文字，用六書去解釋，無從得到明晰的類屬，此所以有所謂兼書、正變一類學說的產生，更有一部分文字，根本無法適用六書的解釋，這大都因為文字衍變時發生譌變所致，這種現象，愈到晚期，在數量上本應愈多，但因晚期大量增加的文字，幾乎全是形聲字，一個形符，加注一個聲符，簡單明瞭，較少譌變的可能，因之在〔說文〕及後世字書裏，無法用六書解釋的字，在數量上定有增加，但在百分率上，當較甲骨文裏這類字所佔的為小，此點未經分析統計，不敢斷言。現將甲骨文裏這類文字列舉於下：

○　○　曾　公　余　告　呈　吉　哭　㈡　商　㈢　爽
骨　鷹　再　寁　予　㈣　巫　丂　兮　乎　粤　今　會
入　央　良　㈤　杏　市　賓　㈥　昏　昌　屮　宧　同
㈦　弔　裘　彤　方　允　兄　次　㈧　后　司　易　易
㈨　䮾　丽　萃　㈩　多　非　㈡　戩　義　亡　乍　匂
㈢　賡　率　恆　㈢　陸　亞　甲　乙　尤　丙　己　壬
癸　寅　卯　以　午　亥　㈣

以上未詳七○字，佔總數五·七一％強。

以上甲骨文字六書分類統計表，總計一、二二五字。現在另舉兩種晚出文字的六書分類統計數字，以資比較。一種是朱駿聲「六書爻列」，他所根據的〔說文〕，總字數是九、四七五字，比〔說文〕正文九、三五三字多出一二二字，應該是包括了新修、新附、佚文之類的結果；一是鄭樵的「六書略」，鄭是南宋人，那時〔廣韻〕早已成書，但「六書略」所收的總字數為二四、二三五字，比之〔廣韻〕的二六、一九四字，少了一、九五九字，鄭氏作統計時，未說明所據何書，僅提到他自己所著的〔象類書〕和〔六書正偽〕，而且在諧聲的統計裏，明言是根據〔六書正偽〕，但二書今俱無傳，他所根據的，可能是孫愐所增

今已亡佚的〔唐韻〕，但已無從查考了。現將甲骨文字、「六書
爻列」、「六書略」三種分類統計數字及百分比，表列如下：

		象形	指事	會意	假借	形聲	轉注	未詳	總計
甲骨文字	字數	276	20	396	129	334	○	70	1,225
	百分比	22.53強	1.63強	32.33弱	10.53強	27.27弱	○	5.71強	100
六書爻列	字數	364	125	1,167	115	7,697	7	○	9,475
	百分比	3.84強	1.32弱	12.31強	1.21強	81.24弱	0.07強	○	100
六書略	字數	608	107	740	598	21,810	372	○	24,235
	百分比	2.50強	0.44強	3.05強	2.47弱	90.00弱	1.53強	○	100

上列三種文字所屬的年代，第一種比第二種，約早一千二百年；
第二種比第三種約早一千年。其間有幾點值得注意的現象：一是
甲骨文裏沒有發現轉注字⑫，而假借字所佔百分比頗高。一是形
聲字隨時代的進展，而有顯著的大量增加，因此各種書體的百分
比，有了顯著的消長。另一是從甲骨文的六書分析，我們發現到
有一二九個假借字中，除了唯一但可疑的假途爲屠；和另一原有
象形本字，而後來反借用一個形聲字爲借字，如且或作沮，和另
一原有借字是象形，但晚期卻另行採用了一個形聲的借字，如初
期假咼爲禍，晚期則假猾爲禍的少數例外，其餘一二六個假借字
本字，都是象形、指事或會意字，絕沒有一個形聲字。這些現
象，留待第四章裏再討論。至於「六書爻列」和「六書略」裏
面，都未列「未詳」一欄，是因爲以前治文字學的人，對許慎所
標舉的「六書義例」，和〔說文解字〕裏的說解，都一體服膺，少

---

⑫　鄭樵在「六書略」裏，列唯隹爲互體別聲轉注，甲骨文裏已發見隹唯二字同
用爲語辭，但這祇是表音文字由濫觴到完成過程中的自然現象，隹用爲語辭
是假借，有了形聲造字的辦法後，在假借字上加形符，是爲原始形聲字，等
於給語辭造了本字，二者只是本字借字的關係，並非轉注的關係，鄭氏的說
法，是不可信的。

致疑議，因之有許多許君所作牽強附會的解釋，也予接受，自然不會有「未詳」的字，可毋深論。「六書爻列」所列轉注僅七字，他給轉注所作的定義是：「轉注者，體不改造，引意相受，令長是也。今舉革、朋、來、韋、能、州、西七字以爲轉注之式。」⑬然則他所認爲的轉注，當然不止七字，而究其實，朱氏所謂轉注，實與轉注無涉，他的統計數字，自然也不十分正確了。

3.根據文字演變的觀點看和甲骨文一系相承的 另三種書體

甲、金文略說

這裏所謂金文，就時代言，實應稱之爲兩周系文字，唐蘭先生在〔古文字學導論〕裏，將古文字分爲四系：「一、殷商系文字。二、兩周系文字──止於春秋末。三、六國系文字。四、秦系文字。」⑭原是很恰當的分法。但那是寫文字學專書所採取的標準，本文則仍採習見的名稱，除了使讀者耳熟能詳外，更重要的是本文下節所要討論的隸書，論淵源它和六國系文字有較深的關係，論時代它與小篆同時，如照時代劃分，似乎應歸之秦系文字，但據文字學的觀點卻又不類，不像甲骨文、金文、六國古文和小篆那樣可以明確的歸之殷商系、兩周系、六國系和秦系。本節所稱金文，實包括唐先生所稱兩周系和六國系而言，是廣義的周文字，在時代上和淵源上，它上承甲骨文，而下啟小篆和隸書，內涵廣泛，非本文所能詳細討論，僅能擇要加以解說。傳世的兩周文字的眞跡，絕大多數保存於金屬的鐘鼎彝器的銘文裏，故稱金文，亦稱鐘鼎文，也有稱之爲彝銘文字的，這都無關宏旨。從文字學的觀點言，金文和甲骨文實在沒有太大的區別，而

---

⑬　見〔說文通訓定聲〕卷首「六書爻列・轉注」敍。
⑭　見唐蘭〔古文字學導論〕上第五頁。香港太平書局一九六五年十二月版。

且商代已有青銅器發現，上面也有少數銘文，自然也該稱之爲金文，但殷商系文字，以甲骨文爲主，在習慣上，提到金文似乎便專指兩周文字而言了。甲骨文多成於契刻，而金文則成於鑄造，在書法上逐覺大異其趣。唐蘭先生說：

> 卜辭在書法上總有一點特殊的意味，大概是鍥刻不是書寫的緣故。銅器的書法，可以分出很多的型式，有方峭的，也有圓潤的，可惜我們對於它們的時代先後，地域分佈，都還不很明白。兩周系的主要材料，還是銅器。周初的銘刻，顯然是繼承商代的，後來漸漸整齊起來，更雄偉起來，到康王時就有像盂鼎這樣的重器，而且有幾百字一篇近於典謨誥誓的大文章了。西周文字，幾乎每個王朝都不一樣，並且有生稱的王號，跟許多史實，我們可以找出若干時期很顯明的標準銅器。在修辭上、文字上，早期跟晚期的分別也很顯著。文字的演化，在短時期內是不容易覺察的，可是商文字和周文字是不同的，周初文字和厲宣文字又是不同的，像厲王時的克鼎，已是有方格子的篆書了。散盤的書法雖較不同，行款也是很整齊的，虢季子白盤的書法，簡直要使人懷疑他不是宗周的時代了。春秋以後，王室的勢力衰落，各個國家都在發展它本國的文化，除了秦國還繼承西周文字，北方的大國如齊跟晉，南方的像徐跟楚，都有過很高的文化，虢、鄭、魯、衞、陳、宋、邾、莒、滕、薛，幾乎各有各的文字，最後一直發展到吳越。春秋時齊國文字跟徐國文字，那是開風氣之先的，楚國也自有一種雄彊的風格。吳越跟晉都可以作後勁，那時盛行的鳥蟲篆、奇字、和錯金書，都在這三個國家。六國系的文字，比起兩周來，就豐富多了。從材料來說，銅器也還不少，洛陽金村、安徽壽縣，都有大批的出土。兵器是六國器的重心，符節是這個時期新有的。遠在

商朝就有的銅器上的范母，現在變成了小璽，不論公私都用得着，成了璽印文字。齊國燕國的陶器工人，有時在陶器上印了一個璽，有時刻一些字，成爲陶器文字。貨幣在這時開始盛行，三晉用布，齊燕用貨，卽所謂刀，楚國用爰，有仿貝的錢，卽所謂蟻鼻，最後也有圜錢，又專有一種貨幣文字。此外還有一些零星的銀器玉器石器等。金石盤盂都是有爲而作的，眞正的古代文化，應該靠竹帛來記載的。可惜竹帛容易腐朽，在歷史上除了漢初的孔壁、晉初的汲冢，兩次都有大批的竹簡發現外，此外都是很零星的，孔壁的竹簡，卽所謂的古文經，汲冢的竹簡，有〔紀年〕，有〔穆天子傳〕。最近長沙發見的楚國古物裏除了大宗的漆書外，就有一塊帛書，上面有彩色的圖，又有長篇的文字，總算供給了我們一個可信的材料。北京大學得到了一個長沙出土的漆書帶鉤，也證明了漆書這一樁事實。長沙發見的是楚文字，汲冢是梁文字，孔壁是魯文字。漢人把用漆寫出，麤頭細尾的稱爲科斗書，成爲書體的一種，一部分被保留在〔說文〕和〔三體石經〕裏面。六國文字地方色彩更濃厚了，以致當時有同一文字的理想。但除了圖案化文字外，一般有一個共同的趨勢，那就是簡化。用刀刻的，筆劃容易草率，用漆書的，肥瘦也受拘束，就漸漸開隸書的端緒了⑳。

上引這段文字，前半段偏重兩周文字和殷系甲骨文、以及兩周文字本身因時代先後所產生的書法上的差異；後半段偏重兩周文字材料的來源，對於六國文字，尤較詳細。但須注意的是，兩周文字雖因時代的先後，在書法上發生顯著的差異，但就文字學的觀點言，它們的結構雖也在漸漸的演變，但大致上仍是一系相承，

　　⑳　見唐蘭〔中國文字學〕一五〇──一五二頁。香港太平書局一九六三年三月版。

看不出顯著的區別。儘管它們的來源，有鼎彞、兵器、符節、璽印、陶器、貨幣、竹簡、帛書的不同，書法也因所在器物的各殊而有很大的差異，但從文字學的觀點來看，其結構並無大變，仍只是一種書體。直到戰國文字，因爲諸侯力政，在書體演變上，纔發生了較大的歧異，許愼在「說文序」裏曾極言之：

> 其後諸侯力政，不統於王 ，惡禮樂之害己 ，而皆去其典籍，分爲七國，田疇異畝，車涂異軌，律令異法，衣冠異制，言語異聲，文字異形。

上引唐先生說，也曾有「幾乎各有各的文字」的描述，但讀者們請不要誤會，六國古文並不曾發展成爲完全不同的書體，它們比起兩周的正統文字來，仍是大同小異，大致上說，不過有點苟趨約易而已。讀者們也許注意到，以上所述兩周文字，還沒提到籀文，〔漢書〕「藝文志」有〔史籀〕十五篇，注：

> 周宣王時太史，作〔大篆〕十五篇，建武時亡六篇矣。

「敍錄」裏又說：

> 〔史籀篇〕者，周時史官教學童書也，與孔氏壁中古文異體。

「說文序」也說：

> 及宣王太史籀著大篆十五篇，與古文或異。

這裏籀文又稱大篆，可見二者祇是同一書體的異稱，沒有實質上的差異 ， 它祇是周宣王時（唐蘭先生在所著〔中國文字學〕一五五頁裏以爲是周元王時，待商。）行用的正統派書體 ， 在文字學的討論上，常以籀文與古文並稱，古文卽〔說文〕所謂古文，據王國維氏考證，古文卽六國古文，爲兩周末期文字演化的旁支。王氏「史籀篇疏證序」云：

> 〔史籀〕十五篇，古之遺書，戰國以前，未見稱述，爰逮秦世，李趙胡毋本之以作〔倉頡〕諸篇，劉向校書，始著於錄，建武之世，亡其六篇，章帝時，王育爲作解說，許

愼纂〔說文〕，復據所存九篇存其異文，所謂籀文是也。
其書亦謂之〔史籀〕，卽〔史籀篇〕之略稱。……〔史篇〕
文字，就其見於許書者觀之，固有與殷周間古文同者，然
其作法大抵左右均一，稍涉繁複，象形象事之意少，而規
旋矩折之意多，推其體勢，實上承石鼓文，下啟秦刻石，
與篆文極近；至其文字，出於〔說文〕者纔二百二十餘，
然班固謂〔蒼頡〕〔爰歷〕〔博學〕三篇文字，多取諸〔
史籀篇〕，許愼謂其「皆取史籀大篆，或頗省改。」或之
者，疑之，頗之者，少之也。〔史籀〕十五篇，文成數千，
而〔說文〕僅出二百二十餘字，其不出者必與篆文同也。
考戰國時秦之文字，如傳世秦大良造鞅銅量，乃孝公十六
年作，其文字全同篆文，大良造戟亦然，新郪虎符，作於
秦併天下以前，其符凡四十字，而同於篆文者三十六字，
詛楚文摹本文字亦多同篆文，而𣏁、敊、𠫝、剔、𢝊五字
則同籀文，篆文固多出於籀文，則李斯以前，秦之文字，
謂之用篆文可也，　謂之用籀文亦可也，　則〔史籀篇〕文
字，秦之文字，　卽周秦間西土之文字也。　至許書所出古
文，卽孔子壁中書，其體與籀文篆文頗不相近，六國遺器
亦然。壁中古文者，周秦間東土之文字也。然則〔史籀〕
一書，殆出宗周文勝之後，春秋戰國之間，秦人作之以敎
學童，而不行於東方諸國，故齊魯間文字，作法體勢與之
殊異，諸儒著書口說，亦未有及之者，惟秦人作字書，乃
獨取其文字，用其體例，是〔史籀〕獨行於秦之一證㉘。
又王氏「戰國時秦用籀文六國用古文」說：
　　余前作「史籀篇疏證序」，疑戰國時秦用籀文，六國用古
　　文，並以秦時古器遺文證之，後反覆漢人書，益知此說之

㉘　見王國維〔觀堂集林〕卷五。一九五九年十二月中華書局版。

不可易也。班孟堅言：「〔蒼頡〕、〔爰歷〕、〔博學〕
三篇，文字多取諸〔史籀篇〕，而字體復頗異，所謂秦篆
者也。」許叔重言：「秦始皇帝初兼天下，丞相李斯乃奏
同文字，罷其不與秦文合者。斯作〔蒼頡篇〕，中車府令
趙高作〔爰歷篇〕，太史令胡毋敬作〔博學篇〕，皆取史
籀大篆，或頗省改，所謂小篆者也。」是秦之小篆本出大
篆，而〔蒼頡〕三篇未出，大篆未省改以前，所謂秦文，
卽籀文也。司馬子長曰：「秦撥去古文。」揚子雲云：「秦
剗滅古文。」許叔重曰：「古文由秦絕。」案秦滅古文，史
無明文，有之，惟一文字與焚詩書二事，六藝之書行於齊
魯，爰及趙魏，而罕流布於秦（猶〔史篇〕之不行於東方諸國），
其書皆以東方文字書之，漢人以其用以書六藝，謂之古
文，而秦人所罷之文與所焚之書，皆此種文字，是六國文
字卽古文也；觀秦書八體中有大篆無古文，而孔子壁中書
與〔春秋左氏傳〕，凡東土之書，用古文不用大篆，是
可識矣。故古文籀文者，乃戰國時東西二土文字之異名，
其源皆出於殷周古文，而秦居宗周故地，其文字猶有豐鎬
之遺，故籀文與自籀文出之篆文，其去殷周古文，反較東
方文字（卽漢世所謂古文）爲近。……故自秦滅六國以至楚漢之
際，十餘年間，六國文字逐遏而不行，漢人以六藝之書皆
用此種文字，而其文字爲當日所已廢，故謂之古文。此語
承用旣久，遂若六國之古文，卽殷周古文，而籀篆皆在其
後，如許叔重「說文序」所云者，蓋循名而失其實矣㊾。
上引王氏兩文，說明東周末葉戰國時代東西二土所行文字，卽爲
古文（漢世所謂古文，亦卽六國文字），與籀文，其說確不可易。現在
這兩種文字，〔說文〕中均有引用，據王文所引司馬遷、揚雄、
許愼之說，秦剗滅古文，當指李、趙、胡毋編〔倉頡〕諸篇時於

㊾　見王國維〔觀堂集林〕卷七。

六國古文廢而不用，及焚六藝之書而言，但後來孔壁古文被發見，民間所藏六藝之書，又因漢除秦挾書之令而陸續獻出，故許慎得據以采入所編〔說文〕之中，那麼漢初流俗日用之文字中，雖已不見古文，但古文並未眞眞被剗滅。至於籀文和古文，其同異的程度，究竟如何，這很難用言語解答，固然可舉一二字作例證，但也難收舉一反三之效，不過我們不妨拿〔說文〕一書，所收籀文和古文的字數，作一說明：我們知道〔說文〕字體以小篆爲主，而小篆又是根據籀文古文或頗省改而來（說詳下篆文節），但不省不改的多，其有所省改的，纔分列異體的籀文或古文於各字之下，據胡秉虔「說文字數」一文引楊愼〔六書索隱〕「自序」云：

> 後漢許叔重著〔說文〕十四篇，五百四十部，九千三百五十三字，所載古文三百九十六字，籀文一百四十五[卅]，或體六百二十二。

這等於說，在當時所保存的籀文、古文和篆文全部比較之下，籀文異於小篆的有一百四十五字，古文異於小篆的有三百九十六字，這雖不能算恰當精確的說明，但對於三者之間差異的程度，可以思過半矣[卅]。至於兩周流行文字的字數，也和甲骨文一樣，難有精確的統計，據容庚於一九五七年除夕爲其增訂三版〔金文編〕所作「後記」：

> 全書共收一千八百九十四字，附錄一千一百九十九字，正編和附錄的字，有可刪併的，有可認識的，唐蘭先生批評

[卅] 楊愼說〔說文〕所收籀文一百四十五，而王國維「史籀篇疏證序」說〔說文〕所收籀文爲二百二十餘，這多出的八十來字，是籀文自相異的，楊氏將它歸入「或體」中計算，故有此異。胡秉虔文見〔說文解字詁林〕前編下二四六頁。商務印書館中華民國四十八年十二月臺一版。

[卅] 此項比較，籀文以一四五計，而不以二二〇計，因爲或體六二二字中，也包括有古文自相異的在內。但這只能當作一種說明的方式，而不能視爲科學的論據，因爲〔說文〕所收正文九三五三字中，有些是籀文或古文，而不是篆文，這種情形究有多少字，沒法加以考訂，故不能作正確的比較。

此書是過於保守，這是很恰當的。我本想作更詳細與徹底
的增加和改編，但非短期內所能完成，姑先以此就正於讀
者㊃。

**顯然這祇能算是彝銘文字 的近似統計 ， 而非兩周 全部文字的總
數㊄。**

乙、小篆略說

小篆自然要算秦系文字，本節討論的範圍，雖以小篆爲主，
但對它所自演變的各種秦系文字，卻不能完全置而不論。中國文
字是完全一系相承的，小篆的前身，自然是殷周古文，但它還有
一些近親，像籀文、詛楚文、秦刻石（包括石鼓文）、秦權量、
秦彝銘文字，甚至六國古文，都不能不稍加涉及；籀文和六國古
文 ， 在上節中已經大略的敍述過了 ， 本節將對它們與小篆的關
係，作較爲詳盡的說明；兼及上舉各種秦系文字。要討論這些材
料，在所涉及的時代和行文上，難免要和上節有些重複，讀者諸
君只要稍加留意，自可了然。首先節引唐蘭先生一段話： （本段經
筆者就原意略有增刪）

秦系文字是直接西周的 ㊅，秦民族旣然處在周地，無形之

㊂　見容庚〔金文編〕二九頁後記。僞中國科學院考古研究所〔考古學專刊〕乙
　　種第九號一九五九年五月版。

㊃　容庚〔金文編〕所收已包括六國文字，是兩周文字的總彙，但正附編所收共
　　僅三千零九十三字，而秦初李趙胡毋等所編〔倉頡〕三篇的字數，據王國維
　　氏考訂已有三千三百字，而且是日用可識的活文字，六藝之文，多不在內；
　　〔金文編〕附錄所收的一千一百九十九字中的絕大多數，音義均不可知，應
　　不在〔倉頡〕三篇的三千三百字之列；那麼〔金文編〕正編所收的一千九百
　　來字，較之〔倉頡〕三篇少了一千四百餘字，在秦滅六國到統一文字的短期
　　間，絕不可能產生如許新字。因此，我們假定兩周文字，連可識和不可識合
　　計，應有五千字左右，（〔倉頡〕三篇的三千三百字，加上少數幾百個六藝
　　之文，再加上〔金文編〕附錄所收的一千一百多字的總計。）是比較合理的
　　估計。

㊄　唐氏此語強調「直接」二字，專就純秦系文字言，這說法是確切的，但對秦
　　系文字的最後雲仍──小篆而言，便須稍作修正，因為小篆也或多或少受了
　　六國古文的影響。

間就承襲了她的文化 。 宋世出土的秦公鐘 ， 近代出土的
秦公簋，鑄於春秋後期的秦景公時 （西元前五七六年——五三七
年），離厲宣時將三百年，可是文字是一脈相承的 ， 只是
稍整齊罷了。在材料方面秦系並沒有六國這麼豐富，我們
還沒有看見過陶器和貨布等材料，虎符是將幷天下時纔有
的，權量較發展，印詔書的瓦量，有文字的瓦當，也都起
得很遲。貨幣或者只有圓錢，私鑄還很難辨別出有沒有秦
式的，相傳的一些玉璽，是用鳥蟲書的。只有石刻，是這
一系所獨有的，徑方二寸以上的文字，每篇都有七十來字
的長詩 ， 一共有十石的石鼓 （這是俗名，應該稱為雍邑刻石） ，
這眞是前古未有的偉蹟。它的時代是西元前四二二年，它
的書法，顯然比秦公簋來得更整齊了，我們普通所謂玉筋
篆，這可以說是創始者。秦公簋石鼓文和籀文是一系的，
總之由春秋到戰國初期的文字， 就是所謂大篆， 〔史籀
篇〕只是大篆的一種罷了 。 從秦系文字來說， 由景公時
的秦公簋 （西元前五七六——） 到靈公三年的石鼓文 （西元前四二
二），有一百幾十年，文字都是一系的，但從此再過七十八
年，商鞅造的量跟戟上的刻銘，書法體勢就大不同了。商
鞅的書法，纖細剛勁，接近六國文字，也開了小篆的風氣。
由此年後更二十六年 （西元前三一八），而有五國攻秦，纔有
詛楚文，又是接近六國文字跟小篆的，一直到呂不韋戈，
都是這樣。新郪陽城兩虎符，已經完全是小篆了。小篆在
向來傳說中，都推是李斯草創的。 班固在〔倉頡〕〔爰歷〕
〔博學〕三篇下說：「文字多取〔史籀篇〕，而篆體復頗異，
所謂秦篆者也。」許愼則說：「皆取〔史籀〕大篆，或頗省
改，所謂小篆者也。」我們雖不必因〔倉頡篇〕等字書，
而把創小篆歸於這三個人，但是小篆確是有意的省改的，
而且確在這一個時期內。唐以前人崇拜嶧山碑，石本毀失

後，木刻尚能盛行。現在還可以看見的，則有泰山刻石，
瑯邪刻石，跟會稽刻石的徐鉉臨本，這種豐碑巨碣可能是
李斯等寫的，而且當時一定很重視，可以作同文字的標準。
〔漢書〕「藝文志」有八體六技，〔說文〕：「自爾秦書有八
體，一曰大篆，二曰小篆，三曰刻符，四曰蟲書，五曰摹
印，六曰署書，七曰殳書，八曰隸書。」我們不知道秦書
八體，是不是當時官定的。李斯們既然要統一文字，罷其
不與秦文合者，又取〔史籀〕大篆，省改而作小篆，又稱秦
篆，那麼，假如是官定的字體，就不應該有大篆。這八體
的出現，不能在秦并天下以前，因為那時還沒有小篆跟隸
書，可是也不能很晚，因為蕭何的律裏已經采用了。李斯
創議的書同文字，在二十六年并天下以後（西元前二二一），
蕭何作律，當在漢高帝六年或其前後（西元前二〇一），相去
纔二十年，可見李斯統一文字的主張，雖然當時就實行，
卻未能徹底，這是時間太短的緣故。秦一敗亡，舊文化又
完全出現了，所以秦書八體的說法，應該是秦漢之際纔有
的。八體裏面，大篆、小篆、蟲書、隸書，是四種文字，
刻符、摹印、署書、殳書，是四種字體㊷，是由用途而區
別的。漢代篆書漸漸不通行，大篆當然更過時，只有蟲書
和摹印還用得着，但是又發兒了壁中古文經，揚雄之流又
好奇字，在古文、小篆、隸書三種系統以外的奇字，所以
王莽時代的六書，是（一）古文。（二）奇字。（三）篆
書，即小篆。（四）佐書，即隸書。（五）繆篆，即摹印。
（六）鳥蟲書，即蟲書。但是這時實際應用的文字，只有篆
書、隸書、跟新興的草書了㊸。

㊷　筆者按唐說之意，前四者屬文字演變而成之四種異體，後四者則屬於書法範
　　圍。實際上將蟲書和大小篆以及隸書等量齊觀，是不大相稱的，它實是一種
　　藝術體字，將其歸於書法範圍，也許更恰當些。
㊸　見唐蘭〔中國文字學〕一五二──一六三頁。版本見㊷。

這段文字頗爲扼要的說明了小篆的淵源，下面將就籀文、六國古文和小篆的關係這一點，作進一步的闡述。「說文序」云：

> 及宣王大史籀著大篆十五篇，與古文或異㉟，至孔子書六經，左丘明述〔春秋傳〕，皆以古文，厥意可得而說。其後諸侯力政，不統於王，惡禮樂之害己，而皆去其典籍，分爲七國，田疇異畝，車涂異軌，律令異法，衣冠異制，言語異聲，文字異形。秦始皇初兼天下，丞相李斯乃奏同之，罷其不與秦文合者，斯作〔倉頡篇〕，中車府令趙高作〔爰歷篇〕，大史令胡毋敬作〔博學篇〕，皆取史籀大篆，或頗省改，所謂小篆者也。

這說法本之班固的〔漢書〕「藝文志」而更爲明確，對小篆之所由演變，作了扼要確定的解釋。段玉裁注〔說文〕，於「皆取史籀大篆，或頗省改」下注云：

> 取史籀大篆或頗省改者，言史籀大篆，則古文在其中，大篆旣或改古文，小篆復或改古文大篆；或之云者，不盡省改也，不改者多，則許所列小篆，固皆古文大篆，其不云「古文作某，籀文作某」者，古籀同小篆也，其旣出小篆，又云「古文作某，籀文作某」者，則所謂或頗省改者也。

段氏此說，除了對古文的了解，與許君同其謬誤，因此他所謂「大篆旣或改古文」一語，應改作「古文旣或改大篆」外，其餘都很精當。王國維氏對段氏此說加以闡釋：

> 許君「說文叙」云：「今叙篆文，合以古籀。」段氏玉裁注之曰：「小篆因古籀不變者多，其有小篆已改古籀，古籀異於小篆者，則以古籀附小篆之後，曰：古文作某，籀文作某，此全書之通例也。其變例則先古籀後小篆。」又

㉟ 案許君心目中所謂「古文」，乃殷周古文，惟據前引王國維氏的考證，實是戰國時東土六國所行用的文字，亦卽壁中古文。

於「皆取史籀大篆或頗省改」下注曰：（按此下段氏注文
已見上引，從略。）此數語可謂千古卓識，二千年來治〔
說文〕者，未有能言之明白曉暢如是者也。雖然段君所舉
二例，猶未足以盡〔說文〕。何則？如段君之說，必古籀
所有之字，篆文皆有而後可。然篆文者，乃秦幷天下後所
制定之文字，秦之政治文化，皆自用而不循人，主今而不
師古，其易籀爲篆，不獨有所省改，抑且有所存廢，凡三
代之制度名物，其字僅見於六藝，而秦時已廢者，李斯輩
作字書時，必所不取也。今〔倉頡篇〕雖亡，然足以窺其
文字及體例者，猶有〔急就篇〕在；〔急就〕一篇，其文
字皆〔蒼頡篇〕中正字，其體例先名姓字，次諸物，次五
官，皆日用必需之字；而六藝中字十不得四五，故古籀中
字，篆文不能盡有 。 且〔蒼頡〕三篇五十五章 ， 章六十
字，凡三千三百字，且尙有復字，加以揚雄〔訓纂〕，亦
祇五千三百四十字，而〔說文〕正字多至九千三百五十三
字，此四千餘字者，許君何自得之乎？曰：此必有出於古
文籀文者矣。故說文通例，如段君說，凡古籀與篆異者，
則出古文籀文 ， 至古籀與篆同 ， 或篆文有而古籀無者，
則不復識別；若夫古籀所有而篆文所無，則旣不能附於篆
文後，又不能置而不錄，且〔說文〕又無於每字之下各注
「此古文」「此籀文」「此篆文」之例，則此種文字必爲
本書中之正字 ， 審矣。故敍所云：「今敍篆文 ， 合以古
籀」者，當以正字言，而非以重文言；重文中之古籀，乃
古籀之異於篆文、及其自相異者；正字中之古籀，則有古
籀篆文俱有此字者，亦有篆文所無而古籀獨有者，全書中
引經以說之字，大牛當屬此第二類矣。然則〔說文解字〕
實合古文籀文篆文而爲一書 ， 凡正字中，其引〔詩〕、
〔書〕、〔禮〕、〔春秋〕以說解者，可知其爲古文；其

　　引史篇者，可知其爲籀文；引杜林、司馬相如、揚雄說
　　者，當出〔蒼頡〕、〔凡將〕、〔訓纂〕諸篇，可知其爲
　　篆文；雖〔說文〕諸字中有此標識者十不逮一，然可得其
　　大略。昔人或以〔說文〕正字皆篆文而古文籀文惟見於重
　　文中者，殆不然矣㊅。
王氏此文，推廣段說，對〔說文〕大例，可謂發前人之所未發；
他的主旨固在說明〔說文〕一書中籀古篆三者之關係，但也可以
幫助我們了解三者的形體，實在大同小異。李、趙、胡毋諸人鑒
於戰國末年文字上錯別俗簡之字過多，於是奏同文字，整理統
一，而成小篆。他們整理文字有兩個標準：一是「罷其不與秦文
合者」，秦承宗周之舊，行用籀文，可算文字正統，六國古文與
籀文或異，李斯等乃罷其不與秦合者，至於〔說文〕所收古文，
顯係李斯等罷黜不采，必爲〔蒼頡〕三篇所無，經許君依壁中古
文另行采錄的。二是「皆取史籀大篆或頗省改」，「或」者，不
盡之意；「頗」者，不甚之意；「省」者，省其繁重，是簡化；
「改」者，改其別異，是正定；其實這或頗省改，也只是接受了
一批約定俗成了的或頗省改的寫法，非全由李斯等所臆定，篆文
與古籀仍是一系相承，我們在上節末所作小篆與古籀相異程度的
說明，應是大致沒有問題的。〔說文〕後敍所說正文九千三百五
十三，照上引王國維氏之說，此數中自然含有古籀在內，但此依
秦漢之際流俗日用及書寫六藝之文，我們就視爲小篆總數，亦無
不可。至今本〔說文〕正文多七十三字，又新附十九字，則是後
人所加的了㊆。

丙、隸書略說

㊅　見王國維〔觀堂集林〕卷七「說文今敍篆文合以古籀說」。一九五九年十二
　　月北京中華書局版三一七─三二〇頁。
㊆　見王鳴盛「說文所收字數」，載〔說文解字詁林〕「前編」下二四五頁。商
　　務印書館民國四十八年十二月臺一版。

〔漢書〕「藝文志」在「所謂秦篆」下說：

是時始建隸書矣，起於官獄多事，苟趨省易，施之於徒隸
也。

「說文序」也說：

是時秦燒滅經書，滌除舊典，大發隸卒，興戍役，官獄職
務繁，初有隸書，以趨約易，而古文由此絕矣。

這兩種說法都說隸書起於秦時。但也有說起源更早的。

酈道元〔水經穀水注〕：

古隸之書，起於秦代，而篆字文繁，無會劇務，故用隸人
之省。或云「即程邈於雲陽增損者，是言隸者篆捷。」孫
暢之嘗見青州刺史傅弘仁說：「臨淄人發古冢得桐棺，前
和外隱爲隸字，言『齊太公六世孫胡公之棺也。』惟三字
是古，餘同今書，證知隸出自古，非始於秦。」

張懷瓘〔書斷〕不同意此說，〔書斷〕說：

案胡公者，齊哀公之弟靖、胡公也。五世六公，計一百餘
年，當周穆王時也。又二百餘歲至宣王之朝，大篆出矣。
又五百餘載至始皇之世，小篆出焉，不應隸書而效小篆。
然程邈所造，書籍共傳，酈道元之說，未可憑也。

唐蘭先生也頗疑酈說，他說：

如說西周已有較簡單的篆書，是可以的，眞正的隸書，是
不可能的，春秋以後就漸漸接近，像春秋末年的陳尚（即
〔論語〕的陳恒）陶釜，就頗有隸書的風格了。六國文字的日
漸草率，正是隸書的先導。秦朝用小篆來統一文字，但是
民間的簡率心理是不能革除的，他們捨棄了固有的文字（
六國各有的文字），而寫新朝的文字時，把很莊重的小篆四平
八穩的結構打破了。這種通俗的、變了面目的、草率的寫
法，最初只通行於下層社會，統治階級因爲他們是賤民，
所以並不認爲足以妨礙文字的統一，而且用看不起的態

　　度，把它們叫做「隸書」，徒隸的書。〔漢書〕「藝文
　　志」、許叔重、衞恆〔四體書勢〕都說由於官獄多事，纔
　　建隸書，這是倒果爲因，實際是民間已通行的書體，官獄
　　事繁，就不得不采用罷了㊂。

唐先生在所著〔古文字學導論〕上編五十至五十一頁又說：

　　近古期的文字，從商以後，構造的方法，大致已定，但形
　　式上還不斷地在演化，到周以後，形式漸趨整齊，最後就
　　成了小篆。不過這只是表面上的演化，在當時的民眾所用
　　的通俗文字，卻並不是整齊的、合法的、典型的，他們不
　　需要這些，而只要率易簡便。這種風氣一盛，貴族也沾上
　　了，例如春秋末年的陳尙陶釜上的刻銘，已頗草率，戰國
　　時的六國系文字是不用說了，秦系文字雖整齊，但到了戈
　　戟的刻銘上，也一樣的苟簡。陳尙釜的「立」作「企」，
　　很容易變成「立」，高都戈（〔周金文存〕二卷九頁）的「都」字
　　作「都」，很容易變成「都」，這種通俗的、簡易的寫法，
　　最後就形成了近代文字裏的分隸。

他雖懷疑西周已有隸書，卻認爲降及春秋戰國，文字漸趨苟簡，
遂爲隸書之先河，這說法是可信的，傳世楚繒書，其結構是六國
古文一系，但在書法和形式上，已饒有分隸的意味，便可證明。
大抵文字非出於一時，成於一人，直至今日，仍不斷有新字產
生，大家創造、大家使用、隨時在演變之中，時間一久，發生錯
字、別字、俗字、簡字，是很自然的現象，在遠古文字沒有定型
時，文字之異體甚多，正字別體並行不廢㊃，甲骨金文，便是如
此，即令到了文字大致定型的小篆，仍有或體存在。六國文字中
這種現象尤爲普遍。但文字爲一種大眾傳播的工具，過多的錯別

㊂　見唐蘭〔中國文字學〕一六四──一六五頁。香港太平書局一九六三年三月
　　版。
㊃　這是用今日的觀點的說法，古代文字沒有定型，各體並行，並無正字別體之
　　分，說見下第五章。

俗簡，總是很不方便，於是每隔若干年代，當這種現象越來越甚
的時候，人們總會有整理和正定的要求，六國時文字的紛歧，
旣如彼其甚，很自然的便導致了李斯、程邈之流的整理正定文字
的工作，小篆和隸書便是在這種時代背景下產生。〔說文〕提到
隸書，但對隸書的淵源，不像對小篆那樣有明確的交待，只說它
的功用是「以趨約易」，段玉裁注〔說文〕：「按小篆旣省改古
文大篆，隸書又爲小篆之省。」這說法是不可信的。相傳隸書爲
程邈所造，也和倉頡「造」字之說一樣不合理，任何一種文字，
決不可能由一人所造，隸書也是有其淵源所自的，旣不可能由程
邈一手一足之烈，窮其繫獄十年之力，閉門造車似的造出一套文
字，也不可能是省改同時並行的小篆而成，它的產生，也是由於
長久孕育、約定俗成的結果。說得更明白一點，小篆是由當時
已過時的正統派文字⑤——史籀大篆或頗省改而成；隸書則是出
自春秋戰國以來民間流俗日用的文字，由程邈將其簡俗別異的形
體，加以整理，擇其已爲大家所接受的加以收集，但也費了十年
之力，纔能整理正定，奏請頒行；二者的形成，同出一源，不過
一取正體，一取簡俗，小篆省改古籀大篆者少，所保存的文字構
成的規律也較多；隸書苟趨約易，省改古籀大篆者多，因之對文
字構成的規律破壞也最甚；但是二者並行的結果，隸書因有民間
多年來流俗通行的歷史背景，立佔上風，自秦至漢，除了少數銘
諸金石的廟謨典誥之類的文字，是采用篆文外，其餘民間通行，
甚至士林傳習的，都是隸書，漢時的今文經便是一例，這種情
形，「說文序」裏已經慨乎言之了。

---

⑤　因爲諸侯力政，不統於王，除秦國仍用正統派文字，較爲整齊外，六國之民
　　已習於苟簡，所以從整個文字演變的趨勢看，正統派的籀文，雖有秦國的極
　　力支持，實巳日趨沒落，這也是日後小篆隸書兩體勢力消長的根由。小篆雖
　　經秦政府大力提倡，以政令推行，無如較之隸書少了一種約定俗成的自然力
　　量作背景，在漢初閭里書師所教，甚至士林傳習的，都巳是隸書而非小篆
　　了。這種現象在「說文序」說得很清楚，茲不具引。

四、文字發生和演變過程——從甲骨文字六書 分析所得對此一問題的啓示

1.文字發生的過程

　　並世有三種最古的文字，埃及的象形文字、美索布達米亞的楔形文字、和中國文字，一般的說法，前二者較中國文字早了近二千年左右㊀，但假如本文對中國幾種史前陶文研究的結論可以成立，則我國文字發生的上限，將要提前兩千多年，那麼反較前二者爲稍早。這是另一問題，暫且存而不論。本章所要討論的是文字發生的過程，談到這問題，有一個很有趣味而且能發人深思的現象，便是這三種最古的文字之發生，都具有相似的過程，不過因爲這幾種語言本質上的差異，它們演變的最後階段，遂大異其趣。中國文字演爲現行的形聲義兼具的文字，而另外兩種則逐漸演爲好幾種現行的歐西拼音文字。故友董同龢先生撰「文字的演進與六書」一文，茲節引一段如下：

　　雖然埃及文和美索文都已在一千多甚或兩千年以前失傳，可是經過近代歐西學者的研究，知道它們原來也是起於形與義的徵表，而且文字制作的方法，也竟和我們大體相似。他們把那兩種文字作如下的分類：一、物體的描繪，他們稱之爲 Pictographs ，豈不就是我們的象形字？二、抽象意念的徵表，他們稱之爲 Ideographs，相當於我們的指事和會意。三、遇到一些不好畫出來，或者根本沒有法子畫出來的意念，則在已有的字中借用音同或音近的字體來兼代。這種辦法豈不就是我們所謂「本無其字，依聲託事」的假借嗎？凡是這樣用的字，因爲所取只是字音，西洋人

　㊀　見 I.J. Gelb: *A Study of Writing.* p. 10, 11, Origin of the Alphabet 表列前兩者定爲 3000 B.C. 後者定爲 1400 B.C. 即是一例。此書係 The University of Chicago Press 出版，一九六五年。

就稱之爲 Phonographs, Phonograph 的應用，在埃及與
美索文都比我們中國文廣泛。（孝定按：這是由於語言本
質上的差異所產生的必然現象，這也是它們終於演爲拼音
文字的主要因素。）四、爲免除因假借而起的誤會，有時
候在 Phonograph 的前面或是後面，又可以附加一個相同
的表形意的字，叫做 Determinative 或 Classifier，使那
個字容易辨認，如此就構成一些和我們的形聲字相同的複
體字，叫做 Phonetic Compounds，而所謂 Determinative
或 Classfier ， 用我們的情形來比，也就等於「江」「河」
等字的水旁了。所差的只是：偏旁的應用，在埃及和美索
文都不如我們的多；並且它們似乎只在非用不可時才臨時
出現，很少固定的和某個假借字配合，永遠代表某個語詞
的情形㊀ 。

讀者們看了這段文字 ， 將驚奇的發見這和我們的六書 ， 何其相
似！就連形聲字的產生是由假借字加注形符而成，也和本文所說
的我們的原始形聲字的產生過程完全相同。但稍加思考，便知道
這原是心同理同的自然結果，而其相異之點——假借字的廣泛使
用、和形聲字形式不固定和少見——也正因語言本質上的差異，
不得不爾；中國文字演爲形聲義三者緊密結合的文字，而歐西文
字最終成爲純衍音的拼音文字，亦正坐此故。我們作此比較後，
對這幾種古老文字的發生過程，可思過半矣。談文字發生過程，
必然離不開六書 ， 六書是前人 研究文字發生 演變綜錯複雜的現
象，綜合歸納而得的六種制字的法則，前人研究六書的，對於六
書的次第有許多不同的看法㊁，這實在代表著各家對文字發生過

㊀　見〔學術季刊〕第二卷第四期。中華民國四十三年出版。
㊁　本文初稿原已寫成前人對六書的研究一章，約一萬字，嗣因本問題過於瑣屑
　　和專門，不是一般讀者所需要的。故將全章刪去，原文見拙著從「六書的觀
　　點看甲骨文字」第二章「從六書說到三書六技說」。見本文第二頁至第一三
　　頁。該章引馮振〔說文解字講記〕所載各家（計徵引十二家意見。）六書名
　　稱次第異同表，對六書次第，幾乎各有不同的安排，本文不擬贅引，讀者如
　　有興趣，請參看。馮書見無錫國學專科學校叢書之十六。

程的一種認識，以限於篇幅，不能徵引前人對六書次第的許多不同意見，本章將就對陶文和甲骨文分析的結果，對六書次第，嘗試予以解釋，以代表我們對文字發生過程的認識。在上文陶文的六書分析裏，曾說明幾種史前陶文中，已有象形、會意、和假借字，但卻未見形聲字（小屯陶文已有形聲字，但那已是和甲骨文同時或稍早的有史早期的文字了），這批陶文數量過少，很難據以考見文字發生過程，因此我們進而用六書的觀點，對發展已臻完備的甲骨文作了一次通盤的分析，所得結果，與上引董同龢先生所述另兩種古文字的發生過程，如出一轍。在甲骨文六書分類的討論裏，筆者提出了幾點值得注意的現象：（一）在所有一二九個假借字裏，除了極少數一兩個可疑、或可以另作解釋的例外，所借用的字，都是象形、指事或會意字，絕沒有一個形聲字。（二）在甲骨文裏，沒有發現任何兩個字，可以被解釋爲轉注字的例子，但假借字所佔的百分比，比起後世的來，是相對的高。（三）在後世文字裏，形聲字大量增加，因之顯著的影響到各種書體百分比的消長。現在讓我們先就這幾點作一詮釋：關於第一點，所謂可疑的例外，計有三字：一、假途爲屠。二、假沮爲祖。三、假猾爲禍。途、沮、猾，均爲形聲字，似乎是以形聲字爲假借字的本字，與本文所論不合。但究其實這三個例外都可另作解釋。不過如要解釋清楚，必須作冗長瑣屑的考證，茲從略⑭。假借字本是在形聲字沒有發明之前，從表形、表意的文字，過渡到表音文字，青黃不接的階段裏，所採取的變通辦法，它本身已是純粹表音文字，形聲造字的辦法，是受了假借字啟示，纔被發明出來的，它在六書的位置，必在形聲之前，應是毫無疑義的。關於第二點，轉注字可以說是古今音殊字、和方言音殊字，是形聲造字法大量應用以後，纔有可能產生的，甲骨文裏雖已有不少形聲字，但它所佔的百分比，只比象形略高，而低於會意，以如此完美而方便的一種

⑭ 說詳李孝定「從六書的觀點看甲骨文字」，見本書第三一頁至第三三頁。

造字方法，而其所造的字，反較會意字爲少，如非認爲甲骨文時
代仍在形聲造字的初期，則這種現象便很難解釋。我們再進一步
分析所有三三四個形聲字中，女部的字有三十二個，佔一〇％
弱，這些字都是女性，是私名；水部的字三〇個，約佔九％，這
些字大都是水名，也是私名；有關艸木的字共二〇個，約佔六
％，也大都是私名；有關鳥獸的字共四十五個，約佔一四％弱，
這些字大都是有關動物的性別區別字、顏色區別字、年歲區別
字，和種屬的私名；有關人的肢體、行爲和其他與生活有關的
字，如人、口、走、止、足、辵、彳、又、支、宀、火諸部的
字，共七一個，約佔二一％強，與鬼神有關的是示部的九個字，
約佔三％弱；以上寥寥幾類，已佔總數六二％弱，其他的不必列
舉了。這些都是因生活內容的豐富，感到特別需要，而無法用象
形、指事、會意、甚至假借等方法造出來的字，有了形聲造字的
方法，自然先儘這些急需的先造、無法顧及音讀上少許的差別，
而爲它另造新字，譬如以前、或甲地讀老，後來、或者在乙地已
改讀丂聲，那時只好仍寫「老」字，音讀則讀老讀考，聽其自
然，這是在形聲初期，有許多迫切需要的字，還沒有來得及造出
來的時候一種很自然的現象，這也就是在甲骨文裏還沒有發見轉
注字的唯一理由。儘管如下節所言，甲骨文裏已有像觀、覩那一
類或體產生，但那究竟是或體，充其量也只能說是轉注字的先
河，而不是眞正的轉注字⑱，還有一種比上述或體更接近轉注字
的例子：在甲骨文裏，發語辭的唯，大都借用隹字，後來改成形
聲字，便成了唯、維、惟三個字，照理維是維繫，惟是思惟，唯
纔是語辭本字，但〔書經〕裏用「惟」爲語辭，〔詩經〕裏用「
維」爲語辭，這可說有本字的假借，姑置勿論。甲骨文裏除了借
隹爲發語辭外，另有一個常見的發語辭的借字是「叀」，它的辭
性與「隹」完全相同，改成形聲字，便成了「惠」⑲，從心，叀
聲。〔左傳〕襄二十六年：「寺人惠牆伊戾。」服注：「惠伊皆

發聲。」〔書〕「洛誥」：「予不惟若茲多誥。」「君奭」作：「予不惠若茲多誥。」句例全同，不惠卽不惟，也就是不唯，這與甲骨文裏用隹、叀同爲語辭，如出一轍，那麼唯、惠這個形聲字，從它們同被借用爲發語辭這一點上講，可以說是轉注字，但甲骨文裏隹字雖已有了形聲字之唯，叀字卻沒有形聲字之惠，隹、叀兩字在同被用爲發語辭一點上，似乎已很像轉注字的關係，但究竟只是假借義相同，而不是本義相同，仍然不是轉注字。又甲骨文裏有「老」「考」兩字，但「考」字作[illegible]，並非以「老」字作爲偏旁，不能證明它們有轉注的關係，此字是否應該釋「考」，還不能完全肯定。甲骨文裏有一二九個假借字，佔總數一〇·五三%，比起「六書爻列」裏一一五個假借字，佔一·二一%來，在百分比上，高出了八·八倍，比起「六書略」中假

(六五) 關於轉注的解釋，各家的說法最為紛歧，其實許慎的定義非常好，他說：「建類一首，同意相受。」類應該解釋為聲類，首是部首，意是字義，包括了形聲義三方面的關係，雖然也有異部轉注的例子，但所謂異部，也限於義類相近的，如口之與言，止之與足，手之與又之類，近人馮振在〔說文解字講記〕裏有一段話：「嘗卽考老之例而推之，走之與趨，革之與鞹，隶之與𨽸，口之與[illegible]，民之與泯；片之與版，香之與馨，冃之與冕，丘之與虛，欠之與欽，𡵂之與崖，厂之與厓，豕之與豬，火之與[illegible]，火之與燬，永之與羕，皆轉注也。然考可稱為老之轉注字，而老不可稱為考之轉注字，以老字先造，考字則因老聲之轉而後製也。故轉注之字有必具之條件三：一、先造之字有象形（如革、冃、丘、豕、火等是）、指事（如口、欠等是）、會意（如老、走、隶、片、香等是）之不同，而轉注之字必為形聲，且必以原字為部首，此屬諸形者也。二、注轉之字與原字，義必全同，此屬諸義者也。三、轉注之字與原字，聲必相轉，此屬諸聲者也。必此三事具足，夫而後可以稱為轉注。……此由母生子法也。又有由兄及弟法者，亦必形聲義切切相關，如顛與頂皆屬頁部，此屬諸形者也；顛頂同義，此屬諸義者也；顛頂一聲之轉，此屬諸聲者也。」可見轉注字的本身都是形聲字，說轉注是它與另一字的關係，實際上是古今音殊字或方言音殊字。

(六六) 叀今讀職緣切，訓為小謹，惠讀胡桂切，〔說文〕惠在叀部解云：「仁也，從心叀。[illegible]，古文惠從卉。」似乎惠不是「從心、叀聲」的形聲字。但我們看甲骨文假叀、隹同為發語辭，已可證隹叀音近，〔左傳〕〔尚書〕又同假「惠」為發語辭，又可證惠必與叀同音，也就是說惠必從叀得聲，〔說文〕惠古文作[illegible]，解云從卉，實際上是[illegible]與卉同聲，[illegible]卽叀之古文，足證叀當讀卉聲，今音職緣切，應是後起的音讀。

借字所佔二·四七％來⊕，也高出了四·二倍，這現象很容易理
解，這是因為當時還在形聲字初期，在這以前所大量使用著的假
借字，仍然在流通之故。甲骨文裏假借字之多，和沒有轉注字，
正是同一事實的兩種表象，這就是當時仍在形聲造字的初期，部
分的假借字，已經加注形符，變成了形聲字，就連本來無須改變
的象形、指事、會意字，也都漸漸聲化而為形聲字了。唯獨代表
古今音殊、方言音殊字的轉注字，則仍沒有產生，這一事實，使
我們對於六書次第的認定，有了強有力的根據，這將在本節的後
半段作一交待。關於第三點，是形聲字隨時代的進展，而大量增
加的問題，形聲字是最成熟的文字，形聲造字法是最進步的方
法，它的大量增加是必然的，我們從第三章第二節三種統計的
比較表裏，很顯明的看到了各種書體所佔百分比的消長，完全是
因為形聲字大量增加之故，除了形聲之外，各種書體的字，在數
量上雖也有些增加（假借字除外），但都微不足道，而且在百分
比上都大大的降低了，唯一例外是轉注字，從〇％增加到一·五
三％⊗，這是因為轉注字本身根本就是形聲字，它是為了適應因
時地變遷，所產生的音讀差異的需要而創造的。在現行的形聲字
裏，有很多諧聲偏旁，與今音已經有很大差別，照理是應該另行
造出許多轉注字──也就是改換一個合乎今讀的聲符──來的，
但由於約定俗成之故，人們也懶得另造新字，仍然將就使用，不
然，轉注字是可以無限量增加的。對這三種現象，既已一一加以
詮釋，讓我們對六書次第問題，作一檢討：鄭樵「六書序」說的
最好：

　　　六書者，象形為本，形不可象，則屬諸事，事不可指，則

───────────────────

⊕　「六書略」裏所列假借有五九八字，有許多不是真正的假借字，如他將許多
　　破音讀的字都當成所謂協音借義的假借，假借只借音，決不借義，借義是引
　　申。照理有了形聲字以後，假借字只應減少，不應增加，「六書爻列」的一
　　一五個假借字，是比較合理的。

⊗　「六書爻列」只列了七個轉注字，是解釋的錯誤。

　　　屬諸意，意不可會，則屬諸聲，聲則無不諧矣。五不足而
　　　後假借生焉。

這裏他沒有明言轉注，他曾說：「諧聲轉注一也，諧聲別出爲轉
注。」（「六書序」）顯然是將轉注併入了形聲，根據我們對甲骨文
假借字的研究，假如將他這一段話改爲：「六書者，象形爲本，
形不可象，則屬諸事，事不可指，則屬諸意，三不足然後假借生
焉；假借者，以聲爲本，注之形而爲形聲，聲則無不諧矣。其或
時地既殊，聲音或異，則別出爲轉注。」便更爲合理了。現在，
筆者想根據個人的了解，提出修正意見如下：文字起源於圖畫，
這是大家所公認的，圖畫俱備了形和意，一旦與語言相結合，賦
予圖畫以語言的音，於是俱備了形、音、義等構成文字的三要
件，便成爲了原始的象形文字，但象形字只能表達具體而確定的
事物，稍涉抽象的概念，便無法表達，於是先民便以已有的象形
字爲基礎，加上些抽象的記號，而創造了少量的記號文字，便是
所謂指事字，但這種造字的方法，有很大的局限性，不足以適應
文化發展的需求，聰明的人們便想到會合兩個或以上的象形字，
或者變動某一象形字的一部分形體，或者誇大其中某一部分，藉
以表達比較複雜的概念，或不固定的動作，這便是會意字。但
是上述三種造字的方法，所能表達的事物、動作和概念，仍屬有
限，而人類生活不斷進步，文化日益發展，文字的需求也愈多，
在無可奈何的情況之下，祇好借用一個音讀與所須表達的概念的
語音相同或相近的已有文字，來加以表達，這便是假借，也就是
筆者所說的「三不足而後假借生焉」，但假借的使用，有其先天
的不便，尤其是借字剛開始使用，還沒有達到約定俗成的時候，
不易使人了解，而且我們的語言，是單音節語，同音的很多，假
如多用假借，必致混淆不清，於是人們想到可以在假借字上，加
注一個與假借義事類相近的形符，以表示那個字的屬性，於是產
生了原始形聲字，這是文字發展上的一個大進步，也突破了一個

大難關，於是所有的概念，都可以很容易的表達，左右逢源，取
用不盡了。至於轉注字，不過是形聲造字法大量應用以後，所造
出來的古今音殊字，和方言音殊字，它本身只能說是形聲字，所
謂轉注，是說它和另一個字的關係而已。根據以上的了解，象形
是屬於表形文字的階段；指事已屬表意文字，它本身是從表形過
渡到表意階段的中間產物；會意自然是表意文字的主體；假借則
已進入了表音階段，而且只有它纔是純粹的表音文字，形聲字是
受了它的啟示纔產生的，但形聲字一旦產生，立即令所有造字的
方法，失去光彩，它不但成為表音文字的主流，也成為所有文字
的主流，後世新增的文字，幾乎全是形聲字的天下了；轉注也是
表音文字，因為它本身原就是形聲字，不過是為了適應特殊目
的，所造成的一小撮形聲字而已。茲將上述六書分組及次第的安
排，表列如下㊉：

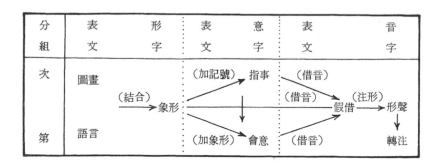

分組	表　　形　文　　字	表　　意　文　　字	表　　　　　音　文　　字
次第	圖畫　　　　（結合）　象形　　語言	（加記號）　指事　　　（加象形）　會意	（借音）　　　（借音）　　　（注形）　　（借音）　假借　　形聲　　　（借音）　轉注

㊉　(一)從象形文加上另一個象形文而成的，是原始會意字，由假借加注形符而成
　　的，是原始形聲字；但後世的文字，孳乳浸多，展轉相生，它們的結構，已
　　不如此單純，有象形加會意、會意加會意、象形加形聲等結構方式的會意
　　字，也有在形符上加注音符的純粹形聲字，和以會意或形聲字為形符或聲符
　　的後起形聲字，綜錯複雜，便非本表所能表示了。(二)本表不用唐先生「三書
　　說」的原名，是因為將假借與形聲轉注歸入一組，而假借字雖是表音文字，
　　卻不是形聲字，因之只得以「表音文字」概括這三書，為求命名的統一，前
　　面兩期，便也以「表形」、「表音」為名，而其立意，則與三書說完全相同。
　　(三)本表直線帶箭頭的，表示次第，虛線表示分組。

在甲骨文字中，除了沒有發現可以解釋爲轉注字的例子外，其餘五種書體，已各式俱備，卽此已可覘知它成熟的程度了。

2.文字聲化的趨勢和聲化過程中所產生的混亂現象

中國文字發展到注音的形聲文字，已經達到完全成熟的階段，它能因應一切文化發展的需要，可以取之不盡，用之不竭。甲骨文字中已經有了相當數量的形聲字，其中有許多是新造的，而另一部份則是由原有的象形、指事、會意和假借字改造而成的，這種現象在後世文字發展還沒達到大致定型的階段裏，也隨時可見，我們姑且將這種現象叫做文字的聲化，而將那些由象形、指事、會意、假借改造而成的——尤其是由假借加注形符而成的——形聲字，叫做原始形聲字，那些原來沒有，純粹由一形一聲相配合而成的後起形聲字，叫做純粹形聲字。這種現象是很自然的，我們祇要試想一下，有一概念於此，要創造一個文字將它表達出來，用象形、指事、會意的造字方法，往往無法完成，不得已時，只好借用一個與此概念語音相同或相近的已有文字，來加以代替，這便是假借；不過這種辦法是不很方便的，而且在這個借字的使用，還沒有約定俗成被大家所接受時，一定發生混淆不清的弊病，但假如我們用形聲構字的辦法，祇要選取一個與此概念事類相近的字爲形符，屬於人事的，用「人」字作偏旁，屬於宮室的用「宀」，屬於艸木鳥獸的便用「艸」「木」「鳥」「犭」，再找一個與此概念語音相同或相近的字作另一偏旁，前者是形符，後者是聲符，兩相配合，便可以表達無窮無盡的概念，因之後起的文字，幾乎全是形聲字，連原有的象形、指事、會意或假借字，一部分也因爲形體的衍變或譌變，而致意義不夠明確，或原來的形體太繁複、不便書寫，也改成了形聲字。文字聲化的趨

勢，在甲骨文裏已相當顯著，聲化的過程之中，也產生了不少混
亂的現象，這些現象錯綜紛繁，非一言可盡，大致說來，原始形
聲字和純粹形聲字，各有其性質不同的問題。關於前者：不外是
以原字爲形符，而另加聲符，這和後起的純粹形聲字，都可以適
用許慎所下的定義：「以事爲名，取譬相成。」⑫和原字退居聲
符的地位，而另加形符，要解釋這種現象，便得將許慎的定義，
改爲「以譬爲名，取事相成」，纔覺貼切。不論加形符或加聲
符，原都是簡單明瞭的，不應發生混亂，但原字形體的衍變或譌
變，或因形體譌變，引起後人誤解，而另易偏旁，這些都無一定
的形式，也無規律可循，必須對每一個別文字的歷史，加以研
究，才能明白，這是原始形聲字發生混亂現象的主因。關於後
者：一形一聲相配合，原不應有何問題，但文字孳乳浸多之後，
往往循環相因，有些會意字以形聲字爲義，也有些形聲字以會意
字爲意或爲聲，因此有些學者認爲：

　　　會意形聲，皆屬合體，參稽其形，有形聲字而從會意字
　　　者，有會意字而從形聲字者，互有所受，勢均力敵，疑若
　　　不能強分先後⑬。

郎其一例，這是因其錯綜的關係，而不敢肯定其發生先後的；至
於兼書正變等意見，則是想對此錯綜現象，加以解釋和分類的；
這是文字衍變過程中後期所發生的錯綜紛歧現象，與上述因形體
譌變所引起的混亂，大異其趣，非本節討論的範圍，本節只想就
文字聲化過程及其混亂現象——原始形聲字的混亂現象，加以探
討。聲化的過程比較單純，還容易說明，混亂現象，則錯綜而少
規律，難以盡述，下面將就各種書體的聲化現象，各舉若干例

⑫　段玉裁〔說文解字注〕於「說文敍」「以事爲名，取譬相成」下注云：「事
　　者兼指事之事，象形之物言，物亦事也；名卽古曰名今曰字之名；譬者諭
　　也，諭者告也，以事爲名，謂半義也，取譬相成，謂半聲也，江河之字，以
　　水爲名，譬其聲如工可，因取工可成其名。」是很貼切的解釋。
⑬　見朱宗萊〔文字學形義篇〕「六書釋例」。

字，加以說明，所舉的例字，間亦涉及篆文，以作補充，希望能
從這些敍述，達致發凡起例的作用。從象形文變為形聲字的如：
鳳字甲文作🐦、🐦，本為鳳的象形字，古人相信鳳是神鳥，所以
與鳥類象形字的「鳥」作🐦，「隹」作🐦的頗不相同，差異在於
誇張鳳的羽毛豐美，和頭上的毛冠，到後期變成形聲字作🐦，便
成為從象形的鳳，凡聲，象形的鳳雖美，但難於書寫，到篆文便
乾脆變為從鳥、凡聲了。又如雞字初作🐔，象雞的峨冠勁羽，後
來變成🐔，便成為從鳥形、奚聲 ， 到篆文乾脆變為從隹 、 奚聲
了。又如盧訓飯器，初作🍚，上象腹 ， 下象足 ， 後來變成🍚、
🍚，便成為從🍚，虍聲，篆文作盧，中從田，非田字，仍是甲骨
文象器腹形的遺留，下從皿 ， 皿是器名通稱 ， 在此為絫增的偏
旁，虍聲，便成為兩形一聲的形聲字了。又如凡作🔧或🔧，卽槃
之古文，象承槃形，後來變成🔧，從日，乃笘之本字，在此用其
器物通義，與從皿同，般聲，到篆文凡槃分為兩字，「凡」專有
最括之詞一義，為假借借字 、 槃或作盤， 則為形聲的器名專字
了。他如在甲骨文裏所見到的是象形字，到金文或小篆才為形聲
字的，其例更多，這是因為傳世的甲骨文，只不過是盤庚遷殷至
殷亡的二七三年之間的東西，在文字演變過程上說，這祇是一段
短暫的時間，原不應有太大的變化的，這類字如🔧，今作🔧，原
像盛矢之具，與函同義，〔說文〕則單訓為「具」，而其本義便變
為形聲的箙了。又如企作🔧，象人側立之形，所以下面特別畫出
「止」形，加以強調，而〔說文〕作🔧，便成為從人、止聲了。
又如澗作🔧，象兩山之間的溪澗，篆文變成從水、間聲；柵作🔧，
象編木作柵形，篆文變成從木、冊聲；條作🔧，象枝條荏弱之形，
篆文變成從木、攸聲，豭字初作🔧，比豕字作🔧，在腹下多了一
畫，象牡豕的生殖器，篆文變成從豕、叚聲，卻另外保留了一個
象形的🔧，篆作🔧，顯然是🔧形的衍變，但在〔說文〕裏，卻將
🔧豭分為兩字了。指事字變為形聲字的例子，在甲骨文裏沒有發

見，因為指事字的數量原就很少，但在甲骨文中僅有的二十個指
事字裏，降及篆文變為形聲字的，也可以找出兩個例子，如亦作
夰，從夰，象人正立形，而以左右兩點指明「亦」之所在，後來
變為腋，便成為從肉、夜聲的形聲字，夜字是從夕，亦聲，是本
字之亦，在腋字裏變成了純聲符，而獨體的「亦」字，便專當假
借字用了。 又如彭字作彭，從壴，即鼓之象形本字，右旁的小
點指鼓聲彭彭，篆文卻變成從壴、彡聲的形聲字了。會意字變為
形聲字的例子特多，可以分成兩類加以說明：一類即以原字中之
一偏旁為聲，因為凡會合兩個或兩個以上的偏旁，以組成一個代
表某一新概念的文字，那麼原來的偏旁之中，常有一個讀音和這
新概念的語音相同或相近，這原是從語言變成文字的一個基本法
則，此即後世形聲兼意、 會意兼聲 ， 右文說各種理論的立論基
礎 ， 為訓詁學的一大原則， 唐蘭先生在他的〔古文字學導論〕
裏，稱這種現象為象意聲化字，他說：

> 在象意文字極盛的時候，漸漸發生了有一定讀音的傾向。
> 我曾研究過這種規律，大概可歸納為兩類：（一）從名詞
> 變作動詞的部分，每一個字有主動的和受動的兩方面，以
> 主動的為形，受動的為聲，例如訊、馭、馭、鞏等字，以
> 孔為形。舁、舁、舁、弄、舁、弇等字，以収為形。叟、
> 叟、叟、叙等字，以又為形。殷、般、鼓、殷、效、敉、
> 改等字，以殳或攴為形。舄，以曰為形。舄，以攴為形。
> 歬，以止為形。問、啟、呷等字，以口為形。凡是形的部
> 份，全是主動的，而代表語聲的半個字，全是受動的。（
> 二）在主語上加以詮釋或補充而成的文字，每一個字裏有
> 主語和附加的兩方面，則以主語為聲。例如：晛、墾二字
> 裏的日和月，是用以補足見和星兩字的，術、復、律等字
> 裏的行或彳形 ， 指出在路上的意義 ， 瀟、漁等字裏的水
> 形，指明在水裏 ； 字、富等字裏的宀形 ， 指明在屋裏；

魯、替等字裏的ㅂ形，指明在器裏；所以日、月、行、
彳、水、宀、口等形，全是形，而其餘的部分是聲㊣。
除了有極少數的例字是否會意字，如段爲簋之本字，從皀，古作
𣪊象簋形，本來就够了，加𠬝，象手拿着匕去扱簋，只是輔助作
用的一個累增的偏旁，並不是「殳」字，更不是要從「殳」纔能
「會」出簋的意思來；又如問原只是從口，門聲的形聲字，問答
原不一定要在門裏門外，這是見仁見智的不同，唐先生所說大旨
是很正確的。不過他說：

　　在象意文字極盛的時候，漸漸發生了有一定讀音的傾向。這
說法卻頗有可商，因爲字的讀音是根據語音，是先文字而存在
的，這和會意字的某一偏旁的讀音，與此會意字的讀音相同或相
近的兩點事實，對此會意字而言，都是先天存在的因素，似乎不
大可能要到後來纔「漸漸發生了有一定讀音的傾向」，然則嚴格
的講，這類會意字變成形聲字，只是解釋的不同，不能算是眞正
的聲化，至少與在原字上加聲符、或乾脆用一形一聲另造一個與
原字同義同聲但不同形而產生的形聲或體，在基本上是有其差異
的。不過，這些原是會意字的，到後來都被解釋爲聲兼意的形聲
字了，而且另有一部分會意字，完全沒有這種某一偏旁代表着音
讀的現象，那麼，從其廣義言，說這類會意兼聲──會意兼聲和
形聲兼意，所指實在是同一事實──的字，是屬於聲化一類，也
未爲不可。唐先生所舉的例字，是據古文加以隸定，不懂古文字
學的人，也許不易了解；但爲了節省篇幅，不能一一加以說明，
這點要請讀者見諒。另一類會意字的聲化，與前述象形、指事字
的聲化，完全相同，不過數量要少些，如訊作𠯗，或作𠮷，象一
個反綁着手跪着的人，旁邊有口在問他，是會意，篆文作訊，從
言、卂聲，是形聲；僕作𦦲，畫一人捧着簸箕揚棄垃圾，是會
意，而篆文是形聲；征字初作𤓰，從口代表城邑，從止代表人，

　　㊣　見唐著〔古文字學導論〕上册四五一四六頁。

是會意，後來變成𦥑，從𠂤爲形符，𠂤在甲骨金文裏，多假借爲
師字，篆文則以彳爲形符，卪即原來的𠨍字，卻退居聲符的地位
了；阱作𨻳，象設阱陷鹿，是會意，篆文是形聲；饔作𤔲，象兩
手捧着滿盛着食物的簋，是會意，「𠬞」可能代表讀音，則是會
意兼聲，篆文則完全是形聲；賴作𧷿，象囊橐裏滿盛着貝，是會
意，篆文則爲從貝、剌聲了。上舉的例字，有些是甲骨時代已經
聲化的，有些是到篆文纔變作形聲字，不過是聲化有先後而已。
另有一點值得提出的，是有些字在聲化過程中，形體有了譌變，
如訊的偏旁本象反綁着兩手的人，後來省去綁手的「幺」，變成
第一形，很像是從女從口 ，有些人便誤認做「如」了 ，所從的
𠃬，和卂的古文𠤏，事類相近，形體也有些相似，可能一度譌變
爲從卂，而卂字在篆隸的形體裏，又和凡相似，於是篆文便變爲
從言、卂聲了；僕本從一個人形 ，頭上戴𦍌 ，和童、妾等字相
同，可能是一種象意的階級標識，後來譌變成業，遂變成純粹的
聲符了；阱的篆文是一個完全另造的形聲字；征字在甲文和篆文
裏，採用了不同的形符；饔字古從皀，篆從食，食字本也從皀，
可算同字，這算保留了一半形符，卻另加了一個聲符，賴字象囊
形的𡙉，頗象束字，但從束意義不够明確，後人遂認爲是從貝、
剌聲了；只這麼幾個字，便有如許紛歧混亂的現象，不加深究，
不易明瞭，我們可以說 ， 因形體的衍變或譌變 ， 使後人不易了
解，或是過於繁複不易書寫，都是促成聲化的原因，人們原都有
力求簡易的心理的。至於假借字的聲化現象，則更爲複雜，而且
假借字的本身，已是表音文字的開始，從假借字變成形聲字，多
半是就原字加注形符而成 ， 嚴格的講 ， 假借字本就是代表聲音
的，它讀成形聲字，實在不能算聲化，而該說「形化」，但形化
一詞有語病，好像是說變成了象形字，不能用；若說是「注形」，
倒還恰當，但這個詞兒又嫌有點標新立異，不管怎樣，它們一部
分終於變成了眞眞的形聲字，不必再假借了，所以我們仍將這類

現象，解釋成聲化，這是形聲字的濫觴，筆者認爲它們不但較後
起的純粹形聲字爲早，也較除此以外的其他原始形聲字爲早，是
最早的形聲字，形聲造字的辦法，原是受了假借字的啟示，纔被
發明的。下面將舉出些例字，加以說明。甲文福作𤔲，假畐爲
之，但已有很多從示、畐聲的福、𥚆；祐作ㄓ或オ，假又爲之，
但已有不少從示、又聲——又即右之本字——的祐；語辭之唯，
甲文作𨾊，假隹爲之，但已有從口、隹聲的唯；雪字初假彗爲之，
字作彗，後加形符「雨」，變成從雨、彗聲的霅；婦字初假帚爲
之，字作帚，後加形符女作婦；啓字初假啟爲之，字作啟，後加
形符日作啓；歲字作𢧜，假戉爲之，但已兩見從步、戉聲的歲，
作𣥂、𣥠；象這些都是本爲假借，後來加注形符，即以原來的借
字作聲符，是最正規的原始形聲字。又如當第二天講的昱，甲骨
文假羽字爲之，作羽，後來也加上形符「日」，作昱，便成了形
聲字，但甲骨文裏忽然同時出現了許多𦏵字，和昱同樣當作「第
二天」的意思用，而這個字在〔說文〕裏作「翊」，訓「飛貌」，那
麼似乎它當作「昱」字的意思用是假借，但其實不然，因爲周金
文盂鼎「雩若昱乙酉」之昱作𦏵，金文裏往往保留了較甲文爲古的
形體，那麼甲文的翊，顯然是從金文𦏵字省掉形符「日」而成，
我們如此認定，似乎忽視了〔說文〕的解釋，但〔說文〕以「飛貌」
訓翊，實在缺乏根據，除了〔說文〕之外，在較早的文獻裏，從
沒發見翊有訓飛的例子，只有較晚的〔廣雅〕，翊訓「飛也」，
顯然是根據〔說文〕，在其他文獻裏，翊又訓佐、訓敬，是「異」
的假借，訓「明日」，是昱的假借，然則翊這個字，實在找不出
它的本義，金文的𦏵，可以解釋爲從日，羽立都是聲，實在是聲
化過程中，所產生的一形二聲的變態形聲字，翊是𦏵字省掉了形
符「日」，剩下了兩個聲符，在六書中無所歸屬，變成一個不倫
不類的字，〔說文〕訓「飛貌」，是望文生義，至於〔說文〕訓
「明日」的昱，則是𦏵字省掉其中一個聲符「羽」，保留另一個

聲符「立」，它和甲骨文的䚹，都可算當「明日」講的本字，是
正規的形聲字；至於為什麼會產生像「翊」那種變態形聲字，這
主要是為了古今音殊之故，以今音言，假羽為昱，實在相去甚
遠，可能商代、甚或更早的時候，人們已覺得羽聲昱聲懸遠，
因之給它加上個切合當時音讀的「立」，作一個補充聲符，於是
成了一形二聲的字，至於甲骨文仍有當明日講的純假借的「羽」
字，只不過沿用了一個自古已然、約定俗成的假借字而已。風雨
的風，是甲骨文常見的字，最初都假借鳳的象形字（見前），後
來加凡聲，變成形聲，到此為止，還很正常而易於明瞭，但甲骨
文也有借「䨟」為風的，這字即〔周禮〕「大宗伯」的䨠字，這
也還易理解，因為假借原無正字，只要選用一個音同或音近的字
便行，與此類似的例子還很多，如同時假借「鼂」字或「條」字
作秋字用，後來才採用了較習見的䨜字，又形譌為龜，而創造
了形聲字的䅺；又如同時假借「隹」字或「叀」字當作語辭之唯
用，後來纔採用較常用的隹字，加形符「口」變成形聲字的「
唯」，便是相同的例證。甲文又有「䳒」字，是从雀、兄聲的形
聲字，也是當風字用，這便相當混亂費解了。但稍加推究，也可
明瞭，原來常見的風字，旣是假借從鳳的象形文，再加凡聲，鳳
和雀都是鳥類，那麼譌鳳為雀，也在情理之內，自然第一個寫這
䳒字的人，忽略了借鳳為風，是借其音，於是另加兄聲，他所以
不用「凡」為聲符，而改用「兄」，可能是為了時地的變遷，而讀
音有了改變之故，這種用不同之形符聲符，變成了兩個不同之形
聲字，這兩個字是義同，而形聲都相近，實在仍是同字，我們只
能當它們是一個字的或體，假如它們的用法，只是義同，而不是
同字，那便成了轉注字，或體和轉注，其間原只有幾微之差的。
上文曾提到甲骨文裏，沒有任何兩個字，可以被解釋為轉注，其
實這種䳒、䳒同字的現象，已經和轉注字很相似，轉注字就是受
了這種現象的啟示而產生的。假鳳為風，可能沿用了很久，到了

戰國時代，楚帛書中又有了從日、凡聲的凮字，以前的🐦、鳳當
風字用是假借、🐦是一個形體譌變了的或體，作風字用仍是假
借，因爲假如它是風的形聲本字，那它以雀爲形符便無理可說
了，凮纔是眞正的爲了「風雨」一義所造的形聲專字，因爲日和
風，同是與氣象有關，造風字而以日爲形符，是可以理解的，凡
聲是舊有的聲符，這個新形聲字原來很好，但不知到了篆文，忽
然鑽出個不倫不類的「風」字來，這大概是後人——可能便是李
斯之流「取史籒大篆，或頗省改」的結果——認爲從日仍不很貼
切，又因古今音殊的關係，忽略了「凡」是聲符，他們看到了並
行的假借字「鳳」，於是師心自用的將其偏旁「日」或「鳥」，易
而爲「虫」，以爲聲符，「虫」今讀「許偉」切，但在古文裏，它
和蟲是沒有分別的，因此以它爲風的聲符，是可以理解的，不然
這個「風」字，便很難解釋了，我們且看〔說文〕風下的說解：

> 風，八風也，……風動蟲生，故蟲八日而化，從虫，凡
> 聲，𠙴，古文風。

許君是文字學家，當然知道「凡」是聲符，於風字從虫，不得其
解，於是採取了東漢流行的陰陽讖緯之說，像〔淮南子〕和〔春
秋考異郵〕裏，都有什麼「二九十八，八主風，風精爲蟲，八日
而化」一類說法，〔說文〕裏類此者很多，都是因爲文字衍變，發
生了譌變混亂現象，不得其解，而強加附會的。假如照筆者的理
解，風字實在是一個「凡」「虫」皆聲的不倫不類的形聲字，是
聲化過程中所產生的混亂現象，與此性質相同的，還有〔說文〕裏
的「無」字，許君以爲「有無」之無的本字，其實有無之無，秦
漢及以前，都假借「亡」字，以後纔借「無」字，「亡」或說是
「芒」的本字，「無」是「舞」的本字，合而成「無」，許君解云：
「亡也，從亡，無聲。无、奇字無，通於元者，王育說：「『天
屈西北爲无。』」認爲是形聲字，但形符的「亡」，許君訓逃，
在古文裏是找不到根據的，其實這「無」字，也和「風」字同樣

是聲化過程中，所發生的混亂現象之下的產物，一部〔說文〕裏，這類的例子，應該還有不少，我們也無法細說了。

五、早期文字形體結構的特質及其演變的 幾種大致的規律

從最早的甲骨文——早期陶文的數量太少，難以作爲比較分析的根據，——到目前流行的楷書，這其間經過了長時期的演變，形體結構上雖有了頗大的變易，但它們遞嬗之迹，卻是脈絡貫通一系相承的。每一個文字或每一個字族㊿，演變的情形當不相同，千變萬殊，非一言可盡，要想加以整理解釋，是相當瑣屑繁難的。但這種紛繁的演變現象，也並非全無規律可尋。不過談文字的演變，屬於文字動態研究的範圍，時間經過了幾千年，文字的數目又盈千累萬，演變現象過於錯綜複雜；而且文字本身恰如一個具有生命的有機體，它生息挈乳，永遠不能絕對定型，要想從中整理出一些規律，自然不能像作文字靜態研究所得的規律——六書——那麼明確，那麼具有概括性。我們用六書的觀點解釋文字的結構，尚且有時而窮；要想用幾條簡明的規律，解釋一切文字的演變現象，使之無例外或者不遺漏，自然是不可能的。但大致說來，一切文字的演變大體不出下列幾條途徑：

1.早期文字所具有的不定型特質

文字旣源於圖畫，那麼早期文字之不定型便很容易理解了，卽令是寫生畫，也因採取的角度不同，而產生不同的畫面，所謂「畫成其物，隨體詰詘」的象形字，自然便具有了圖畫的特徵。不過圖畫是寫實的，求其畢肖；文字是寫意的，求其便利、達意已足。於是繁瑣的圖畫，到後來都變成了抽象的線條所組成的文

㊿　由同一字根孳乳而成的一組字，我們稱之曰字族。

字，這種形體的抽象化，是文字最早期的演變過程，我們稱之曰
「文字化」過程。早期的象形文字，儘管它們文字化的程度已經
很深了，但仍保留了許多圖畫的特徵，譬如畫一棵樹，枝柯的多
少、橫斜可以任意，畫一羣牛、一羣羊，牛羊的數目可以任意；
畫一人說話一人聽，後來儘管抽象得用一個「口」字代表說話的
人，用一個「耳」字代表聽話的人，但是口耳兩字的位置在左在
右可以隨意；諸如此類的現象，越是時代早的文字越是多見，甚
至後起的會意形聲字，也都受了這種影響，同樣顯得很不定型，
直到小篆和隸楷階段，纔漸趨大致定型。在早期文字既未定型，
一個字有許多不同的寫法，這種現象在文字學的術語，稱之曰「或
體」，但「或體」一辭，係對「正體」而言，而「正體」又是文
字已趨大致定型以後纔有的觀念，早期文字本無所謂正體，本文
用或體一辭，係借習用了的名稱，以解釋此種早期文字的現象而
已。所謂或體，便是同一個字，同時具有兩種或兩種以上的不同
的寫法。文字既非創於一人，成於一時，又沒有人能規定某字非
如何寫不可，只要寫的大致不差，便也就不妨同時並存，這種例
子，在甲骨金文中俯拾卽是，卽使到了已經大致定型的小篆隸
楷，或體仍隨時可見，不過在數量上遠較甲骨金文爲少而已。如
「示」字甲骨文便有丅、亍、工、示、示、示、云許多不同的寫
法，但到了金文，便只有示、示兩種形體了㊹。「中」字甲骨文
作、、、、、、、中、中、諸形，金文「中」字的
變化甚至更多，如、、、中、、、、、、
、、、屮、中等，不一而足㊺。「沬」字甲骨文僅一見
作，看不到它的或體；但金文中此字被假借爲「美」，與「壽」
字連文，成爲習用的椵辭，出現的次數極多，幾乎每一個都有小

㊹　甲骨文見孫海波增訂〔甲骨文編〕（版本見註㊳）一卷三頁。金文見容庚增
　　訂〔金文編〕（版本見註㉘）一卷六頁以下示部諸字偏旁。
㊺　見〔甲骨文編〕一卷九頁。〔金文編〕一卷一二頁。

異，作🔣、🔣、🔣、🔣、🔣、🔣、🔣、🔣、🔣、🔣、🔣、🔣、🔣、🔣等幾十種不同的形體，後來此字又分別變成了纇、䫤、湏、沬諸種形體，那更是因時間相差太遠所產生的分屬兩種書體的或體了㊅。這種例子，不勝枚舉，讀者諸君只須隨手翻開〔甲骨文編〕之類的古文字書，幾於每字皆然，這裏也就從略了。這不定型的現象，大致可以分爲如下數類加以敍述：

甲、偏旁位置多寡不定

這種現象當然限於會意、形聲等合體之字纔有出現，例證甚多，卽如上舉沬字，它的本義是洗面，甲骨文繪一人跪坐皿側，以雙手掬水洗面；金文異體甚多，最繁的作🔣，從𦥑是兩手，從🔣是倒寫的皿字，從水，從頁是代表洗面的人，下又從皿，全字組合起來，表示一人捧皿注水，另一人以兩手掬所注之水以洗面，而又承之以皿，實在是一幅洗面的抽象畫，其他諸形，則或省𦥑，或省水，或省皿，而倒皿形及頁卻是基本的組合，那是因爲倒皿表示注水，水意卽在其中，故水可省，頁是洗面之人，有此兩個偏旁，洗面之義卽可表現，其他偏旁可多可少，可有可無；至於後起的纇、湏兩字，纇字從頁從水從艹（艹是兩手），可說是甲骨文的省變，湏字從頁從水，可以說是🔣字的簡體，這兩字都是會意；更後起的䫤和沬，䫤從面貴聲，沬從水未聲，各取洗面一事的一個主體爲形符，而另加一聲符，則是文字聲化後的產物了。此例可恰當說明偏旁多寡不定，但在這個字裏，偏旁

㊅　見〔甲骨文編〕一一卷五頁。〔金文編〕四卷三—四頁。此字〔金文編〕收作眉，實誤。先秦文獻中所載嘏辭，習見者作「眉壽」，如〔詩經〕「以介眉壽」是；但他書如〔儀禮〕「士冠禮」：「眉壽」，鄭注：「古文眉作𥾝。」「少牢饋食禮」：「眉壽」，鄭注：「古文眉爲微。」可證鄭康成所見古文不作「眉壽」，而是「𥾝壽」「微壽」，其實沬、眉、微、𥾝都是「美」的假借字，〔書〕「堯典」：「愼徽五典」，「孔傳」：「徽，美也。」因爲徽與上舉諸字，都是一音之轉，〔金文編〕將此字迎收作「眉」，是不可信的，說詳拙著「釋🔣與沬」一文，本書第二六一頁至第二七七頁。

的位置卻是確定的，假如位置錯誤，便不能表示出洗面的本誼，古人制字的幾微奧妙，往往類此。又如甲骨文喪字作🌿、🌿、🌿、🌿、🌿、🌿諸形，是從吅、桑聲的形聲字，所從口形，自二至五不等；口字偏旁，隨意安排在桑字枝柯之間，枝柯之左右橫斜亦不一定，位置完全任意。類此的例證尚多，不能具舉。

乙、筆畫多寡不定

文字之可以完全分清筆畫，大致要從隸書開始，在古文字中，一筆一畫，是難以劃分的；因之所謂筆畫多寡，實在只是字形繁簡的異稱，偏旁多寡不等的自不消說，即令偏旁完全相同，每一構成偏旁的寫法，筆畫仍不一致，如上節所舉諸爨字中，這種現象便很顯著，也就不必另行舉例了。

丙、正寫反寫無別

這種現象，與偏旁位置不定有連帶關係，但這是就合體之字而言；有些單體之文也是正反不分，就與偏旁位置無關了。我們有正寫反寫的觀念，也是在文字大致定型以後纔有的，文字一旦定型，正寫是一字，反寫便是錯誤、或者便變成了另一字，在〔說文〕裏這種例證甚多，在甲骨金文裏就不同了，但有一點須附帶說明的，所謂偏旁位置不定，也有例外，如上下二字作⊍⌒或二二，它以一長一短兩畫組成，位置是一定的，其他如一部分會意字，位置也往往不能錯亂，如上舉爨字便是一例，但這是少數，多數仍是可以任意的，形聲字的偏旁則全是位置不定的了；至於正寫反寫不分，只有左右兩字作ʅ、ʋ，是分得清清楚楚的，錯了意義便成相反，其他的字則正反不分了。如甲骨文歷作🦌，亦作🦌；歸作🦌，亦作🦌，金文福作福，亦作🦌；諆作🦌，亦作🦌；以上都是合體的字，它如「从、比」「片、爿」「正、乏」之類，後世正反成為二字，在古文是不分的；人字作ʔ，亦作ʕ；

元字作 $\overline{\wedge}$，亦作 $\overline{\wedge}$；中字作 ξ，亦作 ξ；這都是單體之文正反不分的例證⑭。董作賓先生說：

> 至於一個字 可以反寫正寫，則完全是用來書寫卜辭的關
> 係，甲骨文以外的記事文字，並不如此。卜辭跟著卜兆，
> 卜兆有向內向外的不同，卜辭文字就有正寫反寫的異致，
> 這完全是爲了「對稱」的美⑯。

董先生解釋卜辭正寫反寫不分的原因是對的，但說「記事文字並不如此。」便似有可商，因爲傳世殷系文字中的純記事文字爲數極少，似乎不能因爲少數記事文字中沒發見正反不分的例子，便作全稱肯定⑯；而且金文中的司字作 $\overline{\zeta}$，亦作 $\overline{\zeta}$，仍保留正反不分的習慣，這大概是因爲卜辭中正反不分習慣了，其他日用方面，自然受到影響，也跟著不分，周代的金文仍偶沿此習，便足證明。

丁、橫書側書無別

這種現象多見於動物象形字，而且也比較少見。最原始的動物象形字本應橫寫，足向下背向上，這是動物的自然生態；但橫寫多較寬，在中國文字直行的行欵中顯得礙眼，後來在整齊畫一的要求下，都變成直寫了，甲骨金文裏的動物象形字絕大多數已

---

⑭　甲骨文金文中從比、司后之類的字，固然多數學者仍然認為正反是二字，據筆者考證，$\mathfrak{h}\mathfrak{h}$ $\mathfrak{h}\mathfrak{h}$ 都只是從字，以此解讀甲骨文諸辭較為詞從理順；至於司后二字，作 $\overline{\zeta}$ 者讀為司，可無疑義，作 $\overline{\zeta}$ 者如讀為后，辭義多不可解；按后字甲骨文多假毓為之，毓字作 $\overline{\zeta}$，象分娩之形，亦或作 $\overline{\zeta}$，后形當從 $\overline{\zeta}$ 形譌變，然則后字本非司之反文，（此指後世后字而言，而非甲骨文之后字。）只是字形譌變後，偶然相混而已。

⑮　見〔大陸雜誌語文叢書〕第一輯第三冊〔語言文字篇〕頁一六○詳見註⑤。

⑯　商代日常的記事文字，定是寫在竹木簡上，竹木易腐，不能傳之久遠，傳世商代記事刻辭只有極為少見的幾件東西，如人頭骨、鹿頭骨上的刻辭，一支骨柶上的刻辭等，因為文字過少，自然不足論；但甲骨文中有一種骨臼刻辭，董先生和其他學者們都解釋為記事刻辭，因為那上面沒有卜兆。但骨臼刻辭中常常出見「屯」字，一般都解釋為卜骨的單位詞，字作 $\emptyset$，亦作 $\emptyset$，恰是正反不分的。

是直寫，但有少數仍存古意作橫書，如甲骨文鹿作 🦌，亦作 🦌、🦌（鹿屬動物，字多橫寫，直寫者較少見，爲動物象形字之例外），兔作 🐰，亦作 🐰、🐰，虎字作 🐯，亦作 🐯，金文象字二見，一直寫、一橫寫⊙之類。他如紀數字一二三四五作 —、二、三、亖、☓，亦作 ｜、‖、‖｜、‖‖、☓ 之類是。不過古文中也有因橫寫直寫不同而成爲二字的，如山作 ⋀⋀，直寫作 ⻏，便成了阜字；丘作 ⋃，直寫作 ⻏，便成了㠯字；這是文字孳乳的結果，是一種進化的現象，與早期的橫直無別，又不可一概而論了。

戊、事類相近之字在偏旁中多可通用

這種現象是說同一個字的偏旁，往往可以采用意義相近的不同文字，但以從同一字根衍化出來的同一字族中的字爲限；換言之，同一字族中之不同文字，當它單獨存在時，已經各有其不同的形音義，但它們被當作偏旁使用時，卻可以選用它們中的任何一個，而不影響到所組成的那個字的音義。譬如大、人、女、卩這一個字族，大與人分別象人體正面和側面立姿，女屬於人的一種性別，卩象人的側面坐姿，是各有其不同的形音義的，但偏旁中卻可通用，如甲骨文艱字作 🔸、🔸、🔸，奊字作 🔸、🔸、🔸 是⊙。又如行、彳、亍、辵、衙、止這一個字族，行作 🔸 象四通之衢，彳亍分別作 🔸🔸，各爲行的一半，義與行同，辵作 🔸，代表有人在路上行走，衙是辵之繁文，止象人足，在偏旁裏可以表示人的走路或動作。金文邊作 🔸，亦作 🔸；遘作 🔸，亦作 🔸；道作 🔸，亦作 🔸；甲骨文逆作 🔸，亦作 🔸，亦作 🔸；遘作 🔸，亦作 🔸，亦作 🔸 之類是。這種同一字族的字，當它們在偏旁裏出現時，只代表共同的屬性，而隱沒了個別的特性，寫字的人是可以

⊙　見〔金文編〕九卷二〇頁。
⊙　奊字一體作 🔸，下所從 🔸 雖非女字，但是它是象人反綁著雙手，仍是人體象形字，與大、人、女同屬一個字族。

隨意采用的。

2.簡化和繁化

　　本章從本節起，直到第四節的譌變，都是就個別文字形體的演變立論。文字既是紀錄語言的符號，是一種大眾傳播的工具，人們對它自然有一種「便」「易」的要求。文字既是從圖畫演變而成，愈是早期的文字愈近於圖畫，為了刻意求工，難免繁複，所謂「文字化」，便是化具體繁複的圖畫，為抽象簡單的線條，那麼文字之趨於簡化，是很自然的，而且也是從古至今一貫的趨勢。但為甚麼又有繁化呢？這是在整齊劃一的要求下，產生的一種相反的運動，簡化與繁化，看似矛盾，卻是相輔相成的。原來早期文字中，也有極少數過於簡單的，為求整齊劃一，過簡者便加以增繁，不過就全部的文字言，卻是簡化的多，而繁化的只是極少數而已。唐蘭先生對於文字的簡化和繁化，有如下的說明：

　　　　人為的變異不僅是筆劃上小小的同異，由於各種理由而發
　　　生的變化，是異常複雜的，不過，假如歸納起來，實在不
　　　外刪簡和增繁兩種趨勢。在幾千年來文字演變的過程裏，
　　　這兩種性質相反的工作，永遠是並行不悖的。由古文字
　　　到近代文字的簡易工作，大概說來有三種：（一）原始文
　　　字，近于圖畫，寫的時候，太費事了。因是，有兩種簡化
　　　的方法：(1)把筆畫太肥不便刀筆的地方，用雙鉤或較瘦的
　　　筆畫表現出來，這種結果，使文字的每一筆畫沒有肥細的
　　　歧異，和幾何裏的線一樣。例如：　大豕七辛殷省做　大豕父
　　　乙觚或省做　。　字亞��尊省做　亞��觚和　亞��斝，或省做
　　　　。作父乙爵　省做　，或省做　。　省做　，或省做　。
　　　　省做　。　省做　，或省做　，又變做　，又變做　。
　　　　省做　，或省做　，或省做　，這一類是不可枚舉的。
　　　(2)凡筆畫多而複雜的字，常趨向到簡的方面。例如：　殷

文存下十六隹父癸爵，省做　，變做　，更省做　或　。　省做　，又省做　，又省做　。凡是研究這一類的變異，我們當抓住每個字的特點，不可沾沾於筆畫的多寡，像　省做　，是不能拘定筆畫的。（二）原始文字本是各種整個的圖形，後世文字因爲聯綴成篇章的緣故，有了整齊畫一的趨勢。例如：馬象鹿巴等象形字本是一樣的，鹿巴所佔地位較小，得保留原狀作　、　，而馬象卻得橫寫作　和　，以適應同一行中別的文字。到了形聲文字發展以後，許多文字都是由上下或左右兩部分組合的，由此許多圖形文字，因爲不能諧適而發生變異，例如：　字變做　企。　字變做　良。　字省做　執。　字變做　偑之類，都是由整個圖形分析成兩半的。由此我們可以推知　當即保或俘字，　當即　字，後變爲　或　，乃聞之本字。此種變異，在探索圖形文字時最宜注意。（三）太繁的文字，往往省去一部分，例如：　字省作　，　字省作　，品字省作正之類，又凡獸類的字，常只作首形，例如　　　　　等字，都把下半字省去了。古文字寫的時候，常有從簡省的，例如：各字或作　，嬰字或作　，楚字或作　，這一類都是偶然的，不過有時也會變成定型。文字的增繁，也可分爲三種：（一）文字的結構，趨向到整齊的方面，因是在許多地方添一些筆畫，使疏密匀稱，大約有五種(1)凡垂直的長畫，中間常加·、·又引爲一，間或爲∨，例如：｜　　　凡∪　　等均同。　　　　字同。　　　或變爲　，又由　而變　。　　　。　　　。Ⅰ　　。　　　火　。　　。(2)凡字首是橫畫，常加一畫，例如：　　。　　。　　。西西。其餘像辛示帝等，均已見〔說文〕。(3)凡字首爲橫畫者，常加八，例如：○　。回尚。　　。西　。(4)凡字末常加一，一下又加--或八，例如：　　　。

酉酉酉。冊冊冊。絲絲絲。此類字有時可易 丌 為 屮，如 為
為 冊 是。(5)凡中有空隙的字，常填以 ● ，例如：○⊙。 ☽
☽ 。 ℗℗℗ 。 ⊟⊟ 。 ⊞⊞ 。 ⊗⊗ 。 ❦❦ 。這種變異，在古文
字裏的例子很多，不是上述五類所能包括盡的。　（二）因
為形聲字的盛行，在較古文字上面增加偏旁，例如 ☞ 字增
作 ☞ 蜀，後來更增做蠋，韋字增做圍，☞ 字增做 ☞ 之類。

　（三）因為文字的書法，成為藝術，常增加筆畫或偏旁，
例如： ☞ 寫作 ☞ ， 加以小點 ， 子寫作 ☞ 王子造匜，增以 ☞
旁，更進加以鳥形的偏旁，就成鳥篆了。

以上所引唐先生的說法，對文字簡化的方式，說得頗為精當；說
繁化的現象，卻只有部分可信㉘，但大致是可采的。至於所舉的
例證，大多偏於小篆以前的古文字，其實歷代書體中所產生的簡
體俗體字，都是在「便」「易」的心理要求下的自然產物，假如
我們說：隸楷實在只是大小篆的簡俗體字，也是大致不差的。我
們根據文字演變的歷史，看文字的簡化，發見有一點現象值得注
意，那便是甲骨文、金文到小篆這一階段，演變得比較急速而劇
烈；到了隸楷階段，它所包含的時間，較前三階段的總和還長，
而其演變的程度，除了開始由大小篆演變為隸楷的這一階段較為
劇烈外，一到楷書形成，其演變的程度，便顯著的逐漸減緩而趨
於溫和；這是由於古代文字不定型，可塑性大，因之變得較快；
及至文字漸趨定型，該改該簡的，早已改了簡了，假如為了苟趨
約易 ， 便草率的大刀濶斧的加以再簡再改 ， 便將使文字面目全
非，而致過分破壞文字的完美結構，並失去和固有文字的聯繫，
這一點也是談文字簡化時所當留意的。

　　㉘　見唐蘭〔古文字學導論〕下篇四四─四八頁。唐先生所說簡化的現象比較精
　　　　當；至於繁化的例證，則頗多可議，如其中有一部分字增加了筆畫或偏旁，
　　　　便變成了另外一字，已經不是原來那個字了 ， 這麼屬於文字孳乳的範圍，
　　　　而不是個別文字的增繁，這裏也不能細論了。

3.漸趨定型的傾向

　　上文說到早期文字的不定型特質，這種現象，直到兩周的金文仍相當顯著，到了戰國時代，由於社會、政治等方面的急劇變化，文字的形體，少顯混亂；於是物極必反，纔產生了李斯等所倡導的文字統一運動，取史籀大篆，或頗省改而有小篆；民間流俗日用的簡俗別異之體，也由程邈整理正定，而有隸書，中國文字至此纔算趨於大致定型。但是這種大致定型的結果，卻絕非李斯等數人之力所能達致，其主因仍是由於約定俗成。因為文字雖屬人為的產物，但經大家使用，便有一種自然選擇的力量，或淘汰，或通行，或保存原形，或頗加省改，在在都有一種自然的力量在潛移默運，決非少數人或政府力量所可以左右。至於我國歷史上也有好些次整理正定文字的運動，包括想像中的倉頡統一文字，史籀的撰定標準識字讀本，李斯、程邈的統一篆隸，下迄漢代的廷議文字，唐代的字樣之學，和先後刊布的幾種石經，也不過是各就當時流行的紛歧錯亂的文字之中，整理統一，或頗省改，就約定俗成的形體，加以接受而已。所謂潛移默化的自然力量，大致說來，不外下列二途：

甲、整齊畫一的趨勢

　　我國文字從象形指事獨體之文，發展成會意形聲合體之字，獨體自然是單一不可畫分的，合體則合兩體或兩體以上以成一字。前文中已說明形聲字佔了全部文字的絕大多數，而形聲又以一形一聲的居多；其結構以左右對稱的佔多數，其次纔是上下對稱。形聲字越來越多，因之原是獨體的象形字、或少數會意字，也往往分為兩體，以便與居多數的形聲字相配合。如矩字金文作 𠃌，象一人以手持「工」，「工」即為矩之象形，後來分為兩體作 𥄉，又譌「大」為「矢」作 𥄉；企字甲骨文作 𠈌，象人企立之

形，故畫人下着止，以強調企立之義，後來也分為兩體作企，便成為從人、止聲了；保字金文作保，象人背負幼子，後來分為兩體作保，又為了求字形的勻稱，在子下加一畫作保，再變作保；伐字甲骨金文均作伐，象戈又加頸，象殺伐之義，分為兩體作伐均是。以上是字形結構漸趨整齊劃一的例證，至於書法形式，也有相同的趨勢，早期文字如甲骨金文，形式都是很自由的，不著重整齊對稱，及後形聲字日以寖多，因多由一形一聲組成，易趨對稱，小篆中形聲字已佔八〇％略強，於是象形和會意之類文字的形式，也受了形聲的影響，而趨於整齊畫一，讀者只須翻開〔說文〕，一睹小篆面目，便可了然。後來隸書流行，其書法講求波勢，更為方折挑法，積漸產生方正的楷書。至於文字的筆畫，古文較難區分，到了隸楷，纔可一二指數，筆畫的多少，也受了古文字簡化和繁化的影響，而趨於繁簡適中，過繁過簡的字總居少數，這也是整齊畫一的一種方式。

乙、行欵的講求勻稱

我國文字，從甲骨文開始，便以直行下行，然後行左行為定式，至於卜辭中也有行右行，或每行之字左右橫行之例，但這是為了適應卜兆的特殊寫法，當時的紀事文字並不如此⊗。既然文字是直行下行，文字的書法自然不能太寬，於是動物的象形字都已改為直寫；不能太長，於是兩體組合的字，多取左右對稱。它如上下對稱，內外配合等文字偏旁位置的經營，完全着眼於結體的整齊方正和行欵的勻稱，愈是晚出的書體，這種趨向愈是明顯，這種形體美，是漢字獨有的特質，這種特質一旦達成，文字也就漸趨大致定型了。

⊗　見董作賓先生「中國文字的起源（丁）文例的款式」，載〔大陸雜誌語文叢書〕第一輯第三冊「語言文字學篇」第一六〇頁。

4.譌變

　　這也應該屬於文字演變的一種方式。以上數節所述文字演變的情形，大體上還有規律可尋，而文字的譌變，則是個別的現象，每一個譌變的情形都可能不同。但其所以致譌之故，卻也有個共同之點，那便是由於形近而譌。凡甲骨文、金文、篆文之間的形體譌變，大都不出這個範圍。降及隸楷，因爲苟趨約易，或者力求整齊方正，以之與大小篆相比較，其譌變情形，往往匪夷所思。這種譌變現象，既無規律，勢又不能一一列舉，只得略舉數例，以見一斑。屬於形近而譌的：如凡字古作ㅂ，本爲槃之古文，它與舟之古文作ㅓ者形近，於是文字之從「凡」爲偏旁者，往往譌爲從舟，如ㅄ爲般之古文，本從凡，而篆譌爲從舟；受字甲骨文作ㅄ，本象兩手以凡槃相授受，篆作ㅅ，其中從冖，雖是譌變，但尚未譌爲從舟，許君卻以「舟省聲」解之，這種有所受之的誤解，顯然是受了古文字中凡舟形近而譌的影響；又如〔周禮〕「司尊彝」：「皆有舟。」鄭氏以承槃說舟固是，而原文「皆有舟」，實在講不通，顯然出自今文學家對古文「ㅂ」字的誤讀，古文經必是作「皆有ㅂ」，是無疑問的。又如上節甲欸所舉矩字的例子，古文從「大」，而篆譌爲從「矢」，其他大與矢、交與矢在偏旁中互譌的也數見不鮮。手形的「ㅋ」，或省作「ㄣ」，便與刀字形近，於是偏旁中ㄣ刀互譌，如「解」字甲骨文作ㅄ，象兩手拔牛角，爲庖丁解牛一種程序，篆便譌爲從刀作「解」了。射字甲骨文作ㅄ，象箭在弦上，以手引之之形，說文古文作ㅄ，小篆作射，古文省「又」；篆文變「又」爲「寸」，乃是偏旁通用，不算譌變，但都譌「弓」爲「身」了，原來「身」字甲骨文作ㅇ，象人有身大腹便便之形，與弓字作ㅇ者形近而譌。至於從大小篆變爲隸楷的譌變的情形，便遠非形近而譌所能解釋，只能歸之苟趨約易了。如春、奉、奏、泰、秦、舂等字，

今隸偏旁上面都從「夫」，它們的篆文分別作𦥯、𡘹、𡘀、𡘖、
𡙁、𡙀諸形，除了秦春二字上半原是相同外，其餘是各個不同
的，而今隸苟簡，變爲全同，這是一個很標準的例子，其它的譌
變尙多，不能一一列舉，而且隸楷的變化，已超出了上古史的範
圍，本文只是連類及之而已。

六、文字的淘汰

文字恰如一個有生命的個體，有新生，也有死亡，它是生生
不息的。許愼說：「字者，言孳乳而寖多也。」文字的確是孳乳
寖多的，上文談到甲骨文、金文、和小篆的字數，已經可以見到
這個趨勢，後世歷代所編字書，所收字數有增無已，但讀者們請
勿誤會，以爲文字只有新增，而沒有淘汰。我們只要翻開〔甲骨
文編〕的附錄，其中有許多文字，在金文裏便沒再出現過；同樣
的，〔金文編〕的附錄裏，有許多文字，也已不見於〔說文〕，
這些不再出現的文字，絕大多數是被淘汰了。大體說來，文字的
淘汰有兩種方式：一是廢棄，一是選擇。

1.廢棄

有許多屬於私名的古代文字，如人名、地名、族名之類，時
過境遷，原來私名的主體不存在了，或是名稱改變了，那些代表
原來私名的文字，便失去了使用的價值，於是歸於廢棄。另有一
些字，曾被創造使用過，也許因爲制字的觀點比較特殊，難爲大
家所了解；或者制字的方法比較累贅，達不到約定俗成的結果，
終歸淘汰，像上舉〔甲骨文編〕和〔金文編〕附錄裏，有一部分
屬於私名的文字，後世無存，屬於前者；另有一部分顯然是有意
義的文字，但至今不能認識，後世也不再出現，或是雖知其字
義，而後世也不再使用，便屬於後者。已被廢棄的文字，例證太

多，只要稍涉獵古文銘辭，隨時可見，無煩舉例。卽使是後世遞增的文字，到今天已達四萬四千字以上⑳，但實在常用字數不過五千字左右㉑，其餘的近四萬字，已較少被使用，就實用的觀點言，其中一部分冷僻的字，假如沒有印刷流行的字書予以保存，實也應歸於廢棄之列了。

2.選擇

所謂選擇，便是約定俗成，也是自然淘汰的一種方式。古文字中同一文字的許多異體，到後世文字歸於統一，間或也保留一兩個或體，其餘的悉歸淘汰，所異於前節所稱「廢棄」者，只是前者是整個字完全廢棄，而後者則保留其一體或少數一二異體，而將過於歧異的予以淘汰。這種運動，自有文字以來，是隨時在進行的，我們只要看商代晚期卜辭，異體便稍見減少，便是一例，李斯的「書同文字」的運動，所採取的主要便是這種方式，不過並非出於李斯個人主觀的獨斷，而是就約定俗成的加以接納，通過這種手段，纔能達致文字的大致統一和定型。

中華民國五十八年年底脫稿，作者追誌。
民國六十二年八月八日。

原載中央研究院歷史語言研究所集刊第四十五本第二分、第三分，1974年。又載中國上古史待定稿，中研院史語所中國上古史編輯委員會刊印，1974年，臺北

---

⑳　〔中華大字典〕，民國四年中華書局出版，為近代字典中收集字數最多者，共四四九〇八字。

㉑　見艾偉〔漢字問題〕第四五頁各家常用字彙之單字數統計表，據艾氏所引莊澤宣氏之綜合統計，常用字數為五二六二字。艾書民國三十八年一月中華書局出版。

再論史前陶文和漢字起源問題⊖

一、前言

　　民國五十三年，李濟之先生指定筆者爲〔中國上古史稿〕寫一篇有關中國古代文字的專文，題爲「中國文字的原始與演變」，當時，筆者深感力有未逮，再三懇辭，經濟之先生督責，加之這題目，對筆者來說，也極富挑戰性，終於答應了下來。筆者習文字學，從〔說文解字〕入手，進而學習甲骨文字，這其間自然也涉獵過金文，這些文字都是已經完全成熟的文字，當時大家都已知道，在甲骨文之前，中國文字必定已經歷了一段漫長演變的途程，一般學者自然都不滿意於畫卦、結繩的解釋，但是因爲書闕有間，有關的地下資料，也同樣缺乏，對中國文字起源的探討，

⊖　這是民國六十七年七月底，筆者應國立臺灣大學文學院之邀，爲紀念故院長沈剛伯先生逝世週年紀念會所作學術講演講題，十年前（一九六九），筆者曾在新加坡〔南洋大學學報〕第三期發表一文，題爲「從幾種史前和有史早期陶文的觀察蠡測中國文字的起源」，文中取西安半坡、城子崖、二里頭、小屯陶文，和甲骨文作比較，認定半坡陶文是目前所能見到的最早的漢字。六十七年四月，報載唐蘭先生在香港大學作學術講演，題目未悉，但登載着唐先生取大汶口陶文爲例，認爲是最早的漢字，時間去今已五千八百年。在此之前，筆者不知有大汶口遺址的發現，因取〔大汶口〕一書細讀，作爲在剛伯師紀念會講演的重要參考資料。講演後之翌日，張光裕君見訪，告以大陸田野考古工作中，除了上述幾批陶文外，還有不少資料被發現，並列舉發表這些資料的學術刊物的名稱、卷次、頁數，使筆者很輕易的蒐集到本文所需資料，謹此致謝。

終少人問津， 筆者對此問題 ， 雖常縈腦際，但眞眞發生與趣，
進而加以摸索探討 ， 卻是從接受這個課題以後纔開始 。 這題目
範圍太大，牽涉的頭緒也過於紛繁，尤其是前半段——中國文字
的原始的探討，除了傳統的畫卦、結繩等傳說之外，幾乎一無憑
藉，實感難於着筆；於是決定先從後半部着手。談到中國文字的
演變，困難的情形，恰好和討論前半段所遭遇到的相反，中國文
字，就算從甲骨文開始，直到今天，都是一脈相承的，這其間經
過了三千多年的演變，材料之龐雜、演變之紛歧，眞令人目迷五
色；所幸漢代的許慎所著〔說文解字〕，早就奠定了研究中國文
字的基礎，後生小子，得有遵循，雖然，自隸書以下的演變有許
多方面，已很難用〔說文〕所建體系加以規範，但用這體系來研
究小篆以前的古文字，卻能給我們極大的幫助和啟示。當時，筆
者剛完成拙編〔甲骨文字集釋〕，便想用六書的觀點，將甲骨文
字作一番分析和總的檢討，也許能對文字演變問題，得到比較清
晰的概念。懷抱此一目標，寫成了一篇論文，題爲「從六書的觀
點看甲骨文字」㊀。在該文中，比較重要的收穫，是較確定的了
解了文字發生的過程，這對文字起源問題的探索，是有幫助的。
此文發表之翌年，得讀大陸出版的一本考古報告，書名〔西安半
坡〕，詳細報導了在西安半坡地區發掘的一處仰韶文化遺址，其
中有許多陶片上，刻劃了各種用線條組成的符號，報告撰寫人認
爲那些符號，定有它特定的意義，筆者卻更進而認定這應是較原
始的古代漢字，這使得筆者對漢字起源問題的摸索，找到了一點
憑藉，也確定了對此一問題摸索的方向。

二、史前陶文和漢字起源問題的初步探討

　　筆者旣然初步認定西安半坡陶片上的刻劃符號，是原始的漢

㊀ 見本書一——四二頁。

字，於是從這一個方向，着手蒐集資料，經過一番努力，蒐集了一些資料，在民國五十八年，寫成了另一篇題爲「從幾種史前和有史早期陶文的觀察蠡測中國文字的起源」的論文㊂，在本文內，蒐集了自西安半坡以下，山東城子崖、河南偃師二里頭、小屯殷墟等遺址所發現的幾種史前和有史早期陶文，取以和甲骨文字相比較，作了些分析和綜合的工作，自然也作了些適度的推論，因而得到幾點不甚成熟的意見： 1.已知最早的漢字， 應數半坡陶文，它的年代，當時以臺灣的龍山文化爲基準，加以推測，是去今六千年至五千五百年，這一點，三年後的一九七二年，郭沫若在〔考古〕第三期發表的一篇題爲「中國古代文字辨證的發展」上說，已用 C_{14} 鑑定證實了。郭沫若此文，主要也是討論中國文字的起源問題，但對半坡陶文，是否最早的漢字，沒有加以肯定，他認爲漢字在古代，是分象形和指事兩個不同系統發展的，他的此一結論，雖甚新異，但缺乏證據，難有說服力，因此不打算加以較詳細的引述，讀者如有興趣，可請參閱。 2.半坡陶文中，已有相當數量的假借字，在「從六書觀點看甲骨文字」拙文裏，筆者藉甲骨文的六書分析，對漢字發生的過程，作了較明確的認定，我們正可以用六書次第加以表示，它們應是Ａ象形、Ｂ指事、Ｃ會意、Ｄ假借、Ｅ形聲、Ｆ轉注。半坡陶文中，現已有相當數量的假借字，因此它們應不是最原始的中國文字，易言之，半坡之前，漢字應已經歷了象形、指事、會意三個發展階段。 3.陶器不是書寫紀錄文字的工具，它上面出現文字，只是偶然的現象，半坡時代應該有更多象形會意的文字，被日常使用，而是在陶器上難以發見的。 這些結論的達致， 主要是憑藉陶文與甲骨文的比較，用分析和綜合的方法達成的，易言之，我們找到了這些多數學者所寧願稱之爲刻劃符號的陶文，和後世文字的緊密聯繫㊃，

㊂　見註㊀。又本書四三─七三頁。
㊃　見陶文、甲文對照表，本書六五─六八頁。

這一點很重要，下文還將再予討論。以上述兩篇論文為基礎，加以刪節和改寫，又增加了金文、小篆、隸書的資料，寫成「中國文字的原始和演變」一文，在〔中國上古史稿〕發表，因為地下文字資料，早於甲骨文的，實在太少，本文的討論，詳於後而略於前，對於文字演變，論列較多，至於文字起源問題，始終停留在推測的階段，沒有更多的新資料，這番嘗試，也就只好到此為止了。

三、再論史前陶文和漢字起源問題

近年來，大陸上陸續發現了若干不同時代的陶文，但多半都是一鱗半爪，而且蒐求不易，因之，沒能提起筆者對此一問題再作摸索的興趣。六十七年五月初，在新加坡看到五月一日吉隆坡的〔中國報〕，登載唐立庵先生在香港大學作學術講演的新聞，題目大意是大陸最近考古的重要發見，大標題時：「中國歷史比設想古遠，黃帝去今五千五百年。」副標題是：「中國文字有六千年歷史」。新聞內容，語焉不詳，大略說：「一九五九年發見的大汶口文化，在泰安曲阜之間，當就是少昊文化；少昊的祖宗最早之一，是與黃帝交戰的蚩尤。」又說：「大汶口陶器，上有文字，這些文字表明當時已經發展到相當文明的階段，不同地方出土的文物，上面文字是相同的，表明少昊已經有統一的文字。」又說：「唐氏指出：中國的歷史，比過去一般的設想，更為古遠，習慣所稱黃帝距今四千五百年，實在不止這樣短，當為距今約五千五百年；而中國的文字，至今已有六千年歷史，現在還在使用，實為世界上罕見的。」關於中國文字有六千年歷史，這一說法，和筆者在十年前所提出的觀點，幾於完全一致，所根據的，卻是不同的材料，這引起筆者對本問題重新探索的興趣。很慚愧，在這之前，筆者竟不知道有大汶口文化遺址的發見，更沒

有讀過〔大汶口〕這本考古報告，等得見唐先生演講的報導後，纔分別蒐求唐先生在港演講的其他資料，並在本所圖書館特藏室借讀〔大汶口〕考古報告，現就此稍作引述：據〔大汶口〕一書的記載，本文化遺址，在今山東省黃河以南，東濱於海，分布極廣，與龍山文化有着共同的分布區域，其文化遺存，在小範圍內，上下重疊，龍山文化層疊壓在大汶口文化層之上，可以確定它們的先後序列，其文化的繼承性十分明顯。據與大汶口文化相當的蘇北大墩子下層 C_{14} 測定的年代數據，是五八〇〇年±一〇五年，同仰韶文化半坡遺址相近，根據遺址的發現，兩個地區的原始居民，很早就發生了文化往來，到了晚期，兩者文化面貌，顯著接近，但仍有明顯的差別㊄。本報告書對大汶口文化遺址年代的認定，大概就是唐先生去年演講所稱，中國文字已有六千年歷史一說的根據，但報告所稱年代，可能只是上限，最近大陸考古學界已有新的進一步的考訂，留待下文再作討論，此處暫且按下。根據筆者蒐集到的香港各報章雜誌對唐先生在港講演的報導，他所涉及的範圍頗廣，他談到陝西臨潼姜寨的仰韶文化、浙江餘姚河姆渡文化、山西侯馬春秋盟書、信陽楚墓竹簡、岐山出土的周代甲骨文等等，但提到史前陶文的，只有大汶口所出陶片（見圖版拾肆），一九七八年五月十六日香港出版的〔廣角鏡〕第六十八期上，刊有一篇訪唐蘭教授談中國歷史分期的文章，茲節引片段於下：

> 文字是文明社會的標識，過去認爲中國最早的文字是甲骨文，這樣，中國的文明史，就只有四千多年；但甲骨文不是中國最早的文字，我在一九三四年著成的〔古文字學導論〕、和一九四八年出版的〔中國文字學〕，已提出了這種見解。

㊄ 見〔大汶口〕一二〇、一二一頁「大汶口文化與仰韶文化的關係」，山東省文物管理處、濟南市博物館合編，文物出版社出版，一九七四年。

又說：

> 在大汶口文化發見的、出現在五千五百年前的陶器文字，
> 是屬於遠古的意符文字，這才是目前發現的最早的中國文
> 字，中國文明史，始於這些文字出現之時。

在此文之末，又出現此文作者與唐先生的一段問答：

> 問：請您談談意符文字，與商周和後世的文字，有怎樣的
> 聯繫？就大汶口的幾個陶器文字為例，說明一下。
> 答：先來看看大汶口發見的陶器上的意符文字，和兩千年
> 以後的殷商甲骨文的關係，例如陶器文字的「炅」（熱）
> 字，一共有三個，兩繁一簡，繁體字的上面是「日」，中
> 間是「火」，下面是「山」，簡體字只有日下火，商代的
> 時候，「炅」已演化成 〇、⊙、⊙ ，從中可以看出它的
> 演化㊅。例如「斤」字，意符文字成了 ⺈。又如火字，意
> 符文字的「ᗐ」，後來演化成了 ᗐ、ᗐ、火。仰韶文化西
> 安半坡的陶器，有簡單的刻劃，不能斷定它是符號還是文
> 字， 就是看不到它與後世文字的聯繫， 如這樣的符號「
> ///」。

唐先生所稱陶器上的意符文字，和筆者所用的史前陶文，這
兩個名詞，在基本意義上，是相同的㊉，所不同的是：唐先生只
承認大汶口陶片上發見的的是文字，而半坡陶片上所發見的，則
認為還不能斷定它是符號還是文字 ， 這一點 ， 有討論一下的必
要。有幾位可尊敬的考古學家，對筆者稱半坡陶器上的刻劃符號
為史前陶文，一位持適度的保留態度；另一位表示懷疑，他說：

㊅ 筆者頗疑這一段話是該報記者的誤記，象形字的「日」，不可能是由會意字
的「炅」所演化，唐先生是不應作此主張的。

㊉ 在筆者看來，意符文字一詞，所代表的意義，應較狹隘，在文字學的術語，
「意符」是組成會意字──唐先生則採用班固所稱「象意」──時，代表字
義那一部分而言，充其量，「意符文字」其含義也只能等於「會意」字。「
斤」變成⺈，可能是記者誤記。而且「斤」和「火」都是象形字。

「文字與符號的差異，在於文字有音讀，而符號則否，而且那些
符號，都是孤立的，從來沒有發見構成詞組。」這理由確是強有
力的。但筆者相信他們看到了大汶口陶文，大概不會再懷疑它是
否文字了，原因很易了解，它們太像後世的文字了，而半坡所發
見的則不然，它們太簡單，簡單得太像符號了；其實在不能證明
音讀，和沒有發見詞組這兩點上，半坡和大汶口陶文，是完全相
同的，而且古文字的音讀，完全決定於它們與後世文字的聯繫，
甲骨、金文的被認識，最初絕大部分是經由這條途徑，唐先生對
半坡陶文持保留態度，也完全是基於這種認識。關於這一點，筆
者在「從幾種史前和有史早期陶文的觀察蠡測中國文字的起源」
一文裏，已經解決了這問題，本文仍將循此方向，蒐集更多的史
前陶文資料，加以排比和分析，尋求它們與後世文字的聯繫。在
「蠡測」一文裏，筆者列舉了一份陶文、甲骨文對照表，在先後
兩千餘年中，幾種不同時代的陶文、和甲骨文裏，完全同樣的符
號，分別出現了幾次到幾十次不等，這現象，我們決不能以「偶
然」兩字去加以解釋，這不明明就是與後世文字的聯繫嗎？唐先
生竟然沒注意到這種事實，而對半坡資料，是否文字，加以懷
疑，是頗令人費解的。

在看到〔大汶口〕報告所稱大汶口與半坡遺址，同屬仰韶文
化，時代約略相當；而大汶口陶文，其成熟的程度，幾乎和甲骨
文相同，這使筆者對所作中國六千年前已有文字的說法，更增信
心。卽以此意，在本所學術講論會上提出，向同仁求教，經諸同
仁多所指正，並承臧振華先生見告，大陸考古界對大汶口的時代
問題，有新的認定，使筆者對本文內容得以及時修正，謹此向諸
同仁敬表謝忱。

為了研究的方便，筆者將第一次所寫「蠡測」一文的陶文資
料，加上最近所蒐集的史前陶文資料，歸併一處，按時代先後，
加以排比，並分別簡介其內容；所有各期陶文的年代數據，全採用

C_{14} 測定的成果⑦，其未經測定者，則根據相關資料，加以推定。

1.西安半坡　　4770±135—4290±200B. C.　仰韶文化。

　　西安半坡是重要的仰韶文化遺址之一，〔西安半坡〕考古報告（僞科學院考古研究所一九六三年出版）一九六頁第五章：「精神文化面貌」，第四節：「陶器上刻的符號」，有如下的記述：

　　　　在原始氏族公社階段，還沒有出現眞正的文字，但半坡公社的人們，已經在使用各種不同的簡要符號，用以標記他們對一定的客觀事物的意義。這些符號，都是刻劃在飾有寬帶紋、或大的垂三角形文飾的直口鉢的外口緣部分。共發現一一三個標本，絕大多數在居住區的文化堆積層出土的，多是碎片，完整的器形，只有兩件用作甕棺葬具的圜底鉢。這些符號，筆劃簡單，形狀規則，共有二十二種⑨。豎、橫、斜、叉皆有。最簡單也是最多的一種，是豎刻的一直道，共六十五個。兩豎劃並列的有四個，刻劃的粗細、間距都不均勻。兩劃互相垂直而作「丁」形的有二個。垂鈎形的有三個。倒鈎狀的有六個。樹叉形的有二個。左右雙鈎的有二個。「十」形的有三個。斜叉形的有四個。「Z」形的共十個。（中略）這些符號，有的是陶器未燒以前就刻好的，有的則是在陶器燒成後、或者使用過一個時期所刻劃的。這些符號絕大部分都刻在飾有寬帶紋的鉢的口緣上，可能是因爲鉢是日常生活和埋葬中大量使用的一種器物，而這個部位又比較顯著。我們推測這些符號可能是代表器物所有者、或器物製造者的專門記號，這個所有者，可能是氏族、家庭或個人，這一假設證據

⑦　見夏鼐「碳—十四測定年代和中國史前考古學」，〔考古〕一九七七年四期二一七—二三二頁。

⑨　筆者按如對同形而正反不同的算作兩種，則實有二十五種；正反作一種計，則只有二十一種。圖見本書第一九四頁。

　　是：我們發現多種類同的符號，出在同一窖穴，或同一地
　　區。（中略）這種符號，在其他一些仰韶文化遺址中也有
　　發現，其作風與作法完全相同。（中略）這證明刻劃符號
　　是仰韶文化中相當普遍的一種特徵，它們可能代表相同的
　　意義。總之，這些符號是人們有意識刻劃的，代表一定的
　　意義。雖然我們不能十分肯定它們的含義，但可以設想，
　　那時沒有記事的文字，人們在表示他們樸素的意識時，是
　　能够在思維所反映的客觀實際、與日常需要的境界內，用
　　各種方法來表達。這些符號，就是當時人們對某種事物、
　　在意識形態上的反映，從我國歷史文化的具體的發展過程
　　來說，與我們文字有密切關係，也很可能是我國古代文字
　　原始形態之一，它影射我們文字未發明以前，我們祖先那
　　種「結繩紀事」「契木爲文」等傳說，有着眞實的歷史背
　　景的。

　　〔西安半坡〕一書的執筆人，對這批陶片上刻劃符號的解
釋，是謹愼的，他們只認爲：「從我國歷史文化具體的發展過程
來說，與我們文字有密切關係，也很可能是我國古代文字原始的
形態之一。」但筆者寓目之始，便大膽的認定這就是部分漢字的
原始形式，當時應另有許多象形會意字存在，而是在陶器上較少
出現機會的，具體的解釋，詳見「蠡測」一文，本文仍是循此線
索發展，不過蒐羅了較多的資料，比較分析的結果，結論仍無二
致，這使筆者對當年的假定，增加了信心。西安半坡陶文見本
書第一九四頁表：

　　這些陶文都很簡單，無怪多數學者不肯承認它們是文字，但
將它們和時代較晚的歷代陶文，作較深入的比較研究之後，筆者
對它們是部分漢字的原始形式，是深信不疑的，如1、2、16、
17、24諸文，分別是數目字的一、二、五、七、八諸字，這是歷
代陶文所共有，而且出現次數也是最多的，4–12諸文，也分別

見於金文，14、15兩文，在後世陶文和金文中，也都有出現，為節省篇幅計，在分別介紹各期資料時，不擬一一加以討論，在下文中，筆者將編列一張各期陶文與甲骨、金文的對照表，然後擇要稍作解釋。

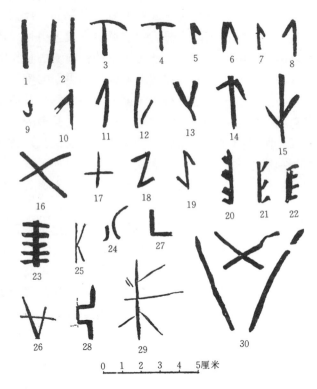

2.**臨潼姜寨**　絕對年代不明。仰韶文化。

　　此批陶文僅四片（見本書圖版拾伍）。 據〔文物〕一九七五年第八期「臨潼姜寨新石器時代遺址的新發現」一文所載，這批陶片是在仰韶層中出土的，但沒有絕對年代，大致上和半坡的時代相去不遠。第一片作「×」，應是「五」字，第二片作「丨」，應是「十」或「一」字。第三片作「夵」，不能確認，疑與甲骨

文「山」是同一個字，即〔說文〕「嶽」之古文作「山」所本。第四片作「壬」，不可識，字形頗與甲骨文「壬」字作「工」者相近，和小篆「壬」字全同，但無法證明是「壬」字。這批有字陶片，一共僅有四片，自然每字也止出現一次，雖不足以據以作過多的推論，但在古文字地下資料過度缺少的情形下，雖僅吉光片羽，亦彌足珍貴。第十二片是數目字，爲各期陶文所共有。第三字如是「嶽」字，則應解釋爲會意或象形，在理論上說，這應是較早產生的文字，較一般刻劃符號，遠爲成熟，證以較後的大汶口陶文「山」字的成熟程度，可見我國文字起源，應遠在這以前了。又此字作「山」和大汶口「山」、及甲骨文「嶽」字所從「山」形，表現方法完全相同，它是「嶽」字的可能性，是很高的，所惜不能更進一步的予以證明而已。

3.**三門峽水庫**　絕對年代不明。仰韶文化。

　　只此一片，郃陽縣莘野出土，見〔考古通訊〕一九五六年第五期。據該刊所載，係仰韶期遺物。僅一個刻劃符號（本書圖版拾陸），作「﹄」形，此形亦見於半坡陶文，與金文阜字作「﹄」者極近似，但無從證明。

4.**蠍子嶺**　絕對年代不明。仰韶文化。

　　據〔考古通訊〕一九五五年創刊號所載，僅一片，上刻「﹢」形符號（圖版拾柒），不可識。出土於陝西灃河流域，屬仰韶期。該刊說：「在採集的陶片中，有一塊彩陶缽口部的殘片，在着彩的部份，刻了一個很整齊的『符記』，這個『符記』，先刻中間一豎劃，然後在每邊各刻三道平行的橫劃。在甘肅半山馬廠的隨葬陶器上，也發現了很多畫上去的『符記』，而這一片卻是刻上去的。」這段話的後半段，說得有些含混，推其意應是半山馬廠的陶片上，也有與此相同的陶文，只不過刻和畫的不同而已，假如筆者如此推論不誤，則這種相同，應非偶然，半坡陶文中，也有和這相似的（見上附半坡陶文圖表第二十三），這符號雖不可識，但

它們在不同遺址出土，時代也不同，卻有完全相同或相似的刻劃符號，可能具有相同的意義，證以同時期陶片上的數目字，和後世文字完全相同，而數目字是有一定的音讀的，然則這幾個不可識的符號，也有一定音讀的可能性，是存在的，有相同的意義，有一定的音讀，又有相同或相似的形體，當然已具備構成文字的條件了。

5.**大汶口**　　2780B. C. ±145 。廟底溝文化。

　　關於大汶口文化遺址的發現和研究，是近些年來大陸考古學界的一件大事，有關本遺址所發現陶文的時代問題，正反兩面，有許多不同的意見，有必要多用點篇幅加以介紹。在本章的開始，曾經引述了一九七八年四月以後，香港部分報章雜誌對唐蘭先生在香港大學作學術講演的報導，唐先生主張中國文字已有六千年歷史，就是根據大汶口遺址發現的陶文，但後來大陸考古學界又提出了不同的意見，下面將就兩面的意見，分別擇要加以引述。

　　唐先生在一九七八年香港匯〔大公報三十周年紀念論文集〕上，發表了一篇專文，題爲「中國有六千多年的文明史——論大汶口文化是少昊文化」，此文的發表，是唐先生在港大講演之後的事，應代表他較新的意見，全文甚長，只能就大意加以引述，不能註明頁次，尙請讀者見原。又唐文對大汶口陶文問題，反覆申論，前後難免重複，節引時爲了避免遺漏，也只好不避複贅，並請讀者諒之。

　　唐先生說：「我國有六千年以上的文明史，我國歷史向來從黃帝開始，但近幾十年中的歷史書，則大都從夏王朝開始，自從大汶口文化及其陶器文字發現以後，我國的古代史需要重新考慮了。（中略）在研究甲骨文字時，發現殷代已經有很多形聲字，在金文裏所保存的象形字，甲骨文裏已多簡化，常常變得近於符號；並且已經有很多錯別字。因此，我認爲它已是形聲文字時期

了。中國文字的發展，應該先經歷過一個意符文字時期，包括象
形文字和象意文字(卽指事和會意)，這是遠古期，而形聲文字是
近古期。形聲文字可能從夏代開始，遠古期就應在夏以前。」又
說：「大汶口文化與其陶器文字的發現，其重要意義，遠在八十
年前安陽甲骨文字之上。大汶口文化在龍山文化之前，比遠在龍
山文化之後的安陽小屯文化要早得多。大汶口文化和仰韶文化、
青蓮崗文化、河姆渡文化等等都是十分古老的文化。直到現在爲
止，我們已經發現的大汶口文化遺址，大約延續到兩千多年，以
山東省大汶口和曲阜、兗州一帶爲中心，偏布於古代黃河的下游
和淮河北岸之間， 其區域約有十幾萬平方公里。 和古代文獻對
照，這個區域曾住着少昊民族，曲阜是少昊之虛，卽少昊國家的
故都，因此，大汶口文化應該是少昊文化。（中略）大汶口文化
與其陶器文字的發現， 使我國古代史上一個關鍵時代， 得到證
實，從而恢復了我國歷史的本來面目，而我國歷史不止四千多年
而是六千多年了；不是夏王朝開始而應該從黃帝時代開始，並且
可以追溯到太昊和炎帝時代。」又說：「尤其重要的是民族文字
的出現，民族文字反映民族語言，是一個民族文化高度發展的標
識。 有些民族已經發展爲很強盛的部落或國家（ 例如漢代的匈
奴），但是還沒有自己的文字，而一個有自己的文字的民族，儘
管已經衰落，卻一定有過一段很光榮的文明史。（中略）最古老
的土生土長的民族文字，總是用圖畫方式來表達的意符文字，他
們看圖識字，很容易用自己的語言讀出字音來。因此這種意符文
字字數儘管不多，但每個文字的意義可以盡量的延伸，而遇到寫
不出字來的語言，就可以假借同音字來表達，在這種情況下，意
符文字實際上就等於音符文字，不過不是拼音罷了。現在已經發
現的大汶口陶器文字， 一共是六個（見本書圖版拾肆）：一個是桼字
（音忽），象花朵形，用紅色顏料寫在灰陶背壺上，出土於大汶
口遺址。另外五個都刻在灰陶缸的口上，其中四個出土於莒縣陵

陽河遺址，一個是斤字，像錛；一個是戉字，像殺人用的大斧；一個是炅字（音熱），上面是太陽，中間有火，下面是五個山峯的山，反映出在烈日下山上起火的情形；還有一個炅字，就是上面這個字的簡體，省去了山形；還有出土於諸城縣前寨的一個陶缸殘片，上面刻的也正是炅字，值得注意的是和莒縣所出的，筆畫結構，完全相同；並且在文字筆畫中塗紅色，這在殷代甲骨文字裏也有過這種現象的。這種文字的發現儘管還不多，但第一，它們和後來商周銅器銘文、甲骨卜辭、以及陶器、玉器、石器等上的文字，是一脈相承的，是我國文字的遠祖，是我國在目前所見到的最早的民族文字。第二，它們已經是很進步的文字，整齊而合規範，有些像後來秦朝所定的小篆、唐朝所定的楷書；並且已經有了簡體，說明不是最初期的剛創造的文字，而是經過整理統一的文字。第三，它們是在廣大地區內已經通用的文字。從這三點，我們可以斷定它們已經是一個比較強大的部落或國家的民族文字。」又說：「大汶口陶器文字的發現，其意義遠在十九世紀末安陽小屯發現的殷代甲骨文之上。這些文字有書寫的，也有刻的。在大汶口墓葬中期的一個灰陶背壺上，用紅色寫了一個 夆字，莒縣和諸城遺址中，在五個灰陶缸的口外，各刻了一個字，其時代總在五千年以上，比殷墟文字要早一千五六百年乃至兩千年左右，這是目前我們所能看到的我國最早的意符文字。但這是已經很進步的文字，不是剛在創造的原始文字了。古代陶器上常常有一些簡單的刻劃，陝西省西安半坡的仰韶文化陶器上就有許多刻劃，我們還不能斷定它究竟是符號還是文字，那是由於看不到它和後世文字的聯繫，但大汶口陶器文字是商周時代文字的遠祖，我們可以一一比較來證明它的一脈相承，是灼然無疑的。臨潼姜寨的仰韶型陶器則有了文字了，但比起大汶口來，就遠不如它的規整，好像是小孩寫的字，我很懷疑它已受了大汶口文化的影響。」又說：「總之，大汶口陶器文字是目前所能見到的我國

最早的意符文字，但我國意符文字的創始時期還遠在其前。大汶
口文化是少昊文化，少昊國家的蚩尤，是和炎帝、黃帝同時的，
這個民族的文化，可能是從太昊時代遺留下來的。少昊國家的極
盛時期，則在少昊摯時代，那已經是黃帝時代之後了。大汶口文
化的陶器文字，約在這個文化的中期而較晚，離今五千多年，卽
相當於少昊摯時或稍在其後。這種文字已經很規矩和整齊，是很
進步的文字。古代文字的發展是很緩慢的，大汶口陶器文字至少
已經有一千多年的歷史。因此，我國意符文字的起源，應在太昊
與炎帝時代。」又說：「我們的結論是：（前略）三、大汶口陶器
文字是目前所能見到的我國最早的意符文字。四、大汶口陶器文
字是我國古代的民族文字，這種文字是在黃河淮河之間首先出現
的。這種文字大約有六七千年。五、文字是文明社會的標尺。在
廣大地區中通行的民族語言，是在統一國家中形成的。（中略）
八、中華民族是由東部的夷族、西部的夏族、南部的苗蠻族等許
多民族融合而成的。總之，中國的文明史，決不是四千多年，最
少也有六千多年。」

　　唐先生此文，並論古代社會制度 ，因非本題範圍，未予引
述，自然也不予置評；關於大汶口陶文問題，雖只有五個字，唐
先生卻據以作下了重要的推論 ， 但因所引陶文 ， 缺乏絕對年代
數據，因之引起大陸考古學界的爭議，〔文物〕一九七八年第四
期，刊載山東省博物館所撰「談談大汶口文化」一文，節引其部
分文字於下：

　　　　（上略）在山東境內和江蘇北部，大汶口文化遺址的分布
　　　　同龍山文化的分布範圍是大體一致的。在大汶口文化的遺
　　　　址上或在其附近，往往都可以見到龍山文化的遺存。如果
　　　　把大汶口文化晚期和龍山文化的陶質器皿的造型與風格相
　　　　比較，就可以較清楚的看出，龍山文化是直接承襲大汶口
　　　　文化而發展起來的一種文化。大汶口文化遺存與龍山文化

　　　　遺存的這種連續性，說明了它們代表着我國古代黃河下游
　　　　同一部族集團的物質文化發展的兩個不同階段。（中略）
　　　　從前面敍述的三個階段十一期文化內涵來看，大汶口文化
　　　　與中原的仰韶文化、太湖地區的原始文化是迥然不同的。
　　　　它有着自己的特點，自己的一套發展序列，是別具特色的
　　　　一種原始文化。（中略）大汶口文化是經歷了一個漫長的
　　　　發展過程的，從碳素測定的數據推算，它前後至少延續了
　　　　兩千年左右。（下略）

　　此文的寫作，約在唐先生在香港大學演講之前，作者沒有見
到唐先生「六千年文明史」一文，自然無法提出評論，但此文對
大汶口遺址的時代和遺存物，作了一個簡明的勾劃，所以酌加引
述，以助了解。〔文物〕一九七八年九月號，刊載邵望平所撰「遠
古文明的火花──陶尊上的文字」一文，對大汶口陶文的時代，
有較明確的認定，茲節引數行於下：

　　　　自從大汶口文化的陶文重新問世以來，考古界議論紛紛，
　　　　新說迭出，這裡，想從陶尊談起，也來討論一下陶文的問
　　　　題。（中略）莒縣陵陽河出土的四件陶尊，在相同部位上
　　　　各刻一個文字。諸城前寨出土的一件，上面所刻的文字，
　　　　與陵陽河刻文中的一個相同。（中略）正是這個字，在兩
　　　　處遺址的三件器物上重複出現，四個刻文中，兩個字無疑
　　　　是斧、鋤的象形字，唐蘭先生釋此二字為戉、斤。那個象
　　　　鋤的一字，與在大汶口遺址採集到的一件鹿角鶴嘴鋤的形
　　　　象，十分相似。另兩個字可能是反映日出的意符字，唐先
　　　　生釋為炅（即「熱」字）及其繁體；于省吾先生釋為「旦」
　　　　及其繁體；我以釋「旦」為是。至於那個被視為繁體的
　　　　字，或許是從「旦」的另一個字吧。（中略）最後，我們
　　　　來討論陶文的年代。一般認為大汶口文化可分三期。早期
　　　　的一件標本 ZK90，經碳─十四測定，並經樹輪校正，年

代爲4494B. C. ±200。這一時期的社會，屬於母系氏族社
會晚期。此後，大汶口文化經歷了中期的發展，進入了晚
期階段。中晚期爲父系氏族社會。晚期的絕對年代未經測
定，估計與中原廟底溝二期文化大致同時。而廟底溝二期
文化的一件標本，測定年代爲 2780B. C. ±145，這也可視
爲大汶口文化晚期中的一個瞬間。莒縣、諸城發現的刻文
陶尊，屬大汶口文化晚期遺存。因此，推測陶文出現的年
代，應在公元前兩千五百年前後。（中略）看來，文明時
代的到來，旣不像有的人認爲的那樣晚，至距今四千年；
也不像有的人宣布的那樣，早在六千多年之前。

　此文作者對大汶口陶文出現的時代，提出了和唐先生不同的
看法，他說出現陶文的幾件標本，都屬晚期，可是也沒有絕對年
代，只是比照廟底溝二期的時代，推定爲 2780B. C. ±145年，唐
文對標本年代，未加分析，所作結論，是攏統的說法，自然不像
邵文所說的較近眞實；現在筆者再引〔考古〕一九七九年第一期
所刊「大汶口文化的社會性質及有關問題的討論綜述」一文的部
分有關文字，再加檢討，此文作者署名「本刊編輯部」，應該是
代表〔考古〕編輯部的共同意見；發表日期又是本年一月，應是
本問題經綜合討論後最新的意見，因此值得予以重視，本文說：

　　（前略）一般的看法，認爲大汶口文化屬於新石器時代晚
　期的遺存，（中略）仍處於氏族制的原始社會。最近唐蘭提
　出了新的看法，他認爲大汶口文化及其陶器文字的發現，
　可以證明它屬於古史傳說上的少昊時代，已建立奴隸制的
　國家，從而把我國文明史提早到六千多年。這個說法發表
　以後，引起了廣泛的注意，彭邦炯、陳國強、和高廣仁等
　提出了相反的意見；下面擬綜述各家的意見，並適當的加
　以評論。㈠年代和分期：大汶口文化的絕對年代，是問題
　討論的關鍵之一。唐文主張，「我國的文明史有六千年左

右」；高文則指出，大汶口文化「從公元前四千五百年以前
開始，經過兩千多年的發展」，他們都是以碳－十四斷代
作為根據的。關於大汶口文化的碳－十四斷代，有下列四
個數據：江蘇邳縣大墩子第三層下層為公元前 3835±105
年，山東濰縣魯家口第五層為公元前1960±95年，山東膠
縣三里河二六七號墓為公元前 1610±105 年。那麼大汶
口文化的年代至少應在公元前 3835-1610 年之間（經樹輪
校正則為公元前 4494-1905 年之間），儘管後兩個數據的
年代偏遲，有無誤差尚待進一步分析，基本上可以肯定大
汶口文化經歷了兩千多年的發展過程。在大量考古工作的
基礎上，（中略）對大汶口文化，大致可歸納為早、中、
晚三期，甚至有的還把前一段稱為青蓮崗文化。（中略）
唐蘭基本論點的論據是：年代依據早期的大墩子，社會性
質則據自中、晚期的大汶口墓葬，而文字又依據晚期的陶
器，把它們統統拿來，作為我國文明史始於六千年前的論
據，未免顯得十分薄弱。（中略）應該指出的是，大汶口
墓地並不等於大汶口文化，它只代表大汶口文化的後期階
段。那末，以大汶口墓地的現象，來概括整個大汶口文
化，並提早到六千年以前，這種立論是難以成立的。（中
略）關於大汶口文化的陶文，是否屬於成熟的文字，以及
出現的意義，有着不同的認識。唐文主張，大汶口文化的
文字是區別野蠻與文明的重要標識，把僅有六個字作為我
國現行文字的遠祖。認為它們反映了很多事實，有的象自
然物體，有的象工具和兵器，有的代表一種語義的意符，
是已經規格化的進步文字。彭文指出，這六個原始文字很
難說是「規格化」了的「成熟的音符文字」，應該還是一
種處在原始階段的象形文字。陳文則認為，這六個類似「
字」的圖案，只能看作是文字的起源和萌芽，是「圖畫文

字」，還不是眞正的文字，更不能用於文獻記錄，自然沒
有到達文明時代。高文提出，所有陶文都刻在同一種陶器
上，是大汶口文化晚期遺物。（中略）這種陶文應是文明
時代到來的信息。這些陶文，究竟是規格化的成熟文字，
還是原始階段的象形文字，自然是可以討論的。不過陶文
發現不多，而字數又寥寥無幾，當然不可能用於文獻記
錄，也不能把它作爲成文史來看待。更重要的是，這種陶
文只見於大汶口文化晚期的陶器上，說明它的出現較遲。
那末，把整個大汶口文化作爲「已經有文字可考的文明的
時代」的論據，就目前來看，是站不住腳的。（下略）

　〔考古〕編輯部此文，對大汶口遺址的各方面，作了一個總
檢討，有許多討論大汶口文化的社會性質的文字，與本文無關，
概從省略，僅引述了有關陶文的各種不同的意見，筆者不嫌辭費，
想就此作一番檢討，並提出一些個人的鄙見，因爲這些檢討，對
於漢字起源問題的討論，所關至鉅，在勢不能不稍費一點筆墨。
首先要談的，是大汶口陶文的時代問題，唐先生去年在香港大學
的演講，主張其時代應在去今五千七八百年之前，只比西安半坡
略晚；筆者當時曾驚喜於這種古老文字資料的發現，因爲這對文
字起源問題的討論，太重要了；筆者也曾將唐先生這種觀點加以
接受，並引用於在臺灣大學文學院紀念沈剛伯先生逝世週年講演
會的講詞中，雖然對於大汶口陶文與西安半坡陶文的時代相去不
遠，而兩種陶文的成熟程度，卻甚爲懸殊一點，不能無疑，但以
爲唐先生的認定，是有碳十四測定的數據作根據的，那麼這種成
熟程度懸殊的現象，只能解釋爲陶器並非記錄文字的器材，其上
出現文字，是偶然的，可能大汶口陶器，偶然寫上了較成熟的文
字，而西安半坡的陶器則否；也可能是兩地文化的發展，有先後
不同所致。但經〔考古〕編輯部此文檢討，知道唐先生的認定，
是沒有將大汶口文化早中晚三期分清，而將出現於晚期的陶文、

與早期的年代混爲一談，現在大汶口陶文的絕對年代，雖仍不可
確知，但既屬大汶口晚期，據推測與廟底溝二期相當，這種認定，
是較客觀而且有碳十四測定的數據作參證的，因此筆者在本節之
首，便據此將大汶口陶文的年代，改定爲 2780B. C. ± 145，這麼
一來，其年代較西安半坡早期的年代，晚了近兩千年，那麼，兩
種陶文成熟程度之懸遠，便絲毫不足爲異了。其次要討論的是大
汶口陶文，究竟是已經規格化了的成熟文字，還是像反對派所說
的圖畫文字？要討論這問題，必須先弄清楚這兩個名詞的語意，
所謂規格化的文字，應指在同一時間，人們對代表同一語言的符
號，有大致相同的寫法；所謂大致相同，因爲文字永遠不會絕對
定型，我們決不能要求有絕對一致的寫法，纔算規格化；那麼，
大汶口陶文中的「昜」字，在不同地區分別出現了三次，雖有繁簡
之殊，但同一個「日」字、「火」字、或「山」字，都有同一的寫
法，這難道不算規格化？至於圖畫文字一詞，其語意原就不十分
明確，最原始的象形文字，像金文中的圖畫文字，一個字就是一
幅畫，但其中一部分，現在已可確認其音義了(詳見〔金文詁林〕附錄)，
難道還不能算文字？假如說「圖畫文字」不是文字，便等於說原
始的「眞人」不是「人」，相信大多數人類學家決不如此解釋的。
現在爲了更徹底的檢討此一問題，筆者願就〔考古〕編輯部一文所
作評述，逐段加以檢討。此文說：「唐文主張把僅有的六個字，
作爲我國文字的遠祖。」又說：「不過陶文發現不多，而字數又寥
寥無幾，當然不可能用於文獻記錄，也不能把它作爲成文史來看
待。」其意蓋謂大汶口陶文的數量太少，不錯，是僅僅六個字，
但這與它們是否文字，有何相干？我們知道，陶器並非記錄文字
的素材，其上出現文字，原是很偶然的，筆者在拙著「中國文字
的原始與演變」一文裏，對此已有論列，將在後面綜論各期陶文
時，再加引述。至於說：「陶文發現不多，而字數又寥寥無幾，
當然不可能用於文獻紀錄，也不能把它當作成文史來看待。」則

更是不思之甚，陶器既非記錄文字的素材，大汶口陶文雖僅六字，但決不能證明大汶口時代的全部文字僅此六字，當時人們記錄文獻，一定是使用竹木簡牘，我們當然不能期望在陶器上讀到像西周金文般的長篇銘辭，遑論成文史，我們只要看小屯陶文僅有八十餘字，而稍晚的殷墟甲骨，字數便已超逾四千，這豈非極好的證明？此文又說：「彭文指出，這六個文字很難說是『規格化』了的『成熟的音符文字』，應該還是一種處在原始階段的象形文字。」規格化問題，前文已加說明；成熟的音符文字一語，則有待澄清，不錯，中國文字的發展，必須等到產生用音符的形聲字，纔算完全成熟，但形聲字的開始應用，據已見的資料言，最早見於小屯陶文，在此以前，象形、指事、會意、假借等方法所造的文字，早已大量使用，我們豈能盡摒諸文字之外？因之，除了時代問題的修正外，筆者對唐先生其餘的主張，是完全贊同的。現在就大汶口陶文所發見的幾個陶文，稍作分析。「㦱」字唐先生定為莘字，雖很近似，但沒有很確切的證據。「㠯」之釋「斤」，「㦰」之釋「戉」，是毫無疑問的。「㬎」、「㫗」兩字隸定為「㬎」和「炅」，而且認為它們是繁簡字的關係，也是完全正確的，但唐先生說「㬎、炅兩字在商代已演化成『旦』。」㊀又說：「一個是㬎字（音熱）」㊀，則是有待商榷的。㬎字是由日、火、山三個象形字所組成的會意字，是毫無疑問的，它的字義極可能和「熱」有關，但無任何證據可以證明其音讀。唐先生也許認為此字從日，有「亦聲」的可能，但這並非必然。至於說㬎字到商代演化成旦字，可能性就更小了，文字發生，象形必較會意為早，不可能先有會意的㬎，然後再變成象形的旦，這很可能是記者的誤記。由於㬎字的出現，可以證明日、火、山三字，在當時早已存在，又是決無疑義的。

_____

㊀ 見一九七八年五月十六日香港〔廣角鏡〕第六八期。
㊁ 見〔大公報在港復刊三十周年紀念論文集〕三一頁四行。

6.城子崖下文化層　絕對年代不明。龍山文化。

　　本期陶文僅兩個，一作「┆」，兩見，與甲骨金文的「一」或「十」相同，另一作「∅」，與甲骨文「羽」字作「∅」或「∅」者相似。因數量過少，難以作深入討論的根據㊂。本遺址絕對年代不同，其時代容或在樂都柳灣之後。

7.樂都柳灣　2505±150—2145±120B. C.，屬馬家窰文化馬廠類型。（本書圖版拾捌）

　　本遺址是一九七四年春發現的，地址在青海省樂都縣。〔考古〕一九七六年六月號載為青海省文物管理處考古隊、中國科學院考古研究所青海隊所撰「青海樂都柳灣原始社會墓地反映出的主要問題」一文，對此遺址的種種有簡單的描述，茲節引其有關文字如下：

　　　　柳灣墓地是黃河上游原始社會晚期迄今已知的規模最大的氏族公共墓地。包括馬家窰文化半山類型、馬廠類型和齊家文化的墓葬。（中略）㊀馬廠類型墓葬彩陶壺上的符號：馬廠類型墓葬出土的陶器不僅數量大，彩陶多，且相當部分彩陶壺上畫有各種符號。這些符號多出現在彩陶壺的下腹部或底部（個別），其它器物則少見，這些符號在半山類型和齊家文化陶器中尚未發現。馬廠類型已收集的符號，達五十餘種之多，其中以「十」、「一」和「卍」最為常見。出土彩陶壺最多的一九七、二一一、五六四三座大墓，這些符號也最多。如「十」這種符號，在墓二一一中出現達五次之多，但相同符號的彩陶壺在器形和紋飾等方面，並沒有甚麼明顯的聯繫。據以上情況分析，這些符號的出現是和彩陶壺大量隨葬有關，很可能是製陶專門化以後，氏族製陶作坊或家庭製陶的一種特殊標記，很可能起了原始的圖象文字的作用。

㊂　詳見本書第一○五頁至一一○頁。。

　　這一段話對這些「符號」的解釋，大致是正確的，說它們是陶工的標記，當然是可能，但也可能是使用人的標記；這批陶器都是隨葬品，其中出現次數最多的，恰巧是數目字的「十」，這個字是「七」，此外還有一、二、三、五等字，這很可能是標明這一組隨葬陶器的序數，而非標明器形或紋飾；這與各期陶文中紀數字出現獨多，是完全同一的原因。這些文字，多不可識，但也有幾個字，是可以和後世文字發生聯繫的，如「☉」是「日」，「〕」是〔說文〕訓受物之器的「匸」，「ᐱ」很可能是〔說文〕訓下基也的「六」，「ᓕ」很可能是「刀」，「井」是「井」，它們是文字，大致是沒問題的。還有如「•」，與金文「丁」字、小篆「♦」字並相近；「｜」字在後世紀數文字裏，通常都當做「十」字，但有時「一」字也會豎寫；「＼」要〔說文〕訓左戾之「𠃌」相近；「／」與〔說文〕訓右戾之「丿」相近；「○」可能也是「日」字；「囗」與甲文「丁」字、小篆「囗」字並相同；「ᐱ」與甲文「入」字全同；這些雖都還不能得到確證，但它們是文字的可能性是存在的。這批文字資料，上距半坡，下距殷商中晚期的幾批陶文，在時間上都有一段距離，而其中少數的幾個可識的字，都可尋求出它們承先啟後、一系相承的線索，這對於我國文字演變史的研究，具有重要的意義，應是毋庸置疑的了。

8.**上海馬橋**　早期約在距今四千年前，中期約當商代中晚期及西
　　周早期，晚期約當春秋戰國時代。

　　據〔考古學報〕一九七八年第一期載僑上海市文物保管委員會一文，題爲「上海馬橋遺址第一、二次發掘」所稱，該遺址發現於一九五九年十二月，有陶文出現之層位爲第五層——早期，及第四層——中期（本書圖版拾玖），茲引該文結語數行：「（前略）㽋把杯底部的二個刻劃陶文，其結構與商代的甲骨文相近，這爲研究商代以前文字發展史增添了資料。（中略）馬橋良渚文化的器物類別和特徵，與浙江嘉興雀幕橋和本市金山縣亭林遺址的良渚

文化層出土遺物，極爲接近。這兩處遺址的碳－十四測定可供參考。雀幕橋年代距今 3940±95 年，亭林距今 3840±95 年。馬橋良渚文化的年代大致距今四千年左右。」全文頗長，但都是零星的出土遺物的位置、形制等的描述，茲不贅引。早期的陶文有五片，第一片作「Ⅹ」，刻劃線條分明，是「五」字。第二片不清晰，細看似有「十」、「㞢」兩字，那就該是「七」和「有」。第三片作「ⅩⅩ」，不知是文字還是紋飾。第四片作「ⅿⅿ」似乎是器物邊緣的紋飾。第五片作「十」是「七」字，能認識的三個字，和甲骨文全同。中期出土的陶文較多，原報告分列兩圖，各自編號，茲依其次序，分別說明。圖版陸(本書圖版十九之三)第一、二片，似乎是「八」，可能是「八」字，但不能確定。第三片只是平行紋飾。第四片作「ヒ」，不可識。第五片作「Ⅲ」，應是「三」字。第六片作「ㄩ」，不可識。第七片作「卅」，不可識。第八片作「⋈」，應是「⋈」字沒有刻全，是「五」字。第九片作「Ⅴ」，可能圖片倒置，那麼便是「入」字。第十片是「三」字。第十一片和第四片相同。第十二片作「ㄑ」，第十三片可能和第九片是同字。第十四片作「屮」，不可識。第十五片作「㞢」，是「生」字。第十六片作「ξ」，疑是「冒」字。第十七、十八片作「ʒ」、「ß」，同是「帚」字。第十九片似是平行的兩橫畫，便應是「二」字。第二十片作「ⅼ」，不可識。第二十一至二十四片，同是「屮」字的繁體。第二十五片作「ʃ」，可能仍是「帚」字。第二十六片作「∿」，不可識。第二十七片作「ㄥ」，不可識。第二十八、二十九、三十，疑是同一個字，但不可識。第三十一、三十二片，和第二十六片是一字。第三十三片作「⌒」，不可識。第三十四片作「ϒ」，不可識。圖版陸下段（本書圖版十九之二）第一片和第二片作「ⵎ」、「◁」，疑是同字，不可識。第三片作「ж」，和甲骨文戌字作「ㅓ」者頗相近，不知是否同字。第四片作「ㅂ」，不可識。第五片作「ⅼ」，不可識。第六

片漫漶不明，也不可識。第七片作「川」，是「三」字。第八片作「从」，和甲骨文「从」字作「狁」者相近。第九片作「〜〜」疑是紋飾。第十片作「光」，不可識。第十一片作「丫」，與「土」字近。第十二、十三片疑是同字，不可識。

9.河南偃師二里頭　1920±115B. C. 二里頭早期。

〔考古〕一九六五年第五期載「河南偃師二里頭遺址發掘簡報」一文內稱：「遺址是一九五七年冬季發現的，一九五九年夏天，徐旭生先生等作過調查，並指出這裏有可能是商湯的都城西亳（徐旭生「一九五九年夏豫西調查夏墟的初步報告」，見〔考古〕一九五九年十一期），因而引起學術界的注意重視。」據原報告記述，出土遺物十分豐富，完整和復原的陶器，共有三百六十多件，小件器物共有七千多件，報告書對陶器種類、質料、花紋、形制，都有詳盡的記述，惟獨對於同樣值得注意的所謂「刻劃符號」，似乎並未付予應有的注意，只簡單的記載如下：「刻劃記號共發現有二十四種，皆屬晚期，其中絕大多數皆刻在大口尊的內口沿上，形狀有丨、丨丨、川、図、ﾑ、↑、井、×、ⱳ、▽、ﻼ、苯、川、禾、∨、円、×、ﾉﾚ、乂、囝、ﾉﾚ、ﾁ、+丨、屮等，這些記號的用意，我們現在還不知道，或許是一種原始的文字，值得我們進一步的探討。」很遺憾的是對於這些耐人尋味的刻文，原報告只是草率的加以摹寫，而未附影本或拓片；而且每一記號出現的次數，也沒有記錄，這使我們想對這些記號作進一步的探討時，更感到難以作確定的解釋。但是僅就該列所摹寫的字形，已經可以確認一部分，其餘一小部分也約略可說，完全不能解釋的約佔半數，現就原次序簡釋於下：第一至第三字，分別是一、二、三，這和甲骨文金文完全相同，也是多批陶文所共有。第四個作図，這和金文俎字作俎的大致相同，只是繁簡有別。第五字作ﾑ，不可識。第六和第十二字，一作↑，一作苯，筆者認為它們是同一個字的可能性相當大，應釋為「个」這個字不見於〔說文〕，但先秦文

獻和現代生活裏都常用它，如〔周禮〕：「一个矢」，〔大學〕：「若有
一个臣」之類，此字本象箭鏃形，〔文物〕一九七五年第七期六十
七頁附圖三所載江西清江吳城出土箭鏃石范，和此處第十二字酷
似，作「↑」的只不過是簡體，是文字化較深的文字。吳城出土陶
文和其他幾期陶文及金文中都分別出現這個字，「一个矢」之「
个」，雖已變爲矢之量辭，仍用其本義，及後衍爲一般量辭，沿
用迄今，〔說文〕偶爾失收而已。第七字不可識。第八與第十七作
「×」，是「五」字。第九、十、十一字不可識。第十三、十四、
十五、十六字都不可識。第十八字作「ノL」，可能是「八」字。第
十九字不可識。第二十字作「囡」，與甲骨文「死」字一作「囚」者
相同，象人在棺槨中之形，應卽「死」字。第二十、二十一字不可
識。第二十二字作「十l」，可能是「七十」兩字的合文。第二十三
字不可識。此批陶文，數目字頗多，爲多期陶文的共同現象；有
象形的俎和个，會意的死，也是文字演變到這階段時所應有。原
報告稱此遺址可能是商湯都城西亳，證以出土其他遺物和宮室地
基遺跡，這說法是大致可信的。

10.**鄭州南關外**　殷商早期。絕對年代不明，約略早於二里崗下層
　　文化，其年代略早於　1620±140B. C.

　　　〔考古學報〕一九七三年第一期載河南省博物館所撰「鄭州
南關外商代遺址的發掘」一文，附陶文拓片八片（本書圖版貳拾），
見該文圖一五第十四─二十一片，現依其原列次序，略加詮釋：
第十四片作「⋉」，應爲⋈之殘泐，當釋「五」。第十五片作
「川」，當釋「三」。第十六片左作「×」，是「五」字；右
作「黹」，與甲骨文「網」字作「⊠」者相近，不知是否卽是「
網」字。第十七片作「∨」，字不可識。其下有兩印痕，與字無
涉。第十八片作「十」，與「五」作「×」，「七」作「十」都頗
相近，不能確認。第十九片作「Ⅶ」，不知是否文字。第二十片
作「米」，是「木」字。第二十一片作「ﾂ」，左角稍有殘肋，

完整的寫法應作「◎」，是「目」字。除第十七、十九兩片外，大半都和甲骨文相同，自是文字無疑。

11.藁城臺西村　1520±160B.C.　殷商中期。

〔文物〕一九七四年第八期五十頁載季云所寫「藁城臺西村商代遺址發現的陶器文字」一文，記述一九七三年偽河北省博物館發掘本遺址，獲得刻有文字的十二片陶片（本書圖版貳拾壹），茲節引該文於下：一九七三年，河北省博物館、文物管理處在藁城臺西村商代遺址的發掘中，獲得了十二片有刻劃文字的陶器殘片。這些陶文的時代，早於殷墟發現的文字遺物，對於研究我國古代文字的發展，有比較重要的意義。（以下個別記述各文字所見器物形制、出土坑位、考釋等從略。）在陶器刻劃符號或文字，在我國起源甚早。眾所週知，西安半坡仰韶文化遺址出土的彩陶器上已有刻劃符號，「可以肯定地說就是中國文字的起源，或者中國原始文字的孑遺」㊀。山東章丘龍山鎮城子崖出土的陶器，杭州良渚和上海市青浦崧澤等地出土的陶器上，也發現了若干刻劃符號。特別是近年在山東莒縣、諸城發現的龍山文化㊁陶器上，有「𢀜」字及有柄石斧形的銘文，已經遠不是簡單的線條形刻劃了。鄭州二里崗出土了一些商代陶文，絕大部分是刻劃在已燒成大口尊的口沿上，這些陶文仍未脫離半坡線條刻劃的形式，有的可以認為是數字，如一、二、三、五、七、九等。鄭州南關外所出大致相同。與臺西陶文相比，臺西所出顯然比鄭州的陶文要大大前進了一步。其次，再以臺西陶文與殷墟出土的較晚

㊀　原文於此下附小注㊄云：郭沫若「古代文字之辯證的發展」，〔考古〕一九七二年第三期。按筆者早於一九六八年底寫成「從幾種史前和有史早期陶文的觀察蠡測中國文字的起源」一文，即已提出此意見，並多方蒐集資料，予以證明。筆者此文發表於一九六九年出版的新加坡〔南洋大學學報〕第三期，後又加以刪節，並加入其他資料，寫成「中國文字的原始與演變」一文，於一九七〇年，送請「中國上古史編輯會」審查，嗣承該會於一九七四年予以發表。

㊁　按即上文所引大汶口文化，應屬廟底溝文化。

的陶器文字作一比較。在過去的殷墟發掘中，共獲得刻有文字的
陶器、陶片八十件。這八十件中有七十件是單字的；除一件出土
於大司空村外，其餘都出土於小屯。殷墟所出陶文，就其內容意
義而言，大體可分爲三類：第一類是和二里崗陶文相似的數字或
符號（中略），第二類表示器物的陳放位置。（中略）第三類是器
物所有者的氏族或人名，與商代單字或幾個字的銅器銘文同例。
（中略）㊵按照上述對殷墟陶文的分類，臺西所出陶文，都屬於
第三類，而沒有第一、二類的例子。（下略）」季文中對臺西陶
文，曾個別加以考釋，爲節篇幅，不引原文，略述其意如下：
一、二兩片都是「止」字，第一片五趾，第二片四趾，與殷代銅
器銘文「止」字全同。第三片「刀」字，象直柄直背翹尖的銅
刀，與本遺址出土的銅刀完全一樣。第四片也是「刀」字，與第
三片相仿。第五片唇上刻有「臣」字，此字也可釋「目」，但季
氏認爲在陶器器唇上的文字，多爲橫書，釋「臣」似更合宜。第
六片作「⌒o」，應爲橫書的「𝑒」，即「巳」字。第七片似爲「
魚」字，作游動之形。第八片刻一四足獸形，上半殘去。第九片
刻有手執盾形，此字一側作「申」，象盾形，是卜辭和銅器銘文
中習見的。第十片刻一「N」形，不能辨識。第十一片應爲「矢」
字。第十二片橫刻一「大」字。季氏所釋，除第六片釋「巳」待
商外，其餘均屬可信，原圖第八、九、十一片均漫漶，但季文言
之鑿鑿，大概是他所見的圖片較清晰之故。這批陶文，時代較小
屯殷墟稍早，文字幾於全同，季氏的說法是正確的，但也有一兩
點是可商榷的。季文說：「半坡仰韶文化遺址出土的彩陶器已有
刻劃符號，可以肯定的說就是中國文字的起源，（中略）特別是
近年在山東莒縣、諸城發現龍山文化陶器上，有『𝄇』字及有柄

㊵　筆者於民國三十四年曾撰「陶文考釋」一篇，見本所殷墟發掘報告〔小屯：
　　陶器〕附錄，對殷墟出土陶文有詳盡的討論，其中重要結論，在筆者所撰
　　「從幾種史前和有史早期陶文的觀察蠡測中國文字的起源」一文中，亦曾引
　　述；本文下文中將略加論列，不擬具引。

石斧形的銘文，已經遠不是簡單的線條形刻劃了。」推季氏之意，似乎是以「線條刻劃」與象形來判斷文字的原始與成熟，這在某些情形下也許是對的，但不能以此為絕對標準，我們知道絕大多數的象形字，其原始形態，與圖畫無異，到後來都變成了抽象的線條，這現象筆者稱之曰「文字化」，文字化正是文字成熟的過程，只有少數純抽象的指事字，如上、下、一、二、三諸字，自始就是抽象的線條，到今天仍無二致，我們殊難以「線條」與「圖象」來分別文字的原始與成熟的。季文又說：「臺西所出顯然比鄭州的陶文要大大的前進了一步。」這種說法，在某種意義上——比如說線條與圖象——和前文犯了同樣的錯誤；在另一方面，季氏也忽略了陶文出現的偶然性，它們決不能代表和它們同時代的全部文字，我們豈可以因為大汶口的陶器上偶然出現了像「𣄼」「戉」一類成熟的文字，而說它比鄭州出土的陶文大大的前進了一步？以偶然發現的個別文字，來比較它們同時代全部文字成熟的程度，是不很合理的。

12.**江西清江吳城** 絕對年代不明，其第一期相當於鄭州二里崗上層，時間為殷商中期，第二期相當於安陽殷墟早、中期；第三期相當於殷商晚期。

　　據〔文物〕一九七五年第七期載僞江西省博物館等機構所撰「江西清江吳城商代遺址發掘簡報」一文，第五十六頁至五十七頁附表一：吳城商代陶文、石刻文字和符號(本書圖版貳拾貳及附表一)，全部計六十六字，該文對此批文字，有簡單說明：「（前略）(4)文字和符號：在陶器和石范上，不少刻有文字和符號。一期有十四件，在器物底部、肩部和器表，共刻有三十九個文字、符號，多者十二字、七字、五字、四字不等，少者一字。它們都是早於殷墟甲骨卜辭文字的一種商代前期文字；二期的陶器和石范上也有刻劃的文字和符號，但較一期為少，且多是單字，刻兩字者二件，計在十六件器物上刻劃了十九個字和符號；三期出土更少，

只在八件器物上刻劃了八個文字和符號㊊。在〔文物〕的同一期上，又載唐蘭先生所撰「關於江西吳城文化遺址與文字的初步探索」一文，對本遺址文化和文字問題，有進一步的論列，為了有助了解，節引於下：

（上略）考古工作者把這遺址區分為三期，第一期相當於二里崗上層文化，時間為商代中期；第二期相當於安陽殷墟文化的早期和中期；第三期約略相當於殷的晚期，可能延續到周初。（中略）根據文獻記載，清江一帶遠在夏以前即四千多年前，就有很高的文化。〔戰國策〕「魏策」記吳起的話：「昔者三苗之居，左彭蠡之波，右有洞庭之水，文山在其南，而衡山在其北，恃此險也，為政不善，而禹放逐之。」〔史記〕「吳起傳」略同。清江縣在彭蠡之西，應該是三苗氏故居的一部分。（中略）看來這個地區的苗族文化，商代還是在發展的。（中略）在記載裏，我國古代東南地區居住的民族有越族，〔竹書紀年〕記周穆王：「三十七年，伐越，大起九師，東至於九江。」九江就在清江以北，那末清江這地方，在商代可能是越族的居住地。（中略）總之，當時的江南地區，既有苗族、越族的文化，又不斷受商周王朝文化的影響，因之，同黃河、淮河流域相比起來，它們的文化有很多的特點。（中略）吳城遺址商代器物中，在三十八件器物上，刻有六十六個文字，（中略）值得注意的是在一期陶器上所刻的文字，大都是不可認識的，（中略）尤其突出的是比較多的兩件，如圖版拾，約有兩行七字，其中右面第二字作 ✍ ，有些象角形，也有些象目形。（中略）至於圖八，左邊一行是「帚田」，卜辭文字常用帚作婦字，右邊一行作「⑪」，⌂ 可能即「且」字，商代常用且來代表祖字。在二

㊊　見〔文物〕一九七五年第七期五六頁。

期遺物中，一件紅陶碗底部的ᐁ形是刀字，這和藁城臺西商代遺址陶器中的刀字有些類似。還有個陶鉢上的「川」字，可能卽「州」字。有一件一期黃釉陶罐的肩部弦紋下，刻了一周文字，似爲「丮止豆木□帝十中」，這些字的意義還不能理解。但和由大汶口陶器文字以來，一直到商周時代的青銅器、玉石器、陶器、甲骨等文字是同一體系，是無可疑的。第二期器物的幾個「十」「ᛉ」字，都該是「戈」字。（中略）在二期中的黃色軟陶片，兩面都刻有「ᗛ」字，在銅器裏有一個簋上有「ᗜ」字（見〔三代吉金文存〕卷六頁四），下半就是這個字，應釋爲「曲」，象用竹或柳條、蒲葦等編成的筐的樣子。有一件瓷刀上刻有「↓」字，這字見於二期的紅色粉砂岩石范，這是一個帶有長柄的尖銳的工具，銅器的簋上也有這個字（見〔三代〕卷六頁四）作「↑」，古人寫字正和倒是很隨便的。↑當是「兪」的原始象形字，且父丁鼎作「ᚭ」，就是兪字，〔說文〕作「兪」，「空中木爲舟也」，↑就是剜木的工具。（中略）還有一個不知是什麼器的石范，刻有「仐 屮」兩字，屮字是卜辭常見的，跟「又」和「有」字通用。（中略）由於大汶口文化陵陽河遺址和前寨遺址中陶器文字的發現，我國商周以前的圖畫文字體系，至少可以推到五千年以前了。但是我國的疆域如此廣潤，民族如此眾多，在古代決不能只有一種民族語言，也不能只有一種文字。一九五七年我寫的「在甲骨金文中所見的一種已經遺失的中國古代文字」，就是根據安陽四盤磨發現的一塊獸骨所刻的兩種文字證明這個事實的，假如：「桼曰隗」，卽：「甲＝乙」，「甲」是已經遺失的民族文字，而「乙」是當時通用的殷商文字。可見這種民族文字在商周之際還是有人認識的。因此，在某些銅器或甲骨中，兩種文字也曾偶然共存。此次吳城

　　遺址中所出的文字材料，其中又有一些跟商周文字截然不
同，尤其是一期遺物中，灰陶缽的七個字和黃陶盂的五個
字，更爲突出，很可能是另一種已經遺失的古文字，到二
期、三期受殷文化的影響比較深後，這種文字就不多見
了。〔左傳〕上說左史倚相能讀三墳五典八索九丘之書，
顯然別人是不能讀的。這裏恐怕不僅僅是一種文字的古今
不同，很可能是有兩種文字，甚至是兩種以上的文字。就
是戰國時期，巴蜀文字跟當時各諸侯國的文字，也不是一
個體系。一直到唐宋以後，我國境內還存在着契丹文、西
夏文、女眞文、蒙古文、藏文、維吾兒文、彝文、納西文
等等。我們應該認識到我國由於歷史悠久，在漢族居住的
廣大地區內，語言文字逐漸趨於統一，但是決不能認爲我
國從古至今，只有這一種語言和文字㊵。

此批陶文計六十六字，在數量上，較小屯殷墟的六十五字還多出
一字，爲歷次陶文中最多者，但不可識的較多，其中一小部分可
識的字，唐先生的解釋大體是正確的，但也有少數一兩個字，似
可作其他解釋，如 ∂ 字並不象目形，以第一個解釋作角爲是；巛
字唐先生釋州，並無確證；✑ 字唐先生釋曲，甚是，按與 𥬇 字爲
一字，𥬇 字小篆作 ㄩ，卽此字之簡體；↓ 與 ↑ 爲一字是不錯的，
但唐先生謂爲俞之古文，則有可商，此字見於多期陶文和金文，
爲矢鏃之象形字，筆者認爲是「个」字，說見前；爲節省篇幅計，
其他不可識的字，便不一一討論了。唐先生說：「此次吳城遺址中
所出的文字材料，其中又有一些跟商周文字截然不同，尤其是一
期遺物中，灰陶缽的七個字和黃陶盂的五個字，更爲突出，很可
能是另一種已經遺失的古文字，到二期、三期受殷文化的影響比
較深後，這種文字就不多見了。」這一段話很明顯的表示吳城第
一期所行用的文字並非漢字，這結論似有可商。大家都知道，文

字在沒有達到約定俗成的階段以前，是非常龐雜而不統一的，甲
骨文中約有三分之一的文字，不復出現於金文；金文中又有一部
不復出現於小篆，這種現象，筆者稱之為文字的淘汰，時代愈早，
這種現象應愈為顯著，文字是大家創造，大家使用，其實各地各
有其地方字，不統一是必然的，其後漸趨約定俗成，一部分過於
龐雜的文字被淘汰了，保留了比較一致的寫法，漢字衍變過程中，
這種現象非常顯著。唐先生說吳城二、三期，因受殷文化的影響
較深，不復出現第一期那類文字，似乎說吳城的苗人或越人，到
了商代，完全摒棄了自己的文字而改用了漢字，這似乎也是不大
可能的，我們知道文字是跟着語言走的，兩個語言系統不同的民
族，實在很難採用同一種文字，何況吳城第三期和第一期，相去
不過三四百年，這種轉變豈不顯得太突然了些？唐先生又舉安陽
四盤磨卜骨上所見的一種特殊文字，認為是一種已經遺失的古文
字，在殷周時還有人認識，此說亦有未妥。這種文字全用紀數字
組成，唐先生說這只是殷周人採用了這種已經遺失的古文字的字
母作紀數字，筆者曾撰文加以辨析，見〔金文詁林〕附錄七九〇
─七九六頁。唐先生又舉契丹文、西夏文、蒙文、藏文等為例，
證明我國至今仍有許多種不同的民族文字，這與吳城文字材料的
討論，是沒有多大關連的，就以西夏文為例，它雖採用了一部分
漢字偏旁和漢字的構字方法，但它卻是獨立的文字，並未同化於
漢字，藏文、蒙文行用至今，也未同化於漢字，何以吳城的苗人
或越人，在三四百年間，便為殷人所同化？因之，筆者寧可相信
當時吳城的居民，其語言文字，和漢民族本就相近，其相異是文字
未達約定俗成以前的現象，其相同則是約定俗成的結果，這批陶
文和前此的各期陶文，及後乎此的甲骨金文，原就是一系相承的。

13.小屯殷墟　　1290±155B.C.　殷商晚期。

這是本所於民國十七年到二十五年之間在河南安陽縣小屯村
殷墟發掘所得，經整理研究後，由李濟先生寫成報告，題名〔中

國考古報告集小屯殷墟器物甲編陶器〕，筆者在民國三十四年曾
爲這批陶文撰寫考釋，列入上述報告集附錄，後來筆者撰寫「從
幾種史前和有史早期陶文的觀察蠡測中國文字的起源」和「中國
文字的原始與演變」兩文時，都曾分別予以擇要引用，因此本文
僅略舉其結論，不擬贅引，敬請讀者參看。本期有字陶片計八十
二片，陶文單字六十二個，大致可分如下數類：㈠數字：標本計
十五件，「一」字一件，「三」字一件，「四」字一件，「五」
字四件，兩「五」並列一件，「七」字七件。㈡位置字：標明「
左」、「右」、「中」位置字的共有八件，所刻都在器蓋上。㈢
象形字共九例，有自然的物象，如魚、龜、犬等，又一種屬神話
性動物，如龍等。㈣人名或方國：如「婦妌」、「戊母」是人名，
「戈」、「戉」、「木」則可能是方國。㈤干支：如「己」、「
乙」、「丁」等。㈥雜例：如「車」、「屮」、「田」、「夆」等。㈦未
詳：一部分紋飾和不可識的字屬之。這期陶文和甲骨文同時，有
一小部分或者稍早一點，可識的字，也和甲骨文全同，可識字的
數量達五十字，其百分比較前此各期陶文都要高，這說明漢字演
進到殷代，約定俗成的程度已經很深，已成爲很成熟的文字了。

14.**城子崖上文化層**　　絕對年代不明，約當西周早期。

　　這遺址是本所於民國十九及二十年間在山東歷城縣龍山鎮城
子崖發掘所得，於民國廿三年編成總報告，即名〔城子崖〕，本
遺址分下、上兩文化層。下層僅兩字，屬龍山文化，說已見前；
下層計十八字，筆者在「中國文字的原始與演變」一文中，有較詳
盡的討論，見本書第一〇五頁至第一一〇頁，請參看，不復贅引。

　　上面列舉了十四種史前和有史早期陶文的資料，比十年前初
寫「蠡測」一文時多出了九種時代不同的地下資料，除了極少數
可能遺漏的以外，可謂大致略備了；但對漢字起源問題的探討，
仍然不能有多大的幫助，我們還是只能根據這些資料作推測，想

要達致確定結論，終究還有一段距離。

在「蠡測」一文中，曾寫下「有關上引四種陶文的幾項問題」一章，提出：㈠年代問題。㈡陶片數量和有字陶片的比例。㈢陶器上刻劃文字習慣的推測。㈣從幾種陶器上所刻文字的意義及其與甲骨文字的比較。㈤字數問題等數項問題⊗，作了許多探索和推測現在增加了許多資料，雖仍不能達致確定的結論，但對以前所作有關某一兩項問題推測的論據，或可稍稍加強，因此，筆者仍願就上述五項問題，繼續作些討論，大部結論，仍同於前，不必重複，加以贅引，小部分稍作補充：

㈠年代問題：十年前初寫「蠡測」一文時，沒有任何 C_{14} 測定的數據作根據，所有的年代都是依據相關資料加以推定，雖然沒有太大的誤差，總不如科學測定的精確，本文所用的絕對年代，都是根據夏鼐所撰「碳十四測定年代和中國史前考古學」一文⊗，已隨文引敍，其中一部份沒有絕對年代的，仍然只能採用推定的辦法，這些都已在上文中敍明，在此不再列舉。

㈡陶片數量和有字陶片的比例：有關此一問題，除了「蠡測」一文列引幾批資料的原報告，對這些數字有較詳細的記載外，新增的九批資料，報告書中對有關數字，大抵都付闕如，因此，在這問題的討論上，未能提供新的論據：謹引「蠡測」一文有關此一問題的結論，以供參考：Ａ．西安半坡：據原報告所列出土陶器完整和可復原的近一、〇〇〇件，陶片計五十萬塊以上，而有字陶片，據原報告說共有標本一一三件，其比例僅為〇‧〇二二六％弱。Ｂ．城子崖：原報告對上下兩層出土陶片，未作分別統計，在該報告四十一頁所載，所研究的陶片，共有二三、五九一片，五十三頁說有記號之陶片計八十八片，其比例為〇‧三七三％弱。Ｃ．河南偃師二里頭：原報告說出土小件器物共有七千多

　⊗　見本書五八一七二頁。
　⊗　見〔考古〕一九七七年第四期。

件，刻劃記號二十四種。陶器以件計，不以片計：每一刻劃記號的出現次數也未見說明，假如每一記號以出現一次計，除以七·〇〇〇，其比例爲〇·三四三％弱。D. 小屯殷墟：出土陶片近廿五萬片，有字陶片計八十二片，其百分比爲〇·〇三二八強。A、D兩種統計比較正確，百分比也很接近，我們假若以此爲各期出土陶片和有字陶片百分比的代表，應與事實相去不遠。這種統計方法雖很粗疏，但可以確定證明一點：卽有字陶片所佔的百分比都極低。這一現象應可作如下解釋：陶器是日常使用的器物，而非書寫文字的素材，也不像殷商的甲骨，爲了特定的占卜目的，有大量刻寫文字的必要，因之，除了陶工和器物的使用者，爲了分辨該器物在同組器物中的序數或位置，或者其他的目的，如使用者或陶工的記名，或者裝飾的目的，有些更是極偶然的於興之所至隨意刻劃一些文字外，原無大量使用文字的必要，這是陶文數量極少的主要原因，當時記錄文字所用的，必是竹木簡牘，而這些都是難耐久藏的。

㈢陶器上刻劃文字習慣的推測：任何一種古代文物，其形制、花紋、款識、銘刻或者使用習慣，往往和在時代上與它相先後的類似文物，有着沿襲遞嬗的關係，這是考古學者們賴以考定文物所屬時代的有力憑藉。陶器旣然在出土的史前及有史早期的文物中，佔着很大百分比，對它們各方面的研究，一向是考古學家所最重視的。本節僅就陶器上使用文字的習慣及意義這一範圍，加以探討。A. 刻劃位置：〔西安半坡〕一九六及一九八頁：「這些符號都是刻劃在飾有寬帶紋或大的垂三角形紋飾的直口缽的外口緣部分。……可能是因爲缽是日常生活和埋葬中大量使用的一種器物，而這個部位又比較顯目。」〔城子崖〕五十三頁：「豆上的記號多刻在盤托旁或盤心，甕上的記號則在口外緣上，盆上的記號則在緣之內部，總之都是惹人注目的地方。」三門峽的一片陶文，就拓片影本看，是在陶缽的口緣上。〔考古通訊〕一

九五五年創刊號二十九頁說蠍子嶺的陶文：「在探集的陶片中，有一塊彩陶缽口部的殘片，在着彩的部分刻了一個很整齊的符號。」上引唐蘭先生「中國有六千年文明史」一文中說：「現在已經發現的大汶口陶器文字，一共是六個，一個是圶字，用紅色顏料寫在灰陶背壺上，另外五個都刻在灰陶缸的口上。」〔考古〕一九七六年第六期三七六頁記樂都柳灣陶文：「相當部分彩陶壺上，畫有各種符號，多出現在彩陶壺的下腹部或底部。」〔考古學報〕一九七八年第一期第一二七及一二八頁所刊圖十九及圖二十上海馬橋的陶父，都刻在圓形器的口緣上⊜。〔二里頭〕二二二頁：「刻劃記號共發現有二十四種，皆屬晚期，其中絕大多數皆刻在大口尊的內口緣上。」〔文物〕一九七四年第八期五十至五十一頁記載藁城台西十二片陶文的刻劃部位：1.肩部。2.內壁。3.器表。4.陶簋唇上。5.腹表。6.內壁。7.器表中部。8.器表中部。9.內壁近口處。10.可能是肩部。11.不明。〔文物〕一九七五年第七期五十六頁記載江吳城陶文：「在陶器和石范上，不少刻有文字和符號，一期有十四件，在器物底部或肩部和器表，共刻有三十九個文字。」〔小屯陶器〕一二四——一二八頁所列表九十三至九十八，對刻劃文字的部位有詳細的記載，不具引，諸讀者覆按。大致說來，刻在近口處者十七見，在唇頭者十六見，在肩部者十見，在純緣者九見，頂部及近頂者八見，這都是最觸目的部位，其他諸例，則各僅一至三十四見不等，都在比較不顯眼的部位。從上舉各期陶文刻劃位置看來，它們一致地都在最觸目的部，或者在最易檢查的部位如底部等，其他的部位則屬少見，這和較它晚出的青銅器上銘文的位置是相同的，它們都是有意義的、有目的的刻劃：也證明了青銅器上的銘辭是沿襲了陶器上刻劃文字的習慣，不過更加以發揚，賦予了新的意義而已。

B. 刻劃文字器物的分類：各期陶器中刻有文字者，種類繁多，

⊜　關於這批陶文的刻劃部位，原報告中未見說明。

各種報告書中，也少有對此作詳細分類的；但就各報告書對有
文字陶器名稱的零星記載，加以分析和綜合，大多數是以大口
尊◎、豆和壺這幾類器物為主，尊是酒器，豆是食肉器，壺是飲
器，都是日用、祭祀和殉葬的常見器物，這對於下文所將討論的
陶文中常見文字的意義，也可得到有力的印證了。

　　㈣各期陶器所刻文字的意義及其與甲骨文、金文的比較：上
述各期陶器上所見文字，除吳城和小屯數量較多，計六十六和六
十五字外，其他自二字以至四十四字不等◎。小屯陶文和甲骨文
有極近的血緣關係，到了幾乎全同的程度，可識的字較多，其他十
餘種，可識的字較少，但可識的字與甲骨文也極為近似，今就陶
文原文甲骨文、金文中的圖畫文字數項，表列於下，以資比勘◎：
（見附表三）

　　從上表中可以看出，紀數字是多期陶文所共有的，而且出現
的次數也很高，這絕非偶然的巧合；紀數字的寫法，和甲骨文完
全一致，它們是紀數字，應毫無疑義。據上文統計◎，它們絕大
部分集中刻在大口尊、豆和壺這幾類器物上，尊是酒器，豆是食
肉器，壺是飲器，都是日用、祭祀和殉葬常用的器物，這些紀數

　㊀　各報告書撰寫人不同，對各類器物難作統一的命名，因此有些稱作「缽」、
　　　「甕」一類名詞的很可能要歸入「大口尊」這一類。

　㊁　樂都柳灣陶文據原報告書表列計五二字，但應除掉同形式的八字，實只有四
　　　四字。

　㊂　筆者前撰「蠡測」一文所列此項對照表中，列有各個陶文「出現次數」一欄，
　　　目的在說明該「符號」出現次數較多，必有意義，決非偶然。但在新增各種
　　　陶文資料中，各報告書撰寫人除樂都柳灣外，很少對各陶文出現次數加以統
　　　計，樂都柳灣陶文的出現次數，也以紀數字為最高，這與「蠡測」所列完全
　　　一致。本表因資料不完全，不得已，只好將重要的「出現次數」一欄刪去，
　　　敬請讀者參看。又筆者近年完成〔金文詁林附錄集釋〕一書，發現金文圖畫
　　　文字中，也有許多和陶文完全相同的，這類金文中的圖畫文字，雖只是見於
　　　殷末周初的器物，但這些字在當時已是古文，其制作的時代，實應較目前所
　　　見最古陶文為更早，它們和陶文有許多相同的文字，從探索中國文字起源這
　　　一角度來看，實深具意義。

　㊃　詳見「蠡測」，本書四三—七三頁。

字，很可能代表該器在相關的一組器物中的序數。其次是位置字如「左」、「右」、「中」，雖非各期都有，但除小屯外，二里頭有疑似的「右」字，樂都柳灣有疑似的「左」字，這極可能是代表該器物在使用時陳列的位置。此外，有一個「↑」字，或作「↑」，見於半坡、二里頭、吳城、小屯、城子崖上文化層各期，第二形和吳城所見矢鏃石范上的鏃形全同，當釋「个」，其本義爲矢鏃，引申爲矢之量詞，再引申爲一般量詞。金文古文中也屢見此字，是族徽，想是專掌製造矢鏃的家族徽識，陶文中此字的意義，雖無上下文可資推勘，想也和金文的用法同其性質。這些文字，有的是可識而意義不明，有的是不可識，但在不同時代的陶文、甲骨文中都有出現，且有少數也見於金文古文，而且形體全同，必有其相同的意義。還有許多陶文完全不可識，大半是人名、地名一類的私名，譬如小屯陶文中的人名或方國之名便屬此類；這些私名，時過境遷，往往便歸淘汰。還有些陶文，可能即爲書寫者所創制，代表特定的涵義，卻未能達到約定俗成，而歸廢棄；文字原也和生物一樣，有新生也有死亡，甲骨金文中有許多不可識的文字，在後世文字中，從未再出現過，正以此故，那麼早一兩千年的陶文，擁有較多不可識的文字，原是極易理解的；何況有那麼多記數字，幾乎每期陶文都有出現，它們和甲骨金文全同，可以證明係屬於完全相同的系統，那麼它們是我國早期較原始的文字，應是毋庸置疑的了。

　　㈤字數問題：上述各期陶文的字數，可識和不可識的合併計算，自兩字以至六十六字不等，數量極少，其原因筆者在前文中已試作解釋。青銅器的形制、花紋和銘刻習慣，有很大的部分是沿襲陶器的，殷代晚期的青銅器，其銘辭字數極少，和與其同時或較早的陶器相似；但到了西周，銅器已開始有了幾百字的長篇銘文出現，這種風氣的轉變，也是可以解釋的。殷代初年雖已有了很成熟的青銅鑄造技術，但有資格使用的顯然只限於少數貴族

階級，到了西周，青銅器使用的普遍性，仍然沒有甚麼改變。為
了技術和原料的限制，終兩周之世，青銅器始終沒有成為人們日
常使用器物的可能；它的身份積漸的變成了所謂「宗廟重器」，
加之周制彌文，於是長篇的歌功頌德的銘辭便出現了，這原是人
們賦予它的新的使命，也和甲骨文一樣，有其特定的目的。這些
特質，是日用器物的陶器所不能、也毋須具備的。因之陶器的銘
刻文字，是少有的，偶然的，到了西周的青銅器，纔有顯著的改
變。至於早期青銅器銘文字數之少，則應是發展初期直接沿襲陶
器銘刻習慣的結果。陶器既是所有老百姓日常使用的器物，自然
沒有大量刻劃文字的必要。即使是甲骨金文，它們都分別有了四
千或三千以上的單字，但受了特定目的的限制，有某些日常生活
中使用的文字，仍然沒有出現的機會，筆者曾說甲骨文必非全部
的殷商文字，這推測應能成立。陶器上刻劃文字的需要，又遠遜
於甲骨金文，陶文字數之少，是必然的。即以小屯陶文為例，與
之同時的甲骨文，可識和不可識併計約有四千四百字，而小屯陶
文卻只有六十五字，祇有甲骨文的一‧四七％強。以此類推，最
早的半坡陶文是二十五字，當時實有文字應在一千七百字左右。
這種說法，雖然純屬機械式的臆測，但有合理的解釋和相關的事
實為根據，並非全憑空想。自然，這裏面還有一些因素都應加以
考慮，諸如各期文化遺址發現的數量，已發現陶片的多少，它在
各文化期中的代表性，刻劃文字習慣的改變等，在在都會影響這
種推測，是不可以作膠柱鼓瑟式的解釋的，不然，城子崖下文化
層只發現兩個陶文，上文化層也只有十八個，豈非該兩期的文
字，反較仰韶期為少？稍具理解的人是不會如此認定的。

四、根據上列幾項觀察蠡測中國文字的起源

　　這是前寫「蠡測」一文文末的一個子題，其中觀點，至今毋

須多作修正，只是增加了若干資料後，論證上可作些補充，因此，筆者仍用此子題，作爲本文結語。在「蠡測」的文末，有如下一段：

> 在中國文字學的研究上，文字的起源是大問題，想解答此一問題，只憑文獻上的材料是不够的；而地下的原始資料，又實在貧乏，因之此一問題的討論，始終停留在完全推測的階段。本文雖然引敍了幾種史前期和有史早期的陶文，以之與甲骨文相對比，作了些分析和比勘的工作，使得這種推測，稍稍有了些事實的根據；但有關的資料仍然太少，論證終嫌薄弱，對此一問題，仍只能作稍近事實的推測，無從獲致確切不移的結論。

現在我們增加了近十批時代早晚不同的地下陶文資料，使得在「蠡測」一文中所稱從半坡陶文到甲骨文一脈相承的聯鎖，更趨緊密，那些資料互相印證之下，也顯得不那麼孤立，這雖然使筆者對十年前所作結論，增加了信心，但對不能達致確切不移的結論一點，和以前仍無二致。在「蠡測」末章中，分別四個小題：A.年代。B.字數。C.中國文字的創造是單元抑多元。D.陶文的六書分析。A.B.兩目，在本文中已隨文論列，不擬贅敍；現在擬就後兩目，利用新增資料稍作補充。先談中國文字的創造是單元抑多元的問題，唐蘭先生在討論大汶口的陶文時，認爲是少昊文化，少昊是東夷，因之，大汶口陶文是夷文，唐先生對它們和漢字的淵源，沒有清楚的論列；但在他討論清江吳城的陶文時，卻肯定的認爲那是苗文或越文，是漢字以外的另一種民族文字，它們受了殷商文化的影響，在吳城第三期中，那些不可識的怪字纔絕跡了，他並舉西夏文等爲例，說明中國之大，是有許多種民族文字存在的。唐先生這種說法，原是正確的，但筆者爲了探討漢字起源問題，引用了這些資料，也引用了唐先生的文章，有些觀念不加澄清，易滋誤解；文字是語言的符號，不同

語言的民族，是無法全盤借用另一種民族文字的，西夏文的創制，雖然借用了部分漢字偏旁和造字方法，但它仍是不同於漢字的另一種民族文字，其他如蒙文、藏文就更不用說了，這些都與漢字起源是多元抑單元的討論無關。至於大汶口陶文和吳城陶文，雖然在地域上和時代上各有不同，但它們各自代表了某一時代、某一地區漢字發展的形式，是無可疑的，何況還有那麼多不同時代的陶文中，有那麼多完全相同的紀數字，再加上若干個別的相同於甲骨、金文的單字，這使筆者對漢字起源是單元的這一信念，益獲增強。其次再談陶文的六書分析，「蠡測」一文中，曾取半坡、城子崖、二里頭、小屯等各期陶文作六書分析，證明各期都有紀數字，在六書中，五、六、七、八、九等紀數字，屬於假借，假借是借用已有的文字，代表無法造出本字的語言，在六書次第中，位居象形、指事、會意之後，半坡時代已有屬於假借的紀數字，這證明在那以前，漢字應已經歷了相當長的一段發展歷程，在新獲得的陶文資料中，除了極少數的例外，幾乎各期都有紀數字，這更加強了以前的論點。關於各期的紀數字，前文已分別列舉，不再引敍；下面將就各期陶文中選若干屬於象形、會意的字，略加說明：姜寨陶文中的「⼋」，筆者認爲是「嶽」，字應屬會意；三門峽陶文的「⼷」，是「𠂤」字，屬象形；大汶口的「𤲬」，是會意，「戉」、「斤」是象形；柳灣的「日」、「刀」都是象形；馬橋的「⼡」，筆者在前文中，認爲是「屮」的繁體，但也可釋爲〔說文〕訓「艸蔡也」的「丰」字，是象形，「帝」字也是象形；鄭州南關外的「木」「目」都是象形；藁城台西的「止」、「大」都是象形，「⼝」如釋爲「目」，是象形，釋爲「臣」則是會意；吳城陶文不可識的較多，但少數可識的字，也都和後世文字一樣，合乎六書條例，如「帝」、「且」、「網」、「个」、「刀」、「曲」，都是象形字；這些字的意義，在前文中，已加解釋，所以不避重複，只是在說明一點，在上下幾千

年，東西南北相去數千里之間，發現許多文字資料，和後世分析成熟了的漢字所得的六書條例，完全吻合，此一事實，絕非偶然，要說那些資料，只是符號而非文字，或是文字而與漢字非同一系統，此一事實便無法解釋。據上所論，對漢字起源問題，雖因限於資料，不能作確切的結論，但對漢字發生的歷史，可以上溯兩千餘年，對漢字起源的推測，也可以有些事實根據了。

五、後記

近三十年大陸考古田野工作所發現的有字陶片，散見於各種發掘報告或研究論文者，除極少數篇章外，大抵略備於斯，各項報告及研究論文，因首需對各種資料詳加敍述，行文大抵冗長，且載有此項報告及論文之書刊，流傳不廣，本文爲省讀者翻檢之勞，不避冗贅，對各種資料之蒐集敍述，力求詳盡，所費篇幅，不覺過多，讀者諒之。又「蠡測」一文中，對半坡、城子崖、二里頭、小屯陶文，均附有圖片，「中國文字的原始與演變」一文，也曾加以引用，本文不予重列，僅將新增資料，列爲附圖，用便省覽。本文寫就付印後，又承周法高先生見示一九七九年第二期〔文物資料叢刊〕新發表江西清江吳城第四次挖掘所出陶文及石刻文字資料一批，增列爲本書圖版貳拾參之二及附表二，新發現的文字頗多，並已列入陶文、甲文、金文古文對照表中，謹此向周先生誌謝。

原載中研院史語所集刊第50本第 3 分，1979年

從金文中的圖畫文字看漢字文字化過程

　　懂得用圖畫代表語言，在初民生活中，發展得雖不是很早，但這是人類天賦的智慧，也是世界各種古文字共同的起點。據了解，假如我們持中國文字學上六書說的標準，去觀察各種古文字發生和演變的過程，在初步是大致相同的㊀，後來因為語言的差異，多數的多音節語言，走上了拼音文字的道路；唯獨漢語，因為是單音節的，發展到注音的形聲字，便可算完全成熟，它可以因應創造一切新字的需要，因此，漢字便和其他的拼音文字，形成了兩個完全不同的系統，這多數是一邊表義、一邊表音的文字，便成了漢字最大的特色。現代的漢字，雖然其絕大部分㊁是形聲字，但仍然保留了少部分的象形、指事、會意、和假借字，不過由于幾千年演變的結果，完全喪失了它的圖畫性，我們所能看到的，只是些抽象的線條，我們很難從現代的漢字中，清楚的看出它們表義的所以然，所幸，我們可以追源溯本的從古代的圖畫文字中，發見它們演變的軌跡。現存數量最多、時代最古的漢字，應數甲骨文，但甲骨文已是完全成熟的文字，在它之前，必然已經歷了漫長演變的過程，我們很難在甲骨文中發見最原始的圖畫文字；但和甲骨文同時或稍晚的金文中，為了某些特定的目

㊀　見〔學術季刊〕第二卷第四期，董同龢「文字的演進與『六書』」。民國四十三年六月三十一日。

㊁　根據鄭樵「六書略」的統計，宋代的形聲字，已超過九十％。

的 —— 絕大多數是族徽的記載，卻保留了不少最原始的圖畫文字。我們將這些圖畫文字，和後世的同一個文字作比較，不難窺見漢字演變的過程，這種從原始的圖畫文字到現代漢字的演變過程，筆者稱之爲「文字化」過程。衍化的過程，歸納起來，約可分爲如下數端：

一、抽象化

這是除了少數幾個純抽象的指事字如一、二、三、上、下等外，所有漢字衍變必經的過程，文字既是源於圖畫，原始的圖畫都是具象的，後來用圖畫代表語言，使用的次數加多，便不能要求每一幅「文字畫」都畫得維妙維肖，往往有意的因陋就簡，苟趨約易，原來是肥筆的，往往改爲雙勾，又改爲單線條；原來是隨體詰屈的，漸漸改爲圓轉曲折，又改爲方崤平直；原來是隨象賦形的，漸漸的改爲左右對稱，終歸於結體方正；經過如此衍化的結果，原本是視而可識的象形字，都變成現代漢字所賴以表現的抽象線條了。〔說文解字〕將漢字分爲依類象形的文，和形聲相益的字兩大類，「文」都是獨體的，都是具體的象形，是所有漢字的字根，由文組合成「字」，所有的漢字，都是由具體的圖畫組成的，到現代的漢字，都變成了抽象的線條，因之，抽象化便成爲所有漢字衍化必經的過程，其例不勝枚舉，筆者謹擇若干金文中圖畫文字，說明它們嬗變爲現代漢字的過程，以見一斑。

1.𢦏父辛𣪘 高田忠周說：「按先哲皆釋子字，云『子執戈形』，然今依卜辭，此係伐字無疑。……字亦作執二戈，或執干與戈，又或作執一刀，執二刀，刀戈同意，亦伐字也。」見〔古籀篇〕三十二第三十三頁。按高田氏此說，似有可商。伐字〔說文〕訓擊，象以戈擊人，戈又加於人頸，其誼始顯，而主動執戈之人，反屬次要可省（說見下），這個字只象一個人拿着戈、從

「大」，象正面的人形；古文字偏旁中，正面的人，也可以變成側面，便成了金文中的 𢦏殳 字，那麼這字以釋 𢦏 為是，在金文階段，𢦏字的圖畫性還很強，到了小篆 𢦏字寫成 𢦏，右側已不大看得出是象人形，楷書寫作「𢦏」，便成為純抽象化的線條了。

　　2.𢦏且丙觚　馬敍倫說：「倫按：舊釋子執戈形，倫謂右執戈而左執盾，●即盾之初文也。父辛爵之 𢦏 與此同。倫疑〔說文〕戩即此之譌變，彼訓為盾，〔方言〕：『盾、自關而東或謂之瞂，或謂之干』，干為戩之借字，戩音匣紐，瞂音奉紐……蓋盾由瞂而轉為戩，然盾之為文，可以象形，今之盾字，從乩持目，目非耳目字，即盾之初文也。蓋由盾之初文，與目形近，故增乩以別之；亦或盾字本是圖語，則此亦非盾之轉注字，而造於盾字之後，增戈益於盾之本義無涉，且盾是自蔽之器，戈為擊人之具，何以訓盾之戩，轉從戈瞂？若造於盾字之前，則其為圖語更明，〔山海經〕羿與鑿齒戰於壽華之野，羿持弓矢，鑿齒持盾戟，戈戟古實一器，此蓋持盾戟為戰士之圖語。」（見〔金器刻詞研究〕三十六頁「父乙觶」）按此字左執戈、右執干（相反者也是同字），畫意宛然，這字後來演變的結果，省去了人形，僅存干戈形，這是簡化，干盾本是一物，於是成為楷書的瞂，小篆作瞂，變成了形聲字，從這一個例子裏，已經看到了抽象化、簡化和聲化的過程。按〔說文〕：「瞂、盾也，从盾，戈聲。」〔詩〕「秦風」：「蒙伐有苑」，毛曰：「伐、中干也。」毛氏是讀伐為瞂；〔方言〕：「自關而東謂之瞂，或謂之干，關西謂之盾。」〔玉篇〕：「瞂又作戩，通作伐。」甲骨文有 𢦏 字，乙五七九八辭云：「癸酉卜，殼貞，雀于翌日戊瞂。」乙八一四四：「癸酉卜，殼貞，雀惠唯今日瞂。」這兩辭都讀瞂為伐，伐是祭名。從上舉甲骨，金文的例子，這字抽象化的結果，應以瞂為正字，後來又變成了形聲字的瞂和戩，字義也縮小了；戩字更是從「干」的譌變，干、盾古是一器的異名。

3.䟡瓿文　這字象一隻手拿着戈殺一個人，手代表主動的人，在早期必然是畫一個完整的人，拿着一柄戈，砍在另一個人的頭上，藉以表示殺伐的意思，後來省去主動的人形，保留一隻手作代表，後來連這隻手也省了，便成了楷書的「伐」字，這個例子裏，透露了抽象化和簡化的痕跡。

4.䫂鼎文　此字象人頰上須髯之形，甲骨文也有這個字，作䫂〔撫續〕一九〇所從都是正面的人形，變成側面，便成了䫂諫季諲，小篆寫成㜈，須髯之形和象頭部的頁字，分立對稱，這是為了配合後起形聲字的結構而形成的，這種現象，我們稱之為「類化」，或者也可稱之為「規格化」，有許多原是獨體的象形字──「須」字即其一例，和連體的會意字──上舉「䫂」字即其一例，後來都變成了分立對稱的結構，以配合後起的、佔絕大多數的形聲字，這也是漢字文字化過程中一種很明顯的現象，筆者不想為此另立一目，謹在此提出略加討論。

5.䫂父乙盤　父乙盤這字舊釋子荷貝形，不打算一一引述，郭沫若氏在〔甲骨文字研究〕「釋朋」中說：「殷彝文中有以玨朋為頸飾之圖形文字……按此即象人着頸飾之形，當為倗之初字」。原文很長，不具引。郭氏說古代貝朋由頸飾化為貨幣，當在殷周之際，說法很有道理，但沒有說明嬰倗兩字之關係，筆者在〔甲骨文字集釋〕中，曾作如下解釋：「玉二系相合為玨，則貝二系相合當為賏，作朋者，假借字也。朋字許書以為鳳之古文，假為朋黨字，其義與貝玉無涉，許書六下貝部：『賏、頸飾也；從二貝。』烏莖切此當為其引申義，其本義當謂二貝相合為一賏也。貝二系相合，繞之於頸，則為頸飾矣。又十二下女部：『嬰、繞也（各本作「頸飾也」，段氏據〔文選〕李注數引〔說文〕均作「繞也」改此下說解），從女、賏，賏、貝（各本作「其」，〔韻會〕八庚引作「貝」）連也。頸飾。』（「頸飾」二字各本無按段注移此）此象女子繫賏為頸飾之形，訓繞，其引申義也。此下說解當如各本作『嬰，頸飾也，從女、賏，賏、貝連

也。一曰：繞也。』（增「一曰繞也」四字，明其引申義）金文有所謂子
荷貝形之文，前人不識，此實卽許書之嬰，象人着頸飾之形，古
文从大从女無別也。所从之◆，卽賏字，亦卽⊗（前、五、十）字，
嬰與許書之佣，當出一源，甚或卽爲同字，許書八上人部：『佣、
輔也，从人，朋聲，讀若陪位。』金文作◆、◆、◆、◆，以爲
佣友字，上引子荷貝形諸文，與此諸佣字，並象人頸飾貝若玉二
系之形，其始當爲同字，許書訓輔，當亦爲珏、賏之義所引申。
至經典朋貝字均作朋者，徐灝〔說文段注箋〕賏下云：『貝、鐘
鼎文作◆，小篆變爲貝，重之爲賏，貝之古文亦作◆，重之爲
◆，隸變作朋，遂截然爲二字，音義各殊，不知其異派同源也。
人部佣、輔也，讀若陪位，〔漢書〕「王尊傳」：「羣盜佣宗
等」。蘇林曰：「佣音朋」。晉灼曰：「音倍」。蓋朋由貝變，
故佣有倍音，朋之聲轉爲陪，其清聲如崩，故〔左氏〕僖九年
傳：「齊隰朋」。〔史記〕「齊世家」徐廣注：「朋或作崩」。又
〔易〕「復卦」：「朋來」，漢書「五行志」下引京房〔易傳〕作「
崩來」，因之又聲轉爲嬰也。凡從賏之字，有相比對義，如譻爲
相應答之聲，甖爲一儋兩甖是也。』徐氏說賏朋二字形音混淆變
易之迹，殊爲審諦，王氏（筆者按：〔集釋〕另引王國維氏「說珏朋」一文）
謂古珏字當與◆同讀，其音如服，竊謂讀與服同者，當亦賏之古
音，王謂珏朋古爲一字，實當謂珏賏古爲一字，朋貝之朋，則賏
之假借字，假借字專行，而賏遂爲頸飾之專字矣。」筆者當年說
朋貝之朋，是賏的假借字，說得還不夠透徹，其實「朋」這個
字，實在是一個來歷不明的字，許愼認爲是鳳字古文，顯然不
確，徐灝纔算將這字的來龍去脈理清楚，我們實在應該說「朋是
賏字經抽象化後形體譌變而成」，纔合乎實事。筆者後來在〔金
文詁林〕附錄中，對此又作了點補充：「字象人頸着賏，其初殆
爲頸飾之專字，當此之時，朋貝原無確數，〔田野考古報告〕
第一期有郭寶鈞之「濬縣古殘墓之清理」一文，內附圖版，有

朋貝圖一幀，凡廿六枚，分爲二系，系各十三枚，出土時排列整齊，是朋貝無疑，其數與傳注舊說不符，蓋朋貝原爲頸飾，長短各隨所宜，定數之說，當自成爲貨幣之日始也。朋貝之字，本當作賏，徐灝〔段注箋〕說賏朋二字形音遞變之迹，極是。朋貝之字，經典通作朋，沿譌已久，賏字遂專頸飾一義。此從賏從大，至小篆演爲『嬰』字，猶存頸飾一訓，古文從大從女得通也。其字有不從大而從人者（或亦从「企」，與从「人」同），至小篆則演爲『倗』字，訓輔，亦頸飾之義所引申。金文多以爲朋友字，乃假借義；許氏以鳳之古文爲朋友字，乃緣[illegible]（鳳之古文）[illegible]（金文倗之一體）形近而譌。蓋朋友本無正字，借鳳借倗，均無不可也。重貝爲賏，易之以玉則爲玨，玨之古讀，據王國維『說玨朋』一文，及馬氏所考，可讀班、讀服、讀備，與朋皆一音之轉也。……要之，賏、嬰、玨、倗系出同源，其後乃各衍爲專字，玨則玉二系之專字，與賏有密切之關係，予於拙編〔甲骨文字集釋〕卷一玨下、卷四朋下、卷八倗下，分別有說，請參看。」我們作了上述引述，可以看出這個「嬰」字，經過抽象化後，譌變、孳乳的歷程，對於許多古文字的變化，也可舉一反三了。

6. [illegible]父乙鼎　清代金文學家，將這字說成「橫戊刑子」，說字意雖是，但沒有說明究是何字。馬敍倫氏〔刻詞〕二十三頁殺人爵說成「殺人」，也不錯，同樣的也沒有釋字。高鴻縉氏〔字例〕二篇三一三頁引甲骨文[illegible]字，說和這字都該釋[illegible]，字是有了解釋，但在字形上也找不到聯繫。筆者在〔金文附錄〕一四八頁說：「此字从戉，从大無首，乃一刑人之象意文字。諸家說字意皆是，然究當於今之何字，則未說明；惟高氏舉契[illegible]字爲言，謂同爲[illegible]字，說字意甚是，然苦於字形無徵。竊疑或爲馘之最古圖畫文字。〔說文〕訓聝爲軍戰斷耳，古文作馘，軍戰固當有斷耳之事，然斷首則意尤顯白，契文作[illegible]，从目以代首，正許書之馘，从戉與从戈得通，从大無首，與馘字戈上縣首同意。至契文[illegible]

字，當亦由金文此字所孳乳，然已與馘衍爲二字。」金文這字，
代表一幅最顯白的圖畫，經過抽象化，便發現有難以表現之苦，
因爲「大」字最早作「👤」，原是一個完整的正面人形，經抽象
化作「大」、作「大」，頭形便已消失，那麼「👤」這幅原要強
調「大無頭」的圖畫，便很難再用抽象化去表示了。於是只得用
一個孤立的頭形，去代表被斬之首，這雖不如原圖顯白，但仍可
達意。古文中以「目」代「首」，是慣例，「�」是「㝵」之譌
變，象戈上垂纓之形，於是組成了契文的㦴字，這是古文字抽象
化、規格化的又一個例子。

　　7. 𤔲父辛鼎　高田忠周〔古籀篇〕九十三第三十三頁釋爲「解」，
筆者在〔金文附錄〕四八四頁說：「字从一豕仰臥，一手執刀，
擬於豕腹，高田氏釋『解』，說有可商，契文有🐂字，象兩手解
牛角之形，與今文解字正同，第今隸手形譌爲从刀耳。考屠豕之
事，皆刲刃於喉，必不刲刃於豕腹，則此字之意，亦非屠豕，竊
謂此豕字古文也。〔說文〕豕下云：『豕絆足行豕豕，从豕繫二
足。』此非古義，契文豕字作𤘣，未見絆足之象。考卜辭於牲之
毛色、性別、年歲，卜之恆至詳盡，凡用豕之辭，有𤘣、𤘣，此
卜其牝牡也；有𤘣，則凡豕皆可，不拘其牝牡、毛色、年歲也；
有𤘣，前人未之詳考，衡以他辭，則此𤘣字之義，必與𤘣、𤘣、
𤘣有別，然則於豕之牝牡、毛色、年歲數者，果何居乎？考契文
家字作『𤣩』，从宀，𤘣聲，亦作𤣩，則許書所謂豭省聲者也。
𤘣字豕兩足之間，別着一斜畫，卽所以象豕陰，乃許書『㒸』之
古文，豭則後起形聲字也。𤘣字於豕兩足之間，着一小直畫，卽
金文此字刀形之遺，然後知『豕』者，豕去陰之專字也。降至小
篆，刀形之遺，不能別出而獨立，遂斜置於豕足之間，許君乃有
『豕絆足』望文之訓耳。古人於家畜之牝牡驪黃，多制專字，此
蓋畜牧時代文字之遺；又凡畜牧之事，肉用之牲，恆割去其生殖
機能，使之易於肥碩，凡牲之去陰者，亦各有專字，犬曰猗，牛曰

犓，馬曰騬，亦曰騸，羊曰羠，豕曰豶，此均見於〔說文〕，皆後
起形聲字，所以適應後世語言衍變者。不知豕實豖去陰之原始會
意字，徒以隸形譌變，又有形聲之豶，而豕之誼古，遂沈薶千古
矣。又考从豖得聲之字，殺訓椎毇物，敊訓擊，椓亦訓擊，〔書〕
『呂刑』曰：『爰始淫爲劓刵椓黥。』注：『椓陰。』卽宮刑也。
字又孳乳爲劅，〔說文〕：『劅、去陰之刑也，从攴，蜀聲。〔
周書〕曰：刖劓劅黥。』今本〔周書〕作：『劓刵椓黥』，許見
本異耳。訓擊乃去陰義之引申，今本『呂刑』之『椓』，許書之
『劅』，則仍『豖』之本義也。金文从又執刀，擬又豕腹，正
豖去陰之象意字也。」筆者在農村生長，幼年時所見家畜去陰過
程，仍和這個圖畫文字相同。由金文此字，變成甲骨文的 ，肥
筆的豕，變成了雙勾，刀形的圖畫，變成了一小直畫，抽象化的
痕跡，是很顯著的。小篆豕字寫成 ，甲骨文所表現的依稀彷彿
的象形，也不可見了；直到今隸的「豕」，則已成爲一堆純抽象
的線條組合。甲骨文以下的「豕」字，拿刀的手都消失了，這又
是常見的簡化現象。

　　我們隨意舉了幾個例，已費去了不少篇幅；這些例證，在金
文圖畫文字中，可說俯拾皆是的。從上古的圖畫文字，到現代的
漢字，其衍變完全遵循了這種過程，讀者諸君舉一反三，也就不
必多所詞費了。

二、簡化

　　這是漢字文字化的另一主流，其頻率僅次於上述的抽象化。
文字既然是源於圖畫，早期圖畫求其酷肖，往往不避煩瑣，上古
的圖畫文字，直接沿襲了這種特徵，這是治古文字學的人，所共
認的。後來使用日久，圖畫性日漸喪失，文字的符號性日益加
強，這是抽象化的自然結果。文字既然成爲人們日常生活的工

具，人們對工具自然要求便於使用，於是刪繁就簡，苟趨約易，
簡化的趨勢，便自然形成，在甲骨、金文的字書中，這種例證，
也幾於觸目皆是，在前文所舉例證中，已隨文討論到一些簡化的
現象，本節將提出幾個較顯著的例子，作爲說明。所謂簡化，包
括偏旁的減少、和筆畫的減少，在古文字中，前者較爲明顯，因
爲古文字於圖畫爲近，圖畫是無从計算筆畫的，文字抽象化的結
果，从具象的圖畫，變爲抽象的線條，也纔漸漸的可以計算筆
畫，大致說來，小篆已可開始計算筆畫了，從這以下的隸書、楷
書，纔有減少筆畫的簡化，通常仍以將筆畫繁複的偏旁，代以簡
易的偏旁爲多，這與古文字中偏旁增損，仍屬同一性質，下面筆
者所選的例字，仍限於甲骨、金文，隸、楷以下的簡體字，材料
太多，而且和本文主題相去較遠，便略而不論了。

　　1. 🦩毛弔盤　這字在金文銘詞中出現的次數極多，銘文多爲「
以匄🦩壽」。與後世文獻中：「以介眉壽」相當，各家對此字，
有許多不同的說解，詳見周法高編〔金文詁林〕第四卷二一四三
至二二〇八頁，過於繁冗，不想加以引述；多數的意見，都將
它當作「眉」字解，〔金文詁林〕和〔金文編〕一樣，都將它收
入第四卷眉字條下。筆者在尙未完成的〔金文詁林讀後記〕中，
對此字的解釋，也曾略貢鄙見，現擇要引述如下：「本書眉釁並
列，一仍容氏〔金文編〕之舊，似有可商。蓋『釁』實爲『沬』之
本字，其後孳衍，本字形變爲『釁』，其音義猶與沬字相關；本誼
則爲後起形聲之『沬』所取代，余曩撰『釋釁與沬』一文，言之
頗詳，本書已有節引，茲不贅論。『眉』則爲象形字，其音讀偶
與『沬』近，在假借誼中逐多通用，非本爲一字也。……蓋金文
釁壽之釁，實沬之本字，音假爲美，與眉壽、微壽、糜壽相同，
其字初無塗血之義，秦漢之際，形變爲釁，逐以爲血祭專字，
此文字因語言而孳衍之通例也。」這段話說明「釁」字的初形朔
誼，和以後孳乳假借的情形，並非本節引述的主旨，但要說明一

個字的簡化過程，必須先確定這個字的初形朔誼，然後纔能將此
字的初形和最後簡化的形體，加以比較。「釁」字既被確認是「
沫」字的初文，我們便可分兩個階段，看它的簡化：第一個階段
是兩周，爲了印刷技術上的理由，筆者不打算將兩周時期「釁」
字的各種異體，一一加以列舉，讀者諸君不妨翻檢〔金文詁林〕
卷四第二一四四至二一五〇頁所引此字的文獻，便可一目了然的
發現它們簡化的痕跡，現僅略舉幾個形體，以供參考：⿰ 毛弔盤
⿰國差繪⿰商叔簋⿰畢鮮簋⿰郰去魯鼎⿰伯梁其⿰買簋。第二階段是兩
周以後此字的變化，「釁」字在晚周以至秦漢，變成了「釁」字，
爲血祭的專字，但有些文獻中，「釁」仍保有它洗面的本義。再
由「釁」字衍變爲「釁」、「釁」等字，雖然是文字的孳乳，但
仍是由「釁」字簡化而成。至於「釁」字的本音本義，則簡化爲
〔尚書〕的「頮」，和〔說文〕「沫」字的古文「湏」，變成「
沫」，應屬下節聲化的範圍了。

　　2. ⿰ 父巳鬲　柯昌濟在〔韡華〕三〇頁女招鼎下說：「字从
子戴口中張齒形，卜辭有⿰字，其文又云：『⿰面』、『⿰⿰』，
與此字上形正同。」筆者在〔金文附錄〕一五八頁說：「此从齒
从大，柯氏之說近之。古人制字，於人之官能，卽以其器官表
之，目主於視，故於人上着目作⿰，卽『見』字，望必舉首，舉
首則目豎，故望字作⿰，耳主於聽，故於人上着大耳作⿰，卽『
聖』之古文，又作⿰，卽『聞』之古文，準此論之，齒主於齧，
疑此卽齧若齛之古文，惟未能遽定耳。」當時筆者懷疑這是齧字
或齛字，但齧或齛都是形聲字，和⿰字找不到聯繫，不像見、
望、聖、聞諸字那麼線索分明，因此頗疑⿰卽甲骨文⿰字，後者
卽前者的簡化，篆文作齒，从⿰，卽⿰字，另加「止」作聲符，
則屬聲化範圍了。

　　3. ⿰篆文　容庚〔金文編〕七卷旅下，首收此字，解釋說：
「象聚眾人於旃下之形。」這說法很正確。軍旅行動，必定用旃

指揮進退，這是造字本意。這字還是一幅相當生動的圖畫；後來
變成 🔲 且辛爵 🔲 作父戊簋甲骨文作 🔲，都大大的簡化了。

4.🔲 父乙卣　　這是一幅細緻生動的虎的圖畫，也是原始的虎
字。後來變成 🔲 毛公鼎 🔲 師袁簋和甲骨文的 🔲，簡化之迹非常明顯。
至於小篆變成 🔲，看起來像是从虎从人，這又是受了形聲字的影
響，所產生的規格化的現象。

三、繁化

上節說到簡化是漢字演變的主流，但在文字演變過程之中，
和簡化相反的繁化，卻也同時存在。但因文字源於圖畫，圖畫又
多繁複，因之漢字在先天上以繁體居多，簡單的圖畫文字，實居
極少數，所以繁化的現象，比較不顯著。不過假如我們細心觀
察，仍能發現不算少的例證，而且由於這種例證的探討，給予我
們相當重要的啟示，那便是文字過簡，不便於學習和記憶，因此
予以適度的增繁，這和簡化的現象，看似背道而馳，而實際上簡
化和繁化，都是爲了使得文字容易學習和記憶，用不同的手段，
達成同一的目的，它們實是相輔相成的，其結果造成漢字的整齊
畫一，目前按筆畫排列的字典中，過簡與過繁的字，總居少數，
而以中庸之道十畫上下的字居多，這便是簡化和繁化交相運用的
結果。繁化的例證，在金文圖畫文字中較少發現，〔說文〕中保
存得較多，如「𠂢」字訓水小流，後來變成了「㕡」和「𠂤」，
「巜」訓水流澮澮也，這字實際上變成了後來的「澮」字，雖然
〔說文〕以「澮」爲水名，但〔周禮〕講澮字就是用「澮」可證。
「丨」字〔說文〕訓「下上通也，引而上行讀若囟，引而下行讀
若退。」一個字有三個音讀，也有三個意義，但都沒有繁化的迹
象，似乎不應在此提出討論，但筆者卻有不同的看法，此字之所
以沒有繁化，是因爲這字到後世實際上已經死亡，在後世文獻

中，似乎沒有發現這幾種音義的用法，此字「古本切」一讀，很可能卽是「引」字，那麼仍是屬於繁化的例證了。「凵」字〔說文〕訓「張口也」，徐灝〔說文段注箋〕說：「口上爲谷，口下爲函，凵蓋古函字。」這說法大致是能成立的，那麼簡體的凵字，雖然沒有繁體的本字，卻用了一個繁體的假借字（函是另有本義的），這自然是繁化的一例。「丂」字〔說文〕訓「气欲舒出，勹上礙於一也」，這說法是不足信的，此字甲骨文作「勹」，乃柯之本字，象枝柯之形，「柯」是「丂」的繁體。「丨」字〔說文〕訓「有所絕止，丨而識之也。」桂馥、王筠都認爲是「黜」的本字，那麼「黜」便是「丨」的繁化了。這類例子還不少，而且在金文、甲骨文的偏旁中，也常可發見，足可證明漢字繁化的情形，那些原來極簡的本字，因爲不便辨識和記憶，終歸於淘汰，例外的是記數的「一」、「二」，原字雖極簡，但因是極好的指事字，纔能自古至今，沿用不變，後世雖有繁體的「壹」、「貳」，那都另有目的，不適於用來作繁化的舉例。

四、聲化

　　指事、象形、會意，都是表意的文字，一旦遇到一個詞彙，無法用上述三種方法，造出一個本字來，先民便想到一種權宜的辦法，在已有的文字中，找出一個其讀音與此詞彙的發音相同或至少相近的字來，權充這個詞彙的符號，這便是許氏〔說文〕所說的「本無其字，依聲託事」的假借字，假借是純表音的文字，它的功能和拼音字可說完全相同。但中國語言是單音節的，同音的詞彙太多，假借字用得多了，必致混淆不清，因之先民又就已有的表意和表音的文字，加以揉和，產生一半表形（表意），一半表音的形聲字，所以筆者說形聲字是受了假借字的啟示纔產生的。形聲字一旦產生，漢字的發展，可說完全成熟，一切詞彙，

都可用這種造字方法，造出本字來，取之不盡，用之不絕，絕大多數的漢字都是用這種造字法製造出來的。這裏所說的聲化，是指漢字演變過程中，從純表意和純表音的文字，過渡到半表形、半表音的形聲字的歷程，尤其是指那些原屬表意或表音的文字，到後來都用形聲的方法造出了新字而言；至於後起的原就是由一形一聲組成的形聲字，那是聲化的結果，它們是新生的一代，沒有純表意或純表音的前身，從它本身看不出聲化的痕迹，便不在本文討論之列了。現就甲骨、金文中，撿拾若干例字，加以討論：

1. 🐾尸作父己卣　筆者在〔金文詁林附錄〕一五九頁說：「字象人首戴面具之形，與契文🐾字意同，代面之戲，或起於殷周之際乎？」周法高先生在同書一六〇頁說：「如李說象人首戴面具之形，則俱字也，亦作魌，〔荀子〕『非相』：『仲尼之狀，面如蒙俱』，注：『俱、方相也，四月為方相，兩目為俱』。」按周說甚是，甲骨文此字，正作兩目，金、甲文是象形字，到後來成了形聲的䫏、魌、俱，這一個字的演變，實在包含了抽象化、簡化和聲化三種過程，不過前二者不很明顯，但整個人形，變為偏旁「頁」，是抽象，變為「人」，是簡化，而最重要的是聲化，加注了「其」這個聲符，這個字便容易辨識和記憶了。

2. 🪓𣪊文　筆者在〔金文詁林附錄〕二一八頁說：「字不可識。字从戉，从口，乃斧鑕之象；右从🧍，象人而斷其一足，疑荆跀之最古象意字。」這麼解釋，在音讀上是得不到確切證據的，但字意明白，必是荆或跀之初文，這是極標準的聲化字的例證，假如以象意字聲化的規律去推求，這字原來从戉，戉月聲韻並近，那這字應是跀字的初文了。

3. 🦅甲骨文　這是鳳的初文，象鳳的羽毛之美，在殷代已有加「𠦑」作聲符的🦅字，𠦑是凡字，這是顯然的聲化；到篆文又加簡化成从鳥、凡聲的鳳字。甲骨文中，「鳳」字都假借成「風」

字用，後來到了戰國時代，原來假鳳爲風的，採取聲化的方法，
產生了从日、凡聲的「凬」字（〔說文〕風之古文），後來纔變成一
個不倫不類的「風」字。

　　以上略舉數例，說明聲化的現象，其實原爲象形、會意的
字，後來變爲形聲字的，還有不少；至於原是假借字，後來聲化
爲形聲字的，就更多了，甲骨文中一百二十多個假借字，在商代已
多有變爲形聲字的例子，前在拙著「从六書的觀點看甲骨文字」
一文中已有詳盡的論列，茲不贅引。

　　漢字的衍化，眞是千變萬殊，複雜綜錯，決非上舉幾條規律
所能盡，本文只是想將圖畫文字變成現代漢字的過程，理出一點
頭緒來；筆者淺陋，眞覺綆短汲深，敬請高明的讀者，多加指
正。

　　　　　　原載中央研究院國際漢學會議論文集語言文字組，1981年

漢字起源的一元說和二元說

一、前言

　　一九六四年，李濟之先生要筆者為〔中國上古史稿〕寫一篇文章，命題「中國文字的原始與演變」，這在文字學上是大題目，對修習文字學的人來說，很有意義，也很具挑戰性；但本題的前半，舊文獻中只有些懸想性的假定，很難當作定論來加以引述，後半卻包括了全部漢字資料和文字發展史，資料太過龐雜，頭緒也過於紛繁，筆者譾陋，久久未能著筆。次年應聘赴新加坡南洋大學執教，撰寫工作雖暫時擱置，而對本題的構思，卻時時縈廻腦際，考慮的結果，不妨將本題所該討論的重要部分，分作幾篇來寫，會比較易於著筆；當時想到甲骨文是我國古代文字中，資料最多、時代最早的已成熟文字，它的時代下距漢儒六書說的建立，約一千年，六書說是分析晚出文字資料，所獲得的一種文字學理論，假如用它分析早出的文字資料，相互印證，也許可以對漢字的起源和發展，得到若干線索，於是在一九六八年撰成「從六書的觀點看甲骨文字」一文，發見六書說可以適當的分析和解釋幾乎全部的甲骨文字，和用它來分析解釋小篆，完全如出一轍，這充分的證明了甲骨文字和後世文字是同出一源，一脈相承的，換言之，它們的起源，絕對是一元的，甲骨文中除了沒有發見轉注字外，其餘各體皆備，是已經完全成熟的文字，至於轉注字的獨付闕如，筆者的解釋，是商代（包括先殷朝）處於形聲字

發軔的初期，人們對於因時空轉變，在語言上所產生的古今音殊
和方言音殊，還來不及造出區別字。此文寫就，同年發表於〔南
洋大學學報〕第二期，當時對漢字演變的情況，已粗具了解，因
思甲骨文旣已如此成熟，決非一蹴可幾；那麼它的前身是甚麼？
它們遞嬗之迹又如何？這些問題，在傳統文獻中，都得不到滿意
的解答。只好從考古工作所發見的地下資料中尋求線索，恰好那
時獲見大陸出版的〔西安半坡〕考古報告，發表了一批半坡出土的
陶片上的刻劃符號，筆者寓目之初，便直覺的以爲那很可能是極
早的漢字的雛形，立卽根據這一觀點，從前此所發表的山東城子
崖、河南偃師二里頭、河南安陽殷墟幾種田野考古報告中，找到
若干類似的陶片上刻劃符號，這些遺址，在時代上都晚於西安半
坡，而那些符號，與西安半坡所見的，卻大致相似，最晚的小屯
殷墟出土的符號，和比它稍晚的甲骨文，極爲接近，筆者當時根
據這些僅見的少數資料，發見它們和後世漢字，遞嬗相承之迹，
隱約可見，便認定它們是甲骨文字的前身，毫無疑義，因撰成「
從幾種史前和有史早期陶文的觀察蠡測中國文字的起源」一文，
主要的結論，是認定西安半坡出土陶片上的刻劃符號，是已見的
最早的中國文字，發表在一九六九年〔南洋大學學報〕第三期。
前述兩文發表後，因〔南洋大學學報〕，流傳不廣，未能引起學
術界對此一問題討論的廻響。筆者卻對鄙見，頗具信心；覺得李
濟之先生所定「中國文字的原始與演變」這一命題，其內容已略
具輪廓，便將兩文稍加剪裁和補充，合爲一篇，總算對濟之先生
交了卷，於一九七〇年六月，寄回臺灣中國上古史編輯會，同年
九月，經審查通過，卻因徵引古文字特多，排印困難，直延至一
九七四年纔出版。在待刊期間，聽說郭沫若氏已就古文資料，撰
成一文，題旨與鄙文相近，因恐結論雷同，難免招致物議，當時
曾函請上古史編輯會，將鄙文抽出，或則注明收到稿件年月，以
明責任。在鄙文刊出前後，獲讀一九七二年三月份〔考古〕所載

郭沫若氏撰「古代文字之辯證的發展」一文，也認爲西安半坡出
土陶片上的刻劃符號，是最早的中國文字，自郭文發表後，此一
問題，漸漸地引起學術界的注意，加以近十年來大陸田野考古工
作者，在不同的遺址中，發見了若干陶片上的刻劃符號，先後已
有三十餘批⊖，承認這些陶片上刻劃符號是漢字原始形式的人漸
多，討論的文章，也日有所聞。筆者也於一九七九年寫成〔再論
史前陶文和漢字起源問題〕，發表於中央研究院史語所集刊第五
十本第三分⊜。數月前拜讀楊建芳先生「漢字起源二元說」一文
⊜，也根據陶文探討漢字起源問題，並承對鄙說若干部分有所指
正，楊文主要結論，是說漢字起源是分指事文字和圖畫文字兩個
系統，分別發展的；這是創新的說法，以前研究文字學的學者，
雖也用這兩種命題，說明兩種不同的文字結構，但主張漢字起源
於此二元的，似以楊氏爲第一人，這重新引起筆者探索本問題的
興趣，爰不揣譾陋，就楊文所用資料，加以檢討，草成此文，以
就正於同文諸君子。

二、傳統的文字起源說

有關漢字起源這一問題，以前的文獻中，雖間有論列，但大
都僅是一鱗半爪，鄰於想像，少有確定可信的結論，因之一直處
於蒙昧難明的狀況。本節所將涉及的畫卦、結繩、刻契、河圖洛
書、甲子 、和史皇作圖倉頡作書等類傳說 ，以前文獻中多有記
載，大抵互相因襲，難以認眞稽考；結繩、刻契，只是有文字以
前幫助記憶的工具，極可能純粹指事的一、二、三、三、上、下
等字，是從這種方法發展而成的；八卦則是一種術數的玩意，充

⊖　見張光裕氏「從新出土的材料重新探討中國文字的起源及其相關的問題」，
　　〔香港中文大學中國文化研究所學報〕，一九八一年一二卷。
⊜　見本書一八五─二二七頁。
⊜　見香港大學〔中國語文研究〕第三期，一九八一年十月。

其量或許與先民的宇宙觀有某種程度的關聯，實與文字的意義無
涉㉔；甲子所列二十二干支字，除殷周之際用以紀日外，其本義
各有所屬，其他文字也不能由此孳乳，顯非極原始的文字；河圖
洛書為文字之始，更屬讖緯家的比附，可以存而不論；至於倉頡
造字的傳說，大抵由於文字原始，蒙昧難明，便作此想當然耳的
認定，雖似眾口一辭，要皆由於因襲，文字決非成於一時一人之
手，此說自難成立。上述諸種傳說，坊間各種文字學書籍多有徵
引，但均已否定以前文獻的傳說，認為與文字之原始無關，筆者
前在「中國文字的原始與演變」拙文中，對傳統的各種文字起源
說，也曾略作檢討㉕，敬請讀者諸君參看，茲不贅引，以上諸
說，雖然經不起認真推究，但有一點值得注意的是，它們和後起
的文字學基本理論——六書說有一共同之點㉖，那便是它們對中
國文字，都認為是一系相承的，此點在前引諸說中，雖然沒有明
白的討論，但只要看各說都只主張文字起源於某一種事物，而未
作分別的論列，便不難理解了。

三、幾種地下古文字資料使用文字的局限性

　　前文已說明幾種傳統的文字起源說，大抵互相因襲，羌無故
實，因此要對本問題作比較切實的探索，必需對幾種重要的地下
古文字資料——陶文、甲骨文、金文，作通盤的檢討，但在檢討
之前，有一樁事實，不容忽略，那便是這幾種重要的地下資料，

㉔　在撰寫本文前，曾以寫作大綱向勞榦先生請益，勞先生對筆者所持漢字起源
　　說表示贊同，並承示結繩、刻契下面，有兩種發展，其一是指事字，其一是
　　畫卦，前者與鄙見相同，後者與張政烺先生所持殷契及金文中一種純由一、
　　五、六、七、八等數名組成的文字，是一種古卦象之說閣合，而其說對此數
　　種事物的發展關係，則極富創意，特誌於此，以示謝意。又筆者於所撰「中
　　國文字的原始與演變」一文中對結繩、刻契的了解，尚未想到它們與純指事
　　字的關係，這意見是後來纔想到的。

㉕　見本書九一——九八頁。

㉖　六書說的內涵，主要是文字的結構，但在六書次第的討論裏，無疑是包含了
　　文字起源和發展過程的觀點的，此點將在下文略作申論。

它們的被使用各有其特定的目的，這種目的，局限了使用文字的
範圍和數量，有許多文字沒機會被使用，換句話說，那些被使用
的文字，決非當時文字的全部，至於當時日用書寫文字的素材，
是竹木簡牘，而竹木易朽，難以長久保存，不若陶器、甲骨、鐘
鼎得以流傳迄今，本節將就甲骨、金文，作簡要的說明，至於陶
文，留待下節作較詳細的敍述。 甲骨文是殷人占卜的紀錄， 殷
人尚鬼，舉凡祭祀、征伐、生育、疾病、 年歲豐欠、 風雨晴曇
等，卻也未能鉅細靡遺，日常生活中一些雞毛蒜皮的小事，仍然
無須貞卜，自然有關這類文字，就難在甲骨文中出現了。目前見
到的甲骨文，連可識和不可識的合計，約在四千五百字左右，商
代的已有文字，必然較多於此。 至於金文， 因爲銘刻習慣的不
同，晚殷器物，不少是沒有銘文的，縱有也是三數字至十來字不
等；到了西周纔有幾十乃至四五百字的銘文出現；銘文的內容，
除了極少數的例外，大抵不外册命賞賜、鑄器銘功之類，不若卜
辭內容多樣化，因之使用的文字也較少：據容庚〔金文編〕正編
及附錄所收，不過三千一百字左右，依照後世文字數量隨時代遞
增的情況說，周代文字數量，必然超過商代，而金文字數反少於
甲骨文，正是受了銘文內容的局限。筆者所以要討論此問題，是
想說明陶文數量之少，除了因爲文字萌芽時期，文字數量本就很
少之外，也受了銘刻習慣和內容的局限，我們目前所能見到的古
文地下資料，只能讓我們說，彼時已有此字，卻不能說，彼時必
無某字，這點認識，對遠古陶文的討論，尤爲重要。研究考古的
人，因爲資料太少，假如不利用合理的推測，許多問題，是無從
討論的。

四、遠古陶文的一般分析

　　在前引拙著「從幾種史前和有史早期陶文的觀察蠡測中國文

字的起源」一文裏，曾就自半坡以下至小屯殷墟四種不同時期的
陶文資料，作了頗爲詳盡的分析和討論，也達致了若干結論㊉，
嗣又於一九七九年撰成「再論史前陶文和漢字起源問題」一文㊧，
對前文撰成後十年中新發現的另九批時代不同的陶文，作了同樣
的分析和檢討，發現前文所持觀點和結論，似乎仍可成立；本節
將節引「蠡測」一文的論述，以爲下文討論的張本，因全文較
長，不能悉錄，敬請讀者參看㊨。

1.年代問題㊀：前引諸種陶文中，以西安半坡出土的一批爲
最早，城子崖上文化層（後期）出土的爲最晚，它們的絕對年
代，雖還不能確知，但相對年代或近似的上下限，是可以相當確
定的加以推知的：

A　陝西西安半坡　4000B. C. —3500B. C.

B　山東歷城城子崖下文化層，這是龍山文化的代表 3000
　　B. C. —1750B. C.（?）

C　河南偃師二里頭　2000B. C. —1750B. C.（?）

D　河南安陽小屯　1751B. C. —1112B. C.

E　城子崖上文化層　1111B. C. —771B. C.

2.陶片數量和有字陶片的比例：上引數種陶器出土量都很
多，而有字陶片則甚少，此點對筆者在下文中作推測時有很重要
的影響。茲分舉其數據如次：

A．西安半坡：據原報告所列出土陶器，完整和可復原的近
　　一千件，陶片計五十萬塊以上，而有字陶片，據原報告

㊉　見本書四三——七三頁。
㊧　見本書一八五——二二七頁。
㊨　詳見本書五八——七三頁。
㊀　當一九六九年筆者撰寫「蠡測」一文時，不但所採地下陶文資料，遠較目前
　　已知者爲少；其年代也多未經 C_{14} 作科學的測定，沒有可信的數據。當時
　　筆者是根據耶魯大學對臺灣所發現的一批龍山文化遺址的標本，所作 C_{14} 檢
　　定的數據，加以推測的，所幸誤差不算很大，即以半坡文化的年代爲例，
　　當時筆者推定爲 4000 B. C. ~3500 B. C.，現據大陸考古學界所發表的爲
　　4770±135~4290±200 B. C.，較筆者所推定的，早了七、八百年。

　　說共有標本一一三件，其比例僅為〇‧〇二三六％弱。

B. 城子崖上下兩文化層：本遺址所出陶器，本應就上下兩
　文化層分別統計，原報告中雖有六區出土砂質、泥質、
　似瓷質三種陶片地下各半公尺分層內的百分數比例表及
　比例圖，但說明標本數目是隨意選擇，所能看出的是選
　樣的百分比，而不是統計數字，尤其看不出上下兩層所
　出陶片的分別統計，因此只能就上下兩層總數，作一粗
　略分析，雖不很精確，但其結果也和其他幾批所得相去
　不遠。 據原報告第八頁說， 第一次發掘所得陶片計二
　〇、九一八片， 第二次未見統計； 又原報告第三六頁
　說，所研究的陶片，除長度不及二公分者不計外，共有
　二三、〇〇〇片以上；又同書四一頁說，經過研究之陶
　片總數二三、五九一片，五三頁說刻有記號之陶片，共
　八八片，其中下文化層計三片，上文化層計八五片，如
　照上下文化層分別統計，下文化層有字陶片佔總數的百
　分比應較小，因陶片總數無法分別上下層，只得合計，
　其比例為〇‧三七三％弱。

C. 河南偃師二里頭：據原報告說出土小件器物共有七千多
　件， 又說刻劃記號共發現二十四種， 這裏值得注意的
　是，所說陶器單位以件計，而非以片計的陶片；又刻劃
　記號是就其不同形式所作統計，至於同一記號出現了若
　干次？則未見說明；因此很難作與其他幾批陶文相同性
　質的統計。為了作一比較，每一不同記號各以出現一次
　計，每一件陶器上所刻記號，也姑以一個為準，則其比
　例為〇‧三四三％弱。與城子崖陶文出現次數，亦約略
　相當。

D. 小屯殷虛：據原發掘報告所述，本遺址出土陶片近廿五
　萬片，有字陶片計八二片，其百分比為〇‧〇三二八％

弱，與半坡遺址陶片陶文的比例，亦約略相近。半坡和
小屯兩報告，對出土陶片和陶文，有較正確的數據，其
百分比相近；城子崖和二里頭兩報告，對出土陶片和陶
文，統計數字較粗略而不完整，其百分比亦相近，這兩
種分析方法，前者可說是較正確的統計，後者是大略的
估計，而其結果則各約略相當；這至少可以證明陶器上
刻劃文字，是偶然的現象，文字出現次數少和使用個別
文字的種類少，都是必然的現象，我們也可以根據這種
了解，作合理的推測，那便是各文化遺址當時的日用文
字，必遠較陶文為多，我們可以小屯殷虛陶文為例，作
一說明，殷虛陶文與甲骨文的時代大略相當或稍早，甲
骨文可識和不可識的合計，約四千五百字左右，而小屯
陶文可識和不可識的合計，卻只有八十五個，其數值約
為五○：一，假如我們據此作各文化遺址當時日用文字
數量的推測，雖然不是絕對正確，但在考古學的研究
上，大致也不算太過離譜罷。

　　根據以上所述，有字陶片所佔百分比都極低，那是因為陶器
是先民日常生活使用的器物，而非書寫文字的素材，也不像殷商
甲骨和兩周銅器，為了特定目的，有大量刻寫或銘鑄文字的需
要。因之，除了陶工和器物的使用者，為了分辨該器物在同組器
物中的序數、位置，或者其他的目的，有些更是極偶然的於興之
所至隨意刻劃一些文字外，原無大量刻寫文字的必要，任何不同
時期出土陶器，有字陶片的百分比均極低，原是很容易理解的㊀。

　　3.陶器上刻劃文字習慣的推測：任何一種古代文物，其形
製、花紋、款識、銘刻或者使用習慣，往往和在時代上與它相先

㊀　筆者在「蠡測」一文中只分析了四個不同時期的有字陶片的百分比，目前已
　知出土的陶片，已有三十餘批，筆者耳目未周，也限於目力，未能一一加以
　分析，覽者諒之。

後的類似文物，存在著沿襲遞嬗的關係，這是考古學者們賴以考
定文物所屬時代的有力憑藉。陶器既然在出土的史前及有史早期
的文物中，佔有很大的百分比，對它們各方面的研究，將是很有
意義的。本小節將就它們刻劃文字的習慣，加以檢討：

A. 刻劃位置：大致說來，都刻在外口緣、肩部、頂部等最
顯目的部位，和較它晚出的青銅器上銘文的位置是相同
的，這證明了青銅器上的銘辭是沿襲了陶器上刻劃文字
的習慣，不過早期銅器因鑄造不易，遂不能像銅器一樣
的成為日用器物，而是貴族階級祭祀饗宴的禮器，因此
在銘刻上賦予了新的意義，漸漸地從晚殷青銅器上沿襲
陶器銘刻習慣的三兩字銘文，演進到兩周銅器中數十乃
至洋洋數百字的長篇鉅製。

B. 先刻後刻：〔西安半坡〕一九八頁：
這些符號，有的是陶器未燒以前就刻好的，有的則是在
陶器燒成後或者使用過一個時期所刻劃的，這兩種情況
可以從符號的痕迹和特點上分辨出來。
〔城子崖〕五四頁：
統此八十八片中，先刻在坯上而後燒的凡九件，其餘七
十九件，是燒成以後再刻的，凡這些先刻而後燒的，頗
有陶人所作之可能。至於先燒後刻者，作者以為是物主
所刻。
二里頭原報告沒提到先刻後刻的情形，情況不明。〔小
屯陶器〕一二四—一二八頁表九三—九八中，注明「坯
上刻」者十件，注明「後刻」者三片，注明「墨筆寫」
者一件，注明「硃筆寫」者一件，其餘沒有注；但就圖
片看來，似以後刻者為多。先刻的應以陶人所刻的可能
較大；後刻的則大半是器物的所有人就使用器物的目的
所作的標識，或者是後加的紋飾，或者竟是漫無意義的

隨意刻劃。

C. 刻有文字器物的分類：各期陶器中刻有文字者，雖然種
類頗多，但從以上所引四種報告中對此點的記載加以分
析和綜合，刻有文字的陶器，大多數集中在大口尊和豆
兩種上，尊是酒器，豆是食肉器，都是日用、祭祀和殉
葬的常見器物，此點對於下文所將討論的陶文中常見的
文字，也可以得到有力的印證了。

4.幾種陶器上所刻文字的意義及其與甲骨文字的比較：上述
四種陶文中，小屯陶文與甲骨文有極近的血緣關係，幾乎到了全
同的程度，其他數種，可識的字較少，但可識的字與甲骨文也極
爲近似，今就陶文、釋文或釋義、出現次數、與之相當的甲骨文
數項，表列於下，以資比勘㈡：根據本表及「再論史前陶文和漢
字起源問題」所列表中可以看出，紀數字是各期陶文所共有的，
而且出現次數的百分比也很高，這決不是偶然的現象。紀數字的
寫法，和甲骨文完全一樣，它們是紀數字，應無疑義。它們絕大
部集中刻劃在大口尊和豆兩類器物上，尊是酒器，豆是食肉器，
是日用、祭祀和殉葬常用的器物，這些紀數字，很可能是代表該
器在相關的一組器物中的序數。其次是位置字，如左、右、中，
雖非各期都有，但除見於小屯陶文外，二里頭陶文也有疑似的「
右」字，清江吳城陶文也有「中」字，這極可能是代表該器物在
使用時陳列的位置。此外還有一個丫字，應釋「屮」，分別見於
西安半坡、上海馬廠、清江吳城、小屯殷虛各批陶文和甲骨文。
「↑」，筆者釋爲「↑」，象矢形，分別見於西安半坡、偃師二里
頭、清江吳城、小屯殷虛、城子崖上文化層各批陶文，此字甲骨
文未見，卻見於金文。還有一些雖不可識卻分見於不同時期的陶
文，且其形體全同，必有其相同的意義；這些不可識的文字，極

㈡　原表見本書六五──六八頁。又於「再論史前陶文和漢字起源問題」一文中，
　　亦另列一表，所收陶文計十四批，但未列出現次數，釋文或釋義二欄；爲節
　　省篇幅計，不再贅錄，敬請參看本書附表三。

可能是陶人或器物所有人的私名或族徽，有的下及兩周，仍有出現，可見氏族繁衍之盛。這些私名，當它所代表的人物、氏族或方國不再存在，往往也趨消失，遠古陶文中，有很多不可識的文字是很自然的。

　　5.字數問題：自西安半坡以下，至小屯殷虛各文化遺址，所出陶文，少則兩字（城子崖下文化層），他如樂都柳灣、清江吳城、小屯殷虛等遺址，則多至數十字不等，但大致說來，較之後世器物的銘文要少得多，其原因在前文已有論及。青銅器的形制、花紋和銘刻的習慣，有許多是沿襲陶器的，殷代晚期的青銅器，其銘辭極少，和與其同時代或較早的陶器相似；但到了西周，青銅器銘文字數大增，到了幾十乃至數百字不等；這種銘刻習慣的改變，與器物本身有着密切的關係。自殷代初期或更早③，便發展青銅鑄造技術，但有資格使用的，直到兩周，仍只限於少數貴族階級。爲了技術和原料的限制，難以成爲日常使用的器物；它們的身分，積漸的變成了所謂「宗廟重器」，加之周制彌文，於是長篇的歌功頌德的銘辭，便應運而生了，這原是人們賦予它的新使命，和甲骨文一樣，有其特定目的，這些特質，是日用器物的陶器所不能，也毋須具備的。因之它們銘辭的涵義，也顯然隨着這種需要而改變。至於早期青銅器字數之少，則應是發展初期直接沿襲陶器銘刻習慣的結果。

五、漢字起源的一元說和二元說

　　上節節引拙著「蠡測」一文，對遠古陶文作了一般分析，又引「再論」一文作了些補充，綜合所述各點，對遠古各期陶文④，

----

③　偃師二里頭遺址屬於商早期，已發見青銅酒器，約在 1600 B.C. 前後，近又開甘肅廣河齊家文化遺址，也發見了青銅器，約在 2100 B.C. 前後。

④　張光裕氏近撰「從新出土材料重新探討中國文字的起源及其相關的問題」一文，發表於〔香港中文大學中國文化研究所學報〕一九八一年一二卷，收集了先後三十六批遠古陶文，遠較拙著兩文所收者爲多，筆者曾根據所得基本認識，覆按張氏所收資料，亦無例外，可以說是放諸各期陶文而皆準的。

有了如下幾點基本認識：1.陶器非書寫文字素材，兼以當時銘刻
習慣質樸，因之使用文字的數量極少，範圍也很小。 2.各文化遺
址陶器的保存不夠完全，發見也不夠全面，因之各期陶文，決不
能代表各該期文字的全貌，我們只能根據陶文，說各該期已有某
字，卻決不能說各該期必無某字。 3.各期陶文中，凡可識之字，
與後世甲骨、 金文 ，均完全相同⑤，可以證明漢字是一系相承
的。這些認識，對於下文的討論，將會有些幫助。在本文前言中，
筆者曾說明因爲拜讀了楊建芳先生「漢字起源二元說」一文，纔
引起撰寫此文的動機，現在節引楊文，以爲討論張本：

　　　近三十年來 ， 史前陶文和商周甲骨文 、 陶文等的陸續出
　　　土，使漢字起源的硏究，又向前邁進了一大步。其中以唐
　　　蘭先生的「圖畫文字（或意符文字）說」（以下簡稱「圖
　　　畫文字」說），和郭沫若先生的「指事文字（或刻劃文字）
　　　說」（以下簡稱「指事文字」說），較具有代表性。

「圖畫文字」說和「指事文字」說

　　　唐氏早在四十年代，在深入硏究甲骨文、金文的基礎上，
　　　提出「文字的起源是圖畫」的主張，以後又強調「文字本
　　　於圖畫」。七十年代，大汶口文化（距今約五千年前）陶
　　　文發表後，唐氏重申「最古老的土生土長的民族文字總是
　　　用圖畫方式來表達的意符文字」。

　　　唐氏的主張雖有 一定的依據 ， 然而卻廻避了 一個重要事
　　　實：黃河流域史前陶文，除大汶口陶文外，尚有西安半坡
　　　等地出土的仰韶文化陶文（屬指事文字系統），其特點與
　　　大汶口陶文不同，年代也遠較大汶口陶文爲早。唐氏探討
　　　漢字的起源，僅止於前者（大汶口陶文），而不包括仰韶
　　　文化陶文，這種作法應當說是欠全面的。

⑤　見拙著「蠡測」、「再論」兩文所附各期陶文及甲骨金文對照表。

碳——一四測定年代簡表

指事文字系統		圖畫文字系統	
仰韶文化（圖一）	西安半坡遺址（半坡類型）4770—4290B.C.	大汶口文化（圖四）	泰安大汶口遺址3605—3555B.C.
	臨潼姜寨遺址（半坡類型）4675—4545B.C.		濰縣魯家口遺址 2340B.C.
	寶雞北首嶺遺址（半坡類型）4840—4085B.C.	良渚文化 3310—2250B.C.	
		山東龍山文化 2240—2035B.C.	
河南龍山文化 2515—2340B.C.		商中期文化	鄭州二里岡遺址（圖五）1620—1595B.C.
			清江吳城遺址（圖六）1530—1395B.C.
二里頭文化（晚期）（圖二）1625—1450B.C.			藁城臺西遺址（圖五）1520B.C.
馬廠類型文化（圖三）	永靖馬家灣遺址 2623B.C.	商代晚期文化	安陽小屯村遺址 1290B.C.
	樂都柳灣墓葬 2280—2255B.C.		安陽武官村大墓 1255B.C.

　　郭氏的「指事文字」說，是根據本世紀五十年代在西安半坡發現的仰韶文化陶文提出的。郭氏指出這種「指事文字」的年代比較早（距今約六千年前），而在甲骨文金文中也有類似的文字存在，且認為隨意刻劃必先於圖形，故主張指事文字的出現，應在象形文字之前，並引用〔說文解字〕「序」指事先於象形的序列，作為旁證。

　　郭、唐二氏的說法，可說是針鋒相對。以目前出土的資料而言，郭說似較為合理。倘若我們的考察不祇局限於仰韶文化和大汶口文化的陶文，而擴大及於黃河流域其他史前或相當於夏、商時期的陶文，則不難發現郭氏的說法，仍然有值得商榷之處，例如，如果說漢字的起源和發展是一脈相承，而且又像郭氏所說指事文字的出現先於象形文字，則屬於指事文字系統的馬廠類型文化陶文（圖三）和二里頭文化陶文（圖二），其年代卻都比屬於圖畫文字系統的

圖一　仰韶文化陶文

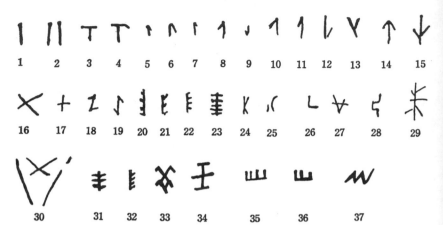

1-30　西安半坡陶文　31　長安嫩子嶺陶文　32　邰陽莘野村陶文
33-34　臨潼姜寨陶文　35-37　寶鷄北首嶺陶文

圖二　二里頭文化陶文

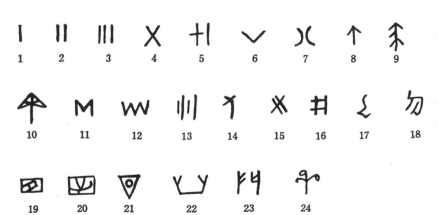

圖三　馬廠類型文化陶文

•	|	\\	/	||	////	一	三	⧖	✕	十	∟
1	2	3	4	5	6	7	8	9	10	11	12

└	∧	∨	∠	△	▽	▽	⊿	□	⊓	⊐	⌐
13	14	15	16	17	18	19	20	21	22	23	24

○	⊙	◑	#	#	⊞	⊞	⌣	⌣	⊖	▽
25	26	27	28	29	30	31	32	33	34	35

田	⅄	卍	彡	弓	仌	天	目	中	∈	8
36	37	38	39	40	41	42	43	44	45	46

鳥	十	华	朿
47	48	49	50

圖四　大汶口文化陶文

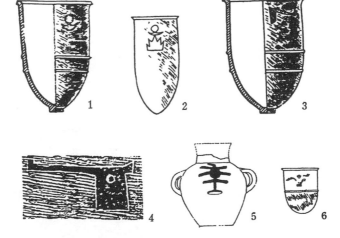

1-4　莒縣凌陽河遺址出土帶字陶缸及陶文拓片　　5　泰安大汶口出土帶字陶壺
6　南京北陰陽營出土帶字(？)陶缸

圖五　藁城台西及鄭州二里岡陶文

1　2　3　4　5　6　7　8　9　10

11　12　13　14　15　16　17　18　19　20　21　22　23

24　25　26　27　28　29　30　31　32　33

1-19　藁城台西陶文　20-33　鄭州二里岡陶文

圖六　江西清江吳城陶文

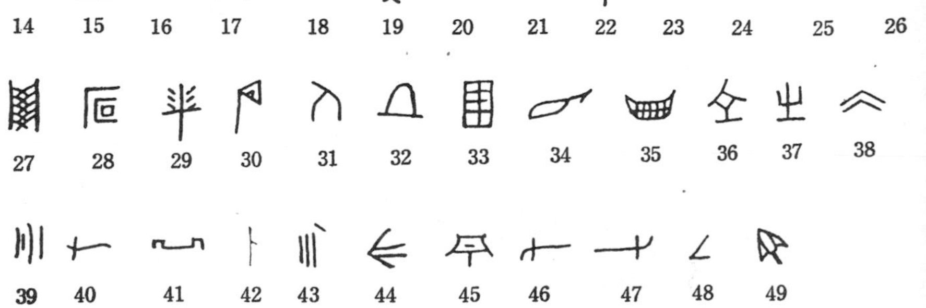

1　2　3　4　5　6　7　8　9　10　11　12　13

14　15　16　17　18　19　20　21　22　23　24　25　26

27　28　29　30　31　32　33　34　35　36　37　38

39　40　41　42　43　44　45　46　47　48　49

1-33　屬一期（早期）　34-44　屬二期（晚期）
45-49　屬三期（晚期）　28-44　皆爲殘半

大汶口文化陶文要晚得多，這個現象無疑是和郭氏的「指事文字」說相牴觸的。

早期的指事文字

仰韶文化陶文最先於一九五二年在陝西長安蝎子嶺被發現，一九五六年也見於陝西郃陽（今合陽縣）莘野。當時，因資料過少，未曾引起學者的注意，後來，在西安半坡遺址有較多出土，再其次是寶雞北首嶺、臨潼姜寨等地的陶文（圖一）。

半坡陶文發現之初，學者因其刻劃比較簡單，多認為是一種符號。不過，郭沫若先生首先指出商、周甲骨金文中，有類似的文字，因而確定這些陶文係「具有文字性質的符號」，是「漢字的原始階段」，進而主張西安半坡陶文的年代，應為漢字起源的年代。另一位古文字學家于省吾先生，則逕直認為半坡陶文「是文字起源階段所產生的一些簡單文字」，並對一些陶文作了釋讀，如×—五，十—七，‖—二十，丁—示，丰—玉，↑—矛，屮—艸，阝—阜等等。甚至力主漢字起源於圖畫文字的唐蘭先生，也同意「臨潼姜寨的仰韶陶器則有了文字了」。如果說，半坡陶文是否真正的文字尚有爭論，則蝎子嶺、莘野、姜寨等地的陶文之確係文字，應是無可置疑。

必須指出，仰韶文化陶器上的彩繪，常見鳥、鹿、羊、蛙、魚、人頭等圖案，甚至還有象徵日、月、旋風一類的形象。可是，這些圖案和形象，一望而知是繪畫的題材，而決非文字。由此看來，仰韶文化陶文缺乏象形字，並非偶然，應當係其主要的特徵。李孝定先生認為「半坡陶文中，已有假借字，照理那時象形和會意字，應早已完成，然則金文中的圖畫文字，其製作的時期，最遲也應在半坡時期以前很多年了」，這個意見出於臆想，缺乏事實根

據，這裏不擬討論。

圖畫文字系統

唐蘭先生將圖畫文字區分爲象形字和意符文字，這是非常正確的。因爲二者既有共同的特點，也有不同之處。截至目前所發現的較早的圖畫文字，依時期先後爲：大汶口文化陶文 (圖四)、山東龍山文化陶文及商代中期陶文。

漢字起源並非一元

通過上面的分析，可以看出在古代黃河流域，實際存在着兩種不同的文字系統。一種是指事文字或刻劃文字，另一種是圖畫文字或意符文字。這兩種文字的出現都相當早，而且流行於不同的地區。大約在龍山文化時期，由於文化的互相影響，指事文字傳播到山東一帶，而圖畫文字則輸入中原地區。到了商代早期及中期，圖畫文字系統融合一部分指事文字，形成商周流行的文字，也就是早期的漢字。原來盛行於中原地區的指事文字逐漸消失，但在甘、青地區卻仍然較長期被利用。

客觀事實既然如上所述，那麼漢字的起源並非一元，而係二元，應當是比較合理的結論。

李孝定先生依據半坡陶文，山東龍山文化陶文等的紀數字的相同，認爲「卽此一點，似已足够證明中國文字的起源，在系統上是單元的」(見李氏前揭文)，大汶口文化陶文發表後，李氏的這一說法便不完全符合事實了。如所周知，大汶口文化陶文不但與仰韶文化陶文不同，而且也缺乏仰韶文化那種紀數字。

以往的傳說乃至唐蘭、郭沫若等學者的主張，其出發點都是漢字起源於一元。唐、郭二氏雖然也曾指出古代黃河流域存在兩種不同的文字系統，但沒有注意到它們起源和最初流行的地區是不相同的，所以將爭論的焦點放在指事文

字和圖畫文字的出現，孰先孰後的問題上。這應當說是美
中不足的。也正由於這個原因，「指事文字」說和「圖畫
文字」說，便難免產生上面所指出的缺點。

後記： 本文行將付印時，得讀李孝定先生新作 「 再論史前
陶文和漢字起源問題」（〔史語所集刊〕，第五十本，四
三一一四八三頁，一九七九年）。此文一方面認定大汶口
陶文遠較半坡陶文成熟，並以爲大汶口陶文年代較半坡早
期年代晚約二千年，絲毫不足爲異（四四五頁）；另方面
又不否定大汶口陶文爲「圖畫文字」（四四六頁）。如從
漢字起源一元的觀點出發，李氏上述見解與其前文之主張
　　（金文中的圖畫文字，其製作的時期，最遲也應在半坡時
期以前很多年），顯然矛盾。故漢字起源一元說，與客觀
事實有所牴觸。

上面節引楊文，費了不少篇幅，筆者原想隨文作片段引述，
但難免支離，讀者對楊氏主張，不易獲得全面了解，纔決定採用
這種方式。綜觀全文，楊氏重要意見，約有如下數點： 1.遠古在
黃河流域，有兩種文字系統獨立發展，開始是互不相關的，其一
是指事文字系統，以半坡仰韶文化的陶文爲代表；一種是圖畫文
字系統，以大汶口文化陶文爲代表。 2.因爲碳一四測定年代，半
坡早於大汶口，所以認定指事字早於圖畫文字。 3.其他文化遺址
出土陶文，有指事文字與圖畫文字並見的，是由於文化交流，互
相影響的結果。 4.龍山文化時期，由於文化的互相影響，指事文
字傳播到山東一帶，而圖畫文字則輸入中原地區，原來盛行於中
原地區的指事文字逐漸消失。爲了討論方便，筆者將就此數點，
作綜合性的評述 ， 其他枝節問題 ， 則略而不論。楊文首引郭沫
若、唐蘭兩氏有關指事文字和圖畫文字的學說，認爲郭說較爲合
理，但仍然忽略了其他文化遺址出土的陶文，不夠全面。郭氏認
爲指事文字早於圖畫文字，唐氏則認爲文字起源於圖畫，在基本

上只是六書次第之爭，並沒有懷疑文字起源是一元的，這一點楊氏也有同樣的看法。有關指事字和圖畫文字孰先孰後的問題，郭氏認爲刻劃較易，而繪畫較難，所以指事字應早於象形字；其實除了一、二、三、亖等紀數字，只要先民有了「數」的觀念，便可創製外，有許多陶文中不可識的刻劃符號，當時必然代表某些概念，創造這些符號，必需具備豐富的想像力，這比起有藝術天賦的人繪畫一幅圖畫，並不見得會容易些，近年考古學者曾在非洲某處洞穴中發現了兩萬年前優美的壁畫，便可證明，因之純指事的刻劃文字和圖畫文字，究竟何者較早，是很難確定的。楊氏則認爲郭說較優，理由是半坡陶文，只是刻劃文字，未見圖畫文字，大汶口陶文則反是，而碳一四測定年代則前者遠早於後者，這種說法是經不起深究的。第一，目前遠古陶文，雖發見了不少，但決不能否定還有未經發見的，因之便不能斷定大汶口陶文是最早的圖畫文字。第二，在半坡遺址的陶片中，雖然沒有發見可以確定的圖畫文字，但于省吾氏和筆者，都曾對其中部分文字解釋爲象形字㊅，雖因單字孤證，只能憑它們和後世某字相同，加以比勘，沒有文義上的明證，但決不能認爲無的放矢，而且在半坡陶片上，已發見了不少人頭和蟲魚鳥獸的紋飾圖案（本書圖版貳拾肆、貳拾伍、貳拾陸），它們雖然不是文字，但既有這種生動的圖畫，便決不能否認當時的人已有創製圖畫文字的能力，更據陶文不能代表當時文字全貌的這一認識，我們說當時日常使用的文字中已有了圖畫文字，這種推理，似乎可以成立。筆者所撰「從六書的觀點看甲骨文字」一文中，已據全部甲骨文字的六書分析，對「六書次第」這一古老的問題，作了新的詮釋，它的順序是1.象

㊅　于氏的意見楊文已有引述。郭意見「蟊測」一文，又姜寨陶文的𠂤字，筆者釋爲岳，亦見同文；姜寨陶文又見丰字筆者認爲和許愼〔說文〕所收的訓「艸盛丰丰也」的「丰」字，或訓「艸蔡也」的「丰」字，形體都極爲接近，丰、丰二字極可能由丰字所演變。丰字見〔人文雜誌〕一九八一年第四期巩啓明「姜寨遺址考古發掘的主要收穫及其意義」引。

形，2.指事㊎，3.會意，4.假借，5.形聲，6.轉注。甲骨文所有
一二九個假借字，所借用的都是象形字，因之筆者認爲假借字必
晚於象形字；自五以上的紀數字，所有的文字學者都認爲是假借
字，眾口一詞無異說，而半坡陶文中已有五、七、八等紀數字，
那麼當時應已有象形字，這是根據後世文字學理論，所作合理的
推測，似乎不能認爲是「臆想」。假如讀者諸君對筆者上述的推
論，不認爲完全是嚮壁虛造，那麼圖畫文字必待大汶口文化期纔
開始創造，和漢字創造東西二元的理論，似乎便難以令人信服
了。筆者認爲文字是絕大多數人的創造，有的創造指事的刻劃文
字，有的創造象形的圖畫文字，二者是同時並存是極可能的，在
筆者看，毋寧是必然的；並不是因爲東西文化的相互影響纔有這
種現象。半坡陶片上既有了許多生動的動物圖案，我們有甚麼理由
懷疑那時已有圖畫文字？象形字原就是「畫成其物，隨體詰屈」
而成，畫成的「物」，在陶器的口沿或肩腹等顯眼的部位作裝飾
用便是紋飾，寫在簡牘上不就是文字嗎？大汶口的「昜」、「戉」、
「斤」等字，爲甚麼大家都說它是文字呢？答案是它們和後世文
字太相像了，那麼金文中的圖畫文字，不都是一幅幅活生生的圖
畫嗎？因之我們說圖案和圖畫文字並沒有截然的分野，完全決定
於使用的目的，陶器幸能傳之久遠，而簡牘易朽，難有實證、合
理的推測，是治考古學的人必不可少的。楊氏又評郭氏指事早於
圖畫文字說的不够周延，他說：「倘若我們的考察不祇局限於仰
韶文化和大汶口文化的陶文，而擴大及於黃河流域其他史前或相
當於夏商時期的陶文，則不難發現郭氏的說法，仍然有值得商榷
之處，例如，如果說漢字的起源和發展是一脈相承的，而且又像
郭氏所說指事文字的出現，先於象形文字，則屬於指事文字系統
的馬廠類型文化陶文和二里頭文化陶文，其年代卻都比屬於圖畫

㊎　指後起的以象形字爲基礎，加上一個意符所產生的指事字。至於一、二、
三、三、上、下等純指事字，它們與象形字的先後，則難以確定。

文字系統的大汶口文化陶文晚得多，這個現象，無疑是和郭氏的
『指事文字說』相牴觸的。」這與他評論筆者所說半坡應已有圖
畫文字，卻又承認大汶口的圖畫文字較半坡的指事字晚爲自相矛
盾，如出一轍，我們說：「大汶口的圖畫文字，晚於半坡的指事
文字」，並不等於說：「圖畫文字晚於指事文字」，同樣的，郭
氏說半坡的指事文字，早於大汶口的圖畫文字，自然並不排除馬
廠、二里頭的指事文字，晚於大汶口圖畫文字的這一事實，這道
理極爲淺顯明白，似乎不需要多所解釋了。至於楊氏所說到了龍
山文化期，山東地區的圖畫文字輸入中原地區，到了商代早期及
中期， 圖畫文字系統融合一部分指事文字 ， 形成商周流行的文
字 ， 也就是早期漢字 ； 原來盛行於中原地區的指事文字逐漸消
失，但在甘肅、青海地區卻仍能較長期被使用云云，也很有商榷
的餘地。文字是配合語言發展而成，並非一時時尙，某地區流行
圖畫文字，而另一地區則流行指事文字，它們原就是同時被使用
的；至於某一文化遺址只有指事字而無象形字，而另一遺址則相
反，那是因爲目前的發見不夠全面，而且陶器上的文字，也絕不
能代表那一文化期文字的全貌，這在上文已有論列。楊氏又說到
了龍山文化期，中原地區受了圖畫文字輸入的影響，原來盛行的
指事文字，逐漸消失，這種解釋，也很難令人信服，縱觀漢字發
展的歷史，除了地名 、 人名等私名所使用文字 ， 因時移勢易，
本體不復存在 —— 人的死亡和地的改名 ， 那些文字也隨之消失
外⊙，他種文字是不會逐漸消失的，指事字數量之少，是它本身
所能表達語意的局限性使然，構造文字方法的放變，也就是後世
學者所討論的六書次第，正代表著漢字全部發生的過程，筆者在
拙著「從六書的觀點看甲骨文字」一文中，對此有詳盡的論列，
敬請讀者參看，不再贅引。

⊙ 甲骨文中有許多私名所使用的文字，金文中不再出現，可爲證明。

六、結語

　　文字是羣體智慧的產物，大家嘗試、創造、傳布，經過淘汰
選擇，然後達到約定俗成的結果。遠古時代，人們想表達自己的
概念，抽象的便畫一個符號，具體的便畫一幅圖畫，在開始時，
這些符號和圖畫，也許只有少數人能看得懂其中含義，經過傳
布，被大眾接受了，纔會漸漸地與語言相結合而成爲文字。在目
前所能見到的遠古陶文中，也許有一部分還只是代表某一概念的
沒有固定讀音的符號，但必然有一部分已具備了文字的要件，那
便是除了形體和意義外，更有了固定的讀音。這些文字，抽象的
便成爲指事文字，具體的便成爲圖畫文字，它們並非不相爲謀的
兩個獨自發展的不同系統，而是在文字萌芽期人們爲了適應不同
需要，配合著發展的兩種不同的造字方法。純抽象的指事字，所
能表達的概念，有很大的局限性，因之這類字的數量非常少，也
難以發展成另一種造字的方法；圖畫文字的發展，便比較多樣化
了，在象形字的某一位置，加上一個指事的符號，便成了後起的
較多數的指事字，會合兩個或以上的象形字，便產生了會意字，
大汶口陶文中的「𤇭」字，便是會合了日、火、山三個象形字所
造成的會意字，會意字的出現，距圖畫文字階段已經很遠，大汶
口文化期，決不是圖畫文字的萌芽期，是可以斷言的。後起的指
事和會意字，所能表達的概念仍然有限，有許多概念，仍然無法
造出一個適當的字來表達，人們便借用一個已有的文字，其音讀
和這想要表達的概念的語音相同或相近的來加以代替，這便是六
書中的假借，由假借字的啟發，便產生了形聲字㊄，小屯殷虛陶
文，已出現了形聲字，甲骨文中，形聲字更大量增加，有了形聲
字，漢字的發展，便已達到完全成熟的階段了。

原載國際中國古文字學研討會論文集初編，1983

㊄　為了節省篇幅，這一段只作簡要敘述，有關理論和舉證，敬請參看拙著「從
　　六書的觀點看甲骨文字」一文。

符號與文字──三論史前陶文和漢字起源問題

一、前言

　　民國五十四年（一九六五年），筆者應中國上古史編輯會之約，撰寫「中國文字的原始與演變」這個專題，在傳統的說法裡，談到文字的起源，大都採取畫卦、結繩、河圖、洛書，或者史皇作圖、倉頡作書等類說法，便含混的交代過去了。但這些說法，都經不起認真的推究，文獻旣不足徵，地下資料，亦付闕如，想對此一問題，作一比較可信的探索，實感難以著手。三年之後，看到大陸科學院出版的一本考古報告［西安半坡］，記載著在半坡仰韶文化遺址發現的一批陶片上，有許多刻劃的記號，原報告的執筆人認爲那些記號，與我們文字有密切關係，很可能是我國古代文字原始形態之一㊀，筆者卻直覺的認爲那些刻劃記號，應該就是古代漢字的雛形。基於此一認定，筆者即蒐收了幾批發現較早而時代卻較晚的史前和有史早期的陶片，將上面所有的刻符，彙集起來，作了些分析、綜合並與甲骨、金文相比勘的工作，於一九六九年撰成「從幾種史前和有史早期陶文的觀察蠡測中國文字的起源」一文㊁，提出了史前陶文爲漢字雛形，後世文字與之一脈相承的說法。一九七二年郭沫若氏發表「古代文字

㊀見［西安半坡］一九六頁第五章第四節「陶器上刻的符號」。
㊁原載一九六九年［南洋大學學報］第三期。

之辯證的發展」一文㊂，對古代陶文，和筆者有類似看法。近十
多年來，大陸上的田野考古工作者，發現了更多批時代不同的陶
片，研究者日多，所有的成果分別發表在各種學術性刊物上。同
事陳昭容女士，將有關論述，儘可能的全部加以蒐集，撰成「從
陶文探索漢字起源問題的總檢討」一文㊃，據云撰文涉及此一問
題者約二十餘家，大多數接受了史前陶器上的刻劃符號與漢字發
展有密切關係的此一觀點，只有四家持批判的存疑態度，這是此
一觀點自提出迄今十餘年間，學術界對此一問題所作研究的大致
情況。

二、持存疑態度四家的意見

　　討論陶器上刻劃符號的論著，絕大多數在大陸出版的各種學
術性刊物上發表，一般讀者，較難見到，爲了討論方便，有必要
加以節引。四家的論文，按發表時間先後，是裘錫圭先生的「漢
字形成問題的初步探索」，［中國語文］一九七八年第三期；汪
寧生先生的「從原始記事到文字發明」，［考古學報］一九八一
年第一期；姚孝遂先生的［古文字的符號化問題］，香港中文大
學［古文字學論集］，一九八三年；高明先生的「論陶符兼談漢
字的起源」，［北京大學學報］一九八四年第六期。這四篇文
章，題旨相同，論點也很接近，爲了節省篇幅，就其相似之主要
觀點，歸納成幾條，節引於下，以便討論。
　　1. 不能紀錄語言
　　裘錫圭先生：
　　　　文字是記錄語言的一種符號。……當某個圖形或記號被比

㊂［考古］一九七二年第三期。
㊃此文發表於［史語所集刊］五十七本第四分。

較固定地用作語言裡某個詞的符號的時候，它就初步具有
了文字的性質。（一六二頁）

考古工作者發現的跟漢字形成有關的較古資料主要有兩
種：一種是原始社會晚期的仰韶、馬家窯、龍山和良渚等
文化的記號，一種是原始社會晚期大汶口文化的象形符
號。……上面所舉的這類記號（定按：指仰韶、馬家窯、
龍山和良渚等文化的記號），跟以象形符號爲主要基礎的
古漢字顯然不是一個系統的東西。但是它們對漢字的形成
仍然是有影響的。……在漢字裡，除去上面講過的數字和
族名以外，還有少數文字可能來自原始社會晚期的記號，
例如一部分天干字就有這種可能。……這些字形的意義很
難解釋，而在上面舉過的原始社會晚期記號裡則可以找到
形狀相同或極其相似的例子。這幾個字非常可能是漢字從
這種記號裡吸取過來的。這裡應該說明一下，我們說漢字
吸取了一些記號，並不等於承認這些記號本來就是文
字。……上一節討論的那種記號（定按：指仰韶等文化的
記號），雖然對漢字的形成有影響，卻顯然不是漢字形成
的主要基礎，大汶口文化象形符號跟古漢字的關係就不一
樣了。……大汶口文化象形符號跟古漢字相似的程度是非
常高的。它們之間似乎存在著一脈相承關係。大汶口文化
象形符號應該已經不是非文字的圖形，而是原始文字
了。……我們把大汶口文化用作族名的象形符號稱爲原始
文字，而不直接稱爲文字，是由於在當時還不可能存在完
整的文字體系。……從各方面推測，陵陽河等大汶口晚期
遺址的年代可能在公元前第三千年中期。就漢字形成的歷
史來說，在大汶口文化原始文字和商代文字之間還存在一
些重要的缺失環節。並且已發現的大汶口文化原始文字只
是用作族名的一些單字，因此我們對當時的原始文字的全

貌還是不清楚的。就是在已發現商代前期文字，也還找不到明確的記錄連貫的語言的資料。（一六二──一六七頁）

汪寧生先生：

只有表音字出現，文字才能成爲記錄語言的工具。只有作爲記錄語言的工具的文字，才算是眞正的文字。……眞正的文字從表音開始，具體說來即表音的象形文字才算是最早的文字，在此以前出現的任何符號或圖形，都只能算原始記事的範疇。假如承認這一點，則不僅半坡陶器上的刻符根本不算文字，即大汶口陶器上四種圖形，也還不能認爲就是文字的開端，因爲材料太少，無從證明這四種圖形當時已是語言的符號。……據已發現的材料來看，江西淸江和河北藁城商代遺址中出現的陶器上的文字，才算是目前所知最早的文字。儘管它們之中還夾雜一些不可識的符號，但大部份無疑是和甲骨文屬於同一系統。特別是淸江陶文中不僅出現了表示族徽或制作標記的單字，還出現了句子，此時表音字的存在才有迹象可尋。看來，漢字的眞正開始，目前只能追溯到商代中期或早期。（四二──四三頁）

姚孝遂先生：

圖畫祇有當它發展到與語言密切的結合起來，有比較固定的形體，並且有比較固定的讀音，能夠具備記錄語言的功能之後，才算是嚴格意義的文字。就目前所知，小屯文化的殷墟甲骨文字，始具備這些條件，是最早的屬於嚴格意義文字的範疇。二里崗、藁城、大汶口等地出土的陶器上的一些圖像或刻劃祇能是屬於文字早期階段，不屬於嚴格意義文字的範疇。其原因就在於：這些圖像雖然已是利用來表達某些概念，或爲了幫助記憶，但尙不完全具備記錄語言的功能。我們尙未發現利用這些圖像組成的哪怕是一

個最簡單句子。（七九—八〇頁）

圖形文字與語言的聯繫還不十分緊密，還不能利用它組成
一個完整的句子，更無論是完整的篇章。圖形文字祇能屬
於文字符號較為原始的階段。如果僅僅由於其中的某些形
體與較晚的形體相近或相同，而不顧及它們之間在實際運
用上以及在發展階段上的差別，那是不恰當的。（九一
頁）

高明先生：

過去唐蘭先生將大汶口陶文釋作「戊」、「斤」、「炅」
三字，于省吾先生又將炅更釋為「岊」，讀作旦。無論釋
文是否妥當，而此種陶文是以事物的形象來表示，它的結
構同早期漢字同屬一個體系。它以自身的圖形來表達詞
義，從所象物的名稱吸取讀音；它包括了形、音、義三種
成分，代表語言中一個完整的詞義。……在陵陽河遺址那
個時代，漢字仍屬於萌芽階段，尚未完全具備表達語言的
一切功能。但它已具備了漢字應有的各種因素，同上述陶
符完全是兩種事物，這裡故將其列入漢字的系統。……陶
器上刻寫的文字，據現有資料看，初見於大汶口晚期，成
熟於商代中晚期。（五二—五三頁）

陶符與陶文是兩種不同的事物，縱然文字本身也可視為一
種符號，但它涵有詞義和讀音，與一般符號有本質的差
別。陶符只能起到一種標記的作用，不能代替文字，陶文
才是真正的漢字，二者之間既非一脈相承，也無因襲關
係，根本是兩回事情。我們這一看法，無論從理論或實物
資料的使用都有充分的證據，下面僅從幾個方面予以說
明。㈠文字必須在一定的經濟條件下誕生，新石器時代母
系氏族內部不能產生文字。……㈡文字與語言結合並表達
語言，陶符不能表達語言。……㈢文字隨著語言不斷發

展，陶符孤立存在停滯不前。……㈣陶符與文字是兩種不
同的事物，各有不同的用途。（五三—五七頁）

陶符則與文字不同，它是當時陶工爲了某種用途臨時做的
記號，無語言的基礎，也不代表語言，因而旣無詞義，亦
無讀音，只是一種記號。就以仰韶文化的八十八個陶器符
號來講，沒有誰能十分準確地說明某一陶符所代表的詞義
及讀出它的本音。（五五頁）

2. 孤立存在

汪寧生先生：

比較明顯的圖形標記，發現在大汶口文化陶器之上。……
就目前材料來看，它們屬於圖畫記事性質。儘管日下有
火，火下有山形，說明當時人們已能以圖畫方式表達一些
抽象的概念；而且這一圖形在兩個遺址中重複出現，說明
當時有些圖形已趨於固定化，但所有這些不能證明當時已
有文字，因爲眞正的文字要從表音開始，是能夠記錄語言
的符號。陶器上這幾個孤立的圖形，還不能證明這一
點。（二八頁）

姚孝遂先生：

這些圖形文字（定按：指早期靑銅器銘文）不可能與
它「同時」的通行文字甲骨文等同起來，因爲這些僅僅祇
是一些孤立存在的符號。（八五頁）

高明先生：

陶符自新石器時代仰韶文化開始，中間經過商代，直到春
秋戰國時期，仍然繼續出現，不僅始終是每器只用一個符
號，而且一直是獨立存在，從不和漢字共同使用。……春
秋戰國時代的漢字已相當成熟，可是，陶符仍非常原始，
形體亦然如舊。從而可見，它同漢字並不屬於同類事物，
有本質的差別。（五一頁）

3. 停滯不前

高明先生：

> 陶器符號卻與漢字大相逕庭，它出現比漢字早，自仰韶文
> 化即已開始使用了，直到春秋戰國時代，前後有四千餘年
> 之久。但是，如將仰韶文化半坡和姜寨兩遺址出土的陶符
> 同侯馬牛村古城晉國遺址出土的陶符兩相比較，前者刻劃
> 在陶缽口沿，後者刻劃在陶豆盤底，皆各刻一個，除陶符
> 形體有所不同外，幾乎看不出有什麼明顯的演進，基本上
> 是停滯不前的。這就充分說明，陶符的歷史雖然很久，幷
> 非連續發展，使用的範圍很小，而無社會意義。否則就不
> 會有如此停滯的現象。（五六頁）
>
> 假如像一些學者所講，「陶符乃是漢字的起源」，「陶符
> 與漢字乃一脈相承」，那麼在漢字發展到相當成熟的春秋
> 戰國階段，古老的字體已隨著時代的進展而獲得不斷的演
> 變和更新；自新石器時代仰韶文化出現的陶符，亦應和古
> 漢字一道隨同時代的前進不斷新陳代謝，去舊更新。古老
> 的陶符，早應被時代淘汰，該與當時的漢字合為一體，統
> 一使用。但事實並不如此，這種早於春秋戰國四千餘年的
> 陶符，不僅沒有因時代的發展而有所變化，仍然保持原有
> 的形體，同當時漢字互不相淆，彼此獨立共存。這就使那
> 些主張陶符為漢字起源的學者遇到一個難以解釋的問
> 題。（五六頁）

上面係就四家論文中觀點相近的部分，歸納後加以節引，並
不能涵蓋他們全部意見，但為了避免枝蔓，勢又不能對四文中其
他許多零星意見，一一討論，好在原文具在，讀者先生如有興
趣，請加檢閱。

三、陶器上刻劃符號的特性

　　上節引述四家的意見，大致認爲刻劃符號不能與語言配合，沒有紀錄語言的功能，孤立存在，停滯不前，因此不是文字；其實前兩種現象，是陶器上刻劃符號的特性使然，後者則是一般符號，在文字化過程中，沒有達到約定俗成的結果。筆者在所撰「從幾種史前和有史早期陶文的觀察蠡測中國文字的起源」一文中，對幾批陶片資料，作了詳盡的分析，對它們的特性，作了適度的描述，事隔十餘年，資料增加了三十餘倍，筆者雖沒有對新發現的資料，作同樣詳盡的分析㊟，但據觀察，其所示特性，仍不出「蠡測」一文的範圍，因此以前所得的結論，似乎仍可作爲本文討論的張本。爲了讀者的方便，不得不浪費點篇幅，將前文結論，節引幾段，以供參考：

　　1. 陶片數量和有字陶片的比例：（Ａ）西安半坡：據原報告所列出土陶器，完整的和可復原的近一千件，陶片近五十萬塊以上，而有字陶片，據原報告說，共有標本一一三件，其比例僅爲〇·〇二二六％弱。（Ｂ）城子崖上下兩文化層：原報告說標本數目是隨意選擇，所能看出的是選樣的百分比，而不是較正確的統計，尤其看不出上下兩層所出陶片的分別統計，因此只能就上下兩層總數，作一粗略比例，原報告說第一次發掘所得計二三五九一片，刻有記號之陶片共八十八片，其比例爲〇·三七三％弱。（Ｃ）河南偃師二里頭：據原報告說出土小件器物共有七千多件，又說刻劃記號共發現有二十四種，所說單位以件計，而非以片計，刻劃記號有無重複出現，也未見說明，很難作較正確的統計，姑以每一記號出現一次計，其比例

㊟在各種考古報告中，對新發現陶片資料的描述，詳略不同，無法作出和「蠡測」一文相同的分析和統計。

爲○‧三四三％弱⊗。（Ｄ）小屯殷墟：此期出土陶器近廿五萬片，有字陶片計八十二片，其百分比爲○.○三二八％強。從上列四種百分比看來，半坡和小屯的統計數字比較正確，其百分比也很相似；城子崖和二里頭兩批，前者因上下層的分別統計不明，是混合計算的，後者因計算單位不同，有陶文的陶片數出於估計，都是比較不正確的，其百分比顯然比前二者高出了十至十五倍，但有字陶片仍然爲數甚微。這種統計比較，雖然很粗疏，但有一點是可以確定的，那便是有字陶片所佔百分比都極低。這一現象可作如下的解釋：陶器是先民日常生活中經常使用的器物，不是書寫文字的素材，也不像殷商的甲骨，兩周的彝器，爲了特定的目的，有大量刻鑄文字的必要，因之，除了陶工和器物的使用者，爲了分辨該器物在同組器物中的序數或位置，或者其他目的，有些更是極偶然的於興之所至隨意刻劃一些文字外，原無大量使用文字的必要。任何一期出土陶器，有字陶片的百分比均極低，原是很容易理解的。

2. 陶器上刻劃文字習慣的推測：（Ａ）刻劃位置：上舉四期陶文的刻劃位置，一致的都在最觸目的部位，和較它晚出的青銅器上銘文的位置是相同的，這證明了青銅器上的銘辭，是沿襲了陶器刻劃文字的習慣，不過更加以發揚，產生了新的意義而已。（Ｂ）先刻後刻：西安半坡和二里頭兩批陶片上的刻劃記號，原報告沒有說明係先刻抑後刻，城子崖和小屯兩批，則以後刻者居多，先刻(坯上刻)

⊗假如每一件陶器出土時碎裂爲十片，則其比例爲○‧○三四三％弱，就與半坡的比例相近了。

者當係陶工所刻，後刻者應屬器物所有人所為。（Ｃ）刻
劃文字器物的分類：各期陶器中，刻有文字者，雖然種類
頗多，但大體上集中於大口尊和豆兩種器物上，尊是酒
器，豆是食肉器，都是日用、祭祀、和殉葬的常見器物，
對於下文所將討論的陶文中常見的文字，也可以得到有力
的印證。

3. 幾種陶器上所刻文字的意義及其與甲骨文字的比較：上
述數種陶器上所見文字，除小屯陶文數量較多計六十五字
外，其他數種自二字以上至二十五字不等。小屯陶文和甲
骨文有極近的血緣關係，到幾乎全同的程度，可識的字較
多；其他數種，可識的字較少，但可識的字，與甲骨文也
極為近似。今就陶文原文、釋文或釋義、出現次數、與之
相當的甲骨文數項，表列於下，以資比勘㊂：從上表可以
看出，紀數字是各期陶文所共有的，而且重複出現的次數
也最多，這決不是偶然的巧合；紀數字的寫法，和甲骨文
完全一致，它們是紀數字，應毫無疑義。據上文統計，它
們絕大部份集中刻劃在大口尊和豆兩類器物上，尊是酒
器，豆是食肉器，都是日用，祭祀和殉葬常用的器物，這
些紀數字很可能是代表該器物在相關的一組器物中的序
數。其次是位置字如「左」、「右」、「中」，雖非各期
都有，但二里頭也有一個疑似的「右」字，這極可能是代
表該器在使用時陳列的位置。還有一些記號，大半應是代
表陶工或器物所有者的私名，時過境遷，往往便歸淘汰；

㊂見第六十五─六十八頁。及附表三之一─三之六。

　　或者是代表某些特定的涵義。文字原也和生物一樣，有新
　　生也有死亡，甲骨金文中有許多不可識的文字，在後世文
　　字中從未再出現過，正以此故，那麼更早一兩千年的陶
　　文，擁有許多不可識的文字，原是極易理解的，何況有那
　　麼多紀數字，可以證明它們和甲骨文字是屬於完全相同的
　　系統，那麼它們是早期較原始的文字，應是毫無疑義的
　　了⦿。

　　上引鄙文，主要說明陶器是日用器物，不是先民書寫文字的
素材，而刻劃記號，又多半集中在酒尊和豆一類器物上，這都是
祭祀和殉葬常見的東西，為了特定的目的，纔刻上一些記號，原
沒有使用大量文字，以紀錄語言的必要，就現有陶文材料的內容
來看，以表明一組器物的序數和位置，或者使用者（在殉葬的情
形下，使用者即指墓主）的私名或族徽為主。殷商期青銅器銘文
仍極簡短，顯然是承襲了陶器上此一銘刻的習慣。因之，陶文不
能紀錄語言與孤立存在，正是它的特性使然，並不能證明它不具
備這種功能，小屯的甲骨文有那麼完美的字形和語法，與之同時
或稍早的陶文，形體幾乎全同，而後者絕大多數都是孤立存在，
我們豈可因此便摒諸文字之列？讀者們也許會說：不管仰韶、龍
山、或者大汶口各文化期，都缺乏同時的文字資料可資佐證，不
能和小屯期相提並論。我們該知道甲骨文是為了占卜的需要，將
文字刻在龜甲獸骨之上，纔得倖存至今，我們可曾看見殷商先民
寫在簡牘之上的日用文字紀錄？何況較殷商期早上兩三千年的仰
韶等期文化，豈能因當時文字資料，不能保全至今，而這批可貴

⦿見第五十八─六十九頁。

資料，又都是孤立存在，便認它們沒有紀錄語言的功能，當時也
不可能有文字存在呢？

四、符號與文字

　　從文字演進的角度看，符號與文字這兩個名詞，並非截然不
同的兩種事物，太古之世，先民對自己的某一概念，想加以表
達，只有用語言，但這僅限於人際間當面的交通；假如想幫助記
憶，或者想留示他人，具象的可以畫成其物，抽象的可以畫出一
個自己了解也希望他人察而見意的符號，當這些圖畫或符號完成
時，便初步有了能表達此一概念的形體，自然也同時代表了此一
概念的詞義。假如此一概念可以用單一語言表達，如
一、二、三、四等數詞，或者上、下、左、右等位置詞，或者各
種名詞、動詞之類，那麼這些圖畫或符號，自然也可以代表這些
概念的固定讀音，具備了這些功能，我們說這個人已經創造了一
個他自己所能了解、使用的原始文字，應非過於誇飾。這些圖畫
或符號，經過創製人一再使用和說明，在一個小社區裡，很容易
因為心同、理同，而為大家接受、使用；這種功能進一步的擴大
傳播，而及於一個更大的區域，為更多的人所接受、使用，終於
達到約定俗成的結果，而成為文字。從這一角度看，符號與文
字，本是一物的二名，不過因為每一個人都可以製造不同的符
號，來表達他自己的概念，而製造時的靈感與技巧，不盡相同，
這便決定了這些符號日後的命運，有的因約定俗成而成為文字；
有因較難理解，不為多數人所接受，而終歸淘汰。再者，某一氏
族共同使用的族徽，或者某一專業集團共同使用的專業記錄，都

是歷久不變的，前者意義特殊，只作為此一氏族的徽誌，往往刻意保存原貌；後者只要同一專業從業者的了解，而不要求達到共識；陶器上刻劃符號中停滯不前的，應屬此類。它們與日有演變的文字，同時並存，並行不悖，這並不表示它們在先天上是截然不同的兩種事物，不過因使用的人少，日久趨於沒落，用約定俗成的觀點看，它們是有別於文字的。在上節裡，我們已說明了陶器上除了極少數特定的目的，少有大量使用文字的機會，而這些刻劃的記號，一部分達到約定俗成，成為文字的，便與時俱進，發展為各不同時期的正統文字；一部分停滯不前的，如族徽和陶工的專業記號，仍然以原來的面目，和文字並存。到了春秋、戰國以降，陶器上捺印的風氣興起，停滯不前的符號，日漸減少，這大概因為捺印取代了族徽㉗，剩下來的只有陶工的專業記號仍然一成不變的和文字並存了。

五、結語

　　甘肅秦安大地灣一期老官台文化層陶器上，發現彩繪符號，陝西西安半坡仰韶文化層的陶器上，開始有了刻劃符號，自此以降，下及兩漢，已發現的陶器刻符，約有一百五十批㉚，每期所

㉗早期陶器上多見族徽，到了春秋、戰國時期日漸減少，這與青銅器銘文中使用族徽的情形，如出一轍，這現象應可以用銘刻習慣的改變來解釋。陶器上捺印多為里居、姓氏，其性質與族徽相近，這種以當時正統文字代替一成不變的族徽的現象，和同時代青銅兵器銘文中不再發現族徽，而代以所屬官署及工名，是一致的。
㉚同註四。

見刻符，雖多少不等，但除了清江吳城約有七十四個爲最多外，
○其餘各文化層出土的陶器刻符，大都較此爲少，我們雖沒有作
出陶符與同期陶片的百分比，但比例偏低，是可以肯定的，這充
分說明了陶器上刻劃符號，只限於少數幾種特定目的。又除了清
江吳城和極少數一兩期有成句型的陶符出現外，絕大多數都是孤
立存在，這使得對陶符是文字雛形這一觀點持懷疑態度的學者，
認爲它們沒有紀錄語言功能，○ 其實這完全是陶符本身的特性
使然，我們只要看小屯陶文都是孤立存在，而同時期的甲骨文卻
毫無疑義的具備了充分紀錄語言的功能，此一事實，應可供我們
省思。再者，部份學者都因清江吳城的陶符有句型出現而承認它
們是文字，可是清江吳城文化層出土的三期資料中，有句型的都
屬於第一期，而後兩期的陶符，都是孤立存在，我們是否可以認
爲第一期的是文字，而較晚的卻不是？這顯然是不很合適的。至
於停滯不前的現象，則純然是由符號演進爲文字過程中，未能達
到約定俗成，因之僅由少數人加以使用的結果，這種現象，到了
文字逐漸成熟的晚期，也就日漸式微，而趨於消失了。

原載第二屆國際漢學會議研討會論文集（語言文字組）

○清江吳城陶符的單位，大約是一百四十三個，如將同樣形式而正反、倒
　順不同的以一個單位計算，則爲七十四個。
○孤立存在和沒有記錄語言的功能，原是一事的兩面，前文節引四家的意
　見時，分爲兩類，純是爲了引述的方便。

同形異字説平議

摘要

有許多漢字，形體全同，而有一種以上的音讀和意義，〔說文〕中便保有許多例證。戴君仁先生撰爲同形異字說一文，對這種現象，完全以「同形異字」來解釋。文字非成於一人、一時，在遠古創字之初，這類現象，是無可避免的，但經過約定俗成，這類現象，應漸趨淘汰；可是文字演變，綜錯複雜，這類現象的形成，可能各有其不同的歷史因素，筆者即據此觀點，提出了一些不同的看法，以就正於關心本問題的諸君子。

一、前言

　　戴先生在此文開宗明義的前言裡，曾說：「夫文字之孳生非一時，產區非一地，則同一字形，或可偶然相合，用以兼表不同的語言，此同形而實異字也」。這種說法是頗爲合理的，尤其在遠古文字初創之時，這種現象，毋寧說必不可冤。遠古的人們，爲了表達自己心目中的某一概念，常創爲符號，進而以此符號代表了表達該一概念的語言，到此階段，此一符號對創製它的人說，已具備了文字的要件；但各人所創，重複難冤，經過較長時期的淘汰選擇，同形異字的現象，在理論上到此應已汰除，進而

達致約定俗成的結果，這些符號便成了採持同一語言的民族的公器，文字便如此形成了。漢字起源之早，和流傳之久，在各種文字中是少有的，在六七千年中，不停的在演變，這種現象，尤以早期爲然，研究文字學，不僅要在靜態方面分析其結構，也要在動態方面觀察其演變，就前者言，自西漢建立了完整的六書說理論，兩千年來，已有了豐碩的成果；至於動態的研究，雖然從東漢的許愼開始，就有了這種認識，但所據僅殘闕的史籀篇和經傳寫的古文經，時代旣晚，數量也有限，〔說文解字〕一書的貢獻，絕大部份仍只限於前者；降至晚近，地不愛寶，金文、甲骨文、陶文，陸續有大量的發現，終使學術界對文字演變的研究，有了極好的憑藉，這是近世研究文字學的絕佳資源。戴先生撰寫此文，所據以〔說文解字〕爲主，間亦採用少量甲骨文、金文的形體，但較少作深入的演變的探討，〔說文〕一書，成於東漢初葉，上距漢字的起源，至少已逾四五千年，文字早已約定俗成，同形異字的現象，應已不若戴先生所認爲的那麼大量的存在，戴先生列舉了六十四條例證，每條之下又兼論相關之字，約計百有餘文，在筆者看來，其中有許多似乎可以另作解釋，因不揣謭陋，撰爲此文，目的在與關心此一問題者相切磋，非敢妄議前賢也。

二、對戴文所舉例字的檢討

戴先生所據，絕大部份以〔說文〕所收爲主，許君雖已知文字演變的重要性，但他看不到第一手的地下資料，僅據殘闕的史籀篇、和少數的古文經，而且都是經過一再傳抄，自然難免訛誤，嚴格說來，只是當時許君所見靜態的文字資料，因之許君只能對文字的結構，作充分的探討，從而使六書說的理論更臻嚴密；至於文字演變的情形，在〔說文〕全書中，只散見少數推測性的敍述，缺乏系統性的論定；戴先生根據這些資料，見其形體偶同，遂作

「同形異字」的認定，從浮面觀察，似乎言之成理，實則這些形體偶同，只是浮面的表象，假如根據文字演變的觀點，對於一例字，作較深入的分折，它們所以致此之故，實在有好幾種不同的原因，現謹略抒鄙見，縷陳如次，所論未必都對，但或可對這問題進一新解。

甲、古文演變過程中，形體偶近或相同者：文字是隨時在演變的，形體變動不居，尤其不同時代的文字，往往有甲時代的某字，和乙時代的另一字，形體偶同或相似，假如不加審辨，便遽認爲是同形異字，是不很恰當的。

(五)丂㊀：〔說文〕：「丂，气欲舒出，上礙於一也，丂、古文以爲亏字，又以爲巧字」。戴氏說：「按此以一形，兼表丂、亏二字，以爲巧，則丂之假借也」。說以爲巧是丂假借，是正確的，實則說假借字是同形異字，是可以成立的，戴氏在下文正有這種說法，與此下的解釋不很一致，容於下文再作討論；至於說「以一形兼表丂、亏二字」，則實由許君的誤解，丂爲考之聲符，金文作丁㊁，甲骨文「何」字作𢓊，所從之了，即此字，按象枝柯形，即「柯」之本字，用爲肯可之可，乃假借，戴氏說丂是「咳」之本字，說金文祖考字從丂，是老人多咳的緣故，其說似有可商。至於亏，今隸作于，甲骨金文作𠀤，乃竽之本字，象管樂器之曲折，其簡體作于，和現在的字相同，許君所見古文大概有作「亏」形的，是和丂形近而譌，並非同形異字。

(八)口：戴氏在文中分引王筠〔說文釋例〕和饒炯〔部首訂〕的

㊀括弧內序數，爲戴文所舉例字之原序數，照錄以供讀者覆按，下同。戴文見國立台灣大學〔文史哲學報〕第十二期，又見戴氏〔梅園論學集〕。

㊁爲減少印刷的困難，盡量避免引用古文形體，請讀者檢孫海波〔甲骨文編〕，容庚〔金文編〕覆按。下同。

說法，認爲「囗」之一形，分表圜、圓、圍、回、方數字，這實在是將不同時代、不同形體文字，混而同之的誤認，說「○」是圜、圓兩字，「囗」是方、圍兩字，說「○」是圍亦無不可。還有可說，但方、圓決無混同之理，至於「回」，其古文當作⊚象水之回旋，也不能與「囗」字相提並論，許君已屬誤說，戴氏又兼引王、饒兩氏之說，以致更加枝蔓糾結；實則這些字形，在文獻中假如有單獨存在的例證，讀者才可隨所施而確定其音義，如此牽傅討論，是不很合適的。

㈥坴：戴氏引段注〔說文.〕的說法，說許訓屮木妄生坴字和封之古文坴是同形異字，按坴字甲骨文作坴，從「之」在土上會意，封字金文作坴，從又持屮半，象屮木之形在土上會意爲樹藝之象，散氏盤「一封」、「二封」即用此意，省作坴，與坴之篆文作坴者形近，遂引起了段君的誤解，戴氏不察，遂也誤認爲同形異字了。

㈦糸：戴氏據〔說文〕以8分別爲「玄」、「申」之古文，遂謂以一形表二字，但似乎也覺得這說法不可確信,又引王筠〔說文釋例〕的說法，認爲金文「玄」作8,與〔說文〕糸之古文亦作8,便認爲玄、糸爲同形異字，這似乎是未經深思的說法；「玄」字金文皆作8，小篆作𤣥，許君解爲「從幽而入覆之」，殊不成辭，許訓玄爲幽遠，是認8爲幺、爲幽，尚有可說，「入覆之」則全無文理；或謂玄字作8，乃繩之本字，故得與8小篆之幺、古文之系同形，其說較許說稍勝。至於申字，甲骨、金文皆作8，象電燿曲折形，許書申下收古文作8，疑當在「午」字條下，「午」字甲骨文作﹗、8，與8形近，傳寫者竄入申下；或則許君所見古文申字，有誤作8形的，亦未可知，但都不能說玄、申同形。玄字如解爲繩之本字，那它和幺、糸二字，意義上還可有些關連，和申卻是風馬牛不相及的。

㈧希：戴文云：「〔說文解字〕豕部,豕之古文作𢇇，又亥部,

亥之古文亦作 𠦪，（作𠦳者非）。說解云：『古文亥爲豕，與豕
同』。案亥雖爲豕，而與豕爲二語，故形雖同而實異字」。案小
篆亥作𠥓，豕作𢑑，形體分別較然，但在甲骨文和金文階段，二
字形體比較接近，甲骨文亥作𠂢、𠂤，豕作𢒉，金文亥
作𠃊、𠄎，豕作𢑑、𠃌、𢒉，不管甲骨、金文、小篆，豕字都是
象形，至於亥字，雖然較早的甲骨文，我們也很難解釋它的本
義，許君解釋爲男女媾精，懷子咳咳之形，是就譌變的形體立
論，難以採信，但可確知的是亥、豕二字，除了形體略近之外，
在意義上是無相通的可能的；至許君所云亥與豕同，純就其形近
立論，如「三豕渡河」、「亥豕魯魚」一例，並非以一形表二
語。

　　㈢鼎：〔說文〕：「鼎，三足兩耳，和五位之寶器也，……易卦
巽木於下者爲鼎，象析木以炊也。籒文以鼎爲貞字。凡鼎之屬從
鼎」。此從大徐本。戴文此下說解從小徐，多「古文以貞爲鼎」一
句，和本文的討論，關係較少，姑存不論。戴氏下引徐灝、王國
維兩氏的說法，因云：「余謂貞字當從鼎聲，初與鼎爲一字，而
以鼎與貝同形，遂訛從貝，致字形迥異，而古籒互爲之故，若不
可解，……蓋鼎貝二字，已由形似而至於同形，於是從貝之字，
遂訛作鼎，……而從鼎之字，亦訛成貝，如小篆之貞字，……其
病由於不知貝鼎二字同形也。而一曰鼎省聲，猶保存其舊，貝鼎
同形，當隨所施而分別之，則貞字本形可得而明，貞鼎二字，初
本一字，則古文籒文貞、鼎互爲之故，亦可得而推矣」。甲骨文
大多以鼎爲貞，是假借，晚期有作𩇩的，在假借的𩇩鼎之象形字
上，加意符「卜」，變成形聲字，是漢字聲化的通例；鼎字與
貝，形體極近，戴氏所言，非常正確，他說「於是從貝之字，遂
訛作鼎」，顯然沒有「同形異字」意思，但本條之末，又加
上「不知貝鼎二字同形」，「貞鼎二字，初本一字」二語，遂使
原本講得極正確顯豁的一段話，又與全文主題「同形異字」的觀

念相混淆了。

　　㈣午：戴氏說甲骨文午或作 ⅄，與金文玄作 ⅄ 同形，契文午作 ⅋，或說象杵形，作 ⅄，只是空廓和填實之不同，其形體與玄字偶同，不能視爲同形異字。

　　㈤未：戴氏說未字甲骨文有作 ⅋，與木字同形，按〔說文〕說「五行木老於未，象木垂枝葉」，古時大概假木爲未，垂枝葉只是故爲區別，故或有不垂者，假如說成假借，那便是眞正的同形異字，應該將這條歸入「古偶用借字」那一類去討論了。

　　㈥壬：戴氏說壬字甲骨文或作Ｉ，與工同形，按壬字作Ｉ，或說象滕形，乃織布時持經之具，工象矩形，與壬作Ｉ偶同，但甲骨工又作 ⅁ 或 ⅄，壬卻絕無作此形者，後世工、壬二字，不論小篆或隸楷，都有顯然的分別，文字約定俗成的痕迹，宛然可見。

　　㈦山：戴氏說甲骨金文山、火兩字相混，按山字作 ⅏ 或 ⅏，雖虛實不同，都象多峰並峙，其下劃都是平的；火字則作 ⅏，象火焰上炎，其下劃呈弧形，火焰之閃爍不定，這是和山字的主要區別，契文不便作圓筆，火字下劃，契刻草率，便成平直，與山字相混，這是契刻的技術問題，不能解爲同形異字。

　　㈧足：戴氏說古金文「正」字有作「 ⅄ 」者，與小篆「足」字同形，按古文「正」字作 ⅄，口形代表城邑，從 ⅎ 以會征行之意，足字甲骨文作 ⅄、⅄，象人足形，至小篆衍變成 ⅄，便和金文「正」字變所從「口」形爲「○」的偶同，這是文字演變過程中，字形偶同的現象，不能膠執的解爲同形異字。

　　乙、形聲字孳乳寖多後，所從偏旁偶同者：漢字的發展，始於象形，進而爲指事、會意、假借，到形聲字產生，漢字已臻成熟，此後新增的文字，幾乎全部是形聲字，也就因爲形聲造字的方法，和漢語的配合，完美無瑕，於是造字者衆，新字大量增加，而漢語同音異義者多，不同時地的人，所造的字，偶然採取了相同的形符和聲符，代表不同的語詞，是在所難免的，戴氏所

舉例證，有不少屬於此類，而這些字多數不是常用字，製成之後，爲歷代字書所收錄，往往沿用迄今，未加改易，於是形成了同形異字的表象。

　　㈣劇：攴部的𢿙，許訓閉，其或體作劇，刀部又有劇字，許訓判，戴氏說：「按此爲同音異義之二語，製字者偶同用一度字作音符，遂成同形異字」。戴氏用一「偶」字，可謂一語破的，但忽略了製字者大半並非一人，因此有同形異字之認定。在古文字中，義符部分，只要事類相近，便多相通之例，如攴、又、寸，亻、彳、行、止，在甲骨、金文的偏旁中便可通用，但攴與刀，義類並非很相近，尤其以刀作爲訓閉之𢿙的偏旁，是很不合適的。這兩字都不是常用字，在字書中保留下來，未加改易，不然的話，𢿙下的或體劇，多半會被淘汰的。

　　㈤杘：木部杘訓析木，又同部尿訓簆柄，其或體作杘，尿從尸聲，尼亦從尸聲，偶同而已。

　　㈥欪：口部呦訓鹿鳴聲，其或體作欪；又欠部欪訓愁兒。按古文字偏旁中，從口從欠，往往得通，故呦的或體從欠作欪，與欠部之欪偶同，情形和前幾例相同。

　　㈦蘇：〔說文〕艸部有蘇字，訓艸名；又火部「然」之或體亦作蘇，故戴氏以爲同形異字；按然之或體作蘇，乃轉寫之誤，段玉裁以爲當作「㷉」、或作「蘇」轉寫奪火字，席世昌亦謂當作「蘇」，乃以「蘇」爲聲，與「蘇」並非同形；即如今本所載，「然」下或體作「蘇」，也只能解爲假借，而非同形異字。按本條內容，原應另立「〔說文〕轉寫譌誤」一目，因僅一例，姑併入本節討論。

　　㈧哲：口部哲訓智，其或體從心作悊，與心部訓敬之悊偶同；從心從口，在古文偏旁中，也常相通，和前例的情形相同。

　　㈨溾：〔說文〕：「溾，河津也，在西河西，從水，垂聲」。又口部：「唾，口液也，從口，垂聲。溾，唾或從水」。訓口液的

唾，在早期的文獻中，唾、涶並用的情形較多見，到了後世，絕大多數都用唾字，而涶字便少見了，這也是一種約定俗成的現象。

㈢蝥：〔說文〕：「蝥，盤蝥也，從虫，敄聲」。又蟲部：「蟊，蟲食草根者，從蟲，象其形。蝥，蟊或從敄」。戴氏引段注說蟊之或體蝥，和虫部盤蝥同字。按敄從矛聲，故從敄得聲的字，自然可以改從矛得聲；虫、蟲現在雖然音義各殊，但虫字作為通名的部首用時，筆者頗疑與蟲的音義相同，至少是可以相通，因此蝥、蟊偶然同字，是不足為異的。

㈢輟：〔說文〕車部：「輟，車小缺復合者，從車，叕聲」。又网部：「𦌵，捕鳥覆車也，從网，叕聲。輟，𦌵或從車」。因𦌵一名覆車，故或體從車，和車部訓車小缺復合的輟，偶然採取了相同的義符如聲符，覆車一義，使用的較少，因此同形的字，二義並行，而沒有將𦌵下的或體取消，以達到約定俗成的結果；實則現代人如用捕鳥一義，大半會取從网的𦌵，而捨輟不用的。

㈡變：〔說文〕女部：「變，慕也，從女，䜌聲」。同部：「嬌，順也，從女，爵聲。變，籀文嬌」。戴氏引段注，說此為同形異字。按爵字古文作 𤔔，象兩手治絲形，其後字形簡化，三幺中的左右二幺，變為兩直劃，成為爵字，此字後又演變成䜌，在小篆偏旁從䜌的文字中，往往隱約可見其演變痕跡，嫡之作變，即其一例。爵字訓治，亦得訓亂，故嬌字從女從爵，意謂女之柔順，可解為形聲兼義；至另一變字訓慕，也可說是訓順一義的引申，假如此解可以成立，那同在女部的嬌和變，竟是一字，亦未可知。

㈤鞈：〔說文〕革部：「鞈，防汗也。從革，合聲」。段注以「扞」易「汗」，是也；防扞之器，以革為之，故從革。又鼓部：「䶎，鼓聲也，從鼓，合聲。鞈，古文䶎，從革」。鼓也是

以革爲之，故古文鞪從革，與訓防扞之鞈偶同。〔玉篇〕、〔廣韻〕均不以「鞈」爲「鞪」之古文，這可能是約定俗成的作用使然。

㈢慨：〔說文〕心部：「慨，忼慨、壯士不得志也，從心，旣聲」，又同部「惎，惠也，從心，死聲。㤅，古文」。按兩字篆文，並非同形，惎之古文，從旣得聲，與慨偶同，但形符位置不同，且古文、小篆時代有別，形體又非全同，似不宜混爲一談。

㈢蛾：〔說文〕虫部：「蛾，羅也，從虫，我聲」。又蟲部：「蟻，蠶化飛蟲，從蚰，我聲。螘，或從虫」。此與慨字情況略同。

丙、誤認爲同形異字者：在戴文所舉許多例字中，其中一部分，因許君說解不夠明確顯豁，戴氏又往往以己意加以闡釋，達成同形異字的結論，這類討論，頗爲紛歧龐雜，筆者整理戴文時，難以理出條例，姑以「誤認」一語，作爲本節標目，目的在便於歸類，並非要以此二字，厚誣賢者，覽者諒之。又本節所收例字，一部分是因爲譌變終導致誤認，也可以併入（甲）節討論。

㈣㗊：〔說文〕㗊部：「㗊，衆口也，從四口。讀若戢，又讀若呶」。戴氏云：「案此以一形，兼表二語，讀若戢，即與戢同字，〔說文〕云：『戢，藏兵也』。〔詩時邁〕：『載戢干戈』，傳：『戢，聚也』。聚即衆義。讀若呶，即與呶同字，〔說文〕『呶，讙聲也』。按許君在㗊下有兩個「讀若」，是否指㗊和戢、呶二字，音義皆同，語意並不顯豁，清代的說文學家，對此也沒有定論；小徐本「又讀若呶」四字，作「一曰呶」，顯與大徐本有別，戴氏從大徐，更進而認爲㗊就是戢、呶二字，這一點似有可商；按四口之意，和呶訓讙聲，是很容易理解的，讙即呁字，兩口和四口意同；但戢訓藏兵，訓聚，除了聚義和四口勉可牽傅外，實在看不出㗊可讀若戢的線索，戴先生認㗊即戢，這是推演許說，是有商酌的餘地的。即以㗊、呶兩字間的關係言，大半只是義同，段玉裁注〔說文〕和王筠〔繫傳校錄〕，對兩者間

音同的關係，都曾表示懷疑，那麼戴氏說吅與呶同字，也是可商
的。戴氏說以吅分表戝、呶二語，顯然是推演許說的誤解。

㈢瓜：〔說文〕：「瓜，本不勝末，微弱也，從二瓜。讀若庾」。
戴氏謂瓜與郎果切之蓏為同形異字，引徐灝〔段注箋說〕，謂「蓏字
本作瓜，取瓜多意，因瓜用為微弱義，又增艸作蓏」，按增艸作
蓏，乃故為區別，既已增艸，即不得謂為同形。

㈢藍：〔說文〕艸部藍字兩見，一訓染青草，一訓瓜菹，按說文
一字兩義者頗多，只能說是同字異義，不能說為同形異字；且戴
氏如引段、王兩家的意見，訓瓜菹的字作藍，與藍異形。

㈥曑：〔說文〕：「曑，眾微杪也，從日中視絲。古文以為顯
字」。戴氏引〔廣韻〕，於「衆」下增「明」字，其說是也，但又說
「眔明、微杪為二義二語，當兩讀。古文以為顯字，與明義合，
應讀呼典切；而微杪義或五合切之音，一曑表二語，是同形異字
也」，便值得商榷了。此字從日是眾明，從絲是微杪，正合二文
以會意，兩義相輔相成的，何以證其當二讀，戴氏「或讀」之
說，是無從證明的。

㈣舌：〔說文〕：「舌，在口所以言也，別味也，從干、從口，
干亦聲」。又「西，舌皃，象形。囟，古文西，讀若三年導服之
導。一曰：竹上皮，一曰：讀若誓，弼字從此」。戴氏說二者同
象舌形，舌為實物，西則舐之本字，以證一形而表二語。按西之
古文作囟，宿之古文作㐻，可證，許君誤以為象舌形，戴氏又從
而推演其說，以證其同形異字的理論，其實許君「舌皃」之說雖
誤，但下面的說解，仍隱然保有此字的本義，三年導服為禫祭，
禫從覃得聲，再加「竹上皮」，便成簟字；一讀若誓，疑
即「席」之音讀，再證以古文作囟，明是茵席之形，與舌是風馬
牛不相及的。

㈢立：在古文獻中，位字多作立，戴氏說即以一「立」形，
表立、位二語，並說段玉裁、席世昌想就二字求其音通，是不對

的。按立、位二字之義相因，用「立」爲「位」，說爲義之引申，是可以成立的；段、徐二氏之意，是說以「立」爲「位」，乃假借的關係，其說較勝，這與「月」、「夕」的關係，頗爲相類。

(弎)黽：〔說文〕：「黽，𪓑黽也，從它，象形，黽頭與它頭同」。又同部：「蠅，營營青蠅，蟲之大腹者，從黽、從虫」，戴氏云：「案此同形異字，黽與蠅俱以黽爲象形，（亦可云黽與繩之初文象形字，形極相似，而致重複）蠅古但作黽，虫爲後加，猶蛇之從虫，亦後所加也。今觀其字，尙各有其物，後世謂蠅腹大如黽，故從黽，固非，謂蠅聲，亦非也。說文𪓻、𪓸二字，從𪓑黽之黽聲，繩字當從蠅之初文黽爲聲，非省聲也」。下文引黽之初文當與繩字同音，從略。按戴氏謂黽字同肖𪓑黽及青蠅二物，說非，古人造象形字，絕無是理，且二物除大腹外，別無相似之處，爲何能以一形而表二物？但戴氏引了許多例證，說黽字的音讀，當與繩字相同，則是確不可易的，蠅字只是從虫、黽聲的簡單形聲字，和黽的意義，是扯不上關係的；黽蠅同形異字的說法，自然難以成立了。

(弎)之：戴氏頗疑小篆之「屮」，和甲骨文的「屮」，爲同形異字，戴氏原文語意，不很明確。這是出於誤解，甲骨文中「生」作「屮」，「之」作「屮」，頗有相亂的例子，但「屮」和「屮」卻是分別較然，絕不相混。

(四)甲：戴氏說甲骨文的「甲」、「七」、「才」三字形體均作「十」，極相似，按「七」字甲骨文作「十」，橫畫長而直畫短，「甲」作「十」，兩畫大抵等長；至「才」之形，戴氏已明引之，與「甲」字絕不相類，不知戴氏何以仍舉爲同形異字的例證。

(五)夕：戴氏引甲骨文「月」、「夕」同文而異語，其實在相同時期的卜辭中，月、夕二字是有區別的，早期「月」作「𝕯」

」，「夕」作「☾」，晚期則反是；即令「月」「夕」的形體不
分，「月」讀爲「夕」，也只能視爲破音讀，破音讀必具新義，
似不能解爲同形異字。

（呈）釆：戴氏引〔說文〕釆部釆、番、宷及亏部平數文，以爲同一
形象，其說云：「案釆、番、宷、平四字，本爲同一形象，殆以
一獸足之形，示獸足、辨別、審悉、平坦四義，而演成四字」。
其意蓋謂以一釆形，分表釆、番、宷、平四字，按釆、番爲獸足
之象，僅見許書，於古文無徵，未敢肊說；至於宷字訓悉，當由
釆之引申有辨別一義所衍生，似與古文番之字形無關；平字在別
部，因字之古文與釆字近似，戴氏加以牽傅，遂謂平爲獸足之平
坦；即今數字本義，果如戴氏所言，它們也只有訓詁上的關係，
不能說爲同形異字。戴氏所以有此新解，大概由於本條下文所引
清儒之說，於經文中「辨」、「便」、「平」、「番」諸字之間
「讀爲某」的關係使然，考諸家之說，大抵由於經文費解，故
就其形、音、義所近，讀爲他字，這只是聲音訓詁上的關係，似
不能作爲同形異字的證據。

（垔）凵：戴氏討論此字時，提到笢盧的象形字凵，也引述了徐
灝〔段注箋〕的說法，但戴氏認爲飯器之凵，上欲下侈，是後來
有意分別，因之仍認爲凵、凵爲同形異字；考訓張口之凵，很少
被使用，飯器之凵，現已改用形聲字的笢，即在小篆中，也有明
顯的區分，戴氏卻強解爲同形，說有可商。

（买）目：戴氏引甲骨文「目」、「臣」同形，但又明言二者橫
直有別，既然有別，自然不能說爲同形了。

（卖）見：戴氏引甲骨文「見」、「望」二字，其例與例（买）同。

（佘）舟：戴氏引小篆履字從「舟」，爲象履形，甲骨文「受」
字從「舟」，爲象槃形，是所從偏旁同形而異字；按「朝」字小
篆從「舟」，爲古文⺀之形譌，在其他偏旁中，類似的例子還不
少，〔周禮〕司尊彝「皆有舟」，小篆受之從舟省，皆日（槃）之形

誤，大抵由於古文家之誤讀，只是形體相近而已，決不能作為同形異字的例證。

㈤厶：戴氏引小篆厶字作 ㄥ，公字從此，而甲骨文公字作 𠫎，從口，與囗字相同。按與例㈤相近。

㈤回：戴氏引回之古文作 ⊚，與雷下籀文所從相同。按與例㈤情形相同。

㈤彡：戴氏引〔說文〕彡下說解：「毛飾、畫文也」，為同形異字。按「彡」作偏旁用，或象毛飾，或象畫文，甲骨文彭字從此，則示鼓聲，皆不成字，故不能解為同形異字。

㈤大：戴氏說偏旁從大之字，或為大小之大，或為人形，或為器蓋，為同形異字；按此與例㈤相近，因為大本有人形、大小二義，至於象器蓋的偏旁，則不能以文字視之了。

（丁）古本一字，後始分衍為二者：在文字演變的過程中，時代愈早，形體愈不統一，同是一字，往往有幾種甚至幾十種不同的寫法，經過約定俗成的過程，終漸趨一致，或仍保留一二或體；但也有一部分，到後來分成了兩個字，〔說文〕也分隸不同的部首之下，這也是文字孳乳的一種方式，嚴格的說，是不能視為同形異字的。

㈠說文：「疋，足也，上象腓腸，下從止。〔弟子職〕曰：『問疋何止』，古文以為〔詩・大疋〕字，（段改作雅）亦以為足字，或曰胥字，一曰：疋，記也」。戴氏說：「案此凡三字，皆以一 𤴓 形表之，足一，大疋一，胥又其一」。案甲骨文有 𤴓 字，象足形，簡之作 𤴓，即疋字小篆所自演變，𤴓 字上方稍變則為 𤴓，兩者實在是一字的或體，後來因有即玉、所菹二讀，小篆又各有所屬之字，許君遂分收成兩字，各立為部首，和自、白，首、百的情形相同，所不同的只是後數字的音讀沒有差異而已，說為同形異字，似乎不很恰當。至於以為「雅」及「胥」，戴氏亦以為假借，將在下文加以討論。

　　㈡米：〔說文〕：「米，艸木盛米米然，象形，八聲，讀若輩」。又：「朱，分枲莖皮也，從屮，八象枲之皮莖也，讀若髕」。戴氏引王筠〔說文釋例〕，說這兩字不應有分別，這說法是對的，這兩字篆形全同，音讀及字義亦相近，很顯然是由一字所分衍，或竟是一字分收，不能取爲同形異字之例。

　　㈢院：〔說文〕𨸏部：「院，堅也，從𨸏，完聲」。又宀部：「寏，周垣也，從宀，奐聲。院，寏或從𨸏」。案宀部以寏、院爲一字之或體，是正確的，𨸏部複出，周垣是本義，堅是引申義，今則本義只用院字，訓爲堅則較少用了。

　　㈣巳：戴氏說：「甲骨文之巳作ᔕ，古金文亦作ᔕ，同小篆之子，又古金文子亦作ᔕ」。案甲骨文父子之子亦作ᔕ，支名之子則作ㅂ，乃由ㅸ形演變，和〔說文〕子的籀文相近；小篆之巳作ᔕ，許君說「象子未成形」，仍可視爲「子」之象形，是則子、巳二字，乃分取「子」之不同形體，用爲支名，都是假借，後來第六支名「巳」，終另製專字，以與第一支名之「子」區分，說爲同形異字，似稍涉含混。

　　（戊）古人偶用簡字者：文字演變，大抵簡化者居多，這是指整個字的結構而言，易言之，是筆畫由多變少；但也偶有將一個字的偏旁，存其一體，假如所保留的是聲符，便和假借字的性質相同，假如所保留的是義符，便不能說爲假借，只能視爲簡字，後一現象，以戰國文字居多，〔說文〕中也偶然保存此類資料，卻語焉不詳，容易導致誤解。

　　㈡屮：〔說文〕：「屮，艸木初生也，象丨出形，有枝莖也。古文以爲艸字，讀若徹」。戴氏解云：「案讀若徹一字，古文或以爲艸，又一字也，形體適相合耳。屮爲艸之古文，〔漢書〕〔荀子〕可證。……不知此爲同形異字」。按許君言「古文以爲艸字」，應與〔漢書〕〔荀子〕所用相同，二書都是許君所能看到的，或者其他古文經也有類似的用法，那只是著書或傳抄的人，偶然用了一個

簡體字，並不是說「屮」是「艸」的古文，解爲「同形異字」，是與事實不合的。

㈢乑：〔說文〕人部：「乑，古文保」。又子部云：「乑，古文孟」。戴氏云：「許氏槤〔讀說文記〕曰：『案古文孟與古文保無別』。此亦同形異字」。案保之古金文作，象人負子形，演變作，許君所見古文，或有用簡字作「乑」者；孟字金文有從乑作者，但未見有用簡字作乑的，或許君所見不同；即如許君所言，也只能解釋爲古文經的傳抄者，用了一個簡字「乑」，分別代表了「保」和「孟」，並非一人一時所爲，只是偶然的誤混，不能如許槤所言「古文孟與古文保無別」。

㈣帚：〔說文〕巾部「帚，糞也，從又持巾掃冂內」。又女部云：「婦，服也，從女持帚灑掃也」。又止部：「歸，女嫁也，從婦省，𠂤聲」。戴氏說：「案甲骨金文用帚爲婦，亦用爲歸，婦、歸與帚，並非一語，音亦不近，不得謂之引申假借，當是同形異字」。案甲骨金文以帚爲婦，是常見的現象，二者聲、韵均遠，不能說爲假借；筆者以爲這也是古人用簡字的例子，後來甲骨金文中增女旁的婦字，也大量出現，筆者原以爲這和多數假借字增形符成形聲專字同例，便認爲用「帚」爲「婦」爲假借，但深通音理的人，不同意這種說法，因此改以用簡字來解釋，否則「帚」字當「婦」字用，是難以理解的。戴氏用同形異字來解釋，似難令人滿意。甲骨金文中，歸字均從𠂤聲，〔金文詁林〕歸字條下，收女帚𠂤一文作，以爲歸字，銘云：「女帚庚聿囝」，釋爲歸亦難以通讀，此說待商。

㈤𠂤：〔說文〕帀云：「師，二千五百人爲師，從帀從𠂤，𠂤四帀，衆意也」。戴說：「盂鼎『師』字但作『𠂤』，吳氏大澂〔說文古籀補〕說：『古師字省文』，按此與『𠂤』同形」。按用𠂤爲師，甲骨文也如此，二字韵部相近，應是假借的關係；如假借之說，不能成立，也應如吳氏說「𠂤」爲「師」之省文，較爲通

達；六國文字「工師」之「師」作「帀」，也是簡字的標準例證。

（己）古人偶用借字、別字者：在形聲製字的方法未被發現以前，有許多語言，難以製成專字，只能在已有的文字中，選取音讀和這想要表達的語言相同或相近的，加以代用，這就是本無其字，依聲託事的假借字，嚴格的說，這終是眞正的同形異字；也有已有本字，但寫文章的人偶然用了一個音同或音近的他字，這就是一般所說有本字的假借字，戴文所舉，不乏其例。

㈢疋：許君解釋此字時，說「古文以爲詩大雅字」，此從段注所改。或曰胥字，一曰：疋，記也」，這都是說假借的關係，是屬於有本字假借，「記也」一解，是視同「疏」字，雅訓正，已是假借，或又借疋爲雅，胥、疏並從疋聲，並非以「疋」之一形，分表「雅」、「胥」、「疏」三字。

㈤俟：〔說文〕：「俟，送也，從人，芺聲。古文以爲訓字」。戴氏說：「案段注以訓與俟，音部旣相遠，字形又不似，因謂訓爲揚之訛；洪氏頤煊〔讀書叢錄〕疑爲引之訛。段說雖較長，但亦未能確定。若訓字不誤，依前例亦當爲同形異字」。按段、洪兩氏意見，以俟爲訓，當非假借，許君說解，又語焉不詳，不知所見係何經古文？應係傳抄者偶寫別字，不能引爲同形異字之證。

㈢　臯：〔說文〕：「臯，大白澤也，從大，從白。古文以爲澤字」。戴氏云：「案臯仝皋，即澤也，詩：『鶴鳴於九皋』，傳：『皋，澤也』。皋與澤異名而實同，猶𡐔、塘之比，故爲同形異字」。案此字在古文字的形體演變，及古文獻中的音義通轉，牽涉多變而複雜，皋與澤的關係，和𡐔、塘也非完全相類，筆者謹就耳目所及，略論如下，雖然未能將臯、澤兩字的關係，完全理清頭緒，但非同形異字,是可以確定的。〔說文〕臯在大部，皋在夲部，二者聲韵並近，形體又大致相同，戴氏說爲同字，雖言之成理，但臯字見於金文，皋卻只見於小篆，說皋爲

臭字演變，也許更較恰當。皋字許書說解，疑有訛奪，徐灝說「未違其詣」，不為無因；臭下說解，各本作「大白澤也」，段注刪「澤」字，似較勝，這大概因為下文有「古文以為澤字」一語，所以在「大白」之下，也加一「澤」字，實則「臭」之本義為「大白」，段注有說與「澤」無關，古文以為澤字，是因為「臭」之形體，展轉演變，而與「斁」相通，說見下。斁、與澤，又同從睪聲，許君所見古文中，或有假「臭」為「澤」之例，因而在「臭」字說解中，保存了這條資料，假如貿然說為同形異字，是很不貼切的。按古代成語「無斁」之「斁」金文作 𦐇 牆盤、作 𦐇 鄧伯氏鼎、作 𦐇 毛公鼎，又演變為 𦐇 靜簋，為 𦐇 南宮乎鐘。在形體上，毛公鼎、牆盤、南宮乎鐘、鄧伯氏鼎是一系的，毛公鼎、牆盤兩文下半從矢，靜簋一文上半從目，各保留了此字初形的一部分，其初誼為傷害、為敗壞、為厭惡，引申為屬足，毛公鼎銘：「𦐇皇天亡斁」，牆盤：「𦐇 𦐇亡斁」，南宮乎鐘：「茲鐘名曰無斁」，靜簋：「靜學無斁」，均其義。其後從「目」的字，演變為「白」，與「白」字近，從「矢」演變為「大」，與小篆之「臭」形體全同了。中山王𦐇壺、欒書缶是一系，壺文作 𦐇，缶文作 𦐇　，但它們都應釋為「擇」，和經典中成語「無斁」之「斁」，形體全同，而音讀為「擇」，這已透露了說文中所說「古文以臭為澤」的消息。金文中「擇」字，除上舉壺、缶兩處外，餘均作「𦐇」，靜簋「亡斁」之字作「𦐇」，實在可以解釋為「斁」、「𦐇」兩字混淆後的簡體。這幾個字形、音、義間糾結不清的關係，為文字演變過程中所產生的混亂現象，是難以常理論的。此字形體，應以從目從矢為上，甲骨文作「𦐇」，正是金文「臭」字所由演變；〔說文〕未見「斁」，論者多認為即「眣」之本字，這說法是可信的，但字義已引申為目不正，音讀也已改易，這是文字演變過程常見的。斁字在欒書缶和中山壺銘中，都用作擇字，但經典中的「無

斁」、「無射」，卻和金文中的「無𡚁」，語法完全相同；「𡚁」字在小篆中又演變成「臭」字，讀古老切，和眣讀丑栗切，都和斁的音讀，有了差別，但它們在「無𡚁」這一成語中的用法，和「無斁」、「無射」完全相同，我們除了認爲它們當時音近外，這現象便難以解釋，筆者不諳音理，特貢此疑，以待方家指正。此字旣與「斁」通，「斁」在缶、壺銘中又用爲擇字，金銘中擇字多作「⿱睪廾」，從「𠬞」與從「攵」得通，因此靜簋的「⿱罒𠬞」字，應是「𡚁」與「⿱睪廾」的混合簡體。在上述形、音演變的述敍中，「𡚁」、也即是「臭」，和從睪得聲之字，已證明可以相通，那麼許君在「臭」字條下所說：「古文以爲澤字」，應該是古文的假借，而不能是同形異字了。戴氏說臭、澤的關係，「猶𩫏、墉之比」，也是可商的，說見（庚）節。

㈢Ω：〔說文〕：「且，薦也；從几，足有二橫，一、其下地。Ω，古文以爲且字，又以爲几字」。戴氏引此云：「從小徐本。案此古文中同形異字」。案大徐本無且篆及其下十一字，戴氏引〔說文〕多從大徐，而此獨從小徐本，目的大概是要支持他的同形異字的說法；且之與Ω，其差別在兩足間二橫之有無，「且」即「俎」之本字，其形體和「几」是相似的，「且」部前即爲「几」部，其篆形作「∩」，和「且」篆的差別，在象「其下地」的「一」之有無，以常情論，許君在「几」部之後，緊接著據形系聯，列「且」部，不應在「且」篆下又出「Ω」篆，說古文以爲几字；嚴章福所見〔繫傳〕，「且」下重文作「Ш」，和他本作「Ω」者不同，因此他不贊成嚴可均〔說文校議〕的說法，而主張刪去小徐本重文以下十一字，是很有見地的；很明顯的「俎」、「几」形近，字形也易混，「且」下重文「Ω」，當係校者竄入，似不能引爲同文異字之證。

㈣弔：戴氏說古金文「叔」作「尗」，與小篆「弔」形相近，或有全同者；金文恆言「不尗」，後世文獻多作「不弔」。

戴氏則認爲是同形異字。「叔」字許訓拾，用爲伯叔之叔、淑善之淑，都是假借；金文作 𠂤、或 𠂤，與「弟」字作 𠁊、𠁊 者形近，徐灝說弔從弟省聲，吳其昌〔金文名象疏證〕，說「弔」、「弟」同字，其說**甚有理致**；少於父者謂之弔，少於己者謂之弟，今則少於父者謂之叔，是借用之字不同，不能說訓拾之叔、金文作弔，是同形異字。

（庚）其他：在前面六節中，分析了戴文所舉的大部份例字，就其個別不同的情況，分爲六類，加以檢討；但仍然有些例字，其情況較特殊，難以歸類，便通通納入本節。

㈠ | ：〔說文〕：「 | ，上下通也，引而上行讀若囟，引而下行讀若退」。小徐〔繫傳〕說：「此二字同用一文，皆從所在而知之。囟音信，今人音進；引而下行音退」。戴氏說：「案同形異字之意，小徐已知之。此以一直筆，表進退二語，書時引而上即爲進，引而下即爲退；書成，則僅只一體耳」。案許君說此篆，很是奇怪，全書二音二義之字不少，但此字的說解，卻獨創一格；且「 | 」字寫成之後，讀者所見，僅一直畫，何從辨其引而上、引而下，而分別讀爲進、退二字？假如「 | 」下許說是正確的，何以不將進、退二篆，收入「 | 」下，以爲「 | 」之重文？在在都可引起疑議；且文獻中既無「 | 」字讀爲進或退之例，古文中除數名之「十」作「 | 」，與此相同，卻和進、退無關，在偏旁中雖多從「 | 」之字，卻無法證其引而上或引而下，清儒注說文者，雖多引至、不、才、屮、木、生諸字，附會引而上、引而下之說，但大多經不起推敲。〔廣韻〕只在混部收此字，而不分收在震、隊二部，顯然是對許君說解，不敢深信。戴氏據許君臆解，引爲同形異字之首例，似乎應加斟酌。

㈥ 皀：〔說文〕：「皀，穀之馨香也，象嘉穀在裏中之形，匕、所以扱之。或說：「皀、一粒也。又讀若香」。戴氏說：「金文作 𭰀，蓋象祭器盛黍稷，本以表黍稷之粒，復以表黍稷之香，一

形兩語，亦同形異字也」。案金文作皀，爲𣪘之象形本字，今字作簋；古嚮字作卿，象兩人相嚮，就簋進食，故饗宴字也是如此寫；鄉縣之鄉，早期應該是假借嚮字，後來形體改變從䢼，以遷就鄉縣之義，但鄉縣之字從皀，便只能解釋爲形聲字，這雖是由假借變形聲的通例，而形符部分，卻只是沿用假借字而稍加改變，這是巧合，也是特例；從以上的討論，可以探知讀若香的來源；𣪘爲黍稷圜器，可以引申爲黍稷之香，這是文字音義演變的常例。至於訓粒，讀皮及切，當然也是由本義引申而來，只是這兩種引申的音義，除〔說文〕保留外，其他文獻，較少見到，〔顏氏家訓〕引蜀豎「豆逼」之語，說即是此字，只是顏氏解釋當時蜀方言的一種說法，這種語言音義的演變，雖可求得根源，但似乎不宜用「同形異字」來加以解釋，此字的最早音讀，應該是和簋字相同的。

(七)𩫏：〔說文〕：「𩫏，度也，民所度居也，從回，象城𩫏之重，兩亭相對也」。戴氏說：「案𩫏爲城郭之郭本字，又土部墉之古文亦作𩫏，此亦同形異字，以一𩫏形，兼表二語」。案金文中「昏庸」、「附庸」之庸，皆作𩫏，小篆之𩫏，由金文𩫏變，都讀余封切；甲骨文此字作𩫏，象城上四亭，兩兩相對之形，其辭例皆爲「𩫏兮」連文，無法證其音讀。根據周法高先生的意見，庸、郭兩字，聲韵頗近，墉垣之墉，後來有了形聲之「墉」，便以古文象形之「𩫏」，當作城郭的專字，各專一義；國名之郭，本也從「𩫏」爲偏旁，後因「𩫏」字繁複，隸楷又簡化爲「郭」，於是「城𩫏」字，又借國名之「郭」來用，這種文字形音演變的關係，用簡單的「同形異字」來加以解釋，似乎稍失含混。

(九)囧：〔說文〕：「囧，窗牖、麗廔闓明，象形，讀若獷。」賈侍中說：「讀與明同」。戴氏說：「按兩讀即表示代表兩語，部中盟字從囧，篆文作盟，即可證囧即明字，而讀若獷，即演爲後

世俱永切之音，其義雖亦爲先明，而與明已非一語，亦應謂之同形異字也」。囧字古作 ⊠ ，爲窗牖之象形字，與囪之古文作 ⑪ 者相近；賈侍中說「讀與明同」，應是引申義的音讀，這是別音別義，似乎不宜解爲「同形異字」。至朙、明二字，是光明一義的兩種會意的寫法，戴氏說因盟字從囧，亦從朙，即可證囧即朙字，這說法和以朙、明二字相同，即說「囧」即「日」字，是同樣的可商。至盟字何以在囧部，頗爲費解，段氏注改篆形爲從皿，說爲皿聲，雖然可通，但於從囧之故，未加解釋；頗疑字當改隸「血」部，說爲「從血，囧聲」較合，這點與本文無涉，附帶提出，以就正於高明。

　　㈡〔說文〕：「丂，嘾也，艸木之華，未發圅然，象形。讀若含」。戴氏引王筠〔說文釋例〕的解釋說：「有一字象兩形者，丂字是也，說曰：『嘾也』，謂舌也，部中圅字承之，……又曰：『艸木之華，未發圅然，謂花也，部中甬、弓承之，……故知一字象兩形也」。案「丂」只是一個偏旁，不成字，圅字古作⑤，甬字古作甬，圅是放矢的袋子，甬是鐘的象形，許君之說，都未可據；這兩字從丂，都是上面所附掛鉤變來，根本與舌或艸木之華無涉，王筠據許君誤說，又加以推演，說爲「一字象兩形」，戴氏自然援以爲「同形異字」之例了。

　　㈢〔說文〕：「汓，浮行水上也，從水從子，古文或以爲沒」。戴氏說：「案汓字今以游爲之，游沒義相近，同爲人在水中，故古文以汓爲沒，此亦同形異字」。汓訓浮行求上，沒訓沈，其義相反，似與亂訓治同例，但其他文獻中，未見這種用法，許君所見古文，不知文義爲何？或竟是古人偶寫錯字，亦未可知。

　　㈣〔說文〕：「匕，相與比敍也，從反人。匕，亦所以取飯，一名栖」。戴氏引王筠〔說文釋例〕：「匕字蓋兩形名義，許君誤合之也」，戴氏又加以申述：「案王說是也，比敍之匕，與一名栖之匕，初形相似，而不全同，比敍之比從反人；一名栖之匕，象匙

形，疑當作『乀』，習用既久，演變爲同形，許君撰說文，合而爲一，乃成同形一字」。案王氏釋例的話是對的，然猶未達一間，「相與比敍」，是事非物，無形可象，只能會意，這本應是下文「比」字的說解，誤屬於此，比下當云：「匕，栖也，所以取飯」。比下當云：「相與比敍也，二人爲從，反從爲比。一曰：密也」。這兩者是風馬牛不相及的，匕字甲骨文作 ，象匙之側視形，只是一物，何來「相與比敍」之象？匕、比二字，形既相近，音又全同。許君誤混其說解，導致王、戴兩氏「兩形各義」、「同形異字」的解釋，是不爲無因的。

　　㈢〔說文〕：「虫，一名蝮，博三寸，首大如擘指，象其臥形。物之微細，或行，或毛，或臝，或介，或鱗，以虫爲象」。王筠〔說文釋例〕：「案許說凡兩義，首四句本之釋蟲，此一義也；物之微細以下，指凡蟲而言，所以領部」。戴氏說：「案此同形異字，一爲虺字，一爲蟲字，二字同作虫象也」。案虫字作 象蛇形，其古音當與蟲無別，部中之字，多與蛇無關，必取其通名之音義，以爲凡蟲之稱；專名之虺，別構音讀，文字之音義衍化，多見此例，專名之所以別製「虺」字，亦可見和通名的音讀不同，纔加「兀」爲聲符，來故作區別的。

　　㈣〔說文〕：「絲，微也，從二幺」。戴氏說：「案甲骨文有 ，借爲茲，當是絲字，金文亦然，與小篆絲，同形而異字」。案絲之爲物微細，故引申有幽微一義，殷周時代， 、 爲或體，故得借爲「茲」字；這和秦漢的小篆，時代不同，「絲」字已無「絲」的寫法，「絲」字便被人們賦予了新的音義，這似乎可以解釋爲舊瓶新酒的現象，比說爲「同形異字」，要合理些。

三、結語

　　以上一章，分別檢討了戴先生同形異字一文中，所舉的六十
四組例字，大體上就每組例字中彼此之間的關係，和每個字的演
變歷史，就其情況相近者，分成七大類，但每組例字，情況不盡
一致，其間包涵了不少變數，因之常感歸類困難，有些例字，歸
入此組，也可歸入另一組；而戴先生用簡單的「同形異字」四個
字，加以統屬，筆者不敢苟同，這也是撰寫本文的動機。其實戴
先生在文末有如下一段話，很值得注意，他說：「以上所舉，凡
六十四例，姑就考察所及，非謂盡於此也。綜觀諸例，而類攝其
同形之故，可得三種：一曰，有異語言而同字者，如〔說文〕兩讀
之類是也；二曰，有異書體而偶合者，如小篆之與古籀或體及甲
骨金文是也；三曰：有異書法而偶合者，如甲骨文之未、木同形
均作 ⚹，小篆之蠱、虵同形均作 ⍭ 是也。蓋由於造新字，不計其
與舊文重複，或異地區分造字而不相謀，遂有此種現象」。這三
種現象，大抵因時代不同，文字演變使然，這和筆者撰寫本文的
基本觀點，是很接近的；但戴先生此文，並未循此發展，而爲先
入的「同形異字」觀念所蔽，其結論遂與筆者大異其趣。戴先生
所據資料，絕大部分出自　說文　，自漢字發生，下及許君之世，
漢字演變，至少已逾四千年，其間遠古資料，許君都不及見，故
許書於文字演變的論例，大抵均從簡略，據以檢討文字演變的綜
錯複雜現象，是很不夠的；筆者不揣譾陋，謹於戴文所舉例字，
稍加爬梳，所論雖未必是，聊以貢一得之愚而已。

原載東海大學學報 30 卷，1989

小屯陶文考釋

附董作賓先生來函

1 | 字當釋"一"，古文紀數之字，一二三四為一系，五至九為一系，一二三四積畫成象，五六七八九則以假借見義；卜辭一二三四諸文多作一 二 三 三，然亦有豎之作 | || ||| |||| 者，如卜辭有大卜骨上刻紀卜次之字，有一至八作：") (+ ∩ X |||| ||| || |"者（此例多見，一時未能檢出。），則此下一三四諸字看法當作 | ||| ||||，蓋以下所見五七諸文，均以器之內外緣為上下，如五作 𝕏，七作 ⊥ 可證也。丁山「數名古誼」曰："數惡乎始？曰：始于一，一奇二偶，一二不可以為數，二乘一則為三，故三者數之成也，積而至十，則復歸于一"（汪中〔述學釋二九〕上）。我國紀十之法，實豎一為之，自 | 變而為 ↑ （孟鼎），再變為 ↑ （克鐘），三變而為 ↑ （秦公㲃），四變而為 十 （廣鼎），為 十 （詛楚文），於是象東西南北中央五方俱備矣。積一為二，積二為三，二與三積畫而成，巴比倫羅馬及若干民族之初文，莫不如是，所謂此心同此理同也。"（見〔集刊〕第一本九〇頁，又可參看〔甲骨文字研究〕上冊「釋五十」一文）。

2 ||| 當釋三，說見上。

3 |||| 當釋四，說見上。

4　　Ⅹ　　當釋五，〔說文〕云：“五，五行也，從二，陰陽在天
地間交午也，Ⅹ，古文五省”。丁山〔數名古誼〕云：
“五行之說，……其流蓋出周末陰陽家，遠而徵之，亦
不出箕子言，〔洛書〕之名，五行之說，殷以前未聞也，
則卜辭之五，皆不得解以五行矣，〔說文古籀補〕引〔
丁子尊〕五字作三，猶二三四之以積畫爲字，亦不得解
以五行矣，而許君乃以五行爲Ⅹ本義，何也？曰：此亦
本義廢，借義行，學者習以借義爲本義，而失其本義者
也。Ⅹ之本義當爲收繩器，引申之則曰交午，（中略）交
橫謂之五，交合亦謂之互，（中略）〔說文〕以互爲
𥰭省，云：‘象形，中象人手所推握也’。段氏謂：‘
𠃌象人手推之持之’，愚則謂象糾繚形，〔文選鵬鳥賦
〕‘何異糾纏’，注引〔字林〕：‘糾，兩合繩’，〔
長笛賦注〕，亦引張晏〔漢書注〕曰：‘二股謂之糾’
，然則互之從𠃌，蓋取兩繩相交意，兩繩相交謂之互，
縱橫相交謂之五，其所以相別者，而意終無別，然則謂
五互形近音同義通，毋寧謂Ⅹ古文互之爲近矣。互〔說
文〕云：‘可以收繩’，故並繩與器而象之，Ⅹ則象器
之尙未收繩也，故見其交橫之輻，（中略）蓋自借Ⅹ爲
三，收繩之義失，而別造互字，自借丰爲交Ⅹ，交橫之
義失，而有五行之說，此古誼失傳，後儒不得其解者三
也”。

5　　▷◁　　當釋五，卜辭五字多見，皆作Ⅹ，或作Ⅹ（〔後〕上、五、
九、），或作三（〔龜甲獸骨文字〕一、十八、十三、）亦有橫之
作Ⅹ者，金文仲五父𣪘作Ⅹ，戈五甗作Ⅹ，伯睘卣作
Ⅹ，𤔲卣作Ⅹ，均爲橫書，與此同。

6　　Ⅹ　　當釋五，與許書古文同。

7　　Ⅹ　　同上。

8　ⅩⅩ　此爲兩五並列，非五十五也，卜辭紀數之法，十之倍數
　　　　皆合書，其於十之倍數以外更有奇零之數者，則言“幾
　　　　十又幾”或逕言“幾十幾”，十位以上不足二十者，則
　　　　逕稱“十幾”或“十又幾”，此其通例，如言“五十
　　　　五”，則當作“𠬛Ⅹ”或“𠬛 ⅱ Ⅹ”，絕無並書
　　　　作“ⅩⅩ”或聯書作“𡕣”以示五十五者，其詳可參
　　　　看〔甲骨文字研究〕上册「釋五十」。

9-15　十　均當釋七。卜辭七作十（〔後〕上、五、九），或作十（〔
　　　　後〕下、九、一），大抵橫直二劃，長短參差，甲作十，則
　　　　二畫等長，此其別也。間亦有七字兩畫等長而甲字兩畫
　　　　反有參差者，則可以上下文義別之，金文亦然，但以甲
　　　　字兩畫等長，七字兩畫參差者爲正體也。此數文橫直二
　　　　畫相差頗大，且爲單文，當以釋七爲是也。(丁山曰：“七，
　　　　切也，數字之七，乃思切爲之”。見「數名古誼」〔集刊〕第一本九三頁，又
　　　　見〔甲骨文字研究〕上册「釋五十」第二頁七行）

16　𠂇　當釋ナ，即古左字，〔說文〕云：“𠂇、ナ手也，象
　　　　形”，今作左；左，古佐字，蓋假左爲ナ然後更加人旁
　　　　於左以爲佐，此文字衍變，假借之義專行，別造他字以
　　　　爲本字之例也。卜辭作𠂇（〔鐵〕八、三），𠂇（〔鐵〕二五
　　　　五、二)，與此同，甲骨文字每反正無別，獨ナ作𠂇，又
　　　　(左右之右)作𠃌，的然不混（偏旁從又者則或作𠂇，蓋其代表者
　　　　爲手，左右手無別，故亦不必別其左右也。），此下所見左右中數
　　　　文，筆意雄肆，當爲第一期之作，於諸器上刊左右中諸
　　　　文者，疑或以之供祭祀，事神者齊肅莊恭，其器物位置
　　　　均有定次，故刻諸文以識之，至於日常飲食之器，固不
　　　　煩列此諸文也。

17　𠂇　此文左上殘泐，當爲𠂇之殘文，仍當釋ナ，第一期。

18　𢆶　字當釋中，〔說文〕：“中，內也（一本作和也，一本作而

也，此從段氏校改），從口，｜上下通也，中，古文
中，中，籀文中 ”，羅振玉曰：“〔說文解字〕中古文
作中，籀文作中，古金文及卜辭皆作中，或作中，斿或
在左，或在右，斿蓋因風而左右偃也，無作中者，斿不
能既偃於左，又偃於右矣。又卜辭凡中正字皆
作中，從口從卜，伯仲字作中，無斿形，史字所從之中
作中，三形判然不淆混，惟中丁之中曾見作中者，乃偶
用假字也 ”。見〔殷虛書契考釋〕中十四頁。唐立庵
曰：“中字舊歧爲三，以中形扩，以中爲仲，以中中爲
中，今正（中略），中中中三者既爲一字則其字形演變可
得而言，今表之如次：

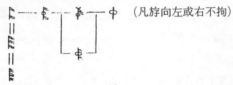

然則中本斿旗之類也。以字形言之，中與扩相近而實
異，蓋扩形見古文者作中中中中中等形，上有一斿，
斿下爲旗形；中字則作中者象九斿，作中者象六斿，作
中象四斿，均只有斿而已（中略）。中以四斿爲最夙，故
其字亦以中爲最古，凡垂直之線，中間恆加一點，雙鉤
寫之因爲中衆中形，而中形盛行，由以省變，遂爲中形
矣。〔說文〕作中中中三形，中即中之小變，中爲中之
譌，中，中之譌，許說中：‘從口，｜上下通’。近世
學者多說爲象矢貫的，此外臆說尙多有之，皆由不知古
文本作中也。中爲斿旗旒之屬，何由得爲中間之義乎（
中略）？余謂中者最初爲氏族社會中徽幟，〔周禮·司
常〕所謂：‘皆畫其象焉，官府各象其事，州里各象其
名，家各象其號’。顯爲皇古圖騰制度之孑遺。此其徽

幟，古時用以集衆。〔周禮〕大司馬教大閱，建旗以致民，民至仆之，誅後至者亦古之遺制也。蓋古者有大事，聚衆於曠地，先建中焉，群衆望見中而趨附，群衆來自四方，則建中之地爲中央矣；列衆爲陣，建中之酋長或貴族恆居中央，而群衆左之，右之，望見中之所在，即知爲中央矣；然則中本徽幟，而其所立之地恆爲中央，遂引申爲中央之義，因更引申爲一切之中（如上下之中，前後之中，大小之中等。），後人既習用中央等引申之義，而中之本義晦，徽幟之稱，乃假常以偁之，中常聲相轉也。”見〔殷虛文字記〕三十七頁一行至四十一頁十二行。卜辭中作 𤔌（〔前〕五、六、一），𤔌（〔前〕七、十六、一）、辭云：“……貞來甲辰立中”，𤔌（〔前〕七、二二、一)，辭云:“庚寅卜，〔辰〕貞，王 由 立中若”。作 𤔌(〔蕭天〕九、〔續〕四、四、五) 辭云：“……子立中，允亡風”。作 𤔌（〔佚〕二五二）辭云：“立中”，此言立中，則中必爲名辭可知，蓋如爲中央之義，則爲空洞之形容辭，僅言立中爲不辭，必言立室中立門中等乃合，中既爲名辭，則於中爲旗之一解，乃有可說，如〔續〕四、四、五，辭言：“子立中，允亡風”。蓋建旗忌風，爲事情之常也。卜辭亦多用中爲中央之義，如“𤔌日其雨”（〔明〕七〇三、），“𤔌日雪”（〔前〕六、十七、七)，“丙申卜貞 𤔌 馬左右中人三百，六月”(〔前〕六、二、二），等可證，亦用爲伯仲字，如“中丁”(〔菁〕三、)“中子”（〔明〕一一七）可證，金文均作 𤔌（中鉦），𤔌（中作且癸鼎），𤔌（孟鼎），𤔌（中父辛爵），與卜辭及陶文並同，〔前〕六二，二，辭言左右中，與陶文諸片所見 ナ 又 中 諸字可爲互證，此片中字直畫上端右側適當殘泐處，故僅下端見 𤔌 形也。(又〔殷契萃編〕五九七片

云）：" 丁酉貞王作三自（師）右中左。亦可證 "）

19　中　字當釋中，無㫃形，與卜辭一體同。

20－23　　字當釋又，〔說文〕：" �，手也，象形，三指者，手之列多，略不過三也 "。又：" 右，手口相助也，從又從口 "。後世假右為ナ又之又，而右助之義廢，乃加人旁作佑以當右助字，此與ナ左佐字之衍變同。卜辭作　諸形，與此同，惟陶文肥碩，卜辭纖細，則以此數片所見又字均為素坯未燒前所刻畫，甲骨質堅，作字難易有別，故有肥瘦之殊也。此數又字均為第一期物，金文又字作　（亞又段），　（毛公鼎），　（禹攸比鼎），與卜辭陶文並同。

24　　此片圖形文字凡三，左側一文，頭部殘泐，僅餘身尾，中間一文，全形畢肖，與左側者並為魚字；卜辭魚作　（〔前〕一、二九、四）、　（〔前〕四、五五、五），　〔前〕四、五五、七），　（〔後〕上、三一、一），　（〔後〕下、六、十五），並與陶文相類，但繁簡有別耳，蓋陶文用作文飾，故其文繁，卜辭用作文字，故其體簡也（金文魚字甚多均與此同）。有側一文，當是龜字，卜辭作　（〔餘〕十七、一），　（〔前〕四、五四、三），　（〔前〕四、五四、四），　（〔前〕四、五四、五），　（〔前〕四、五四、六），　（〔前〕四、五四、七），　（〔前〕四、五五、一），　（〔前〕六、五十、八），　（〔前〕七、五、二），　（〔前〕八、八、三），　（〔後〕上、十九、二），大抵均作側面象形與此作　者相似。

25　　此片三圖形文字，兩端者作　若　與卜辭犬字作　（〔鐵〕四四、一），　（〔鐵〕七六、三），　（〔鐵〕一五〇、一），　（〔前〕一、四六、三），　（〔前〕三、二三、六），　（〔前〕七、二五、四），　（前八、四、一）相

似，當釋犬（後犬字又與甲骨文虎字相近，或即虎字。）。中間
一文作🐛，與卜辭之 ᒉ（〔鐵〕一八五、三），ᒉ（〔拾〕十
三、八），ᒉ（〔前〕六、六六、三），ᒉ（〔後〕上、二八、六）
相類，卜辭諸文或釋蠶，葉玉森說以爲蠶之象形，然
無碻證，疑仍蛇之象形字，卜辭虫作 ᒉ（〔鐵〕四
六、二）、ᒉ（〔鐵〕一七八、三），象博首修身，然取象甚
簡，已爲較進步之文字，至前舉諸文，則蛇之原始象
形文字也。此陶片所見一文，旣與卜辭前舉諸文相
似，如釋爲蠶，則其首大於體，於蠶形不類，且與二
犬並列，其長碩相埒，不如釋虫，於字形比例均較合
也。

26—27 均當釋虫，說見前。

28—29 二片均象一犬就食之形，左端畫一犬字，右端則示以器
盛食食犬也，左當釋犬，其右作 ⚲，從皿從⌐，與卜辭
盍字作 ⚲（〔鐵〕二二、三、四、），⚲（〔拾〕八、四），⚲（
〔前〕四、五、七、），⚲（〔前〕五、十一、一、）者相類，如
以文字視之，自當釋爲盍字，然"盍犬""犬盍"聯文，
均不辭；蓋此陶所畫純以圖畫爲文飾，尙未躋於文字之
域，正不必拘拘以文字之結體說之也。又29圖右端作
⚲，與卜辭易字作⚲者全同，如釋爲易，讀爲錫，則錫
犬聯文，與卜辭金文中所佴錫貝之辭例正合，其義
尙有可說，然以28圖例之，知此亦爲⚲形之稍稍草率者，
其非"錫犬"連文可知也。

30   字當釋犬。

31 🐉 字當釋龍，小篆作 龖，〔說文〕云："鱗蟲之長，能幽能
明，能細能巨，能短能長，春分而登天，秋分而潛淵，
從肉飛之形，童省聲"。卜辭作🐉（〔鐵〕一〇五、三、），
🐉（〔鐵〕一〇九、三），🐉（〔拾〕五、五、），🐉（〔前〕四、

五三、四、），，𤣥（〔前〕四、五四、一），𤣥（〔前〕七、二一、三），𤣥（〔後〕下、六、十四、）其作𤣥者，與此陶文正同，此片下部殘闕，補足之當爲𤣥（虛線下爲以意補之者）則與𤣥正同，𤣥者象相傳龍之肉冠，及爲文字，遂譌爲小篆𠕪，𤣥象其口若垂胡，即小篆所從之肉，𤣥則小篆𤣥之所由衍變也；金文作𤣥（邵鐘），𤣥（龍母尊），𤣥（昶仲無龍鬲），𤣥（昶仲無龍匕），與卜辭陶文並相類，但陶文較早，故與圖畫相近，當係第一期或以前之物，卜辭金文已成文字，故去其繁縟，漸趨約易，金文則更與小篆相類矣。羅振玉釋卜辭龍字曰：“〔說文解字〕龍從肉飛之形，童省聲，卜辭或從𤣥，即許君所謂童省，從𤣥象龍形，𤣥其首，即許君誤以爲從肉者，𤣥其身矣；或省𤣥，但爲首角全身之形；或又增足”。見〔增訂殷虛書契考釋〕中三十三頁十一至十三行。陳邦懷曰“龍字從𤣥，即𤣥之省文，篆文龍字譌𤣥爲𤣥，許君說童省聲，恐不然也。”見〔殷虛書契考釋小箋〕十五頁。唐立庵曰：“𤣥當釋旬，疑讀爲狥或徇，巡也,宣令也,”見〔天壤閣甲骨文存考釋〕六一頁六行，又曰：“𤣥𤣥𤣥𤣥𤣥諸形當即𤣥字，其義則旬，其形則蛇虺之類也，〔史記封禪書〕地蟳之蟳，即𤣥之假借字，〔說文〕：“蟳若龍而黃，北方謂之地螻”，地螻當是地蟳之誤，地蟳黃龍即蟳，𤣥即象蟳形也，卜辭作𤣥者用作旬，𤣥者用作雲，作𤣥者疑讀爲悖或愡，悖，憂也。”見同書四十頁廿四行至四十一頁廿四行（按唐氏以龍與𤣥𤣥爲一字，說非，𤣥自是旬，𤣥自是云，此自是龍，各不相涉也）。

32　𤣥　此爲人之象形，雖仍是圖畫，不可以文字視之，然其爲後來卜辭及小篆“大”字之所本，似可無疑，是則即以“大”字視之，亦無不可也。卜辭大作𤣥，金文

作 🉑（大保鼎），🉑（者女觥），🉑（毛公鼎），🉑（散盤），
雖其體有繁簡之殊，而其所象則一也。

33　己　字當釋己，卜辭金文並與此同，（見〔甲骨文編〕及〔金文編〕
　　　十四卷。）此片僅一單文，不詳其義。

34　🉑　當是乙丁二字，卜辭與此同，惟二字均爲天干合書，不
　　詳其義，郭氏謂：“按甲乙丙丁四字爲一系統，此最古
　　之象形文字，〔爾雅・釋魚〕曰：‘魚枕謂之丁，魚腸
　　謂之乙，魚尾謂之丙’，乙之象魚腸，丙之象魚尾可無
　　庸說，魚枕者，郭注云：‘枕者，魚頭骨，中形似篆書
　　丁字，可作印’。此以篆文爲說，自非其朔，余按枕或
　　係字之訛，而丁則係睛之古字，睛字古籍中罕見，許書
　　亦不載，惟〔淮南・主術訓〕有：‘達視不能見其睛，
　　借明於鑑以照之，則分寸可得而察’，注曰：‘睛目瞳
　　了也’。丁之古文既象目瞳子，丁睛，古音同在耕部，
　　後世猶有目不識丁之成語，則當是達視不能見睛之古語
　　也；知丁之爲睛，爲瞳子，則魚枕亦勉強有說，蓋以魚
　　睛大，而又在頭之兩旁也。要之，乙丙丁爲魚身之物，
　　此必爲其最初義，蓋字既象形而義又已廢棄，正其爲古
　　字古訓之證。甲亦魚身之物也，魚鱗謂之甲，此義於今
　　猶活，〔爾雅〕之舉乙丙丁而不舉甲者，亦正以甲義猶
　　存，無須釋及耳，魚鱗之象形何以作 十，此殆示其四鱗
　　合一之處也，骨文魚字作 🉑 若 🉑，均以 十 爲魚鱗之象形，
　　現行隸書作魚，亦猶存其遺意；又甲之別義，如草木
　　之孚甲，戎器之甲胄，皆由魚鱗引申，故知魚鱗爲甲，
　　亦必甲之最古義”。詳見〔甲骨文字研究〕下冊〔釋干
　　支〕。葉玉森曰：“丁殆象人之頭頂，丁顛頂並一聲之
　　轉，🉑 🉑 等字正如是作”。見〔殷虛書契前編集釋〕一
　　卷四十頁。唐立庵曰：“口 ● 當釋丁，丁，釘也，象金

餅之形，猶今之金錠也，金文呂作 **≣**，呂亦金屬，象二
金餅，● ┬ 則象一金餅也 ”。詳見〔殷虛文字記〕八十
頁至卷末。吳其昌曰：“ 乙字且乙卣作 乁，冊乙觶作
乀，且乙尊作 乀，酓乙斝作 乀，商三句兵作 乀作 丿，皆
象刀形。〔禮記・月令〕：‘ 其日甲乙 ’，鄭注：‘ 乙
之言軋也 ’，又〔廣雅・釋言〕：‘ 乙，軋也 ’（〔後漢
書・公孫述傳章懷注〕同。）〔釋名・釋天〕亦云：‘ 乙，軋
也 ’。既知乙訓爲軋然則軋字究當作何解耶？〔史記・
匈奴傳・注記〕匈奴之刑典，並云：‘ 其法，有罪：小
者軋，大者死 ’。顏籀注引服虔曰：‘ 軋，刀刻其面
也 ’。案服說是也，共刀刻其面爲軋，而軋又即爲乙，
以衣衣食食，古代以名詞爲動詞之公例律之，則乙之爲
刀，至爲顯白，惟乙義爲刀，故乙（即軋）又爲以刀刻面
之偁也。” 見〔金文名象疏證・兵器篇〕，又曰：“ 丁
之本義釘也，（中略）丁爲釘之本字，往昔通人亦已有甚
明之者，朱駿聲，〔說文通訓定聲〕曰：‘ 丁，鑽也，象
形，今俗以釘爲之，其質用金，或竹若木。”，又曰：‘
以丁入物亦曰丁，〔說文〕作朾，撞也，俗字亦作打，
又作虰，〔字林〕虰，設幕案，從丁登聲。’ 徐灝〔說
文解字段注箋〕曰：‘ 許云夏時萬物皆丁實，蓋以爲象
果形，然果實未有偁丁者，疑丁即今之釘，象鐵弋形，
鐘鼎古作 ●，象其鋪首，↑ 則下垂之形也，丁之垂
尾作 ↑ 自其巔渾而視之則爲 ●。案朱徐二氏之說皆通論
也，以錢大昕古無舌上音但有舌頭音定律律之，則鑽音
古正讀若釘，故鑽丁朾虰實皆一聲，而丁字實爲古代釘
與針（即鑽）之共稱，丁形實爲古代釘與針之共象，究極
而言之，古初實無釘與針之別異，但僅有丁狀之物而已
矣，以其形而言之，則既知古初釘與針皆原於此丁狀之

物，自其巔而下視之則成●狀，然則此丁丁之得聲何自而來邪？此於原始語音學所謂摹仿動作聲，即象椓釘之聲也，〔詩·兔罝〕：'椓之丁丁'(讀若篤)，毛〔傳〕云："'椓，杙聲，'杙即釘之木質者也，故╁●象丁之狀，丁丁象丁之聲，此至自然之事，孔子高所謂甚易知而實是也；丁又通釘，〔說文〕：'釘，鍊鉼黃金也。'鍊鉼黃金，鍛聲丁丁，故釘即丁，實無別也，必究竟而別之，則當云：'丁以木者謂之杙，弋以木者謂之杙'耳，及從木之杙旣行，始更追造從金之釘以示別異云耳（中略）。從名詞而轉爲動詞，則丁之義又轉爲杅，（〔說文〕"杅，撞也"今俗作打，反較〔說文〕合於六書之原則。）丁之聲又轉爲成，〔呂覽·長攻〕曰：'反斗而擊之，一成腦塗地。'高誘〔注〕：'一成，一下也。'案謂打一下也，章氏云：'若蕭韶九成之屬，亦謂撞鐘聲鼓一度爲一成耳。'章說是也，又〔禮記·月令·疏〕：'丁，成也。'皆其證也；椓杙撞鐘之聲爲丁丁，亦爲當當，故以其聲而言之，則丁又通當，丁丁又通當當，〔爾雅·釋詁〕：'丁，當也。'〔詩·大雅·雲漢〕：'寧丁我躬'，傳同。〔楚辭·惜賢〕：'丁時逢殃'，又〔逢尤〕，'思丁文兮聖明哲，'王逸〔注〕同，皆其驗矣。又金文凡人形皆作𡗜或𡗜或�，或𡗜，其已被斧鉞誅戮者，則作𡗜，象已喪其元；至其元首之形之作●或○狀者，與丁字之作●或○狀者，正無二致，此蓋即原始之頂字也，古丁釘二字已如上述，〔莊子·大宗師〕：'肩高于頂，'釋文：'頂，崔本作釘，'是陸氏所見崔本作肩高於釘，甚覺不辭，必古寫本作肩高于丁，六朝丁釘通寫故爾，此頂即丁字之堅證，亦即𡗜𡗜等形所從之●○等形即爲丁字之堅證也；頂又同聲

通假爲顚，〔易・大過〕：'過涉滅頂，'虞翻注：'
頂，首也，'而〔說文〕及〔一切經音義〕卷十三引〔倉
頡篇〕云：'頂，顚也，'尤可爲證，其後國家之於民
人，授田徵役，則有丁口人丁之偁，人以丁計，蓋
猶牛之以頭計耳，斯亦丁義爲頭之一驗也；丁義之所以
爲顚，爲首，爲頭，無他，以人形 🖾 之頭作 ●，與丁字
● 無別故耳，此又丁字所孳乳旁生之枝義也"。同上。

35　🖾　當釋夒，〔說文〕："夒，貪獸也，一曰母猴，似人，
從頁，已止夊其手足。"卜辭作 🖾（〔拾〕十三、
三、），🖾（〔前〕六、十八、一），🖾（〔前〕六、十八、
二），🖾（〔前〕六、十八、四），🖾（〔前〕七、五、二），🖾（
〔前〕七、二十、二、辭云'寶于夒六牛'），🖾　（〔後〕上、二
二、四），🖾（〔後〕下、十四、五），🖾（〔後〕下、三三、
五），🖾（〔菁〕十、十二)，或從止，其不從止者，與陶文
同；唐立庵〔古文字學導論〕下編五十四頁云："凡 🖾 形
可加足形而作 🖾，所以從 🖾 和從 🖾 通用，後來 🖾 變夊，
所以〔說文〕把許多人形的字截歸夊部，這是錯誤的，
如"🖾 🖾"、"🖾 🖾"、"🖾 🖾"、"🖾 🖾"、"🖾 🖾"、"🖾
🖾"、"🖾 🖾"、"🖾 🖾"、"🖾 🖾"、"🖾 🖾"、"🖾 🖾"、"🖾
🖾"均爲一字"。王國維曰："按此字象人手足之形，
說文夊部："夒，貪獸也，一曰母猴，從人從頁，已
止夊其手足。"毛公鼎我弗作先王羞之羞作 🖾，克鼎"
柔遠能致"之柔作 🖾，番生敦作 🖾，而〔博古圖薛氏款
識〕盠和鐘之"柔夒百邦"晉姜鼎之'用康柔綏懷遠廷，
柔並作 🖾，皆是字也。夒憂柔三字，古音同部，故互相
通假。"（按王氏初釋此爲 🖾，見〔觀堂集林〕卷九〔先公先王考及
續考〕；繼乃釋此爲夒，見朱芳圃〔甲骨學文字編〕五卷十四頁引）郭
氏謂："夒與嚳音同部，故音夒而爲帝嚳或帝俈。"說

詳〔卜辭通纂考釋〕第一冊五六頁二五九片釋（按王氏〔先公先王考〕初釋夋，即以爲帝嚳，郭氏說即本王氏）。孫海波曰："夔非帝嚳，蓋與羔（岳）及彳並爲殷人所泛祭之神，皆非其先公先王也。"見〔考古〕第二期，五十五頁。唐立庵曰："夔非〔帝嚳〕，王靜安先生說誤也。夔爲高祖，其世次當與王亥相近"見〔殷契佚存考釋〕八一頁六行引，又曰："卜辭夔爲曹圉，非帝嚳，卜辭每言上帝，則所指當爲帝嚳，言太祖則絜也；太祖在卜辭或殷大巤爲之，冥在卜辭蓋當作炾，即𥁕字，卜辭或以此與唐並列，與〔魯語〕"郊冥而宗湯合，可知〔炾〕即冥也。"見〔考古〕第六期三三三至三三四頁，此陶文與卜辭夔字全同，故其當釋夔可無疑義（金文之夔見王國維氏所引），意者此器當用爲禮器所以祀夔者，故刻此以識之歟。

36　夂　當釋"父一"，卜辭父作夂（〔鐵〕一、四、），彳（〔鐵〕
　　一　三五、四、）兩形，一作一，無例外，均與陶文同。郭氏曰："父字甲文作夂，金文作夂，乃斧之初字，石器時代男子持石斧（丨即石斧之象形）以事操作，故孳乳爲父母之父（古之父母，意猶男女，今人偶雌雄牝牡爲公母，即其遺意)。"詳見〔甲骨文字研究·釋祖妣〕（上冊）一字卜辭通作一，其說可參看丁山〔數名古誼〕及〔甲骨文字研究〕上冊〔釋五十〕二文。此言"父一"，不詳其義，疑與後37片之戊母十千之辭例同，當爲"某父（人名）一某（物名）"也。金文父字多見，大抵作夂夂諸形(詳見〔金文編〕卷三第廿頁。），"金文十作丨丨十諸形（詳見〔金文編〕三卷二頁、），即由丨所衍化（古文字垂直之筆，每於中間加一圓點作丨，圓點後漸變橫畫，丨遂爲十矣，說見唐立庵〔文字學導論下編〕四十六頁八至九行。）"。又此片"父"上"一"

下均無刻畫之痕，僅此二字，其義亦有可說，蓋僅就
作器者或用器者言，單言" 父 "，其義旣已明壇(人僅一
父，儞父其義已明，惟與卜辭習見之「父某」之例不合耳。)，單言
一者，蓋有同式之器若干，故刻數名于上，以爲識別
，此數名即刻於本器之上，不必更儞其名，故不言"
一鬲" " 二缶 "之屬，其義亦可曉也。

37 當釋" 戊母十⫟ "，戊字卜辭作屮 屮 屮等形，早期之
戊，其柲直作屮，晚期者其柲曲作屮，此其大較也。此
戊字屮當爲早期字，母字卜辭作宀，或亦假中爲之，此
作宀，就字形之生動雄肆言，大類第一期字體，十字
卜辭均作丨，與此同，⫟字與卜辭辛作宀者類，然其下
無" ∨ "形刻畫，不作宀，且十辛亦不辭，當非辛字，
字與金文丁字作▽者近，然卜辭丁字無此寫法，此字不
可識，宜暫存疑，此殆一器物之名也。辭言戊母者，母
戊也，如〔 善齊吉金文存 〕二卷八頁父壬鼎之父壬作壬
父，五卷十六頁父已觚之父己作己父，五卷卅四頁且己
觚之，且己作己且，七卷十一頁炳辛父爵之父辛作辛
父，均可證；殷代自武丁後帝王之姓名戊者，有武丁祖
甲武乙三人，則儞母戊者可見於祖庚祖甲(儞武丁配姓戊)
廩辛康丁（儞祖甲配姓戊）文丁（儞武乙配姓戊）諸期，惟此
片字體戊字可斷爲早期字（換言之，可斷定非第五期物。），
母字則極近第一期字體(第三期字體多較草率，第四期雖趨整齊，
然無此雄肆生動。)，且此片出土於E區十六坑，同時出
土之甲骨均第一二期物，根據此數點，可以推定此陶爲
第一期或第二期物，然武丁之母爲姓庚，當儞母庚，而
此儞母戊自非祖甲莫屬矣（儞武丁配姓戊作母戊。）

38 當釋婦妌宋。婦字卜辭作屮 屮 屮諸形，即叚帚爲之，此
作屮，其下雖不作屮，然其上仍爲帚象，當釋帚，叚爲

婦，可無疑義。第二字作 妣 從女從 丩，字不可識，當爲
婦某之名，古者女姓之字，多作從女從某，卜辭金文多
見之，降及小篆，遂多亡佚，蓋其國亡，其姓滅，其字
亦尋廢也，許女部猶多女姓之字可證。此作 妣，字雖
不可識，然其爲女性，即婦某之名，則可無疑也。冃 雖
與金文守字作 冃（舧文），冃（守婦觶），冃（父乙舧），冃（守
簋），冃（守冊父己爵），冃（大鼎），冃（雯人守鬲）相近（卜辭
未見守字），然卜辭從宀之字均作 冂，其上作圭形，不作
冂，無一例外，此陶爲殷代器，則 冃 不能釋守可知，疑
此仍當釋又，與前所見陶片上刻左右中者同一意義，從
冂者爲其界畫，所以示與婦 妣 兩字相隔，卜辭中亦多此
例也。金文銘文之末有作 冃（鼎文），冃 父乙彝）者，亦
於亞形之中著一又字，疑與此陶同意也。帚字之說解可
參看唐立庵〔殷虛文字記〕十八頁六行至廿頁十九行，
及卜辭通纂考釋第一冊六四頁三〇七片釋文。

39　中　字當釋戈，卜辭戈作 f（〔鐵〕四、三、），f（〔前〕六、三
八、三、），十（〔前〕八、三、一、），弋（〔後〕上、十、一一、
），弋（〔後〕上、二二、一、），弋（〔後〕下、八、九），弋 弋（
〔後〕下、四三、九、），弋（〔龜〕一、六、三、），與此同，
特匋文戈刃雙鈎，卜辭單畫，爲稍異耳；金文戈作 弋（
尊文），弋（簋文），弋（鼎文），弋（觶文），弋（卣文），弋（觶
文），弋（家戈父庚卣），弋（宅簋），弋（ 弋 候鼎）前數形與匋
文同。卜辭戈爲方國名，辭言“戈人”或“戈受年”可
證，此單刻一戈字，疑仍方國之名，殆戈國之器也。

40－41　弋　字當釋戌，卜辭作 弋（〔鐵〕三二、二、），弋（〔鐵〕一〇
四、三、辭云“貞戌有石”），弋（〔鐵〕一三二、三，辭云：“貞
戌弗其 田湔 ”），弋（〔鐵〕一六二、四、辭云“囗貞戌受湔
方囗”），弋（鐵）一九九、二、辭云：“甲午囗戌今囗匡

羌"），卩（〔鐵〕二一六、三、辭云："戊子卜，賓貞，戊其專伐"
①期），卩（〔鐵〕二四三、一、辭云："戊其來""戊不其來""
戊其來"，卩（〔鐵〕二四四、一、辭云："貞戊獲羌""貞戊不其
獲羌""貞戊不其獲"），卩（〔鐵〕二五五、一、辭云："囗酉卜
𣪘貞，戊亡其𢦍""囗燮貞，王擊曰、戊其囗"①期），𢦏（〔前〕
二、十六、二、辭云："囗在𣪘𤳎貞，且甲勺、囗戊勺，若我受囗、"
⑤期𢦏），　（〔前〕四、十三、一、辭云："丙申卜，𢦍貞，戊
其囗"①期），卩（〔前〕四、十五、三、辭云："囗實貞戊囗、"
①期），卩（〔前〕四、三七、四、辭云："戊𢦍"），𢦏（〔前〕
五、三二、八、辭云："囗貞戊獲囗、"①期），𢦏（〔前〕六、
卅、二、辭云："囗丑卜，𣪘貞，令戊來""囗戊𠨖伐𡇡方，七月、
①期"），𢦏（〔前〕七、八、一辭云："己巳卜𣪘貞，𡇡方弗
允𢦍囗戊"①期），𢦏（〔前〕七、十一、一、辭云："囗卜𣪘貞，
戊從"①期），𢦏（龜一、八、九、辭云："戊亡巛"①期），𢦏（
戠二三、十二、辭云："囗戊方囗東𡔷"），卜辭戊爲方國
名，早期者作𢦏，其柲直，上下作二橫畫，可與柲端
直交，而直畫上下均不外露，第五期戊字作𢦏，柲作
曲畫，曲畫下端有一斜畫，曲畫下端則透出斜畫之
外，此其別也，匋文作𢦏，與第五期作𢦏者近似，當
爲晚期之物，金文作𢦏（父癸甗）𢦏（虢季子白盤），第
一形與匋文卜辭並同。

42—45　木字當釋木，卜辭作𣎵（〔前〕二、十五、一，辭云："囗囗卜，
　　　在木囗田，衣囗亡巛"⑤期），𣎵（〔後〕上十三、八、辭云："
　　　戊午卜囗貞，囗田木𣪘𡅥亡巛，王𣪘曰：吉，囗"⑤期），均爲地
　　　名，第三期卜辭中有人名作木（見〔甲編〕）者，則此數
　　　匋文之木，不爲地名，即當爲人名矣。金文作𣎵（
　　　父丁爵），𣎵（散盤），𣎵（𠰺鼎），𣎵（木工鼎），與卜辭匋文並
　　　同。

46　［井］　此片下部殘泐，以意足之當作［井］，當釋井，卜辭井作［井］
（〔後〕上、十八、五、辭云：“癸卯卜，賓貞，井，方子唐宗㱞”①
期）［井］（〔鐵〕二一〇、一、辭云：“貞，御婦井子母□，”①期
），［井］（〔後〕下、六九、辭云：“婦井黍觀”），［井］（〔後〕下、
六、十三、辭云：“辛未獲井”。“嗚不□井允□”①期)，［井］（〔後〕
下、二四、五、辭云：“婦井潛”①期），［井］（〔戩〕三五、五、辭
云：“婦井毓”①期），大抵爲地名或人名，古者人多以地
名，井爲女性，卜辭所見婦井蓋即井方之女爲時王婦者
也。金文井字作［井］（周公簋），［井］（趙曹鼎），［井］（盂鼎），
［井］（散盤），［井］（弔男父匜），［井］（克鼎）：後數形與匋文作
［井］者合（小篆亦作井）。則此匋殆晚期物也，其爲人名
或地名，則不可確知。

47　［井］　當爲［井］之殘文，當釋井，說見前。

48－51　Ｙ字當釋草，〔說文〕：“屮艸木初生也，象丨出形，
有枝莖也；古文或以爲艸字，讀若徹”。卜辭無此字，
而偏旁從此者甚多，如草部之芻（從艸，〔說文〕云：“艸，
百芔也，從二屮、、”），作［芻］，□部之圍作［圍］，艸部莫字
作［莫］，所從之屮，均與此同，金文屮盂作Ｙ、作父戊簋
作Ｙ，並同。卜辭卅字作山（〔鐵〕十二、一），川（〔鐵〕九
七、二），［卅］（〔前〕一、三五、五、），山（〔前〕四、八、二、），
Ψ（〔前〕六、十六、一），山（〔後〕上、二十、八、、
山（〔後〕上、二一、七），山（〔龜〕一、二六、十、）三畫均平
行，旁兩畫下部漸斂而相交，且中畫多不透出，與此數
文作Ｙ，中畫透出頗多，旁兩畫則上侈下斂斜交者迥
別。金文卅字作［卅］（毛公鼎），山（舀鼎），［卅］（格伯鼎），
［卅］（鬲攸比鼎），［卅］（大鼎），均與卜辭卅字諸形相近，
與此作Ｙ亦殊，又他片或刻一“木”字(見後)，與此刊
一“屮”字者義近。（吳大澂〔說文古籀補〕載古刀幣文，作

等形，吳氏以爲七字，羅振玉〔增訂殷虛書契考釋〕中卷二頁以爲九字，字形與此類，然卜辭自別有九字作，此仍以釋屮爲是也。）

52　字當釋車，中橫其軸，〇爲輪，爲輻，軸中小圓作。者其轂，輻所輳也，轂作。者，即轂空壺中，所以受軸者也；卜辭作（〔鐵〕九一、四、），（〔鐵〕一一四、一、），（〔拾〕、十二、十六、），（〔前〕五、六、五、），（〔前〕七、五、三），（〔菁〕三、一、），〔鐵〕九一、四、之，與匋文同，自餘諸文，或並象其軥軛轅與軟之屬，與匋文簡繁有別耳。金文車字多見，並較匋文爲繁，其作車者，象一輿兩輪中貫以軸之形，俯視之故作車，此即爲小篆車字矣。

53　字當釋耤，卜辭作（〔前〕六、十七、五、辭云：“己亥卜口令耤臣”），（〔前〕六、十七、六、辭云：“己亥卜，貞令小耤臣”），（〔前〕七、十五、三、辭云：“丙子卜，平耤受年”①期），（〔後〕下、二八、十六、辭云：“庚子卜貞，王其觀耤，往，十二月”①期），並與匋文相似，羅振玉釋圽，其說曰：“象人持帚圽除之形，當爲圽之本字；〔說文〕作圽，從帚土，殆爲後起字，變象形爲會意矣。”見〔增訂殷虛書契考釋〕中四十八頁至九行。陳邦懷曰：“桉耤鼎耤字作，從畓，即畓字，則所從之必爲耒字無疑，卜辭極肖，第於人下增足形耳；卜辭及鼎文人手所持握者，即許君說耒字所謂‘手耕曲木也’，段氏據韻〔廣〕刪手字，大失許之意矣；〔急就篇〕顏注‘手耕曲木也，古者㑌作耒’，當即本之許君，蓋足證段氏刪手字耒字可信。卜辭所記耒臣，蓋殷之農官也，”見〔殷契拾遺〕四葉。余永梁曰：“此耤字，甚諶鼎大耤農之耤可證，象人執耒之形，”見〔前編集〕釋卷六，第十七葉

引郭氏曰：" 此乃耤之初字，象人持耒耜而操作之形，金文令鼎' 王大耤農於諆田，'其字作 🐾，象形，畚聲，彼所從之象形文，即此字也，薛尚功〔鐘鼎欵識〕卷十四之 𣪊 𣪘：' 王曰：𣪊，令女（汝）作嗣土官，嗣耤田，'字作 🐾，形雖略變，然與令鼎文正相彷彿，卜辭與金文之異，僅在一爲象形文，一爲形聲字耳，象形之文例先於形聲，故 🐾 實即耤之初字也，" 詳見〔甲骨文字研究·釋耤〕(上册)。徐中舒曰："耤象人側立推耒舉足刺地之形，故耤之本義應釋爲蹈爲履，〔後漢書·明帝紀注〕引〔五經要義〕云：' 籍，蹈也，言親自蹈履于田而耕之也。'顏師古〔漢書文紀注〕引臣瓚說：籍，謂蹈籍也，'籍藉耤古通用字，或轉爲蹠，〔淮南子·主術訓〕：' 一人跖耒而耕，不過十畝，'又〔齊俗訓〕:' 脩脛者使之跖钁(钁〔太平御覽〕引作鏵，")，〔鹽鐵論·取下篇〕：' 從容房闥之間，巫拱持案食者，不知蹠耒躬耕者之勤也。'又〔未通篇〕：' 民蹠耒而耕，負擔而行，勞罷而寡功。'跖蹠古通用，〔淮南〕高誘注：' 跖，蹈也，'此可證蹈履爲耤字正解(〔論語〕民無所措手足、即從此義引申、)，後來耤字爲借義所奪，〔詩·載芟序·鄭箋〕' 籍之言借也，借民力治之，故謂之藉田，'〔風俗通祀典〕：' 古者使民如借，故曰籍田。" 因別造一踖字以爲蹈履之踖，耤爲蹈履，故得引申爲薦於他物之下意，如馮藉(成語)，藉用白茅，(〔易·大過〕初六)之類是，聲轉苴，如〔漢書·郊祀志〕云：' 江淮間一茅三脊爲神藉，'而〔終軍傳〕則云：' 苴以白茅于江淮。'〔曲禮〕云" 凡以弓劍苞苴簞笥問人者，"鄭注："苴，藉也，" 又轉爲助，〔孟子·滕文公〕上云：' 助者，藉，'。又轉爲耡，爲鉏，如〔

說文〕引〔孟子〕：‘助商人七十而耡，耡，藉稅也。’”
又〔周禮·春官·司巫注〕杜子春云：“菹讀鉏，鉏，
藉也，玄曰：菹之言藉也，祭食有當藉者”。凡且聲字
多與耤相通，租稅之偅，鉏耡之名，當即由耤轉變而
來，”見〔耒耜考〕。葉玉森曰：“桉陳氏釋耒已近，
余釋耤較塙，徐氏〔耒耜考〕說耒形尤精鑿，舉證亦六
通四闢，郭氏證明金文諸耤字，使宋以來之聚訟，一埽
而空，洵爲妙悟。”見〔前編集釋〕六卷十八頁。桉字當
釋耤，諸家論之已詳，陳氏釋耒，是偏旁分析之誤也，
陳氏以金文耤字作𦒷，遂謂卜辭之不從昔者爲耒字，泥
今以說古，其謬可見，蓋卜辭爲古文象形，金文加昔爲
聲符，爲後起形聲，及隸變作耤，遂於形符省去人形，
但餘耒字，更加聲符，遂爲耤字，如謂𦒷字省昔便當爲
耒，是執隸體以說古文，不知𦒷爲𢮷之後起形聲字，非
省𦒷作𢮷也，匋文與卜辭同，卜辭言“小耤臣，”“觀
耤”，均與農事有關，匋文僅有單字，不詳其義。就其
字形言當爲第一期物也。

54　𩜹　此片象兩人相嚮而坐之形，其中著一㿽形，疑爲貯酒之
　　　器，�字當釋卩，卜辭作𠂤（〔前〕五、十八、五、），𠂤（
　　　〔後〕下、二四、三），𠂤（〔龜〕一、三、二、），𠂤（〔龜〕一、
　　　廿、十、），與此同，此特多一象首之〇耳，卜辭欠
　　　作𠂤，旡作𠂤，以頭之向背爲別，匋文之𠂤，頭形不辨
　　　前後，仍以釋卩爲是，不能遽定作欠或旡也，金文從卩
　　　之字多見，均作𠂤，與卜辭同，疑此匋文爲饗字，象二
　　　人相嚮，中置一貯酒之甕，當爲饗之最古圖形文字，後
　　　變作𩜙，從𣪘，則象食器矣。（古文公卿之卿，鄉黨之鄉，嚮
　　　背之嚮，饗食之饗，均作𩜙，以饗食爲字之本義，餘則引申義也）

55　田　字當釋田與卜辭及金文田字並相同（見〔甲骨文編〕及〔金

文篇〕十三卷)，卜辭田字有田遊農作二義，此僅一單文，
不詳其義。

56　　字當釋來，卜辭來字通作　若　，無作　者，惟卜辭習
見"馭麰"之麰字多作　(〔前〕二、二八、三、)　(〔後〕
上、五、十二、)　(〔後〕下、二二、八)許書攴部："麰，
坺也，從攴從厂，厂之性坺，果熟有味亦坺，故謂之
麰，從未聲"，段注改云："果熟有味亦坺，故從未。"
刪'謂之麰，及'聲'字，說曰：'各本故謂之麰，從
未聲，衍四字，'此說從未之意，非說形聲，未與麰不
為聲也，未下曰：'味也，六月滋味。'利下曰：'
從刀從未，未，物成有滋味，可裁斷也'。未即味，此
云'果熟有味亦坺，故從未，正同。"又部："麰，引
也，從又，麰聲，"里部："麰家福也，從里，麰聲，"〔
大雅〕："麰爾女士。"〔傳〕曰："麰，予也，"謂
引而予之也，麰正字，麰通借字，刀部："剺，劃也，
從刀，麰聲，"統上觀之，凡從麰之字，多有分裂脫離
之義，蓋麰字本象以手執杖打麥之形，麥脫穗為粒，故
其字有分裂之義，字當從來；來，麥也，來亦聲，字誤
作未，未聲與麰聲甚遠，段氏飲辨之矣，以果熟有味亦
坺說從未，亦覺牽強，打麥必坺，故麰字引申得有坺
也之義，麰與麰為一字，象一手持麥，一手執杖攴之
也，厂則麥根之形譌也，麰下當解云；"打麥也，從
攴從來，象形，一曰：坺也"（引申義），乃合，麰字從
來，既可無疑，則所從之來多作　，可證此匋文之為來
字，蓋　所以從之∧∧既象麥穗，則重之作　，自無不可
也。

57－59　此為　之殘文，當釋亞，卜辭作　(〔鐵〕三七、一"辭
云："庚申卜，口，貞，亞亡不若、")，　(〔鐵〕五、三、辭云：

‘貞其多亞若，’），♁（〔前〕二、八、五、辭云：己亥卜，在長貞，亞其從玏白伐方，不□，戈，（在）十月，”⑤期），♣（〔前〕四、十八、三、辭云：“貞亞多鬼夢，亡疾、四月，”①期），♣（〔前〕五、六、五、辭云：“貞多馬，亞其亡禍)、”，♣（〔前〕六、八、六、辭云：“彡亞王事”），♁（〔前〕七、三、一、辭云：“戊辰☑貞，翌辛亞三亻衆人册口彔乎保我，”），♣（〔前〕八、十三、二、辭云：辛已卜，貞，夢亞雀舨余刂若，”），♣（〔後〕上、卅、五、辭云：“甲子卜，亞戋，亡脈，每啓，其啓，弗每，又兩，”）♣（〔後〕下、五、十六、辭云：“貞亞馬，”），♁〔後〕下、二七、一、辭云：“作亞宗，”），♣（〔甲編〕三九、一、三、辭云：“壬戌卜，犾貞，其又來方，亞旅其☑“壬戌卜犾眞，亞旅土壵，”壬戌卜，貞，亞牌從受于飞、③期）♣（〔甲編〕三九一、六辭云：“貞，東馬，亞涉冢吉、③期），亞在卜辭似爲人名或官名，金文亞字作，⊕（丙申角），⊕（亞篹），⊠（亞舭），♣（傳尊），♣（亞尊），♣（　父乙壺），♣（亞又篹），與卜辭匋文全同，又金文銘文之末每作○形其中作圖形文字，如父辛簋，父辛鼎，父丁尊，杞婦卣者祠罍，父丁盃，父丙角，父丁簋之類，不下數十百見，說者或以此爲部落方國之標識，疑此匋所從之♣，其意義或與此相近也。

58　冎　似是耤字；然不能遽定。

60 Ａ夅且　Ａ當釋今，與卜辭作 Ａ（〔鐵〕十三、一、），Λ（〔鐵〕一五二、一）者同，金文作夆（矢簋），Ａ Ａ（盂鼎），曰（召伯簋)，亦與此近；夅不可識，疑爲夅(乘)之未刻全者，然無以證之，宜存疑；且當釋且，卜辭作且（〔鐵〕三、三、），且（〔鐵〕二四、四、），且（〔鐵〕五四、一、），且（〔前〕一、十一、五、），均與此近，且左上一筆，疑爲刻時不慎逸出者，且，卜辭多假爲祖，羅振玉曰：“〔說文解字〕祖從示且聲，卜辭與古金文均不從示，惟

齊子仲姜鎛始作祖，”見〔增訂書栔考釋〕中十四頁廿三至廿四行。郭氏曰：“祖妣者，牡牝之初字也（中略），丄匕，即祖妣之省也。古文祖不從示，妣不從女，其在卜辭，祖妣字作且匕，是則且實牡器之象形，故可省爲丄，匕乃匕柶字之引伸，蓋以匕牝器似匕，故以匕爲妣若牝也。”詳見〔甲骨文字研究〕上册〔釋祖妣〕。案郭以且爲牡器之象形，說非，蓋祖妣爲對等之字，其創造應相去不遠，且既爲牡器之象形，則匕亦應象牝器，不應反由匕柶之義所引申，且匕柶亦無由象牝器也；匕字不象牝器，更不待煩言而解矣。卜辭且字多見，皆假爲祖，無一作丄者，則郭氏“且可省爲丄”之說爲丙辭矣。且當象神主形，廟中神主爲祖考之代表，故寖假引申而有祖考之義，妣字則誠如郭說，假匕柶之匕爲之，然假匕作妣者，純由音近通假，非謂牝器似匕柶也。此匋三字並列，意不相屬，亦無由知其義也。

61 

中當釋中，說見前。

叀叀當釋叀，惠也，假爲惟，語辭，余永梁曰：“按此疑即叀字，同剸，諸家詮釋，每與𠧪字誤混爲一。考卜辭作𠧪𠧪𠧪者，𠧪字也，作叀叀叀者，叀字也，字形顯別，其義亦有分（中略）；疑叀爲用牲之法，與卯𡆥沈同例。〔後編〕上卷二二頁一骨上文曰：“叀□曰卯牛，”其明徵矣，〔說文〕叀下云：𠃬，古文叀，斤部斷，古文作𢇍，㫁，然則叀牢者，剸牢也，本字爲叀，剸則後起形聲字，〔集韻〕剸通作叀專是也，”見〔殷虛文字續考〕。郭氏曰：叀乃中干之伐之本字，”見〔卜辭通纂考釋〕一册十四頁三七片。又曰：“叀，卜辭或叚爲䜌”見同書二册一五六頁七三一片釋文。葉玉森曰：“

叀有剸搏，及祭名三義。”詳見〔殷虛書契前編集釋〕
一卷四十三頁至四十六頁。唐立庵曰：“叀字孫詒讓
謂當爲搏執之義，王襄謂當有牽縮之義，余永梁讀剸訓
斷，吳其昌仍余王之說，葉謂有剸搏及祭名三義，郭謂
爲伐之本字，實則諸說並未洽，叀叀當爲語辭，並與惠
同，其用一如語辭之惟也。”詳見〔天壤閣甲骨文存考
釋〕三十二頁三行至卅四頁八行。按唐說是也，叀字僅
一字，不詳其義，叀與中以外其他數字爲一句，金文
叀字作叀（彔伯簋），叀（毛公鼎），叀（無叀鼎），叀（虢叔
鐘），與此同。曰字當釋曰，卜辭作曰，無變體，與此
同。羅振玉曰：”〔說文解字〕：‘曰，詞也，從口，
乙聲，亦象口出气也。’卜辭從一不作乙，散盤亦作
曰，晚周禮器乃有象口出气者。”見增訂〔殷虛書契考
釋〕中五十八頁五至六行。金文亦多作曰，與卜辭匋文並
同，僅晚周數器作曰，如齊鎛，郘公華鐘，陳猷缶，
余乂鐘可證。兄此片中間漫漶，諦審之，兄下似有“
二”形刻痕，當爲“兄”之殘文。卜辭多作兄或兄，與
此同，金文大抵作兄，或作兄（爰鼎），或作兄（辛巳
簋）兄，亦爲匋文類。

乀疑當釋六，與下百字，爲六百合文。〔後〕下，四三，
九，有六百合文作百，與此近似。卜辭六字多見，大
抵作介介介介介諸形，其艸率者作介（〔鐵〕一三五、三），
介（〔前〕三、三一、二、六月合文）。此匋作乀，疑即介之草
率者，丁山謂六者借入爲之，見〔集刊〕第一本八九—
九三頁〔數名古誼〕（郭說同，見〔甲骨文字研究〕上册〔釋五
十〕第二頁七行。）

百此字中間漫漶，惟隱約有△形刻痕，則當作百，釋爲
百，卜辭百作百百百百百百諸形，大體與此相類，百字

古蓋即假白爲之，古白字作 ❺，與此近，古數字六，七，八，九，百，千，萬，均假借字也（白象拇指形，其引伸義爲伯仲之伯，至爲顏色之白，則同聲通假之義也。），金文百字亦與此略同。

當釋友，卜辭作 ⿰（〔前〕四、二九、三、），⿰（〔前〕四、二九、四），⿰（〔前〕四、卅、一、），⿰（〔前〕七、一、四、），⿰（〔前〕七八、二、）均與此同。羅振玉曰：“〔說文解字〕友古文作⿰，從⿰，乃從⿰傳寫之譌，從 ✎，又爲 ✎ 之譌也，師遽方尊友作 ⿰，卜辭有作 ⿰ 者，亦友字，卜辭中 ⿰ 亦作 ⿰，斯 ⿰ 亦作 ⿰ 矣，其從＝，與 ⿰ 同意”見〔增訂殷虛書契考釋〕中二十一頁廿五行至二十二頁一行。金文作 ⿰（君夫簋），⿰（杜伯盨），⿰（遣小子簋），⿰（喜賓編鐘），⿰（弔友父簋），⿰（毛公旅鼎），⿰（邿友父鬲）⿰（大史友甗），前數者與卜辭匋文並同，後數者則許書古文所自譌也。此片言“曰更多六百友”不詳其義。

62　✕　此文二畫詰屈相交，疑爲飾紋，蓋七甲二字兩畫均平直相交，與此不類如以文字視之，則於“甲”爲近也。

63—66　⿰　卜辭有 ⿰ 字(一時忘其出處，凡數見)不可識，其上所從，即此匋文也，63之 ⿰ 係刻於一器蓋上，器蓋作 ❺ 形，側視之即與此文相似，疑即此器蓋之象形文，又卜辭皿字作 ⿰，與此字倒文相同，⿰ 亦爲器物之象形字，其物或即與此蓋相似，特俯仰有別，則其文之相同，固無足怪也，66僅餘殘文，作 ⿰，疑亦 ⿰ 之殘泐者。

67　⊠　此當爲一圖形，如以文字視之，則於“困”字爲近，卜辭木字偏旁有作 ⿰ 者(此爲草孳急就者，仍當以作 ⿰ 爲正體，⿰ 者，上象枝葉，中象其幹，下象根株也。)，則此爲從囗從木，可附會爲困，然以42—45諸木字作 ⿰ 例之，則此非困字

可知，當以圖案或標識視之爲較當也。

68　甲　此不可識，疑爲田字之草率者，然其中橫直兩畫，均透
　　　出廓外，其四廓復闕而未周，仍不能既定爲田字也，當
　　　存疑。

69　片　字與卜辭" 今 "字作Ａ者近，然不可證其遂爲"今"字，
　　　當存疑。

70—71　卅　字於卜辭玉字作丰者爲近，然卜辭玉字象三玉相連爲
　　　一系之形，三畫等長，不相參差，蓋玉之爲珏，必取其
　　　大小相等也，此二文均中畫特長，不能釋爲玉字，宜存
　　　疑。

72　亞　未詳。

73　木　未詳。

74　麦　此字下部漫漶，不可辨認，其下似又從夊，則爲卜辭麥
　　　字作麥者相近，雖不可塙指爲何字，其爲草木類之象形
　　　字，則可斷言也。

75　　　未詳。

76　龜　疑爲龜之變體，或當釋龜，但與前所見龜字不類，且無
　　　它證，宜暫存疑。

77—80　未詳。

81　祀　當釋祀，卜辭作祀（〔前〕二、二二、二、辭云："戊寅卜，貞，
　　　王狄于召，匣來亡巛，王乩曰：弘吉，在三月，隹王二祀，肜曰，隹
　　　囗。"⑤期）祀（〔前〕三、二七、六、辭云："……隹十祀。"⑤期）
　　　，祀（〔前〕三、二七、七、辭云："癸未王卜貞，酒肜曰，自上甲
　　　至于多后衣，亡㞢自狐（禍）在四月，隹王二祀。"⑤期），祀（〔前〕
　　　三、二八、二、辭云："……隹王五祀。"⑤期），祀（〔前〕三、二
　　　八、三、辭："其隹今九祀……。"⑤期），祀（〔前〕三、二八、
　　　五辭云："……王廿祀。"⑤期），祀（〔前〕四、十九、七）、祀
　　　（〔前〕四、十九、八、辭云："壬戌卜，屮貞，盈囗

祀有□向，五月。" ①期)祊(〔前〕四、二十、一)，衍(〔前〕五、
卅、五、辭云："癸未卜彀貞，王□祀若，"①期)，衍(〔前〕五、
四七、三、①期)，衍(〔後〕下四，三、一，辭云："……丁廿祀。
"⑤期，祊祊(〔戩〕三三、一，辭云："ꞏ東廿祀用王受⌀，""用十祀
"⑤期)，卜辭祀字有二義，一爲紀時之稱，與稱年稱歲
同，如上所舉唯王二祀唯王五祀之類是也；一爲祭祀之
誼，二者亦有相關，前一義乃由後一義所引申，謂取四
時祭祀一訖也；郭氏謂祀象人跪於生殖神象之前，"見
〔甲骨文字研究〕上册〔釋祖妣〕。羅振玉曰："〔爾
雅〕「釋天」，'商曰祀'卜辭稱祀者四，稱司者三，
商時殆以祠與祀爲祭之總名，周始以祠爲春祭之名，故
孫炎釋商之稱祀，謂取四時祭祀一訖，其說殆得之矣，
"見〔殷虛書契考釋〕一〇一頁廿五至卅行。卜辭祀或
即或假己爲之，祀象人跪於神主(丁象神土之形郭謂象生殖神
象者，誤也。)之前，有所禱祀之形，與祝字同意；卜辭
示ꞏ及從示之字，早期均作丁或Ｔ，至第五期始作示，此
從示作祀，當是第五期物，此片上部殘泐，當亦爲隹王
幾祀之殘文，與殷代金文銘文之例當相同也。(卜辭亦多
此例。)

82 ꞏꞏꞏꞏ ꞏ當釋庚，卜辭與此同，郭氏曰："庚字小篆作兩
手奉干之形，然於骨文金文均不相類，金文更有作ꞏ
者，如ꞏ父庚鼎作ꞏ者，如豚卣之豚ꞏ父庚宗彝，此二
庚字，與殷彝中之一圖形文字極相似，如宰椃角ꞏ內二
銘文之ꞏ，册戲作父辛彝尊之ꞏ，又女歸卣父辛敳均有
此文，亦有單以此文銘鼎者，前人釋爲庚丙二字，吳大
澂以爲從庚從丙，當係古禮器象形字，臣受册命時所陳
設，今桉此即古庚字也，文旣象形，不能言其所從，其
下之丙字形，蓋器之鐏耳，觀其形制，當是有耳可搖之

樂器，疑本革鼓之類”（今世小兒玩物，猶有作此形者。），
詳見〔甲骨文字研究〕下冊〔釋干支〕。

𧡿當釋見，卜辭與此同，或作𦣝，從人從𠂉一也，卜辭
又有𦣻（〔菁〕十、九、）字，昔亦釋見，唐立庵以爲當釋
艮，是也。字象人反顧之形，見則象人前視之形也（唐
說見〔文字記〕七七頁廿七行至七八頁十行。）。又卜辭望字作
𦣻，象舉目而視，見則作𧡿，象目平視，各不相混(商承
祚說，見〔福氏所藏殷虛文字考釋〕五頁十六行。)

厂當釋石，卜辭石作𠂤（〔鐵〕一〇四、三、）、𠂤（〔鐵〕一
三七、一、𠂤（〔龜〕一、二五、十二，）均從厂從口，惟偏旁
從石之字多作厂，不從口，如祐作𧘓𧘤，斫作𨰦𨰦之
類，可證古文字衍變之例，每每繁變增口，如“隹
唯”“囝𭙊”“令命”“𦯧𦯧”“𡥏契”“𠡠嘉”之
類，多不勝舉，其從口不從口一也。

𠤎當釋旨，卜辭作𠤎（〔鐵〕一九一、四、辭云：“帝弗旨于
王。”）、𠤎（〔前〕四、三五、七、殘文）𠤎（〔前〕四、三六、
一、辭云：“𡆥☐雨有曰旨。”）𠤎（〔前〕四、三六、二、辭云：
“貞☐旨☐勿☐。”）𠤎(〔前〕七、十五、一、殘文)𠤎,(〔後〕
下、一、四、辭云：“丁卯☐狩，正禽，獲昆百六十二，☐百十四、豕
十、旨。”），𠤎〔後〕下、二四、十三、辭云：“丙子卜，今日𦣻旨
方幸。”。此作𠤎，與〔後〕下一，四，之作𠤎同，古文
凡四廓之間有空隙者往往塡以“●”如“井丼”“〇
☉”“𠂇𠂇”“口曰”之類（見唐立庵〔古文字學導論〕下編
四十七頁。)。則𠤎𠤎之爲一字可證矣。本片“庚見石旨”
四字連文，不詳其義，庚字作𠕎，爲第五期字體，早期
作𠕋𠕎𠕎，（見董作賓先生〔斷代例〕）則此片當爲第五期物
也。

以上拓片八十紙，照片二紙都八十二紙，太半可識，惟多單文隻

字，其義難知，就其字體言，除一二特殊者（如井作丼，五或作×，戈作 ，車作 ，來作 。），與卜辭小異外，其餘諸文，則與卜辭全同，其為殷代之器，的然可證，今就其文義略為區分如下：

　　㈠數字：1—15
　　㈡方位：16—23　61
　　㈢方國：39—47 ⎫
　　㈣人名：35—38 ⎭ 人名方國，二者往往相混，
　　　　　　　　　　　因僅單字，無由塙指。
　　㈤圖畫：24—32
　　㈥干支：33—34
　　㈦雜例：48—60　81　82
　　㈧未詳：62—80

董作賓先生來函

濟之兄：

　　李君考釋陶文，弟看一過，其中與弟之意見微異者，舉如下。

　　　　　　　　　　　　　　　弟賓卅三，十二，七

16　左

17　左　此類左中又似是器之排列位置，但亦不盡然。除此左字
　　　　外，中，又，皆可作人名。又此字亦可以為右之反文，
　　　　如李君所舉之偏旁是也（左在金文中亦有作人名之例），（
　　　　〔續殷文存〕上、二、四鑄上文字）。

18—19　中口武丁時貞人有“中，”又稱“小臣中，”侯家莊出
　　　　土銅器大爵杯把上有中字作 （第三次發掘所得），〔殷文
　　　　存〕銅鑄上有中字作 （〔續〕上、一、一），又爵上有中
　　　　父乙，父辛中，（〔續〕下、三、三、一〇）。（
　　　　〔續〕下、三〇、一〇）。由此知中為武丁之弟兄輩，父乙

即小乙，父辛即小辛也。

20—23　又　右作 ⿰，在卜辭中不見爲人名之例，但金文中有
　　　　之，如侯家莊出土之方尊及勺把，均有之。⿰(三次所得
　　　　方尊蓋內) ⿰ (同上　底部) ⿰ (勺把上　4:392)

42—45　木　卜辭第四期武乙文丁時有木作人名者，例如：
　　　　壬卜貞：癸未，王令木方步
　　　　王令木其福告。〔甲編〕六〇〇。
　　　　　武丁時有貞人名木者：
　　　　丙午卜木貞："翌丁未，子商戈琪方。"〔粹編〕一一
　　　　七四。〔殷文存〕中有木作父辛父丁父翌丙父壬各器：
　　　　□□(鼎，〔殷〕上四、五)，□(爵、〔殷〕下、一四、一
　　　　一)，□□(爵，〔殷〕下十二、六)〔侯家莊〕出土之爵盉
　　　　口內有木字作□(4:2186)，□□(爵，〔殷〕下、三二、四)
　　　　□(簋，〔續〕上、三七、二)，□(鼎，〔殷〕上、四、十一) 由
　　　　父辛父丁，適合於廩辛康丁之子，爲武乙之弟兄輩，文
　　　　武丁之叔父行也。父癸，父丙，父壬，卜辭無可考。

38　匚　此字與上二字讀法不同，此字當橫讀作 □，仍以釋守爲
　　　　是。
　　　　侯家莊出土銅器有此人名。
　　　　　□(觚)，□(殘銅器雙鉤陽文)，□(鼎)，〔續殷文存〕
　　　　　下，十六，一，有子守爵文作□(此子字書法在卜辭三期
　　　　　以後是守作□，爲作器之人名。)

52　車　車在金文中亦爲人名，如車父丁爵□(爵，〔續殷文存〕下
　　　　二四、九)

53　□　李君說爲耤，據左旁之 □ 比附卜辭，亦可通。惟卜辭耤
　　　　字右旁之人形必立，且多表現其趾，蓋耕耤字當如彼。
　　　　此從人坐形，坐而耕耤，不足會其意也。仍疑是匋之初
　　　　文。(耤字所從之耒，皆爲 □ 形，不應作 □ 形也。)說文"匋，瓦

器也。從缶包聲。古者昆吾作匋 ” 。此字似爲會意，非形聲。金文中如 🖋（麓伯敦）， 🖋 ，（女陶盤）象人持杵以作器形，⌐爲人，↑爲杵，∪則所作器也。今陶上文作 🖋 ，𝄐爲人坐形，作匋器，固可以坐。↑即木杵，⊐則泥坯尚未成器者也。姑妄說之。

原載中國考古報告集之二〔小屯·殷虛器物甲編·陶器〕

附錄

釋「釁」與「沫」

一、〔說文解字〕〔玉篇〕〔廣韻〕三書中 「釁」「沫」兩字的音訓及其異體

〔說文〕三上爨部：「釁，血祭也，象祭竈也；從爨省，從酉，酉所以祭也，從分，分亦聲虛振切。」

同書十一上水部：「沫，洒面也，从水，未聲荒內切。𩕾古文沫从頁。」

〔玉篇〕三二七部爨部：「釁，許靳切。以血祭也，瑕隙也，動也，罪也，兆也。或作衈。」

同書二八五部水部：「頮，水內切，洒面也，沫同上。又莫貝切，水名。湏，古文。」

又同書四十一部面部：「靧，音悔，洗面也，與頮同。」

〔廣韻〕去聲震韻：「衈，牲血塗器祭也，許覲切。釁，上同。又罪也，瑕釁也。璺，俗。」

同書去聲未韻：「沬，水名，無沸切。」又去聲泰韻：「沫，水名，莫貝切。」

同書去聲隊韻：「靧，洗面，頮，上同。荒內切。」

〔說文〕釁下說解，係就篆形立說，血祭也一解，則為古經籍中釁字通訓，象祭竈也一解，則就篆體从∩為言，爨下說解云：「∩為竈口。」而釁有祭義，故曰象祭竈也。篆形與爨相類，故

曰从頮省，而字亦隸頮部。〔玉篇〕顈下說解，仍本〔說文解字〕，又增瑕隙也、動也、罪也、兆也諸義，則本兩漢經訓爲解，或體作沛，係後起字。〔廣韻〕則以沛爲訓牲血塗器祭之顈之本字，而以罪也，瑕顈也之訓，專隸於顈，以爲沛之或體，又別出俗體作釁，則係顈之省變。

　　〔說文〕十一上水部沬訓洒面，古文作湏，段玉裁注〔說文〕，引〔尚書〕「顧命」：「王乃洮頮水」，〔釋文〕曰：「〔說文〕作沬，云：『古文作頮。』」改沬下古文作頮，解云：「古文沬，从𦥯水，从頁。」〔玉篇〕水部則以頮爲正文，與〔說文〕段注沬下古文同，說解同許訓，另增水名一解，讀莫貝切；以沬爲或體，湏爲古文，與各本〔說文〕沬下古文同。又面部靧則爲訓洗面之沬或頮之後起異體，爲漢人通用字。〔廣韻〕沬有無沸莫貝二切，分隸未泰二韻，音讀與〔玉篇〕同，惟均以水名爲訓，無洒面之解，而以靧爲訓洗面之本字，頮爲同文。

　　綜觀上舉數書所列顈沬（頮湏靧）兩字，形義俱不相涉，音讀亦若相遠，似爲截然不同之二字，但自甲骨文金文中此兩字之形體及古經籍中用此兩字之音訓，實有若干蛛絲馬跡，足以證明此兩字原爲一字，及後字義或有引申，音讀漸生別異，遂衍爲二字耳。

二、古經籍中沬顈兩字及其異體的音訓

甲　沬、頮、靧

　　沬字古經籍中較少見，其義有三：一爲地名，一訓洗面，一則假爲眛字。其訓洗面者，字或作頮，或作靧。

1. 地名

　　〔詩〕「鄘風·桑中」：「沬之鄉矣。」「沬之北矣。」「沬之東矣。」毛傳：「沬，衞邑。」鄭箋：「沬音妹。」孔疏：「『酒誥』注云：『沬邦，紂之都所處也。』於〔詩〕國屬鄘，

故其風有沬之鄉，則沬之北沬之東朝歌也；然則沬爲紂都，故言
沬邦。」〔書〕「酒誥」：「明大命於妹邦。」孔疏亦云：「此
妹與沬一也，故沬爲地名，紂所都朝歌以北，但妹爲朝歌之所居
也。」

2.訓洗面

〔尙書〕「顧命」：「王乃洮頮水。」孔傳：「王將發大命，
臨羣臣，必齋戒沐浴，今疾病，故但洮盥頮面，扶相者被以冠
冕，加朝服，憑玉几以出命。」陸氏〔釋文〕：「頮音悔，〔說
文〕作沬，云古文作頮。」馬融云：「洮，洮髮也；頮，頮面
也。」

〔禮記〕「內則」：「其閒面垢，燂潘請靧。」鄭注：「靧
音悔，洗面。」又〔玉藻〕：「沐稷而靧粱。」鄭注：「靧音
悔。」孔疏：「沐，沐髮也；靧，洗面也；取稷粱之潘汁，用將
洗面沐髮，並須滑故也。」

〔漢書〕「禮樂志」天馬歌：「霑赤汗，沬流赭。」李奇
音靧，晉灼曰：「沬古靧字。」師古曰：「沬沬兩通，沬者，言
被面如頮也，字从水旁午未之未，音呼內反；沫者，言汗流沫
出也，字从水旁本末之末，音亦如之；然今書字多作沬面之沬
也。」又「司馬遷傳」：「士無不起，躬流涕，沬血飲泣。」孟
康曰：「沬音頮。」師古曰：「沬古頮字，頮，洗面也，言流血
在面如盥頮。」

3.假爲昧

〔周易〕「豐·九三」：「豐其沛，日中見沬，折其右肱，
无咎。」王弼注：「沛，幡幔，所以禦盛光也，沬，微昧之明
也。」孔疏同。九家注則以沬爲斗杓後小星之名。

乙　霿　曃　曀　靆　靅

1.霿

　　經籍中用此字，多爲血祭或其引申之義，如間也、隙也、罪也、兆也、過也、動也諸解，亦有用與其本義洗面相近之義者，而一般注家或仍以血祭解之，如〔呂覽〕「本味」、「贊能」：「釁以犧狼」高注，或則認爲血祭無以索解，乃別以「以香塗身」或「薰香」解之，如〔國語〕「齊語」「三釁三浴」韋注，茲就每一訓解，各舉數例如下：

　　A．訓爲血祭或以血塗器物者

　　〔左傳〕僖三十三年：「不以纍臣釁鼓。」杜注：「殺人以血塗鼓，謂之釁鼓。」又昭五年傳：「將以釁鼓。」同年：「使臣獲釁軍鼓。」義同。又定四年傳：「君以軍行，祓社釁鼓。」杜注：「師出先事祓禱於社，謂之宜社，於是殺牲以血塗鼓鼙爲釁鼓。」孔疏：「〔說文〕云：『釁，血祭也。』是殺牲以血塗鼓鼙爲釁鼓，此皆祝官掌之。」

　　〔周禮〕「春官・雞人」：「凡祭祀面禳釁，共其雞牲。」鄭注：「釁，釁廟之屬，釁廟以羊，門、夾室皆用雞。鄭司農云：『釁讀爲徽。』」「春官，小祝」：「大師掌釁祈號祝。」鄭注：「鄭司農云：『釁謂釁鼓也。』〔春秋傳〕曰：『君以軍行，祓社釁鼓，祝奉以从。』」

　　〔禮記〕「雜記」下第五十節：「成廟則釁之，其禮祝、宗人、宰夫、雍人、皆爵弁純衣，雍人拭羊，宗人祝之，宰夫北面于碑南東上，雍人舉羊，升屋自中，中屋南面，刲羊血流于前，乃降。門夾室皆用雞。」本節述釁廟用牲之事甚備，其下又云：「凡宗廟之器，其名者成，則釁之以豭豚。」鄭注：「宗廟名器，謂尊彝之屬。」孔疏：「名器則殺豭豚血塗之也。」

　　〔孟子〕「梁惠王」：「將以釁鐘。」趙注：「新鑄鐘，殺牲以血塗以釁郤，因以祭之曰釁。」

　　〔呂氏春秋〕「贊能」篇：「祓以爟火，釁以犧狼焉。」高注：「火所以祓除不祥也，〔周禮〕司爟掌行火之政令，故以爟

火祓之也；殺牲以血塗之爲釁，小事不用大牲，故以猨豚也。」
「殺牲以血塗之爲釁」一解，〔呂覽〕「愼大」、「本味」各篇
注、〔御覽〕引蔡邕「月令章句」、〔周禮〕「天府」注、「龜人」注
並同。

B．間也

〔左傳〕宣十二年：「會聞用師，觀釁而動。」服注：「間
也。」

C．罪也

同上引〔左〕宣十二年文杜注：「釁，罪也。」

D．隙也

〔國語〕「晉語」一：「聲章過數則有釁。」又「晉語」二：
「寇知其釁，而歸圖焉。」又「晉語」四：「久約而無釁。」韋
注並云：「釁，隙也。」

E．瑕也

〔國語〕「晉語」五：「合而後行，離則有釁。」又「楚語」
下：「苟國有釁，必不居矣。」韋注並云：「釁，瑕也。」

F．兆也

〔國語〕「魯語」上：「惡有釁，雖貴罰也。」同上：「若
鮑氏有釁，吾不圖矣。」韋注並云：「釁，兆也。」

G．過也

〔左〕昭一年傳：「吳濮有釁。」杜注：「過也。」

H．動也

〔左〕襄廿六年傳：「釁於勇。」杜注：「動也。」孔疏：
「釁爲奮動之意也。」

〔爾雅〕「釋獸」：「獸曰釁。」注：「自奮迅動作。」

I．訓爲以香塗身或薰香者

〔周禮〕「春官·鬯人」：「大喪之大渳，設斗共其釁鬯。」
鄭注：「斗所以沃尸也，釁尸以鬯酒，使之香美者。鄭司農云：

『釁讀爲徽。』」同上「女巫」：「女巫掌歲時祓除釁浴。」鄭注：「歲時祓除，如今三月上巳如水上之類，釁浴謂以香薰艸藥沐浴。」賈疏：「云『釁浴謂以香薰艸藥沐浴』者，若直言浴，則惟有湯，今兼言釁，明沐浴之物，必和香艸，故云以香薰艸藥，經直云浴，兼言沐者，凡絜靜者，沐浴相將，故知亦有沐也。」

〔國語〕「齊語」：「於是莊公使束縛以予齊使，齊使受之而退，比至，三釁（按：一本作釁 三浴之。」韋注：「以香塗身曰釁，亦或爲薰。」

〔漢書〕「賈誼傳」：「及趙滅智伯，豫讓釁面吞炭。」鄭氏曰：「釁，漆面以易貌，吞炭以變聲也。」師古曰：「釁，熏也，以毒藥熏之。」王先謙〔補注〕：「劉奉世曰；『釁謂以物塗之，取以釁鼓，故謂之釁爾，訓熏與漆皆非也。』

J．訓爲破而未離者

〔方言〕卷六：「秦晉之間，器破而未離者謂之釁。」郭注：「釁音問。」按字亦作衅。

2.釁、衅

〔廣韻〕以衅爲釁衅之俗字，〔玉篇〕艸部釁下云；「俗作衅。」〔詩〕「生民」：「維穈維芑。」〔傳〕云：「穈，赤苗也。」〔釋文〕云：「穈音門，爾雅作衅。」穈之音義，並與許書釁同，當爲釁之或體，而〔爾雅〕作衅，並可證〔廣韻〕以衅爲釁之俗體之不謬。〔集韻〕：「衅音釁，一音問，罅坼也。」〔周禮〕「春官·大卜」：「一曰玉兆，二曰瓦兆，三曰原兆。」鄭注：「兆者灼龜發於火，其象似玉瓦原之釁罅。」疏云：「釁罅謂破而不相離也。謂似玉瓦原之破裂。」孫詒讓〔周禮正義〕：「〔史記〕『高祖紀』索隱云：『馬融注〔周禮〕：灼龜之兆，與玉之釁罅相似。』是鄭卽本馬說。丁晏云：『釁衅皆〔說文〕所無，依字當作釁，古釁字亦書作衅。』案丁說是也，釁卽釁之變

體，墾則後起之字，非古所有，故馬注直爲釁字。」

3.亹、亹

〔易〕「繫辭」上傳：「成天下之亹亹者。」〔釋文〕引王肅注云：「亹，勉也。」又虞注同。

〔爾雅〕「釋詁」：「亹亹，勉也。」

〔詩〕「文王」：「亹亹文王」傳、「崧高」：「亹亹申伯」箋，並云：「亹亹，勉也。」

〔國語〕「周語」：「亹亹怵惕。」韋注：「亹亹，勉勉也。」

〔禮記〕「禮器」：「君子達亹亹焉。」鄭注：「亹亹，猶勉勉也。」

〔廣雅〕「釋訓」：「亹亹，進也。」

〔後漢書〕「張衡傳」注：「亹亹，進貌也。」〔文選〕「思元賦」：「時亹亹而代序兮。」舊注同。

〔文選〕「吳都賦」：「清流亹亹。」注引〔韓詩〕云：「亹，水流進貌。」

按上舉諸條，亹均音尾；字或又讀爲門，如〔詩〕「鳧鷖」：「鳧鷖在亹。」傳云：「亹，山絕水也。」箋云：「亹之言門也。」〔後漢〕「馬援傳」注：「亹者，水流夾山間，兩岸深若門也。」〔晉書音義〕上同。字或變作亹，〔易〕：「定天下之亹亹。」〔廣韻〕亹下重出亹字，注云：「俗。」可證亹卽亹之俗體。鈕樹玉〔說文新附考〕云：「亹卽釁之俗字，徐氏曰：『易云：「定天下之亹亹。」當作娓。』按〔易〕本作亹，〔釋文〕音亡偉反，鄭云汲汲也，王肅云勉也，據〔玉篇〕亹爲釁之俗字，知亹亹並釁之俗字矣，蓋釁字一變爲亹（見唐等慈寺碑：「釁釁恒沙。」），再變爲亹，以音近文（〔史記〕「夏本紀」：「亹亹穆穆。」「司馬相如傳」作：「旼旼穆穆。」）。俗又加文也，娓字音義並不合。」錢大昕〔潛研堂集〕「論說文」，毛際盛〔說文新附通誼〕，並以

霣**薹**卽霥之隸變，稱引甚備，其說可從，茲不俱錄。

三、卜辭的頮與金文的釁盥盪

甲　卜辭的頮

〔殷虛書契後編〕卷下十二頁第五片辭云：「其☐頮☐我☐。」字作🦝，僅一見，辭殘泐不完，義不可知，但據其字形，象人散髮就皿，兩手掬水洒面之狀，可斷爲沫字，當卽〔書〕「顧命」〔釋文〕引〔說文〕沫古文作頮之本字。✓

乙　金文的釁盥盪

1. 釁

金文釁字不下數十百見，形體變化甚多，其習見者作🦝🦝等形，或繁而爲🦝，或於其下更增皿形而爲🦝，或省臼而爲🦝，或省𠬞而爲🦝，就其繁體言之，上象兩手持倒皿，中象人形，旁有水點，或則直爲水字，下承以皿，字象奉匜沃而沫面之形，蓋卽左氏「奉匜沃盥」之比。其用法則絕大多數均與壽字連文，爲嘏辭之一種，茲略舉數例於下，以見一斑：

A. 🦝懷鼎　器蓋同文，辭云：「襄自作飲碳觥，其釁壽無期，永保用之。」〔愙齋集古錄〕第五册十九至廿頁。

B. 🦝郑公劍鐘　辭云：「陸亶之孫郑公劍，作乃鯀鐘，用敬郑盟祀，祈年釁壽，用樂我嘉賓，及我正卿揚君需君，以萬年。」〔愙齋集古錄〕第一册廿一頁。

C. 🦝郑鐘　辭云：「……余不敢爲驕，我以亯孝，樂我先祖，以蘄釁壽，世世子孫，永以爲寶。」〔愙齋集古錄〕第一册七頁。

D. 🦝齊侯盂　辭云：「齊侯作滕☐☐孟姜盥盂，用旂釁壽，萬年無疆，它它熙熙，男女無期，子孫永寶用之。」〔

奇觚室吉金文述〕六卷卅八至卅九頁。

E. 【釁】圅差缽　辭云：「……用實□酒，侯氏受福釁壽，……」〔西清續鑑〕乙編十六卷九至十頁。〔奇觚室吉金文述〕十八卷廿一至廿三頁亦有著錄。

F. 【釁】毛叔盤　辭云：「毛叔朕彪氏□姬寶盤，其□□釁壽無疆，子子孫孫永保用。」〔西清續鑑〕甲編十五卷三頁。

G. 【釁】鼄伯盤　辭云：「隹正月初吉庚午，鼄伯膡嬴尹母釁盤，其萬年子子孫孫永用之。」〔貞松堂集古遺文〕卷十第廿九頁。

H. 【釁】脖侯盤　辭云：「脖侯作□□□朕匜，其釁壽萬年，子子孫孫永寶用。」〔愙齋集古錄〕十六卷二十一頁。

I. 【釁】智壺　辭云：「……智拜手𩒨首，敢對揚天子丕顯魯休令（命），用作朕文考釐公隙壺，智用匄萬年釁壽，永令（命）多福，子子孫孫，其永寶用。」〔善齋吉金錄禮器丙〕五十七頁。

J. 【釁】壽鼎　辭云：「𣝮□魯𦊆作壽母朕鼎，其萬年釁壽，永寶用。」〔愙齋集古錄〕第五冊十九頁。

K. 【釁】仲師父鼎　辭云：「中師父作季娤始寶隙鼎，其用妾用考（孝），于皇祖帝考，用錫釁壽無疆，其子孫萬年，永寶用妾。」〔愙齋集古錄〕第六冊七頁。

L. 【釁】釁胅鼎　辭云：「釁胅一斗八夂。」〔愙齋集古錄〕第六冊十八頁。又〔奇觚室吉金文述〕十一卷八頁，〔周金文存〕二卷六十四頁，〔籑齋吉金錄〕一卷鼎二十，〔小校經閣金石文字〕二卷三十八頁，均有著錄。

M. 【釁】德啟　辭云：「德其肇作啟，其萬年釁壽，子孫永寶用。」〔〔愙齋集古錄〕第八冊十六至十七頁。

N. 【釁】師艅啟蓋　辭云：「……艅拜稽首，天子其萬年釁壽黃耉，……」〔愙齋集古錄〕第九冊十七頁。

O. 𠫤齊侯中罍　辭云：「……用乞嘉命，用祈𠫤壽，……」〔愙齋集古錄〕第十四册六頁。

P. 𩙯𩙯簋　辭云：「𩙯作王母媿氏𩰫盉，媿氏其𩰫壽邁年用。」〔善齋吉金錄〕「禮器」八卷四十頁。

上出諸形，僅就金文釁字形體之特異者，加以徵引，除囂伯盤及釁朕鼎釁字，係用沬面本誼外（說見下），其餘金文所見釁字，均與壽字連文，爲兩周習見之嘏辭，經籍中多作眉壽，如〔詩〕「豳風・七月」：「以介眉壽。」毛傳：「眉壽，豪眉也。」孔疏：「人年老者必有豪毛秀出者，故知眉壽謂豪眉也。」「小雅・南山有臺」：「遐不眉壽。」「周頌・雝」：「綏我眉壽。」「商頌・烈祖」：「綏我眉壽。」「魯頌・閟宮」：「眉壽無有害。」「眉壽保魯。」傳・疏並以豪眉秀眉解之，實則眉壽爲當時習慣用語，以壽考爲其本義，壽上一字，本無定字，毛傳以豪眉秀眉解之，未免望文生訓，如〔儀禮〕「士冠禮」：「眉壽萬年。」鄭注：「古文眉作麋。」「少牢・饋食禮」：「眉壽萬年。」鄭注：「古文眉爲微。」則鄭氏所見古本，固有作麋壽微壽者矣，金文則作釁（沬）壽，蓋沬眉麋微諸字，聲類本極相近，故昔人書寫此一嘏辭，除壽字有定外，其上一字，往往於麋微眉沬諸音近字中，任取一字，必欲以豪眉秀眉解眉字，則麋壽微壽又將何說乎？

金文除習見釁壽一辭外，又有稱魯壽者，歸夆設云：「……用𣪊屯彔永命魯壽，子孫歸夆，其萬年日用亯于宗室。」（見〔愙齋集古錄〕十一册二十三頁）徐中舒氏訓魯爲厚（說見「金文嘏辭釋例」，本所〔集刊〕第六本第一分卅至卅一頁），魯壽卽多壽也。有稱永壽者，䣄遣設云：「䣄遣作寶設，用追孝于其父母，用錫永壽，子子孫孫永寶用亯。」（見〔愙齋集古錄〕九册二頁）有稱萬壽者，其次（舊釋旡，或隸定作𢒈。）句鑃云：「……用旂萬壽，子子孫孫永保用之。」（見〔攈古錄金文〕二之三第六十四頁，又六十五頁）有稱三壽者，

宗周鐘云：「……參壽唯琍，齂其萬年， 畯保四國。」（見〔積古齋鐘鼎彝器欵識〕三卷八至十一頁）晉姜鼎云：「……三壽是利。」（利郭釋勑。見〔兩周金文辭大系〕二百六十六頁）　量仲壺云：「……匃三壽，懿德萬年。」（見〔貞松堂集古遺文補遺〕上卷三十七頁）有稱召公壽者，者盞鐘云：「……若召公壽， 若參壽，……」」（見〔小校經閣金石文字〕卷一第三十一頁，本鐘拓本，〔貞松堂集古遺文〕、〔善齋吉金錄〕均有著錄，惟漫漶不明，小校經閣有釋，本文以之。）蓋壽老毋死， 為有生之倫所共冀，故金文銘辭及古籍中，特多祈匃壽考之嘏辭，萬壽、三壽、召公壽諸辭，徐氏「金文嘏辭釋例」說之已詳，魯壽、永壽、亦易索解，獨習見之釁壽一辭，尚無確詁， 前人解此， 謂釁假為眉，今知眉壽之眉，亦非本字， 且金文自有眉字，戎都鼎云：「……用綏眉彔，……」字作🜀，吳大澂釋眉，說云：「經傳言眉壽，罕言眉祿者，〔詩〕『南山有臺』：『遐不眉壽。』傳：『眉壽，秀眉也。』〔廣雅〕『釋詁』：『眉，老也。』眉祿彔壽考福祿言之，秀眉為上壽之徵，亦多福之兆也。」（見〔愙齋集古錄〕第五冊十五頁）若謂釁假為眉，何不逕用眉字？ 金文既習見釁壽，戎都鼎復言眉祿，事類相近，語法相同，更足證釁眉二字聲近而可互用無別也。高鴻縉氏「散盤集釋」八十二頁釋釁云：「今按此字之初意，乃以牲血塗新鑄器罅隙，欲其經久耐用也，從鑄省，沐聲，字意為鑄事之末程，故從鑄省， 塗血如淋水， 故以沐為聲；周人借此字為長久之長，與壽字相連， 為長壽之意。」（見〔師大學報〕第二期）高氏解此字，說甚美備， 然猶覺未達一間，按釁即沐之本字， 與金文鑄之作🜨郳子簠🜨壽子鼎🜨守教🜨艾伯鬲者形近，蓋鑄器者傾金屬溶液於范中（鑄下所从之皿，即鑄器之范也），其事與沃而沬沐相近，故於文从臼持到皿，下承以皿亦相同，惟釁字从水从頁，鑄字从金从火，或从壽聲為異耳，釁字篆變為釁，鄭司農注〔周禮〕，三讀釁為徽，徽有美也（〔書〕「舜典」：「愼徽五典」傳，〔詩〕「角弓」：「君子有徽猷」傳，〔詩〕「思齊」：「大姒嗣徽音」箋）、善也

（〔書〕「舜典」馬注，〔爾雅〕「釋詁」）之訓，則釁壽一辭，疑當讀爲
徽，訓爲美，美善之壽，猶言多壽、魯壽、永壽也，眉壽、糜
壽、微壽之解並同，金文眉祿，猶言美祿也，〔廣雅〕「釋詁」、
〔方言〕一並訓眉爲老，殆就眉壽一辭爲解，非朔誼也。

　　上引諸釁字，俱與壽字連文，獨釁伯盤一器銘云：「釁伯作
媵嬴尹母釁盤。」字形與毛叔盤「釁壽無疆」之釁全同，而其義
則爲說明此盤之用途，與齊侯盤銘云：「齊侯作媵□□孟姜盥
盤。」（見〔奇觚室吉金文述〕八卷十四頁）辭例全同，一稱釁盤，一稱
盥盤，足證釁爲沬之本字，〔說文〕沬之古文作洀，正爲釁字省
臼及上下兩皿之形；〔書〕「顧命」〔釋文〕引〔說文〕沬之古文
作頮，則是甲文釁之省變，蓋沬義以洗面爲主，故省臼及上下兩
皿，但存水頁二偏旁，或更增之収，其誼已顯，與本字作釁或盥
者，雖繁簡有殊，而遞嬗之迹則的然可見也。又釁脒鼎銘云：「
釁脒一斗八久。」劉心源〔奇觚室吉金文述〕十一卷八頁釋之云：
「貴脒一斗半。」謂貴脒地名，說無佐證。疑當釋爲「釁脒一斗
八升。」脒字從肉从朱，字書所無，朱，許訓赤心木，〔詩〕「
七月」：「我朱孔陽。」傳：「朱，深纁也。」〔禮〕「月令」：
「乘朱路。」疏：「色淺曰赤，深曰朱。」〔史記〕「呂后紀」：
「朱虛侯。」〔正義〕：「朱猶丹也。」〔白虎通〕「封禪」：
「朱草者，赤草也。」許書糸部：「絑，純赤也。」朱字類有赤
義，此字從肉从朱，疑是脂澤膏沬之屬，言沬脒者，膏沬之爲
用，固與沬面之事類相近，言一斗八升者，記其量也。

　　2.盥

　　金文又有盥字，字作盥，吳大澂〔古籀補〕云：「古沬字，
從頁从臬，從皿注水，許氏說『沬，洒面也，古文沬從頁作洀，』
又頁部『頮，昧前也，讀若昧』疑亦沬之古文，許云：『沐，濯
髮也。』疑古沬沐爲一字。」吳氏釋此二文爲沬，其說可從，按
此與金文習見釁壽字，當爲一字，此特省去臼與倒皿之形，更另

增一貞形偏旁耳。字在金文均與盤盉等類器名連文，如魯伯愈父
盤云：「魯伯愈父作㿝姬二千朕（媵）湯盤，其永寶用。」（見
〔貞松堂集古遺文〕卷十第二十五頁）伯盞盤云：「邙仲之孫伯戔自作鬺
盤，用祈釁壽，萬年無疆。」（見〔兩周金文辭大系〕二〇二頁）殷彀盤
云：「惟正月初吉，儕孫殷彀作鬺盤，子子孫孫永壽之。」（見
〔奇觚室吉金文述〕八卷十一頁）黿盤云：「黿作王母媿氏湯盤，媿氏其
釁壽萬年用。」（見〔貞松堂集古遺文〕十卷廿六至廿七頁）黿匜云：「黿
作王母媿氏湯盉，媿氏其釁壽邁年用。」（見〔善齋吉金錄禮器〕八卷
四十頁）此與鬺伯盤銘之稱釁盤者全同，猶今言洗臉盆也；金文釁
字習與壽字連文爲嘏辭，於用其本義時，反取其別體作鬺，賴有
鬺伯盤一器，使千古之下，猶可知湯釁確爲一字，且釁之確爲許
書沬之古文也。

　　3.盨

　　金文又有盨字，習見作盨曼盨父盨虢叔盨諸形，爲飲食器名，
如克簋（實當定名克盨）云：「……用作旅盨，隹用獻于師尹朋友婚
遘，克其用朝夕亯于皇祖考，皇祖考其敽敽熊熊，降克多福，
……」（見〔小校經閣金石文字〕卷九四十一頁）說文皿部：「盨，槈盨，
負戴器也。從皿，須聲。」〔漢書〕「東方朔傳」：「是寠數
也。」師古曰：「寠數，戴器也，以盆盛物戴於頭者，則以寠數薦
之，今賣白團餅人所用者也。」按字在金文爲食器之名，在漢爲
負戴器，卽當時俗語所謂寠數，其義已有衍變，就字形言，與甲
文之盨，金文之盨，極爲相近，疑爲古釁盤之專字，惟金文中已
用此爲食器之名，又苦無他佐證，姑附及之，以俟異日之考訂。

四、結語——沬釁二字在形音義三方面之關係

　　綜上所論，沬釁兩字在形音義三方面，實具極密切之關係，
質言之，釁字實卽沬之古文本字，茲謹就此三方面，再加概述，

以爲本文作一結束。

甲　字形上之關係

　　字書中沬字異體較多，大抵以沬爲本字，湏頮爲古文，靧爲異體，前賢於此，已多論列，桂馥〔說文義證〕沬下云：「〔書〕『顧命』：『王乃洮頮水。』〔釋文〕：『頮，〔說文〕作沬，云：「古文作湏」』馬云：『頮，頮面也。』〔漢書〕『司馬遷傳』：『士無不起，躬流涕，沬血飲泣。』孟康曰：『沬音頮。』顏注：『沬，古頮字，頮，洒面也，言流血在面如盥頮。』馥案〔釋文〕引本書，頮爲沬之古文，顏注則以沬爲頮之古字，孟康之音，又不以沬頮同文，而皆不言湏爲古文，〔玉篇〕頮爲正文沬爲同文，湏爲古文，〔廣韻〕靧爲正文，頮爲同文，諸說不同，未能審定。」今知甲文之 ，金文之 ，實卽沬之古文本字，〔釋文〕引〔說文〕謂沬之古文作湏者，實甲文之省變，今本〔說文〕及〔玉篇〕以湏爲沬之古文者，實金文 之省體，而沬靧二字，則後起形聲字，沬主於水，靧主於面，未貴則其聲，桂氏之所疑而未決者，可迎刃而解矣。

乙　字音上之關係

　　〔說文〕釁讀虛振切，沬讀荒內切；〔玉篇〕釁讀許靳切，沬頮讀火內切；〔廣韻〕釁衈讀許覲切，靧讀荒內切；二者音讀，似若相遠，而鄭司農注〔周禮〕，三讀釁爲徽（見下丙節），釁之異體作釁釁者，或讀爲問，作釁釁者，或讀爲尾，或讀爲門，此徽也、問也、尾也、門也之音，並與訓洗面之沬之音讀相近，益足以證沬釁之初爲一字也。

丙　字義上之關係

　　沬有三義，已見上引，其水名一義，及音假爲昧，可不具

論，其本義要當以洗面爲主；而經籍中用釁字，則多爲血祭或其引申之義，二者似亦無涉。然蓋嘗思之，釁字實亦當以洗面爲其朔誼，經籍中固有用其本義者矣，顧注者囿於經訓，仍以血祭或薰香之誼解之耳，如〔呂覽〕「贊能」記齊使如魯求管仲事云：「乃使吏鞹其拳，膠其目，盛之以鴟夷，置之車中，至齊境，桓公使人以朝車迎之，祓以爟火，釁以犧狸焉。」高注：「火所以祓除不祥也，〔周禮〕司爟掌行火之政令，故以爟火祓之也。殺牲以血塗之爲釁，小事不用大牲，故以狸豚也。」祓釁並舉，故高注以「以牲血塗之」解之，按上文言桓公使如魯，詭辭以求管仲，故使吏鞹其（管仲）拳，膠其目，則下文之釁，應是沬面之事，徒以下言犧狸，故注者以殺牲塗血之事爲解，今按犧狸蓋卽〔周禮〕犧尊〔左氏傳〕犧象之比，〔周禮〕「春官・司尊彝」云：「春祠夏禴，祼用雞彝鳥彝，皆有舟，其朝踐用兩獻尊，其再獻用兩象尊，皆有罍，諸臣之所昨也。……凡四時之間祀追享朝享，祼用虎彝蜼彝，皆有舟，……」鄭注：「祼謂以圭瓚酌鬱鬯，始獻尸也。『郊特牲』曰：『周人尙臭，灌用鬯臭（定按：依注鬯臭句絕），鬱合鬯，臭陰達於淵泉，灌以圭璋，用玉氣也。』雞彝鳥彝，謂刻而畫之，爲雞鳳皇之形。……鄭司農云：『舟，尊下臺，若今時承槃，獻讀爲犧，犧尊飾以翡翠，象尊以象鳳皇。或曰：「以象骨飾尊」』『明堂位』曰：『犧象周尊也。』〔春秋傳〕曰：『犧象不出門。』尊以祼神，罍，神之所飮也。」〔左〕定十年傳云：「犧象不出門。」孔疏云：「阮諶〔三禮圖〕：『犧尊畫牛以飾，象尊畫象以飾，當尊腹上，畫牛象之形。』王肅以爲犧尊象尊爲牛象之形，背上負尊。魏大和中，靑州掘得齊大夫子尾送女器，爲牛形，而背上負尊，古器或當然也。」杜注云：「犧象，酒器，犧尊象尊也。」〔禮記〕「明堂位」云：「牲用白牡，尊用犧象。」注云：「犧尊以沙羽爲畫飾，象骨飾之，鬱鬯之器也。」按〔周禮〕稱雞彝、鳥彝、虎彝、蜼彝、獻

（鄭司農讀爲犧）尊、象尊，皆所以祼神者，鄭注引「郊特牲」灌用
鬯臭釋之，從可知此雞彝、鳥彝、虎彝、蜼彝、犧尊、象尊之
屬，皆所以實鬯而灌神者（上引「明堂位」鄭注，亦以犧象爲鬱鬯之器），
鬱鬯非可飲之物，蓋供人沐浴，使之香美者，〔周禮〕「春官·
鬯人」云：「大喪之大湖，設斗共其肆鬯。」注云：「斗所以沃
尸也，肆尸以鬯酒，使之香美者。鄭司農云：『肆讀爲徵。』」
「鬯人」又云：「凡王之齊事，共其秬鬯。」注云：「給淬浴。」
疏云：「鄭知王齊以鬯爲洗浴，以其鬯酒，非如三酒可飲之物，
大喪以鬯浴尸，明此亦給王洗浴，使之香美也。」按此言肆鬯，
亦係用肆之本誼，孔疏以浴字解之，特未達一間，先鄭讀爲徵，
則訓洗面之本音也。至犧尊象尊之形，則〔左傳〕孔疏引王肅
說實爲得之，〔西清古鑑〕卷九第二十五頁至卷終，有周犧尊、
象尊、雞尊、鳧尊圖像，凡二十一器，其形多所狀類，或肖牛，
或肖象，或肖羊豕雞鳧，足徵〔周禮〕「司尊彝」所說之不誣，
然則〔呂覽〕所謂「肆以犧狠」者，蓋以狠形之尊，實以鬱鬯，
沐管仲以解其目之膠固，並使之香美者也。又〔國語〕卷六「齊
語」云：「於是莊公使束縛以予齊使，齊使受之而退，比至，三
釁三浴之。」韋注：「以香塗身曰釁，亦或爲薰。」按此與上引
〔呂覽〕「贊能」所記爲同一故事，於文釁浴連言，正足以證釁之
爲沐，韋氏不達此誼，又覺血祭之說，無以索解，遂別出新解曰
以香塗身耳。蓋管仲初以獄囚身份至齊，而齊將以之爲相，故爲
之三沐三浴，以祓除不祥，今湘俗凡獄囚獲釋者，必先至市肆薙
髮沐浴，蓋猶古俗之遺也。明乎此，則〔周禮〕「女巫」：「掌歲
時祓除釁浴。」即沐浴也，王筠〔說文釋例〕釁下云：「爨部收釁
字，義全無涉，特以形似而附耳，……〔風俗通〕說禊曰：『〔周
禮〕「女巫」：「掌歲時以祓除釁浴。」言人解療生疾之時，故於水上
釁潔之也。』夫曰釁潔，則豈得以血污釁之，且人豈有釁郄可塗
乎？」〔風俗通〕以釁潔釋釁，於義得之矣，然猶未達一間也；

王氏〔釋例〕已疑血祭塗血之說，不足以盡解釁字，若知釁之
爲沬，則釁浴之說，固可迎刄而解矣。釁既爲沬之本字，則何以
復有血祭塗血之解？蓋以牲血塗器物而祭，其事如盥沬之被面，
〔禮記〕「檀弓」：「瓦不成味。」注云：「味當作沬，沬，靧
也。」段氏〔說文注〕引此云：「按此沬謂瓦器之釉，如洗面之光
澤也。」瓦器塗釉謂之沬，則器物塗牲血，自亦得謂之釁矣。至
隙也一解，則由釁之音借，王筠〔說文釋例〕已有此說，罪也、
過也、兆也、間也諸解，則又隙也一義所引申也。

> 後記：金文釁壽字之爲釁字，前人說之已詳，董彥堂先生「梁其壺
> 考釋」（〔中國文字〕第一期），及郭著〔兩周金文辭大系
> 考釋〕已謂釁爲沬之古文，高鴻縉先生「釋釁」一文（〔師
> 大學報〕第二期），陳義已富，許維遹先生亦有「釋釁」
> 之作，其文作者雖未寓目，然亦想多勝義，是則本文之作，
> 實已了無新義，特爲董高兩先生及諸前賢之說，更進一解，
> 畫蛇續貂之譏，所不敢辭也。

民國五十年一月于南港

原載中研院史語所集刊外編第四種，1961

出土層位、編號	器 物 名 稱	刻劃部位	摹　　文	分 期
74秋T7⑤：51	泥質灰陶罉	器　底	圩𠂤ㄗ七介荕圩	1
74秋T7⑤：58	泥質黃陶盂	器　底	㟒𠃌𠂤冚傘	1
74秋T7⑤：46	泥質黃釉陶罐	肩部一周	⺀ 㐇 止 8 ✕ ✲ ◠ 乄 十 ◠ 中	1
74秋T7⑤：79 74秋T7⑤：57	陶　　　罉	器　底	乂、✕	1
74秋T7⑤：42	長方形陶刀	背　面	⟋⟍	1
74秋T7⑤：44	馬鞍形原始瓷刀	背　面	↓	1
74秋T7⑤：40 41等三件	馬鞍形陶刀	背面兩側	鈒	1
74秋T7⑤：41	馬鞍形陶刀	背面中央	匠　　　（殘半）	1
74秋T7⑤：60	陶　　　盂	器　底	◠	1
74秋T7⑤：80 74秋T7⑤：18	陶　　　罉	器　底	半、𠃌	1
74壩基西區取 土採集	泥質灰陶罉	器　底	𠆢𠃜乂囲	1
15件			39字（符號）	1

附表一之一　　吳城商代陶文石刻文字和符號

出土層位，編號	器物名稱	刻劃部位	摹　文	分期
74ET 10③：19	泥質紅陶碗	器　　底	（符號）	2
74ET13H6：25	泥質軟陶片	正反兩面	（符號）	2
74ET13H6：33 74ET6H2：17	紅色粉砂岩石範	背　　面	（符號）	2
74ET13H6	灰色粉砂岩石範 （或礪石）	器　　表	（符號）	2
74ET 9③、④ 等三件	陶　　　　鉢	器　　底	×、十	2
74ET10：56	陶　　　　鉢	器　　底	川	2
73T 6③ 73正M 1	泥質黃陶罐 泥質紅陶罐	器表肩部	（符號）	2
73T 4③：370 73T 4⑤：67	釉　陶　豆 石　　　範	圈足器表 澆鑄口上方	（符號）	2
73楊H2：3	馬鞍形陶刀	器表正面	（符號）	2
73T 4⑤	泥質灰陶鉢	器　　底	ﾄ、川	2
74WT 4②	陶　　　　罐	器表肩部	（符號）　（鏃形，殘半）	2
16件（片）			19字（符號）	2
74秋ET9H11：10	泥質黃陶鬲	頸腹部器表	（符號）	3
74秋ET 2③ 74秋ET 1③：3	印紋陶片 泥質紅陶罐	器　　表 器表肩部	（符號）	3
73竹T 1②	馬鞍形陶刀	器表背面	（符號）	3
73楊H 1 74秋ET 2③	陶　　　　罐 陶　　　　片	器表肩部 器　　表	（符號）	3
74秋ET 2④ 73正T 1：7	陶　　　　罐 原始瓷甕	器表肩部 （均壓印）	（符號）	3
8件（片）			8字（符號）	3
總計38件			66字（符號）	3

附表一之二　　　吳城商代陶文石刻文字和符號

	出土層位，編號	器物名稱	刻劃部位	摹文	分期
1	75T 4 ② : 154.74 秋T 7 擴方④ : 729	原 始 瓷 尊	口沿器表 裡		1
2	75T 5 ③ : 153	原 始 瓷 片	器　　表		1
3	74秋T 7 擴方⑤ 層 : 104	泥質灰馬鞍形 硬　陶　刀	器表居中		1
4	75T 4 ② : 209	泥質紅陶豆圈 足　殘　片	器　　表		1
5	75T 5 ④ : 210	泥質紅陶盤 殘　　片	器　　表		1
6	74秋T 7 擴方④ 層 : 171	泥質紅馬鞍形 陶　　刀	器表(鐫刻)		1
7	74秋T 7 擴方⑤ 層 : 172	泥質紅陶平底盂	器　　底		1
8	75T 5 ② : 655	原 始 瓷 片	腹部器表		1
9	74秋T 7 擴方③ 層 : 656	原 始 瓷 片	肩部裏表		1
10	75T 8 ② : 844	泥 質 灰 陶 鬲	頸部器表		2
11	75T 8 ② : 807	原 始 瓷 鉢	器　　底		2
12	75T21④ : 151	泥質紅圈點紋 釉 陶 紡 輪	器　　表		2
13	75T 8 H1 : 818	紅色粉砂岩質 石　範　殘　片	器　　表		2
14	75T 8 ② : 856	紫紅色細砂岩片	器　　表		2
15	75T 8 ② : 857	泥 質 灰 陶 片	器　　表		2
16	75冬吳H10 : 200	泥質灰馬鞍形 陶　　刀	器　　表		2
17	75冬吳H10 : 201 75大源T 2 ② : 773	泥 質 灰 陶 刀 泥 質 灰 陶 甕	器　部　表 肩部器表		2
18	75大源T 2 ② : 206 75大源T 1 ② : 740	泥質褐釉陶刀 泥 質 灰 陶 罐	器表居中 肩部器表		2
19	75T 7 ② : 738 74秋WT3⑤ : 15	泥 質 灰 陶 片 泥 質 紅 陶 刀	器　　表		2

附表二之一　　吳城第四次挖掘所出土陶文及石刻文字

	出土層位，編號	器物名稱	刻劃部位	墓文	分期
20	75T 6 ③：613	泥質紅陶刀	器　表		2
21	75T 7 ②：703	泥質灰陶刀	器　表		2
22	75T 8 ②：874	泥質灰陶扁片	頸部器表		2
23	75T21④：173 75T 8 H2：731	原始瓷鉢，紅色 粉砂岩質石範	器　底 器　表		2
24	74T 4 H1：186	泥質釉陶刀	器　表		2
25	74T 4 H1：189	泥質灰陶鉢	器　底		2
26	74T 4 H1：725	原始瓷片	器　表		2
27	75T 8 ②：730 75T 7 ②：739	泥質紅陶片 泥質灰陶尊	器　表 頸部器表		2
28	74WT10②：35	泥質紅陶刀	器　表		2
29	75T 7 ②：704 75T 6 ②B：627	泥質灰陶鉢 夾沙灰陶鉢	器　底 器底裡表	或	2
30	74T 4 H1：186	泥質紅陶刀	器　表		2
31	75T 8 H 3：753 ②：754	紅色粉砂岩石器 泥質紅陶刀	器　表 器　裡	或	2
32	75大源T 2 ②：774	泥質黑釉陶甕	肩部器表		2
33	75T 8 ②：728	原始瓷片	器(燒成後刻)裡	（共十一个）	2
34	75T 6 ②：645 647	泥質灰陶片 原始瓷片	器　表		2
35	75T 6 ②：646	泥質灰陶鉢	器　底		2
36	75大源T 2 ②：777	泥質紅陶片	器　表		2
37	75T 6 ：H 4 ：648	原始瓷片	器　表		2
38	75T21②：788	泥質紅陶罐	器　底		2

附表二之二　　吳城第四次挖掘所出土陶文及石刻文字

	出土層位，編號	器 物 名 稱	刻 劃 部 位	摹 文	分期
39	75律M 2：658	泥質灰陶罐	口沿裡表		2
40	75T21④：664	泥質灰陶片	裡 表		2
41	75T 6 ③：667	原始瓷片	裡 表		2
42	75T21④：659 660	泥質紅陶片 原始瓷罐	器 表 口沿裡表		2
43	75T 6 ③：654	原始瓷片	口沿裡表		2
44	〔附〕三橋橫塘雅 城塘遺址采集	泥質釉陶鉢	器 底		2
45	75大源T 2 ①：152	泥質紅陶鉢	器 底		3
46	74秋ET 7 ②：60	泥質灰陶罐	肩部器表 (壓印)		3
47	74H：903	泥質紅陶刀	器 表		3
48	74H：727	泥質紅陶片	器 表		3
49	75大源T 2 ①：775	泥質釉陶片	器 裡		3
50	75大源T 1 ①：781 782	泥質灰陶片	肩部器表		3
51	74秋EH3：5	褐釉陶甕	肩部器表		3
52	74H：665	泥質灰陶片	器 表		3
53	74H：670	泥質黃陶片	裡 表		3

小計：

1 期10件 （片） 10字 （符號）；

2 期43件 （片） 56字 （符號）；

3 期10件 （片） 11字 （符號）；

共計63件 （片） 77字 （符號）。

附表二之三　　　吳城第四次挖掘所出土陶文及石刻文字

遺址／字		
西安半坡	＝｜ × 十八
臨潼姜寨	｜ ×
三門峽水庫	
鱀子嶺	
大汶口	｜
城子崖（下）	｜
樂都柳灣	｜ ＝ 三 ⅲ 五 八 十
上海馬橋	ⅲ 五 十
偃師二里頭	｜ ＝ ⅲ ⅲ × ⅹ 儿
鄭州南關外	ⅲ ⅸ 十
樊城台西村	
清江吳城	｜＝＝ ⅩⅩ 十
小屯殷墟	｜ ⅲ ⅲ ⅩⅩ ⅩⅩ ⋔ 十
城子崖（上）	｜ × 伙 十 ＝ ∪ 山 屮
甲骨文	｜＝ ⅲ ⅲ × 伙 八 十 ＝ ∪ 山 屮
金文古文	｜＝ ⅲ ⅳ × 六 七 八 十 廿 卅
今文	一 二 三 四 五 六 七 八 九 十 廿 卅 左 右 中 魚 龜 大 立 易 龍 大 乂 丁 乙 己 吏 戊 父 母 ？ 帝

附表三之一　陶文、甲骨文、金文古文、今文對照表

附表三之二　陶文、甲骨文、金文古文、今文對照表

今文	金文古文	甲骨文	城子崖(上)	小屯殷墟	清江吳城	寨坡台西村	鄭州南關外	偃師二里頭	上海馬橋	樂都柳灣	城子崖(下)	大汶口	蠍子嶺	三門峽水庫	臨潼姜寨	西安半坡

附表三之三　陶文、甲骨文、金文古文、今文對照表

附表三之四　陶文、甲骨文、金文古文、今文對照表

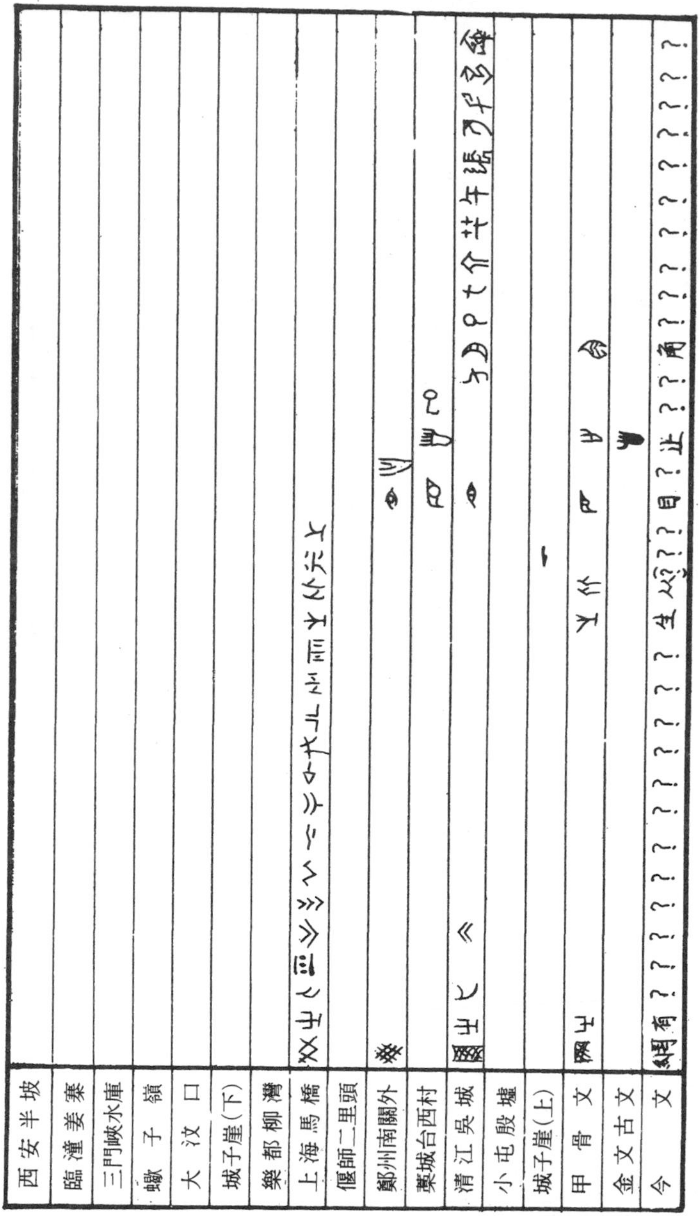
西安半坡
臨潼姜寨
三門峽水庫
蠍子嶺
大汶口
城子崖(下)
樂都柳灣
上海馬橋
偃師二里頭
鄭州南關外
藁城台西村
清江吳城
小屯殷墟
城子崖(上)
甲骨文
金文古文
今文

附表三之五　陶文、甲骨文、金文古文、今文對照表

分類	字形
西安半坡	
臨潼姜寨	
三門峽水庫	
蠍子嶺	
大汶口	
坡子崖（下）	
樂都柳灣	
上海馬橋	
偃師二里頭	
鄭州南關外	
襄城台西村	
清江吳城	
小屯殷墟	
坡子崖（上）	
甲骨文	
金文古文	
今文	？？？？？？？？？？？？？？？？？？？

附表三之六　陶文、甲骨文、金文古文、今文對照表

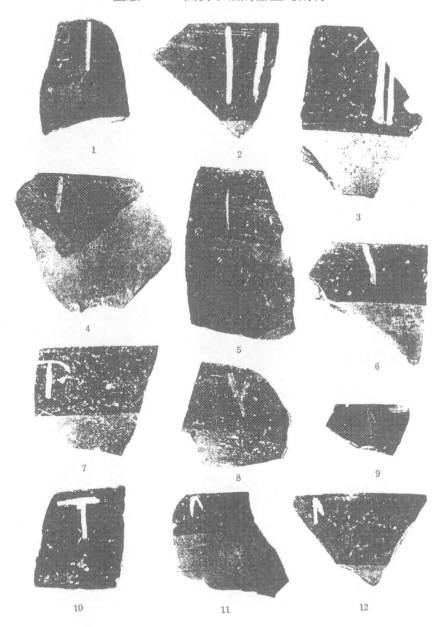

圖版一　　西安半坡陶器上的刻符

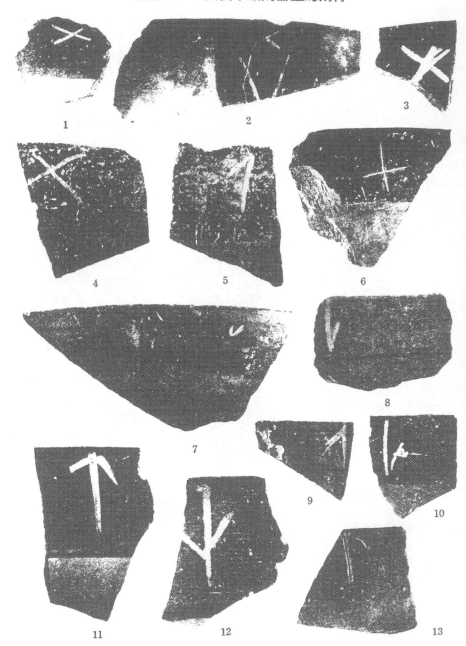

圖版二　　西安半坡陶器上的刻符

圖版三　　西安半坡陶器上的刻符

圖版四之一　城子崖出土陶器上記號拓本

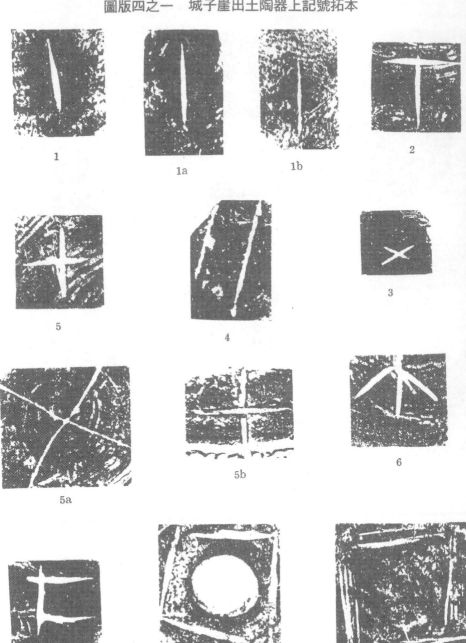

10

11

11a

13

12a

12

14

15

18

17

16

圖版五之一　小屯陶器文字符號拓本

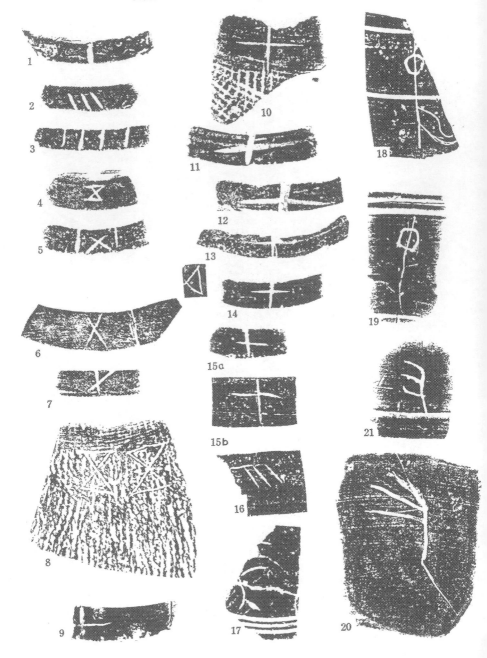

圖版五之二　小屯陶器文字符號拓本

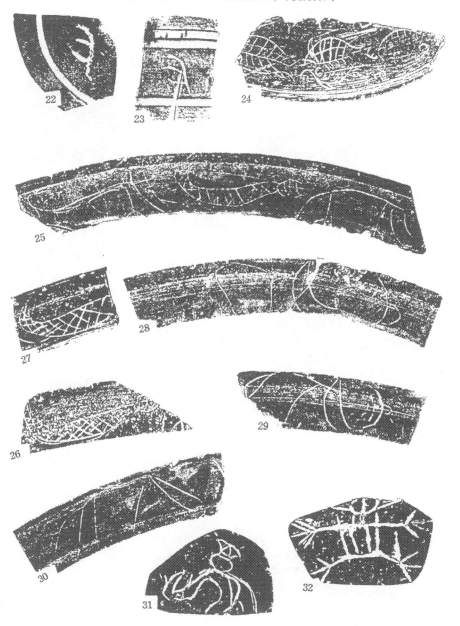

圖版六之一　小屯陶器文字符號拓本

圖版六之二　小屯陶器文字符號拓本

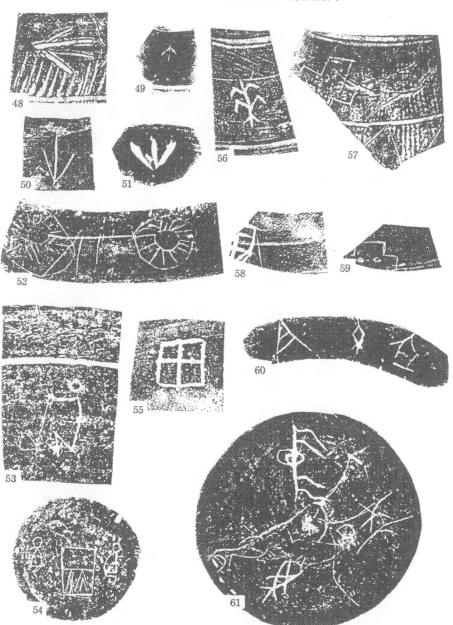

圖版七之一　小屯陶器文字符號拓本

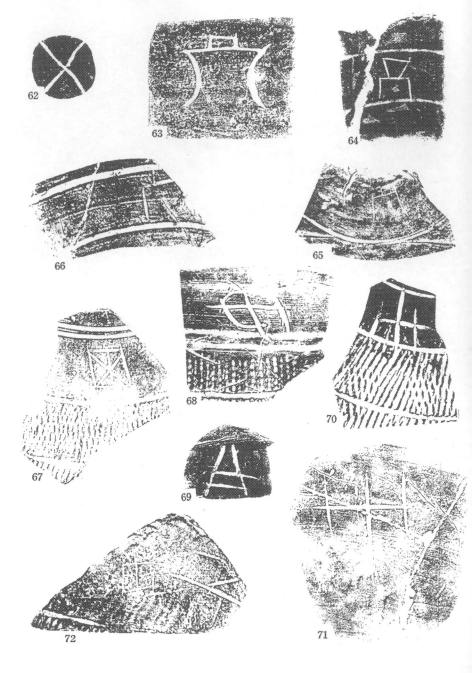

圖版七之二　小屯陶器文字符號拓本

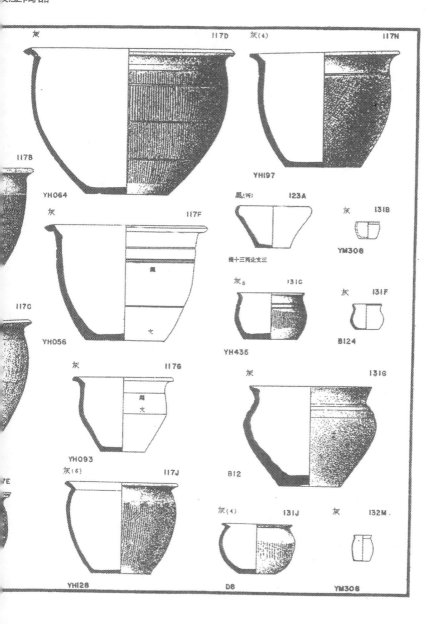

灰　　　　　　　　　117D　　灰(4)　　　　　117N

117B

YH064

YH197

灰　　　　　　　117F

鳳(阿)　　123A

灰　　131B

YM308

灰₆　　131G

灰　　131F

117C

YH056

YH435

B124

灰　　　117G

灰　　　　131G

YH093

灰(6)　　117J

B12

灰(4)　　131J　　灰　　132M

YH128

D8

YM308

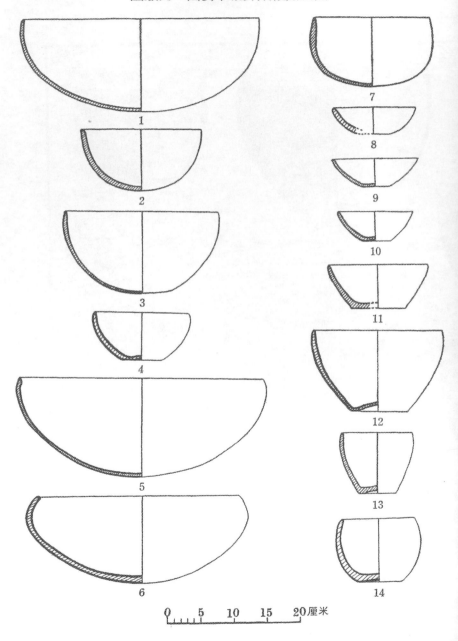

圖版九　西安半坡鉢類縱斷面圖

0　　5　　10　　15　　20厘米

圖版十二　小屯殷虛陶器圓形器蓋

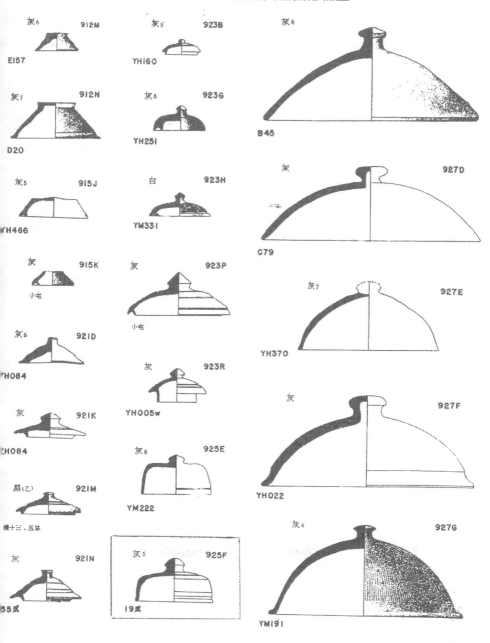

灰6　912M
E157

灰5　923B
YH160

灰6
B45

灰7　912N
D20

灰6　923G
YH251

灰5　915J
YH466

白　923H
YM331

灰　927D
C79

灰　915K
小屯

灰　923P
小屯

灰7　927E
YH370

灰6　921D
YH084

灰　923R
YH005w

灰　927F
YH022

灰　921K
YH084

灰6　925E
YM222

黑(乙)　921M
榜十三．五案

灰　921N
35式

灰5　925F
19式

灰4　927G
YM191

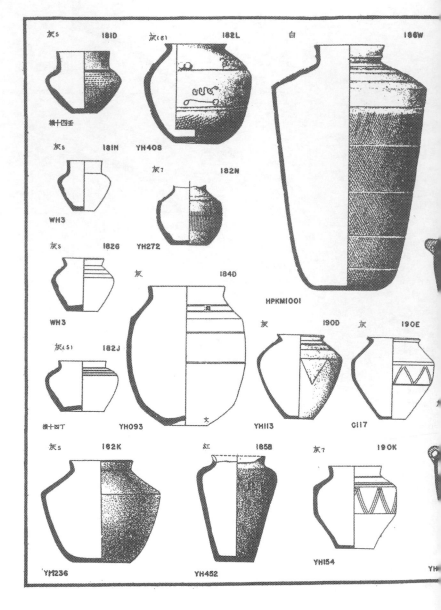

灰s 181D　灰(6) 182L　白 186W

壬四十燕

灰s 181N YH408

WH3

灰7 182N

YH272

灰s 182S

WH3

灰 184D

HPKM1001

灰(S) 182J

丁四十横 YH093

女

灰 190D 灰 190E

YH113 CI17

灰s 182K

YM236

紅 185S

YH452

灰7 190K

YH154

YH

虚陶器

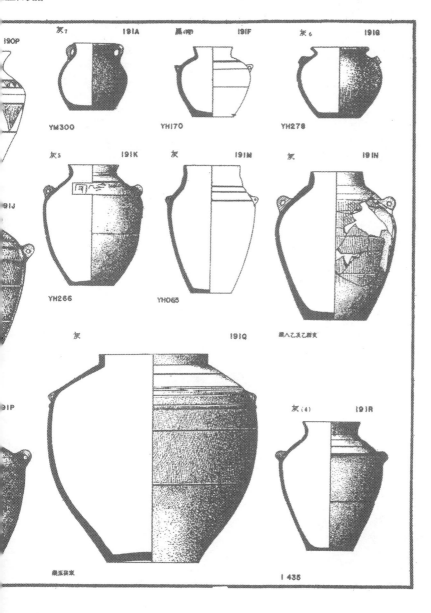

圖版十四　大汶口出土陶器圖象文字拓本

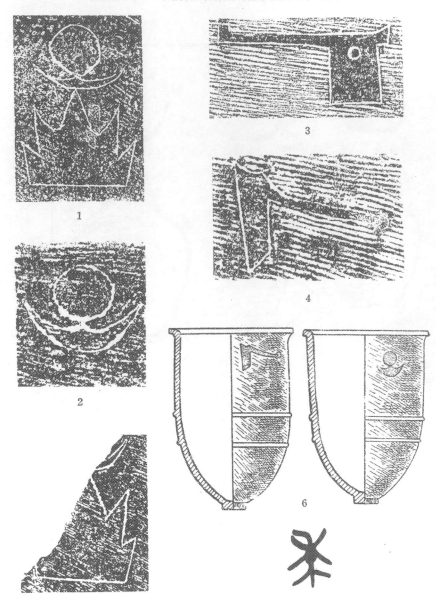

1

2

3

4

5

6

圖版十五　臨潼姜寨仰韶層中出土的刻劃符號

圖版十六 三門峽水庫區出土陶片上的刻劃符號

圖版十七 蠍子嶺出土彩陶片上的刻劃符號

圖版十八 青海樂都柳灣出土彩陶壺上的符號

圖版十九之一　上海馬橋遺址第五層出土陶器上的刻劃符號

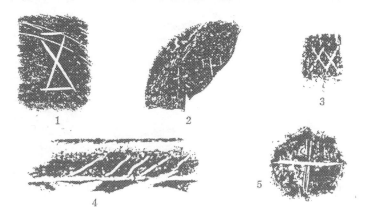

圖版十九之二　上海馬橋遺址第四層出土陶器上的刻劃符號

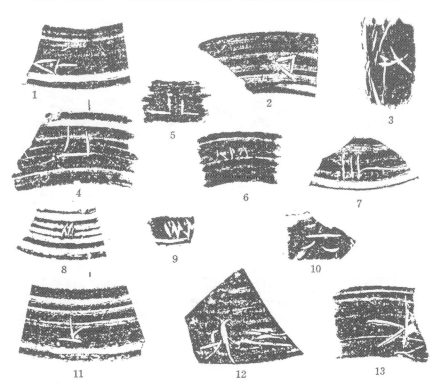

圖版二十　鄭州南關外出土陶器上的刻劃符號

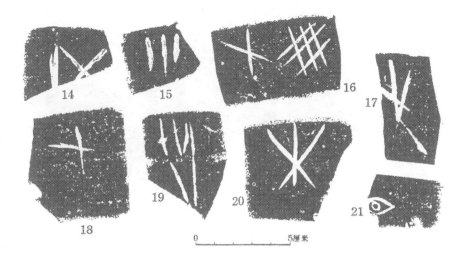

圖版二十一　藁城台西村出土陶器上的刻劃符號

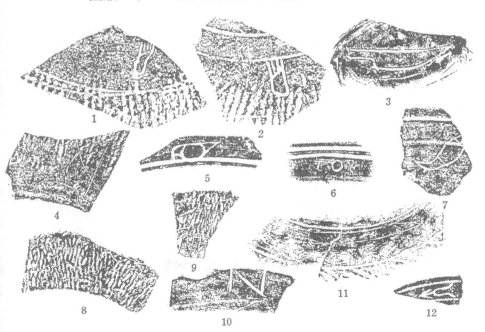

圖版二十二之一　江西清江吳城商代陶文，石刻文字和符號
（第一、二、三次挖掘）

三　73正M 1　二期

二　74ET10：56　二期

一　74ET 9③　二期

六　74ET13H6：33　二期

四　74秋ET9H11：10　三期

七　74ET 6 H2:17　二期

五　74ET13H6：25　二期

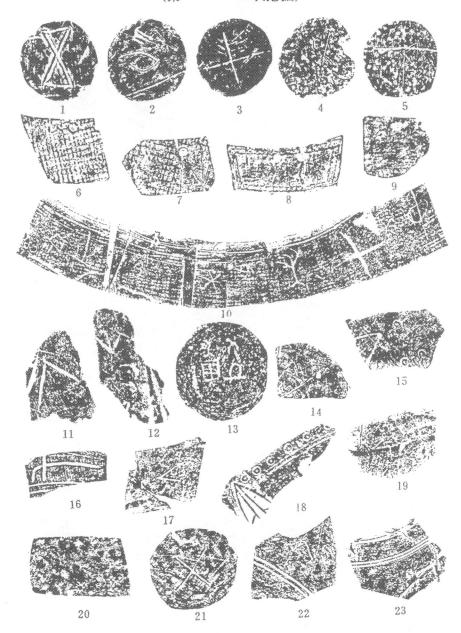

圖版二十二之二　江西清江吳城商代陶文，石刻文字和符號
（第一、二、三次挖掘）

圖版二十三　江西清江吳城商代陶文，石刻文字和符號
（第四次挖掘）

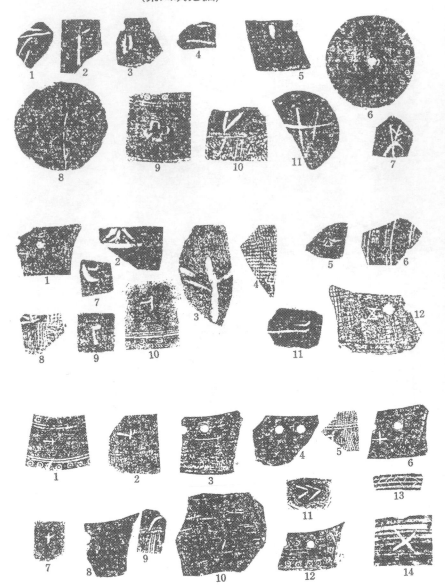

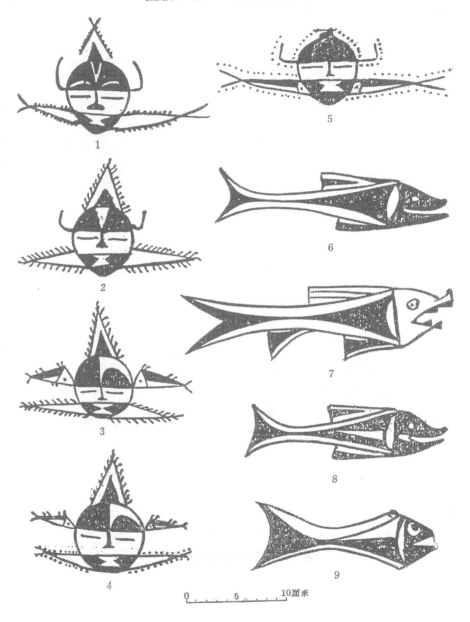

圖版二十四　人面魚形花紋

1

5

2

6

3

7

4

8

9

0　　　　5　　　　10厘米

圖版二十五　魚形花紋

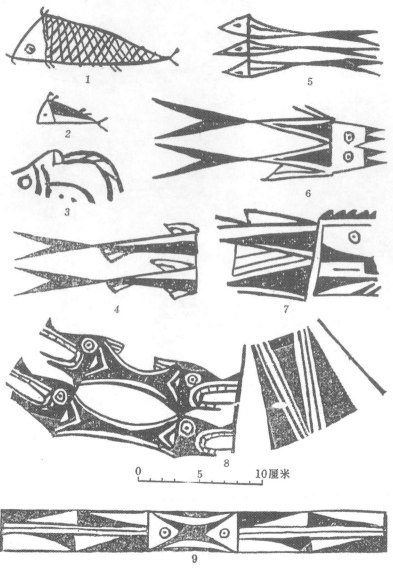

1

5

2

3

6

4

7

8

0　　　　　5　　　　10厘米

9

0　　5　　10　　15　　20厘米

圖版二十六　魚類及鳥獸花木花紋

漢字的起源與演變論叢

1986年6月初版　　　　　　　　　　　　　　　定價：新臺幣450元
2008年4月初版第四刷
2019年9月二版
有著作權・翻印必究
Printed in Taiwan.

著　　　者　李　孝　定
編輯主任　陳　逸　華

出　版　者	聯經出版事業股份有限公司	總編輯	胡　金　倫
地　　　址	新北市汐止區大同路一段369號1樓	總經理	陳　芝　宇
編輯部地址	新北市汐止區大同路一段369號1樓	社　長	羅　國　俊
台北聯經書房	台北市新生南路三段94號	發行人	林　載　爵
電話	(02)23620308		
台中分公司	台中市北區崇德路一段198號		
暨門市電話	(04)22312023		
郵政劃撥帳戶	第0100559-3號		
郵撥電話	(02)23620308		
印　刷　者	世和印製企業有限公司		
總　經　銷	聯合發行股份有限公司		
發　行　所	新北市新店區寶橋路235巷6弄6號2F		
電話	(02)29178022		

行政院新聞局出版事業登記證局版臺業字第0130號

國家圖書館出版品預行編目資料

漢字的起源與演變論叢 /李孝定著 .
二版 . 新北市 . 聯經 . 2019.08 .
386面；14.8×21公分 .
ISBN　978-957-08-5369-8（平裝）
[2019年9月二版]

1.漢語　2.六書　3.文集

802.207　　　　　　　　　　　108012681